한국남북문학100선

무 명

이광수/지음

■ 작품 해설
이광수의 문학세계
주요한/박계주

일신서적출판사

무 명

차례

작가소개

이광수(李光洙 : 1892~1950)

호는 춘원(春園). 평북 정주에서 출생했다. 소작농 가정에서 태어나 1902
년 부모를 잃고 고아가 된 후 동학(東學)에 들어가 서기(書記)가 되었으나
관헌의 탄압이 갈수록 심해지자 1904년에 상경하였다. 다음해에 친일단체
인 일진회의 추천으로 일본으로 건너가 메이지학원에 편입하여 공부하면서
소년회를 조직하고 회람지 〈소년〉을 발행하는 한편 시와 평론 등을 발표하
기 시작했다. 1910년에 일시 귀국하여 오산학교에서 교편을 잡기도 했으나
다시 도일하여 와세다대학 철학과에 입학하였다. 1917년에는 우리 나라 최
초의 근대 장편소설인 《무정(無情)》을 매일신보에 연재하여 일대 센세이션
을 일으키며 우리 나라 소설문학의 새로운 지평을 열었다. 1919년에는 도쿄
유학생의 독립항쟁의 상징인 2·8 독립선언서를 기초하기도 하였다. 그 후
상하이로 망명하여 임시정부에서 활동하다가 1923년 동아일보에 입사하여
편집국장을 지내고 1933년에는 조선일보 부사장도 역임하는 등 언론계에서
활약하기도 했다. 이 당시에 《마의태자》《단종애사》《흙》 등의 많은 작품을
썼다. 1937년에 수양동우회 사건으로 투옥되었다가 병보석으로 석방되었는
데 이때부터 급격히 친일행위로 기울어졌다. 1939년에는 친일어용단체인
조선문인협회 회장이 되었고 가야마 미쓰로오라는 일본 이름으로 창씨개명
도 하였다. 광복 후 반민법으로 다시 투옥되었다가 석방된 후 작품활동을
계속하다가 6·25 사변 때 납북되어 자강도 만포시에서 병사하였다. 그는
한국 근대문학사의 선구적인 작가로서 계몽주의·민족주의·인도주의의
작가로 평가되는데 전기한 작품 외에도 《원효대사》《유정》《사랑》《무명》
등의 장편소설과 많은 작품들을 남겼다.

무 명

입감한 지 사흘째 되는 날, 나는 병감으로 보냄이 되었다. 병감이라야 따로 떨어진 건물이 아니고, 감방 한편 끝에 있는 방들이었다. 내가 들어간 곳은 1방이라는 방으로, 서쪽 맨 끝방이었다. 나를 데리고 온 간수가 문을 잠그고 간 뒤에, 얼굴 희고 눈 맑스그레한 간병부가 날더러,

"앉으시거나, 누시거나 자유예요. 가만가만히 말씀도 해도 괜찮아요. 말소리가 크면 간수헌테 걱정 들어요."

하고 이르고는, 내 번호를 따라서 자리를 정해주고 가버렸다. 나는 간병부에게 고개를 숙여 고맙다는 뜻을 표하고 나보다 먼저 들어와 있는 두 사람을 향하여 고개를 숙여서 인사를 하였다.

이 때에 바로 내 곁에 있는 사람이 옛날 조선식으로 내 팔목을 잡으며,

"아이고 진상이시오. 나 윤○○이에요."

하고 곁방에까지 들릴 만한 큰소리로 외쳤다.

나도 그를 알아보았다. 그는 C경찰서 유치장에서 십여 일이나 나와 함께 있다가 나보다 먼저 송국된 사람이다. 그는 빼빼마르고 목소리만 크고 말끝마다 ○대가리라는 말을 쓰기 때문에 같은 방 사람들에게 ○대가리라는 별명을 듣고 놀림감이 되던 사람이다. 나는 이러한 기억이 날 때에 터지려는 웃음을 억제하기가 매우 어려웠다. 윤씨는 옛날 조선 선비들이 가지던 자세와 태도로 대단히 점잖게 내가 입감된 것을 걱정

하고, 또 곁에 있는 '민'이라는, 껍질과 뼈만 남은 노인에게 여러 가지 칭찬하는 말로 나를 소개하고 난 뒤에 퍼렁 미결수 옷 앞자락을 벌려서 배와 다리를 온통 내어놓고 손가락으로 발등과 정강이도 찔러보고 두 손으로 뱃가죽을 잡아 당겨보면서,

"이거 보세요. 이렇게 전신이 부었어요. 근일에 좀 내린 것이 이꼴이오. 일동 팔방에 있을 때에는 이보다도 더 했는디."

전라도 사투리로 제 병 증세를 길다랗게 설명하였다. 그는 마치 자기가 의사보다 더 잘 자기의 병 증세를 아는 것같이. 그리고 의사는 도저히 자기의 병을 모르므로, 자기는 죽어 나갈 수밖에 없노라고 자탄하였다. 윤씨 자신의 진단과 처방에 의하건대, 몸이 부은 것은 죽을 먹기 때문이요, 열이 나고 기침이 나고 설사가 나는 것은 원통한 죄명을 썼기 때문에 일어나는 화기라고 단언하고, 이 병을 고치자면 옥에서 나가서 고기와 술을 잘 먹는 수밖에 없다고 중언부언한 뒤에, 자기를 죽이는 것은 그의 공범들과 의사 때문이라고 눈을 흘기며 소리를 질렀다.

윤씨의 죄라는 것은 현모(玄某), 임모(林某)하는 자들이 공모하고, 김모(金某)의 토지를 김모 모르게 어떤 대금업자에게 저당하고 삼만여원의 돈을 얻어 쓴 것이라는데, 윤은 이 공문서 사문서 위조에 쓰는 도장을 파준 것이라고 한다. 그는,

"현가놈은 내가 모르고, 임가놈으로 말하면 나와 절친한 친구닝게, 우리는 친구 위해서는 사생을 가리지 않는 성품이닝게, 정말 우리는 친구 위해서는 목숨을 아니 애끼는 사람이닝게, 도장을 파주었지라오. 그래서 진상도 아시다시피 내가 돈을 한 푼이나 먹었능기오? 현가놈, 임가놈 저희들끼리 수만원 돈을 다 처먹고, 윤○○이 무슨 죄란 말이야?"

하고 뽐내었다.

그러나 윤의 이 말은 내게 하는 말이 아니요, 여태까지 한방에 있는 '민'더러 들으란 말인 줄 나는 알았다. 왜 그런고 하면 경찰서 유치장에

있을 때에도 첫날은 지금 이 말과 같이 뽐내더니마는 형사실에 들어가
서 두어 시간 겪을 것을 겪고 두 어깨가 축 늘어져서 나오던 날 저녁
에, 그는 이 일이 성사되는 날에는 육천원 보수를 받기로 언약이 있었
던 것이며, 정작 성사된 뒤에는 현가와 임가는 윤이 새긴 도장은 잘 되
지를 아니하여서 쓰질 못하고, 서울서 다시 도장을 새겨서 썼노라고 하
며, 돈 삼십원을 주고 하룻밤 술을 먹이고 창기 집에 재워주고 하였다
는 말을, 이를 갈면서 고백하였다. 생각건대, 병감에 같이 있는 민씨에
게는 자기가 무죄하다는 말밖에 아니하였던 것이 불의에 내가 들어오
매 그 뒷수습을 하느라고 예방선으로 이런 소리를 하는 것이라고 나는
생각하고, 또 한 번 웃음을 억제하였다.

껍질과 뼈만 남은 민씨는 되풀이하던 소리라는 듯이 윤이 열심으로
떠드는 말을 일부러 안 듣는 양을 보이며 해골과 같은 제 손가락을 들
여다보고 앉았다가 끙하고 일어나서 똥통으로 올라간다.

"또 똥질이야."

하고 윤은 소리를 꽥 지른다.

"저는 누구만 못한가?"

하고 민은 끙끙 안간힘을 쓴다.

똥통은 바로 민의 머리맡에 놓여 있는데 볼 때마다 칠 아니한 관을
연상케 하였다. 그 위에 해골이 다 된 민이 올라앉아서 끙끙대는 것이
퍽이나 비참하게 보였다. 윤은 그 가늘고 날카로운 눈으로 민의 앙상한
목덜미를 흘겨보며,

"진상요. 글쎄, 저것이 타작을 한 팔십 석이나 받는다는디, 또 장남
한 자식이 있다는디, 또 열아홉 살 된 여편네가 있다나요. 그런데두 저
렇게 제 애비, 제 서방이 다 죽게 되어두, 어리친 강아지 새끼 하나 면
회도 아니 온단 말씀이지라오. 옷 한 가지, 벤또 한 그릇 차입하는 일
도 없고, 나는 집이나 멀지. 인제 보아. 내가 편지를 했으닝게. 그래도
내 당숙이 돈 삼십원 하나는 보내줄게요. 내 당숙이 면장이오. 그런디

저것은 집이 시흥이라는디. 그래, 계집년 자식새끼 얼씬도 안 해야 옳
담? 흥, 그래도 성이 민가라고 양반 자랑은 허지. 민가문 다 양반이여?
서방도 모르고 애비도 모르는 것이 무슨 빌어먹다 죽을 양반이여?"

윤이 이런 악담을 하여도 민은 들은 체 못 들은 체. 이제는 꿍꿍 소
리도 아니하고, 멀거니 앉아 있는 것이 마치 똥통에서 내려오기를 잊어
버린 것 같았다.

민의 대답 없는 것이 더 화가 나는 듯이 윤은 벌떡 일어나더니 똥통
곁으로 가서 손가락으로 민의 옆구리를 꾹 찌르며,

"글쎄, 내가 무어랬어? 요대로 있다가는 죽고 만다닝게. 먹은 게 있
어야 똥이 나오지. 그까짓 쌀뜨물 같은 미음 한 모금씩 얻어먹은 것이
오줌이나 될 것이 있어? 어서 내 말대로 집에다 기별을 해서, 돈을 갖
다가 우유도 사 먹고 달걀도 사 먹고 그래요. 돈은 다 두었다가 무엇하
자는 게여? 애비가 죽어가도 면회도 아니 오는 자식녀석에게 물려줄
양으로? 흥, 흥. 옳지, 열아홉 살 먹은 계집이 젊은 서방 얻어서 재미
있게 살라고?"

하고 민의 비위를 박박 긁는다.

민도 더 참을 수 없던지,

"글쎄, 웬 걱정이야? 나는 자네 악담과 그 독살스러운 눈깔딱지만
안 보게 되었으면 좀 살겠네. 말을 해도 헐 말이 다 있지. 남의 아내를
왜 거들어? 그러니까 시굴 상것이란 헐 수 없단 말이지."

이런 말을 하면서도 민은 그렇게 성낸 모양조차 보이지 아니한다. 그
움펑눈이 독기를 띠면서도 또한 침착한 천품을 보이는 것이었다.

그 후에도 날마다 몇 차례씩 윤은 민에게 같은 소리로 그를 박박 긁
었다. 민은 그 소리가 듣기 싫으면 눈을 감고 자는 체를 하거나, 그렇
지 아니하면 유리창으로 내다보이는 여름 하늘의 구름이 나는 것을 언
제까지나 바라보고 있었다. 이렇게 민이 침착하면 침착할수록 윤은 더
욱 기를 내어서 악담을 퍼부었다. 그리고 그 끝에는 반드시 열아홉 살

된 민의 아내를 거들었다. 이것이 윤이 민의 기를 올리려 하는 최후 수
단이었으니 민은 아내의 말만 나면 양미간을 찡기며 한두 마디 불쾌한
소리를 던졌다.

윤이 아무리 민을 긁어도 민이 못 들은 체하고 도무지 반항이 없으면
윤은 나를 향하여 민을 험구를 하는 것이 버릇이었다. 도무지 민이 의
사가 이르는 말을 아니 듣는다는 말, 먹으라는 약도 아니 먹는다는 둥,
천하에 깍쟁이라는 둥, 민의 코끝이 빨간 것이 죽을 때가 가까워서 회
가 동하는 것이라는 둥, 민의 아내에게는 벌써 어떤 젊은 놈팡이가 붙
었으리라는 둥, 한량없이 이런 소리를 하였다. 그러다가 제가 졸리거나
밥이 들어오거나 해야 말을 끊었다. 마치 윤은 먹고, 민을 못 견디게
굴고, 똥질하고, 자고, 이 네 가지만을 위해서 살아가는 사람인 것 같
았다. 또 한 가지 있다면 그것은 자기의 병타령과 공범에 대한 원망이
었다. 어찌했거나 윤의 입은 잠시도 다물고 있을 새는 없었고, 쨍쨍하
는 그 목소리는 가끔 간수의 꾸지람을 받으면서도 간수가 돌아선 뒤에
는 곧 그 쨍쨍거리는 목소리에 간수에게 또 욕을 퍼부었다.

나는 윤 때문에 도무지 마음이 편안하기가 어려웠다. 윤의 말은 마디
마디 이상하게 사람의 신경을 자극하였다. 민에게 하는 악담이라든지,
밥을 대할 때에 나오는 형무소에 대한 악담, 의사, 간병부, 간수, 자기
공범, 무릇 그의 입에 오르는 사람은 모조리 악담을 받는데, 말들이 칼
끝같이, 바늘끝같이 나의 약한 신경을 찔렀다. 내가 가장 원하는 것은
마음에 아무 생각도 없이 가만히 누워 있는 것인데, 윤은 내게 이러한
기회를 허락지 아니하였다. 그가 재재거리는 말이 끝이 나서 '인제 살
아났다' 하고 눈을 좀 감으면 윤은 코를 골기 시작하였다. 그는 두 다
리를 벌리고, 배를 내어 놓고, 베개를 목에다 걸고, 눈을 반쯤 뜨고 그
리고는 코로 골고, 입으로 불고, 이따금 껄껄 숨이 막히는 소리를 하고
그렇지 아니하면 백일해 기침과 같은 기침을 하고, 차라리 그 잔소리를
듣던 것이 나은 것 같았다.

그럴 때면 흔히 민이,

"어떻게 생긴 자식인지 깨어서도 사람을 못 견디게 굴고, 잠이 들어
서도 사람을 못 견디게 굴어."

하고 중얼거릴 때에는 나도 픽 웃지 아니할 수가 없었다.

"저 배 가리워. 15호, 저 배 가리워. 사타구니 가리우고. 웬 낮잠을
저렇게 자? 낮잠을 저렇게 자니까 밤에는 똥통만 타고 앉아서 다른 사
람을 못 견디게 굴지."

하고 순회하는 간수가 소리를 지르면 윤은,

"자기는 누가 자거디오?"

하고 배와 사타구니를 쓸며,

"이렇게 화기가 떠서, 열기가 떠서, 더워서 그러오!"

그러고는 옷자락을 잠깐 여미었다가 간수가 가버리면 윤은 간수 섰
던 자리를 그 독한 눈으로 흘겨보며,

"왜 나를 그렇게 못 먹어 해?"

하고는 다시 옷자락을 열어젖힌다.

민이 의분심에 못 이기는 듯이,

"왜, 간수 말이 옳지. 배때기를 내놓고 자빠져 자니까 밤낮 똥질을
하지. 자네 비위에는 옳은 말도 다 악담으로 들가나봐. 또 그게 무에
야, 밤낮 사타구니를 내놓고 자빠졌으니?"

그래도 윤은 내게 대해서는 끔찍이 친절하였다. 내가 몸을 움직이지
못하는 병인 것을 안다고 하여서 그는 내가 할 일을 많이 대신해주었
다.

"무슨 일이 있으면 내게 말씀하시란게요. 왜 일어나시능기오?"

하고 내가 움직일 때에는 번번이 나를 아끼는 말을 하여주었다. 내가
사식 차입이 들어오기 전, 윤은 제가 먹는 죽과 내 밥과를 바꾸어 먹기
를 주장하였다. 그는,

"글쎄, 이 좁쌀 절반, 콩 절반, 이것을 진상이 잡수신다는 것이 말이

되능기오?"

하고 굳이 내 밥을 빼앗고, 제 죽을 내 앞에 밀어놓았다. 나는 그 뜻이 고마웠으나, 첫째로는 법을 어기는 것이 내 뜻에 맞지 아니하고, 둘째로는 의사가 죽을 먹으라고 명령한 환자에게 밥을 먹이는 것이 죄스러워서 끝내 사양하였다. 윤과 내가 이렇게 서로 다투는 것을 보고 민은 미음 양재기를 앞에 놓고, 입맛이 없어서 입에 대일 생각도 아니하면서,

"글쎄 이 사람아, 그 쥐똥 냄새 나는 멀건 죽 국물이 무엇이 그리 좋은 게라고 진상에게 권하나? 진상, 어서 그 진지를 잡수시오. 그래도 콩밥 한 덩이가 죽보다는 낫지요."

하면 윤은 민을 흘겨보며,

"어서 저 먹을 거나 처먹어. 그래두 먹어야 사는 게여."

하고 억지로 내 조밥을 빼앗아 먹기를 시작한다.

나는 양심에 법을 어긴다는 가책을 받으면서도 윤의 정성을 물리치는 것이 미안해서 죽 국물을 한 모금만 마시고는 속이 불편하다는 핑계로 자리에 와서 누워버렸다.

윤은 내 밥과 제 죽을 다 먹어버리는 모양이다. 민도 미음을 두어 모금 마시고는 자리에 돌아와 눕건마는 윤은 밥덩이를 들고 창 밑에 서서 연해 간수가 오는가 아니 오는가를 바라보면서 입소리 요란하게 밥과 국을 먹고 있다.

민은 입맛을 쩍쩍 다시며,

"그저 좋은 배갈에 육회를 한 그릇 먹었으면 살 것 같은데."

하고 잠깐 쉬었다가, 또 한번,

"좋은 배갈을. 한잔 먹었으면 요 속에 맺힌 것이 홱 풀려버릴 것 같은데."

하고 중얼거린다.

밥과 죽을 다 먹고 나서 물을 벌컥벌컥 들이켜던 윤은,

"흥, 게다가 또 육회여? 멀건 미음두 안 내리는 배때기에 육회를 먹어? 금방 뒈어지게. 그렇지 않아도 코끝이 빨간데. 벌써 회가 동했어. 그렇게 되구 안 죽는 법이 있나?"

하며 밥그릇을 부시고 있다. 콧물이 흐르면, 윤은 손등으로도 씻지 아니하고 세 손가락을 모아서 마치 벌레나 떼어버리는 것같이 콧물을 집어서 아무 데나 홱 뿌리고는, 그 손으로 밥그릇을 부신다. 그러다가 기침이 나기 시작하면 고개를 돌리려 하지도 아니하고 개수통에, 밥그릇에, 더 가까이 고개를 숙여가며 기침을 한다. 그래도 우리 세 사람 중에는 자기가 그중 몸이 성하다고 해서 밥을 받아들이는 것이나, 밥그릇을 부시는 것이나, 밥 먹은 자리에 걸레질을 하는 것이나 다 제가 맡아서 하였고, 또 자기는 이러한 일에 대해서 썩 잘하는 줄로 믿고 있는 모양이었다. 더구나 아침이 끝나고 '벵끼 준비'하는 구령이 나서 똥통을 들어낼 때면 사실상 우리 셋 중에는 윤밖에 그 일을 할 사람이 없었다. 그는 끙끙거리고 똥통을 들어낼 때마다 민을 원망하였다. 민이 밤낮 똥질을 하기 때문에 이렇게 똥통이 무겁다는 불평이었다. 그러면 민은,

"글쎄 이 사람아, 내가, 하루에 미음 한 공기도 다 못 먹는 사람이 오줌똥을 누기로 얼마나 누겠나? 자네야말로 죽두 두 그릇, 국두 두 그릇, 냉수두 두 주전자씩이나 처먹고는 밤새도록 똥통을 타고 앉아서 남 잠두 못 자게 하지."

하는 민의 말은 내가 보기에도 옳았다. 더구나 내게 사식 차입이 들어온 뒤로부터는 윤은 번번이 내가 먹다가 남긴 밥과 반찬을 다 먹어버리기 때문에 그의 소화불량은 더욱 심하게 되었다. 과식을 하기 때문에 조갈증이 나서 수없이 물을 퍼먹고 그러고는 하루에, 많은 날은 스무 차례나 똥질을 하였다. 그러면서도 자기 말은,

"똥이 나와 주어야지. 꼬챙이루 파내기나 하면 나올까? 허기야 먹는 것이 있어야 똥이 나오지."

이렇게 하루에도 몇 차례씩 혹은 민을 보고 혹은 나를 보고 자탄하였다.

윤의 병은 점점 악화되었다. 그것은 확실히 과식하는 것이 한 원인이 되는 것이 분명하였다. 나는 내가 사식 차입을 먹기 때문에 윤이 더해가는 것을 퍽 괴롭게 생각하여서, 인제부터는 내가 먹고 남은 것을 윤에게 주지 아니하리라고 결심하고 나 먹을 것을 다 먹고 나서는 윤의 손이 오기 전에 벤또 그릇을 창틀 위에 갖다 놓았다. 그리고 나는 부드러운 말로 윤을 향하여,

"그렇게 잡수시다가는 큰일나십니다. 내가 어저께는 세어보니까 스물네 번이나 설사를 하십디다. 또 그 위에 열이 오르는 것도 너무 잡수시기 때문인가 하는데요."

하고 간절히 말하였으나 그는 듣지 아니하고 창틀에 놓은 벤또를 집어다가 먹었다.

나는 중대한 결심을 하지 아니할 수 없었다. 그것은 내가 사식을 끊어버리는 것이었다. 그래서 나는 저녁 한 때만 사식을 먹고 아침과 점심은 관식을 먹기로 하였다. 나는 아무쪼록 영양분을 섭취하지 아니하면 아니 될 병자이기 때문에 이것은 적지 아니한 고통이었으나 나로 해서 곁에 사람이 법을 범하고, 병이 더치게 하는 것은 차마 못할 일이었다. 민도 내가 사식을 끊은 까닭을 알고 두어 번 윤의 주책없음을 책망하였으나, 윤은 도리어 내가 사식을 끊은 것이 저를 미워하여서나 하는 것같이 나를 원망하였다. 더구나 윤의 아들에게서 현금 삼원 차입이 와서, 우유며 사식을 사먹게 되고 지리가미(주−휴지)도 사서 쓰게 된 뒤로부터는 내게 대한 태도가 심히 냉랭하게 되었다. 예전에는 내가 충고하는 말이면, '선생님 말씀이 옳아요' 하고 순순히 듣던 것이 인제는 나를 향해서도 눈을 흘기게 되었다.

윤은 아들이 보낸 삼원 중에서 수건과 비누와 지리가미를 샀다.

"붓빙 고오뉴(물건 사라)."

하는 날은 한주일에 한 번밖에 없었고, 물건을 주문한 후에 그 물건이
올 때까지는 한주일 내지 십여 일이 걸렸다. 윤은 자기가 주문한 물건
이 오는 것이 늦다고 하여 날마다 하루에도 몇 차례씩 형무소 당국의
태만함을 책망하였다. 그러다가 물건이 들어온 날 윤은 수건과 비누와
지리가미를 받아서 이리뒤적 저리뒤적 하면서,

"글쎄, 이걸 수건이라고 가져와? 망할 자식들 같으니. 걸렛감도 못
되는 걸. 비누는 또 이게 다 무어여, 워디 향내 하나 나나?"
하고 큰소리로 불평을 하였다.

민이 아니꼬워 못 견디는 듯이 입맛을 몇 번 다시더니,

"글쎄 이 사람아, 자네네 집에서 언제 그런 수건과 비누를 써보았단
말인가. 그 돈 삼원 가지고 밥술이나 사 먹을 게지. 비누 수건은 왜
사? 자네나 내나 그 상판대기에 비누는 발라서 무엇하자는 게구, 또 여
기서 주는 수건이면 고만이지 타월 수건은 해서 무엇하자는 게야? 자
네가 그따위로 소견머리 없이 살림을 하니깐 가난 껍질을 못 벗어놓
지."

이렇게 책망하였다. 윤은 그날부터 세수할 때에만 제 비누를 썼다.
그러나 수건을 빨 때라든지 발을 씻을 때에는 웬일인지 여전히 내 비누
를 쓰고 있었다.

윤은 수건 거는 줄에 제 타월 수건이 걸리고, 비누와 잇솔과 치마분
이 있고, 이불 밑에 지리가미가 있고, 조석으로 차입 밥과 우유가 들어
오는 동안 심히 호기가 있었다. 그는 부채도 하나 샀다. 그 부채가 내
부채 모양으로 합죽선이 아닌 것을 하루에도 몇 번씩 원망하였으나 그
는 허리를 쭉 뻗고 고개를 젖히고 부채를 딱딱거리며 도사리고 앉아서,
그가 좋아하는 양반 상놈 타령이며 원망이며 형무소 공격이며 민에 대
한 책망이며, 이런 것을 가장 점잖게 하였다.

윤은 이삼원어치 차입 때문에 자기의 지위가 대단히 높아지는 것을
느끼는 모양이었다. 간수를 보고도 인제는 겁낼 필요가 없이, '나도 차

입을 먹노라'고 호기를 부렸다.

윤이 차입을 먹게 되매, 나도 십여 일 끊었던 사식 차입을 받게 되었다. 윤과 나와 두 사람만은 노긋노긋한 흰밥에 생선이며 고기를 먹으면서, 민 혼자만이 미음 국물을 마시고 앉았는 것이 차마 볼 수 없었다. 민은 미음 국물을 앞에 받아놓고는 연해 나와 내 밥그릇을 바라보는 것 같고 또 침을 꼴떡꼴떡 삼키는 모양이 보였다. 노긋노긋한 흰밥, 이것이 이 세상에서 가장 귀하고 고마운 것인 줄은 감옥에 들어와본 사람이라야 알 것이다. 밥의 하얀 빛, 그 향기, 젓갈로 집고 입에 넣어 씹을 때에 그 촉각, 그 맛, 이것은 천지간에 있는 모든 물건 가운데 가장 귀한 것이라고 느끼지 아니할 수 없었다. 쌀밥, 이러한 말까지도 신기한 거룩한 음향을 가진 것같이 느껴졌다. 이렇게 밥의 고마움을 느낄 때에 합장하고 하늘을 우러러,

'모든 중생으로 하여금 밥의 즐거움을 골고루 받게 하소서.'

하고 빌지 아니할 사람이 있을까? 이때에 나는 형무소의 법도 잊어버리고, 민의 병도 잊어버리고 지리가미에 한 숟갈쯤 되는 밥덩어리를 덜어서,

"꼭꼭 씹어 잡수세요."

하고 민에게 주었다. 민은 그것을 받아서 입에 넣었다. 그의 몸에는 경련이 일어나는 것 같고 그의 눈에는 눈물이 글썽글썽하는 것 같음은 내 마음탓일까. 민은 종이에 붙은 밥 알갱이를 하나 안 남기고 다 뜯어서 먹고,

"참 꿀같이 달게 먹었습니다. 어쩌면 그렇게도 맛이 있을까? 지금 죽어도 한이 없을 것 같습니다."

하고 더 먹고 싶어하는 모양 같으나 나는 더 주지 아니하고 그릇에 밥을 좀 남겨서 내놓았다. 윤은 제 것을 다 먹고 나서 내가 남긴 것까지 마저 휘몰아 넣었다.

윤의 삼원어치 차입은 일주일이 못해서 끊어지고 말았다. 윤의 당숙

되는 면장에게서 오리라고 윤이 장담하던 삼십 원은 오지 아니하였다. 윤이 노 말하기를 자기가 옥에서 죽으면 자기 당숙이 아니 올 수 없고 오면은 자기의 장례를 아니 지낼 수 없으니 그러면 적어도 삼십원은 들 것이라, 죽은 뒤에 삼십원을 쓰는 것보다 살아서 삼십원을 보내어 먹고 싶은 것을 먹으면 자기가 죽지 아니할 터이니, 당숙이 면장의 신분으로 형무소까지 올 필요도 없고, 또 설사 자기가 옥에서 죽더라도 이왕 장 례비 삼십원을 받아먹었으니 친족에게 폐를 끼치지 아니하고 형무소에 서 화장을 할 터인즉, 지금 삼십원을 청구하는 것이 부당한 일이 아니 라고, 이렇게 면장 당숙에게 편지를 하였으므로 반드시 삼십원은 오리 라는 것이었다.

나도 윤의 당숙 되는 면장이 윤의 이론을 믿어서 돈 삼십원을 보내어 주기를 진실로 바랐다. 더구나 윤의 사식 차입이 끊어짐으로부터 내가 먹다가 남긴 밥을 윤과 민이 다투게 되매 그러하였다. 내가 민에게 밥 한 숟갈 준 것이 빌미가 됨인지, 민은 끼니때마다 밥 한 숟갈을 내게 청하였고 그럴 때마다 윤은 민에게 욕설을 퍼붓고 심하면 밥그릇을 둘 러엎었다. 한번은 윤과 민과 사이에 큰 싸움이 일어나서 차마 입에 담 지 못할 욕설을 서로 주고받고 하였다. 그때에 마침 간수가 지나가다가 두 사람이 싸우는 소리를 듣고 윤을 나무랐다. 간수가 간 뒤에 윤은 자 기가 간수에게 꾸지람들은 것이 민 때문이라고 하여 더욱 민을 못 견디 게 굴었다. 그 방법은 여전히 며칠 안 있으면 민이 죽으리라는 둥, 열 아홉 살 된 민의 아내가 벌써 어떤 젊은 놈하고 붙었으리라는 둥, 민의 아들들은 개 돼지만도 못한 놈들이라는 둥, 이런 악담이었다.

나는 다시 사식을 중지하여 달라고 간수에게 청하였다. 그러나 내가 사식을 중지하는 것으로 두 사람의 감정을 완화할 수는 없었다. 별로 말이 없던 민도 내가 사식을 중지한 뒤로부터는 윤에게 지지 않게 악담 을 하였다.

"요놈, 요 좀도둑놈. 그래, 백주에 남의 땅을 빼앗아 먹겠다고 재판소 도장을 위조해? 고 도장 파던 손목쟁이가 썩어 문드러지지 않을 줄 알구."

이렇게 민이 윤을 공격하면 윤은,

"남의 집에 불 논 놈은 어떻고? 그 사람이 밉거든 차라리 칼을 가지고 가서 그 사람만 찔러 죽일 게지. 그래, 그 집 식구는 다 태워 죽이고 저는 죄를 면하잔 말이지? 너 같은 놈은 자식새끼까지 다 잡아먹어야 해! 네 자식 녀석들이 살아 남으면 또 남의 집에 불을 놓겠거든."

이렇게 대꾸를 하였다.

하루는 간수가 우리 방문을 열어젖히고,

"99호!"

하고 불렀다.

99호를 15호로 잘못 들었는지, 윤이 벌떡 일어나며,

"네, 내게 편지 왔능기오?"

하였다. 윤은 당숙 면장의 편지를 간절히 기다리는 마음에 99호를 15호로 잘못 들은 모양이다.

"네가 99호냐?"

하고 간수는 소리를 질렀다. 정작 99호인 민은 나를 부를 자가 천지에 어디 있으랴 하는 듯이 그 옴팡눈으로 팔월 하늘의 흰구름을 바라보고 누워 있었다.

"99호 귀먹었니?"

하는 소리와,

"이건 눈뜨고 꿈을 꾸고 있는 셈인가? 단또상이 부르시는 소리도 못 들어?"

하고 윤이 옆구리를 찌르는 바람에 민은 비로소 누운 대로 고개를 젖혀서 문을 열고 섰는 간수를 바라보았다.

"99호, 네 물건 다 가지고 이리 나와."

그제야 민은 정신이 드는 듯이 일어나 앉으며,

18

"우리집으로 내어보내주세요?"

하고 그 해골 같은 얼굴에 숨길 수 없는 기쁜 빛이 드러난다.

"어서 나오라면 나와. 나와보면 알지."

"우리집에서 면회하러 왔어요?"

하고 민의 얼굴에 나타났던 기쁨은 반 이상이나 스러져버린다. 간수 뒤에 있던 키 큰 간병부가,

"전방이에요. 어서 그 약병이랑 다 들고 나와요."

하는 말에, 민은 약병과 수건과 제가 베고 있던 베개를 들고 지척거리고 문을 향하고 나간다. 민은 전방이라는 뜻을 알아들었는지 분명치 아니하였다. 간병부가,

"베개는 두고 나와요. 요 윗방으로 가는 게야요."

하는 말에 비로소 민은 자기가 어디로 끌려가는지 알아차린 모양이어서 힘없이 베개를 내어던지고 잠깐 기쁨으로 빛나던 얼굴이 다시 해골같이 되어서 나가버리고 말았다. 다음 방인 2방에 문 열리는 소리가 나고 또 문이 닫히고 짤깍하고 쇠 잠그는 소리가 들렸다. 나는 민이 처음 보는 사람들 틈에 어리둥절하여 누울 자리를 찾는 모양을 눈앞에 그려보았다.

"에잇, 고자식 잘 나간다. 젠장, 더러워서 견딜 수가 있나? 목욕이란 한 번도 안했으닝게. 아침에 세수하고 양치질하는 것 보셨능기오? 어떻게 생긴 자식인지 새 옷을 갈아입으래도 싫다는고만."

하고 일변 민이 내어버리고 간 베개를 자기 베개 밑에 넣으며 떠나간 민의 험구를 계속한다.

"민가가 왜 불을 놓았는지 진상 아시능기오? 성이 민가기 때문에 그랬던지, 서울 민○○ 대감네 마름노릇을 수십 년 했지라오. 진상도 보시는 바와 같이 자식이 저렇게 독종으로 깍쟁이로 생겼으닝게 그 밑에 작인들이 배겨날 게요? 80석이나 타작을 한다는 것도 작인들의 등을 처먹은 게지 무엇잉게라오? 그래 작인들이 원망이 생겨서 지주 집에

등장을 갔더라나요. 그래서 작년에 마름을 떼웠단 말이오. 그리고 김
무엇인가 한 사람이 마름이 났는데요, 민가녀석은 제 마름을 뗀 것이
새로 마름이 된 김가 때문이라고 해서 금년 음력 설날에 어디서 만났더
라나. 만나서 욕지거리를 하고 한바탕 싸우고, 그러고는 요 뱅충맞은
것이 분해서 그날 밤중에 김가 집에 불을 놨단 말야. 마침 설날 밤이
라, 밤이 깊도록 동넷사람들이 놀러 댕기다가 불이야! 소리를 쳐서 얼
른 잡았기에 망정이지 하마터면 김가네 식구가 죄다 타 죽을 뻔하지 않
았능기오?"
하고 방화죄가 어떻게 흉악한 죄인 것을 한바탕 연설을 할 즈음에, 간
병부가 오는 것을 보고 말을 뚝 끊는다. 그것은 간병부도 방화범인 까
닭이었다.

간병부가 다녀간 뒤에 윤은 계속하여 그 간병부들의 방화한 죄상을
또 한바탕 설명하고 나서,

"모두 숭악한 놈들이지요. 남의 집에 불을 놓다니! 그런 놈들은 씨
알머리도 없이 없애버려야 하는기라오."
하고 심히 세상을 개탄하는 듯이 길게 한숨을 쉰다.

1방에 윤과 나와 단둘이 있게 되어서부터는 큰소리가 날 필요가 없
었다. 밤이면 우리 방에 들어와 자는 간병부가 윤을 윤서방이라고 부른
다고 해서 윤이 대단히 불평하였으나 간병부의 감정을 상하는 것이 이
롭지 못한 줄을 잘 아는 윤은 간병부와 정면 충돌하는 일은 별로 없고,
다만 낮에 나하고만 있을 때에,

"서울말로는 무슨 서방이라고 부르는 말이 높은 말잉기오? 우리 전
라도서는 나 많은 사람 보고 무슨 서방이라고 하면 머슴이나 하인이나
부르는 소리랑기오."
하고 곁눈으로 나를 바라본다. 나는 그가 묻는 뜻을 알았으므로 대답하
기가 심히 거북살스러워서 잠깐 주저하다가,

"글쎄, 서방님이라고 하는 것만 못하겠지요."

하고 웃었다. 윤은 그제야 자신을 얻은 듯이,

"그야 우리 전라도에서도 서방님이라고 하면사 대접하는 말이지요. 글쎄, 진상도 보시다시피 저 간병부놈이 언필칭 날더러 윤서방, 윤서방 하니, 그래 그놈의 자식은 제 애비나 아재비더러도 무슨 서방 무슨 서방 할텐가? 나이로 따져도 내가 제 애비 뻘은 되렷다. 어 고약한 놈 같으니."

하고 그 앞에 책망 받을 사람이 섰기나 한 것처럼 뽐낸다.

윤씨는 윤서방이라는 말이 대단히 분한 모양이어서 어떤 날 저녁에는 간병부가 들어올 때에도 눈만 흘겨보고 잘 다녀왔느냐 하는 늘 하던 인사도 아니하는 적이 있었다. 그러다가 하루 저녁에는 또 '윤서방'이라고 간병부가 부른 것을 기회로 마침내 정면 충돌이 일어나고 말았다. 윤이,

"댁은 나를 무어로 보고 윤서방이라고 부르오?"

하는 정식 항의에 간병부가 뜻밖인 듯이 눈을 크게 뜨고 한참이나 윤을 바라보고 앉았더니, 허허하고 경멸하는 웃음을 웃으면서,

"그럼 댁더러 무어라고 부르라는 말이오? 댁의 직업이 도장장이니, 도장장이라고 부르라는 말이오? 죄명이 사기니 사기쟁이라고 부르라는 말이오? 밤낮 똥질만 하니 윤똥질이라고 부르라는 말이오? 옳지, 윤선 생이라고 불러줄까? 왜 되지 못하게 이 모양이야? 윤서방이라고 불러 주면 고마운 줄이나 알지. 낮살을 먹었으면 몇 살이나 더 먹었길래, 괜스리 그러다가는 윤가놈이라고 부를걸."

하고 주먹으로 삿대질을 한다.

윤은 처음에 있던 호기도 다 없어지고 그만 수그러지고 말았다. 간병 부는 민영감 모양으로 만만치 않은 것도 있거니와 간병부하고 싸운댔자, 결국은 약 한 봉지 얻어먹기도 어려운 줄을 깨달은 것이었다.

윤은 침묵하고 있건마는 간병부는 누워 잘 때에까지도 공격을 중지하지 아니하였다.

이튿날 아침, 진찰도 다 끝나고 난 뒤에 우리 방에 있는 키 큰 간병부는 다음 방에 있는 간병부를 데리고 와서,

"흥, 저 양반이, 내가 윤서방이라고 부른다고 아주 대노하셨다나!"

하며 턱으로 윤을 가리키는 것을 보고 키 작은 간병부가,

"여보! 윤서방, 어디 고개 좀 이리 돌리오. 그럼 무어라고 부르리까. 윤동지라 부를까? 윤선달이 어떨꼬? 막 싸구려 판이니 어디 그중에서 맘에 드는 것을 고르시유."

하고 놀려먹는다. 윤은 눈을 깜박깜박하고 도무지 아무 대답이 없었다.

본래 간병부에게 호감을 못 주던 윤은 윤서방 사건이 있은 뒤부터 더욱 미움을 받았다. 심심하면 두 간병부가 와서 여러 가지 별명을 부르면서 윤을 놀려먹었고, 간병부들이 간 뒤에는 윤은 나를 향하여,

"두 놈이 옥 속에서 썩어져라."

하고 악담을 퍼부었다.

이렇게 윤이 불쾌한 그날그날을 보낼 때에 더욱 불쾌한 일 하나가 생겼다. 그것은 정이라는 역시 사기범으로 일동 팔방에서 윤하고 같이 있던 사람이 설사병으로 우리 감방에 들어온 것이었다. 나는 윤에게서 정씨의 말을 여러 번 들었다. 설사를 하면서도 우유니 달걀이니 하고 막 처먹는다는 둥, 한다는 소리가 모두 거짓말뿐이라는 둥, 자기가 아무리 타일러도 말을 듣지 않는 꼭 막힌 놈이라는 둥, 이러한 비평을 하는 것을 여러 번 들었다. 하루는 윤하고 나하고 운동을 나갔다가 들어와 보니 웬 키가 커다랗고 얼굴이 허연 사람이 똥통을 타고 앉아서 싱글싱글 웃고 있었다. 윤은 대단히 못마땅한 듯이 나를 돌아보고 입을 삐죽하고 나서 자리에 앉아서 부채를 딱딱거리면서,

"데이상, 입때까지 설사가 안 막혔능기오? 사람이란 친구가 충고하는 옳은 말은 들어야 하는 법이여. 1동 8방에 있을 때에 내가 그만큼이나 음식을 삼가라고 말 안 했거디? 그런데 내가 병감에 온 지가 벌써 석 달이나 되는디 아직도 설사여?"

22

하고 똥통에 올라앉은 사람을 흘겨본다. 윤의 이 말에 나는 그가 윤이 늘 말하던 정씨인 줄을 알았다.

똥통에서 내려온 정씨는 윤의 말을 탓하지 않는, 지어서 하는 듯한 태도로,

"인상, 우리 이거 얼마 만이오. 그래 아직도 예심중이시오?"

하고 얼굴 전체가 다 웃음이 되는 듯이 싱글싱글 하며 윤의 손을 잡는다. 그리고 나서는 내게 앉은 절을 하며,

"제 성명은 정홍태올시다. 얼마나 고생이 되십니까?"

하고 대단히 구변이 좋았다. 나는 그의 말의 발음으로 보아 그가 평안도 사람으로서 서울말을 배운 사람인 줄을 알았다. 그러나 저녁에 인천 사는 간병부와 인사할 때에는 자기도 고향이 인천이라 하였고, 다음에 강원도 철원 사는 간병부와 인사를 할 때에는 자기 고향이 철원이라 하였고, 또 그 다음에 평양 사는 죄수가 들어와서 인사하게 된 때에는 자기 고향은 평양이라고 하였다. 그 때에 곁에 있던 윤이 정을 흘겨보며,

"왜 또 해주도 고향이라고 아니했소? 대체 고향이 몇이나 되능기오?"

이렇게 오금을 박은 일이 있었다. 정은 한두 달 살아본 데면 그 지방 사람을 만날 때 다 고향이라고 하는 모양이었다.

정은 우리 방에 오는 길로,

"이거 방이 더러워 쓰겠느냐?"

고 벗어부치고 마룻바닥이며 식기며를 걸레질을 하고 또 자리 밑을 떠들어 보고는,

"이거 대체 소제라고는 안 하고 사셨군? 이거 더러워 쓸 수가 있나?"

하고 방을 소제하기를 주장하였다.

"그 너무 혼자 깨끗한 체하지 마시오. 어디 그 수선에 정신차리겠능기오."

하고 윤은 돗자리 떨어내는 것을 반대하였다. 여기서부터 윤과 정의 의견충돌이 시작되었다.

저녁밥 먹을 때가 되어 정이 일어나 물을 받는 것까지는 참았으나, 밥과 국을 받으려고 할 때에는 윤이 벌떡 일어나 정을 떼밀치고 기어이 제가 받고야 말았다. 창 옆에서 음식을 받아들이는 것은 감방 안에서는 큰 권리로 여기는 것이었다.

정은 윤에게 떼밀치어 머쓱해 물러서면서,

"그렇게 사람을 떼밀 거야 무엇이오? 그러니깐 두루 간 데마다 인심을 잃지. 나 같은 사람과는 아무렇게 해도 관계치 않소마는 다른 사람 보고는 그리 마시오. 뺨 맞지요, 뺨 맞아요."

하고 나를 돌아보며 싱그레 웃었다. 그것은 마치 자기는 그만한 일에 성을 내는 사람이 아니라는 것을 보이려 함인 것 같았으나 그의 눈에는 속일 수 없이 분한 빛이 나타났다.

밥을 먹는 동안 폭풍우 전의 침묵이 계속되었으나 밥이 끝나고 먹은 그릇을 설거지할 때에 또 충돌이 일어났다. 윤이 사타구니를 내어놓고 있다는 것과 제 그릇을 먼저 씻고 나서 내 그릇과 정의 그릇을 씻는다는 것과 개수통에 입을 대고 기침을 한다는 이유로 정은 윤을 책망하고 윤이 씻어 놓은 제 밥그릇을 주전자의 물로 다시 씻어서 윤의 밥그릇에 닿지 않도록 따로 포개놓았다. 윤은 정더러,

"여보 당신은 당신 생각만 하고 다른 사람 생각은 못 하오? 그 주전자 물을 다 써버리면 밤에는 무엇을 먹고 아침에 네 식구가 세수는 무엇으로 한단 말이오? 사람이란 다른 사람 생각을 해야 쓰는 거여."

하고 공격하였으나 정은 못 들은 체하고 주전자 물을 거의 다 써서 제 밥그릇과 국그릇과 젓가락을 한껏 정하게 씻고 있었던 것이다.

이 모양으로 윤과 정과의 충돌은 그칠 사이가 없었다. 그러나 정은 간병부와 내게 대해서는 아침에 가까우리만치 공손하였다. 더구나 그가 농업이나, 광업이나, 한방의술이나, 신의술이나 심지어 법률까지도 모

르는 것이 없었고, 또 구변이 좋아서 이야기를 썩 잘하기 때문에 간병
부들은 그를 크게 환영하였다.

이렇게 잠깐 동안에 간병부들의 환심을 샀기 때문에 처음에는 한 그
릇씩 받아야 할 죽이나 국을 두 그릇씩도 받고, 또 소화약이나 고약이
나 이러한 약도 가외로 더 얻을 수가 있었다. 정이 싱글싱글 웃으며 졸
라대면 간병부들은 여간한 것은 거절하지 아니하였다. 그리고 이따금
밥을 한 덩이씩 가외로 얻어서 맛날 듯한 것을 젓가락으로 휘저어서 골
라먹고, 그리고 남은 찌꺼기를 행주에다가 싸고 소금을 치고 그리고는
그것을 떡반죽 하듯이 이겨서 떡을 만들어서는 요리로 한입, 조리로 한
입 맛남직한 데는 다 뜯어먹고, 그리고 나머지를 싸두었다가 밤에 자러
들어온 간병부에게 주고는 크게 생색을 내었다. 한번은 정이 조밥으로
떡을 만들어 나를 돌아보고,

"간병부 녀석들은 이렇게 좀 먹여야 합니다. 이따금 달걀도 사주고
우유도 사주면 좋아하지요. 젊은 녀석들이 밤낮 굶주리고 있거든요. 이
렇게 녹여놓아야 말을 잘 듣는단 말이야요. 간병부와 틀렸다가는 해가
많습니다. 그 녀석들이 제가 미워하는 사람의 일은 좋지 못하게 간수들
한테 일러바치거든요."

하면서 이겨진 떡을 요모조모 떼어먹는다.

"여보, 그게 무에요? 데이상은 간병부를 대할 때엔 십년 만에 만나
는 아자씨나 대한 듯이 살이라도 베어 먹일 듯이 아첨을 하다가 간병부
가 나가기만 하면 언필칭 이녀석 저녀석 하니 사람이 그렇게 표리가 부
동해서는 못쓰는 게여. 우리는 그런 사람은 아니어든. 대해 앉아서도
할 말은 하고 안 할 말은 안 하지. 사내 대장부가 그렇게 간사를 부려
서는 못쓰는 게여, 또 여보, 당신이 떡을 해주겠거든 숫밥으로 해주는
게지, 당신 입에 들어왔다 나갔다 하던 젓가락으로 휘저어서 밥 알갱이
마다 당신의 더러운 침을 발라가지고 그리고 먹다가 먹기가 싫으닝게
남을 주고 생색을 낸다? 그런 일을 해선 못쓰는 게여. 남 주고도 죄 받

는 일이어든. 당신 하는 일이 모두 그렇단 말여. 정말 간호부를 주고
싶거든 당신 돈으로 달걀 한 개라도 사서 주어. 흥, 공으로 밥 얻어서
실컷 처먹고, 먹기가 싫으닝게 남을 주고 생색을 낸다, 웃기는 왜 웃
소, 싱글싱글? 그래 내가 그른 말 해? 옳은 말은 들어두어요, 사람되려
거든. 나, 그 당신 싱글싱글 웃는 거 보면, 느글느글해서 배창수가 다
나오려든다닝게. 웃긴 왜 웃어? 무엇이 좋다고 웃는 게여?"

이렇게 윤은 정을 몰아세웠다. 정은 어이없는 듯이 듣고만 앉았더니,

"내가 할 소리를 당신이 하는구려. 그 배때기나 가리고 앉아요."

그날 저녁이었다. 간병부가 하루 일이 끝이 나서 빨가벗고 뛰어들어
왔다. 정은,

"아이, 오늘 얼마나 고생스러우셨어요? 그래도 하루가 지나가면 그
만큼 나가실 날이 가까운 것 아니오? 그걸로나 위로를 삼으셔야지. 그
까짓 한 3,4년 잠깐 갑니다. 아 참, 100호하고 무슨 말다툼을 하시던
모양이던데."

이 모양으로 아주 친절하게 위로하는 말을 하였다.

100호라는 것은 다음 방에 있는 키 작은 간병부의 번호이다. 나도
'이놈 저놈'하며 둘이서 싸우는 소리를 아까 들었다.

간병부는 감빛 기결수 옷을 입고 제 자리에 앉으면서,

"고놈의 자식을 찢어죽이려다가 참았지요. 아니꼬운 자식 같으니. 제
가 무어길래, 제나 내나 다 마찬가지 전중이고 다 마찬가지 간병부지.
흥, 제 놈이 나보다 며칠이나 먼저 왔다고 나를 명령하려 들어? 쥐새끼
같은 놈 같으니. 나이로 말해도 내가 제 형뻘은 되고, 세상에 있을 때
에 사회적 지위로 보더라도 나는 면서기까지 지낸 사람인데. 그래 제
따위 한 자요, 두 자요 하던 놈과 같을 줄 알고? 요놈의 자식, 내가 오
늘은 참았지마는 다시 한 번만 고따위로 주둥아리를 놀려봐? 고놈의
아가리를 찢어놓고 다릿마댕이를 분질러놓을걸. 우리는 목에 칼이 들어
오더라도 할 말은 하고, 할 일은 하고야 마는 사람여든!"

하고 곁방에 있는 '100호'라는 간병부에게 들리라 하는 말로 남은 분풀이를 하고 있다. 정은 간병부에게 동정하는 듯이 혀를 여러 번 차고 나서,

"쩟, 쩟, 아 참으셔요. 신상 체면을 보셔야지. 고까짓 어린 녀석하고 무얼 말다툼을 하세요. 아이 나쁜 녀석! 고녀석 눈깔딱지하고 주둥아리하고 독살스럽게도 생겨먹었지. 방정은 고게 또 무슨 방정이야? 고녀석 인제 또 옥에서 나가는 날로 또 뉘 집에 불놓고 들어올걸. 원, 고녀석, 글쎄, 남의 집에 불을 놓다니."

간병부는 정의 마지막 말에 눈이 뚱그레지며,

"그래, 나도 남의 집에 불놓았어. 그랬으니 어떻단 말이어? 당신같이 남의 돈을 속여먹는 것은 괜찮고, 남의 집에 불놓는 것만 나쁘단 말이오? 원, 별 아니꼬운 소리를 다 듣겠네. 여보, 그래 내가 불을 놓았으니 어떡허란 말이오? 웃기는 싱글싱글 왜 웃어? 그래 100호나 내가 남의 집에 불을 놓았으니 어떡허란 말이야?"

하고 정에게 향하여 상앗대질을 하였다.

정의 얼굴은 빨개졌다. 정은 모처럼 간병부의 비위를 맞추려고 하던 것이 그만 탈선이 되어서 이 봉변을 당하게 된 것이었다. 그러나 정의 얼굴에는 다시 웃음이 떠돌면서,

"아니, 내 말이 어디 그런 말이오? 신상이 오해시지."

하고 변명하려는 것을 간병부는,

"오해? 육회가 어떠우?"

"아니, 그런 말이 아니라, 신상도 불을 놓으셨지마는 신상은 술이 취하셔서 술김에 놓으신 것이어든. 그 술김이 아니면 신상이 어디 불놓으실 양반이오? 신상이 우락부락해서 홧김에 때려죽인다면 몰라도 천성이 대장부다우시니까 사기나 방화나 그런 죄는 안 지을 것이란 말이오! 그저 애매하게 방화죄를 지셨다는 말씀이지요. 내 말이 그 말이어든. 그런데 말이오. 저 100호, 그 녀석이야말로 정신이 멀쩡해서 불을

논 것이 아니오? 그게 정말 방화죄거든. 내 말이 그 말씀이야, 인제 알
아들으셨어요?"
하고 정은 제 말에 신이라는 간병부의 분이 풀린 것을 보고,
　"자, 이거나 잡수세요."
하며 밥그릇 통 속에 감추어두었던 조밥 떡을 내어 팔을 기다랗게 늘여
서 간병부에게 준다.
　"날마다 이거 미안해서 어떻게 하오?"
하고 간병부는 그 떡을 받았다.
　간병부가 잠깐 일어나서 간수가 오나, 아니 오나를 엿보고 난 뒤에
그 떡을 한 입 베어 물었다. 아까부터 간병부와 정과의 언쟁을 흥미 있
는 눈으로 흘끗흘끗 곁눈질하던 윤이,
　"아뿔싸, 신상 그것 잡숫지 마시오."
하고 말만으로도 부족하여 손까지 살래살래 내흔들었다.
　간병부는 꺼림칙한 듯이 떡을 입에 문 채로,
　"왜요?"
하며 제 자리에 와 앉는다. 간병부 다음에 내가 누워 있고, 그 다음에
정, 그 다음에 윤, 우리들의 자리 순서는 이러하였다. 윤은 점잖게 도
사리고 앉아서 부채를 딱딱하며,
　"내가 말라면 마슈. 내가 언제 거짓말했거디? 우리는 목에 칼이 오
더라도 바른말만 하는 사람이어든."
　그러는 동안에 간병부는 입에 물었던 떡을 삼켜버린다. 그리고 그 나
머지를 지리가미에 싸서 등뒤에 놓으면서,
　"아니, 어째 먹지 말란 말이오?"
　"그건 그리 아실 건 무엇 있소? 자시면 좋지 못하겠으닝게 먹지 말
랑게지."
　"아이, 말해요. 우리는 속이 갑갑해서, 그렇게 변죽만 울리는 소리를
듣고는 가슴에 불이 일어나서 못 견디어."

이때에 정이 불쾌한 얼굴로,

"신상, 그 미친 소리 듣지 마시오. 어서 잡수세요. 내가 신상께 설마 못 잡수실 것을 드릴라구?"

하였건마는 간병부는 정의 말만으로는 안심이 안 되는 모양이어서,

"윤서방, 어서 말씀하시오."

하고 약간 노기를 띤 언성으로 재차 묻는다.

"그렇게 아시고 싶을 건 무엇 있어서? 그저 부정한 것으로만 아시라 닝게. 내가 신상께 해로운 말씀할 사람은 아니닝게."

"아따, 그 아가리 좀 못 닥쳐?"

하며 정이 참다못해 벌떡 일어나서 윤을 흘겨본다.

윤은 까딱 아니하고 여전히 몸을 좌우로 흔들흔들하면서,

"당신네 평안도서는 사람의 입을 아가리라고 하는지 모르겠소마는, 우리네 전라도서는 점잖은 사람이 그런 소리는 아니하오. 종교가 노릇을 20년이나 했다는 양반이 그 무슨 말버릇이란 말이오? 종교가 노릇을 20년이라 했길래로 남 먹으라고 주는 음식에 침만 발라주었지, 십 년만 했더면 코발라 줄 뻔했소그려? 내가 아까 그러지 않아도 이르지 않았거디? 사람에게 먹을 것을 주려거든 숫으로 덜어서 주는 법이어. 침 묻은 젓가락으로 휘저어 가면서 맛날 듯한 노란 좁쌀은 죄다 골라막고 콩도 이것 집어다가 놓고, 저것 집어다가 놓고 입에 댔다가 놓고, 노르스름한 놈은 죄다 골라먹고. 그러고는 퍼렇게 뜬 좁쌀, 썩은 콩만 남겨서 제 밥그릇, 죽그릇, 젓가락 다 씻은 개숫물에 행주를 축여가지고는 코 묻은 손으로 주물럭주물럭해서 떡이라고 만들어가지고, 그런 뒤에도 요모조모 맛날 듯싶은 데는 다 떼어먹고 그것을 남겼다가 사람을 먹으라고 주니, 그리고 벼락이 무섭지 않아? 그런 것은 남을 주고도 벌을 받는 법이라고, 내가 그만큼 일렀단 말이어. 우리는 남의 흠담은 도무지 싫어하는 사람이닝게 이런 말도 안 하려고 했거든. 신상, 내 어디 처음에야 말했가디? 저 진상도 증인이어. 내가 그만큼 옳은 말로 타

일렀고, 또 덮어주었으면 평안도 상것이 '고맙습니다' 하는 말은 못할
망정, 잠자코나 있어야 할 게지. 사람이란 그렇게 뻔뻔해서는 못쓰는
게여."

윤의 말에 정은 어쩔 줄 모르고 얼굴만 푸르락누르락 하더니 얼른 다
시 기막히고 우습다는 표정을 하며,

"참 기막히오. 어쩌면 그렇게 빤빤스럽게도 거짓말을 꾸며대오? 내
가 밥에 모래와 쥐똥, 썩은 콩, 티검불 이런 걸 고르느라고 젓가락으로
밥을 저었지, 그래 내가 어떻게 보면 저 먹다 남은 찌꺼기를 신상더러
자시라고 할 사람 같아 보여? 아서우, 아서우. 그렇게 거짓말을 꾸며대
면, 혓바닥 잘린다고 했어. 신상, 아예 그 미친 소리 듣지 마시고 잡수
시오. 내 말이 거짓말이라면, 마른하늘에 벼락을 맞겠소!"
하고 할 말 다 했다는 듯이 자리에 눕는다. 정이 맹세하는 것을 듣고
나는 머리가 쭈뼛함을 깨달았다.

어쩌면 그렇게 영절스럽게 곁에다가 증인을 둘씩이나 두고도 벼락
맞을 맹세까지 할 수 있을까? 사람의 마음이란 헤아릴 수 없이 무서운
것이라고 깊이깊이 느껴졌다. 내가 설마 나서서 증거야 서랴? 정은 이
렇게 내 성격을 판단하고서 마음놓고 이렇게 꾸며대인 것이다. 나는,

'윤씨 말이 옳소. 정씨 말은 거짓말이오.'

이렇게 말할 용기가 없었다. 내게 이러한 용기 없는 것을 정이 빤히
들여다본 것이다. 윤도 정의 엄청난 거짓말에 기가 막힌 듯이 아무 말
도 없이 딴 데만 바라보고 앉아 있었다. 간병부는 사건의 진상을 내게
서나 알려는 듯이 가만히 누워 있는 내 얼굴을 들여다보고 있었다. 내
게 직접 말로 묻기는 어려운 모양이었다. 내게서 아무 말이 없음을 보
고, 간병부는 슬그머니 떡을 집어서 정의 머리맡에 놓으며,

"옜소, 데이상이나 잡수시오. 나 두 분 더 쌈 시키고 싶지 않소."
하고는 쩝쩝 입맛을 다신다. 나는 속으로 '참 잘한다' 하고 간병부의
지혜로운 판단에 탄복하였다.

　그러나 이 사건은 정이 윤에게 대한 깊은 원한을 맺히게 한 원인이었다. 윤이 기침을 하면 저쪽으로 고개를 돌리라는 둥, 입을 막고 하라는 둥, 캥캥하는 소리를 좀 작게 하라는 둥, 소갈머리가 고약하게 생겨먹어서 기침도 고약하게 한다는 둥, 또 윤이 낮잠이 들어 코를 골면, 팔꿈치로 윤의 옆구리를 찌르며 소갈머리가 고약하니깐 잘 때까지도 사람을 못 견디게 군다는 둥, 부채를 딱딱거리지 말라, 핼끔핼끔 곁눈질하는 것 보기 싫다, 이 모양으로 일일이 윤의 오금을 박았다. 윤도 지지 않고, 정을 해댔으나 입심으론 도저히 정의 적수가 아닐 뿐더러, 성미가 급한 사람이라 매양 윤이 곯아떨어지는 것 같았다. 코를 골기로는 정도 윤에게 지지 아니하였다. 더구나 정은 이가 뻐드러지고 입술이 뒤궁그러져서 코를 골기에는 십상이었지마는, 그래도 정은, 자기는 코를 골지 않노라고 언명하였다. 워낙 잠이 많은 윤은 정이 코를 고는 줄을 모르는 모양이었다. 간병부도 목침에 머리만 붙이면 잠이 드는 사람이므로, 정과 윤이 코를 고는 데에 희생이 되는 사람은 잠이 잘 들지 못하는 나뿐이었다. 윤은 소프라노로, 정은 바리톤으로 코를 골아대면 나는 언제까지든지 눈을 뜨고 창을 통하여 보이는 하늘의 별을 바라보고 있을 수밖에 없었다. 더구나 정은 윤의 입김이 싫다하여 꼭 내 편으로 고개를 향하고 자고, 나는 반듯이 밖에는 누울 수 없는 병자이기 때문에 정은 내 왼편 귀에다가 코를 골아넣었다. 위확장병으로 윗속에서 음식이 썩는 정의 입김은 실로 참을 수 없으리만큼 냄새가 고약한데, 이 입김을 후끈후끈 밤새도록 내 왼편 뺨에 불어붙였다. 나는 속으로 정이 반듯이 누워주었으면 하였으나, 차마 그 말을 못하였다. 나는 이것을 향기로운 냄새로 생각해보리라, 이렇게 힘도 써보았다. 만일 그 입김이 아름다운 젊은 여자의 입김이라면 내가 불쾌하게 여기지 아니할 것이 아닌가? 아름다운 젊은 여자의 뱃속엔들 똥은 없으며 썩은 음식은 없으랴? 모두 평등이 아니냐? 이러한 생각으로 코 고는 소리와 냄새나는 입김을 잊어버릴 공부를 해보았으나 공부가 그렇게 일조 일석에 될 리가 만무하였다. 정더러 좀 돌아누워 달랄까 이런 생각을 하고는 또 하고는 하였다. 뒷절에서 울려오는 목탁소리가 들릴 때까지 잠을 이루지 못하는 날이 많았다. 새벽 목탁소리가 나면 아침 세시 반이다. 딱딱딱 하는 새벽 목탁소리는 편이나 사람의 마음을 맑게 하는 힘이 있다.

"원컨대는 이 종소리, 법계에 고루 퍼져지이다."

한다든지,

"일체중생이 바로 깨달음을 얻어지이다."

하는 새벽 종소리 구절이 언제나 생각되었다. 인생이 괴로움의 바다요, 불붙는 집이라면, 감옥은 그중에도 가장 괴로운 데다. 게다가 옥중에서 병까지 들어서 병감에 한정 없이 뒹구는 것은 이 괴로움의 세 겹 괴로움이다. 이 괴로운 중생들이 서로서로 괴로워함을 볼 때에 중생의 업보는 '헤어 알기 어려워라'한 말씀을 다시금 생각하지 아니할 수 없었다.

새벽 목탁소리를 듣고 나서 잠이 좀 들 만하면, 윤과 정은 번갈아 똥통에 오르기를 시작하고, 더구나 제 생각만 하지 남의 생각이라고는 전연 하지 아니하는 정은 제가 흐뭇이 자고 난 것만 생각하고, 소리를 내어서 책을 읽거나, 또는 남들이 일어나기 전에 먼저 마음대로 물을 쓸 작정으로 세수를 하고, 전신에 냉수마찰을 하고, 그러고는 운동이 잘된다 하여 걸레질을 치고, 이 모양으로 수선을 떨어서 도무지 잠이 들 수가 없었다. 정은 기침 시간 전에 이런 짓을 하다가 간수에게 들켜서 여러 번 꾸지람을 받았지마는 그래도 막무가내 하였다.

떡 사건이 일어난 이튿날 키 작은 간병부가 우리 방 앞에 와서 누구를 향하여 하는 말인지 모르게 키 큰 간병부의 흉을 보기 시작했다. 그것은 어저께 싸움에 관한 이야기였다.

"키다리가 어저께 무어라고 해요? 꽤 분해하지요. 그놈 미친놈이지. 내게 대들어서 무슨 이를 보겠다고. 밥이라도 더 얻어먹고 상표라도 하나 타 보려거던, 내 눈 밖에 나고는 어림도 없지. 간수나 부장이나 내 말을 믿지, 제 말을 믿겠어요. 그런 줄도 모르고 걸핏하면 대든단 말

32

야. 건방진 자식 같으니! 제가 아무리 지랄을 하기로니 내가 눈이나 깜짝할 사람이오? 가만히 내버려두지. 이따금 빡빡 긁어서 약을 올려놓고는 가만히 두고보지. 그러면 똥구멍 찔린 소 모양으로, 저 혼자 영각을 하고 날치지. 목이 다 쉬도록 저 혼자 떠들다가 좀 짐짓하게 되면 내가 또 듣기 싫은 소리를 한마디해서 빡빡 긁어놓지. 그러면 또 길길이 뛰면서 악을 고래고래 쓰지. 그러고는 가만히 내버려두지. 그러면 제가 어쩔 테야? 제가 아무러기로 손찌검은 못할 테지? 그러다가 간수나 부장한테 들키면 경은 제가 치지."

하고 매우 고소한 듯이 웃는다 아마 키 큰 간병부는 본감에 심부름을 가고 없는 모양이었다.

"참, 9호(키 큰 간병부)는 미련퉁이야. 글쎄 햐쿠고상하고 다투다니 말이 되나? 햐쿠고상은 주임이신데, 주임의 명령에 복종을 해야지."

이것은 정의 말이다.

"사뭇 소라닝게. 경우를 타일러야 알아듣기나 하거디? 밤낮 면서기 다니던 게나 내세우지. 햐쿠고상도 퍽이나 속이 상하실 게요."

이것은 윤의 말이다.

"무얼 할 줄이나 아나요? 아무 것도 모르지. 게다가 흘게나 늦고 게을러빠지고, 눈치는 없고……."

이것은 키 작은 간병부의 말.

"그렇고말고요. 내가 다 아는걸. 일이야 햐쿠고상이 다 하시지. 규고상이야 무얼 하거디? 게다가 뽐내기는 경치게 뽐내지."

이것은 윤의 말이다.

"그까짓 녀석 간수한테 말해서 쫓아보내지. 나도 밑에 많은 사람을 부려봤지마는 손 안 맞는 사람을 어떻게 부리오? 나 같으면 사흘 안에 내쫓아버리겠소."

이것은 정의 말이다.

"그렇기로 인정간에 그럴 수도 없고, 나만 꾹꾹 참으면 고만이라고 여태껏 참아왔지요. 그렇지마는 또 한 번 그런 버르장머리를 해봐라, 이번엔 내가 가만두지 않을걸."

　이것은 키 작은 간병부의 말이다. 이때에 키 큰 간병부가 약병과 약봉지를 가지고 왔다. 키 작은 간병부는,

　"아마 오늘 전방들 하시게·될까 보오."

하고 우리 방으로 장질부사 환자가 하나 오기 때문에 우리들은 다음 방으로 옮아가게 되었으니, 준비를 해두라는 말을 하고 무슨 바쁜 일이나 있는 듯이 가버리고 말았다.

　키 큰 간병부는 '윤참봉', '정주사' 이 모양으로 농담삼아 이름을 불러가며 병에 든 물약과 종이 주머니에 든 가루약을 쇠창살 틈으로 들여보낸다.

　윤은 약을 받을 때마다 늘 하는 소리로,

　"이깐놈의 약 암만 먹으면 낫거디? 좋은 한약을 서너 첩 먹었으면 금시에 열이 내리고 기침도 안 나고 부기도 빠지겠지만."

하며 일어나서 약을 받아가지고 돌아와 앉는다.

　다음에는 정이 일어나서 창살 틈으로 바짝 다가서서 물약과 가루약을 받아들고 물러서려 할 때에 키 큰 간병부가 약봉지 하나를 더 주며,

　"이거 내가 먹는다고 비리발괄을 해서 얻어온 거요. 아껴 먹어요. 많이만 먹으면 되는 줄 알고 다른 사람 사흘에 먹을 것을 하루에 다 먹어버리니 어떻게 해. 그 약을 누가 이루 댄단 말이오."

　"그러니깐 고맙단 말씀이지. 규고상, 나 그 알콜 솜 좀 얻어주슈. 이번엔 좀 많이 줘요. 그냥 알콜 좀 얻을 수 없나? 그냥 알콜 한 고뿌 얻어주시오그려. 사회에 나가면 내가 그 신세 잊어버릴 사람은 아니오."

　"이건 누굴 경을 치울 양으로 그런 소리를 하오?"

　"아따, 그 햐쿠고는 살랑살랑 오는 것만 봐도 몸에 소름이 쪽쪽 끼쳐. 제가 무엔데 제 형님뻘이나 되는 규고상을 그렇게 몰아세요? 나 같으면 가만두지 않을 테야."

"흥, 주먹을 대면 고 쥐새끼 같은 놈 어스러지긴 하겠구."

정이 이렇게 키 큰 간병부에게 아첨하는 것을 보고 있던 윤이,

"규고상이 용하게 참으시거든. 그 악담을 내가 옆에서 들어도 이가 갈리건만 용하게 참으셔——성미가 그렇게 괄괄하신 이가 용하게 참으시거든!"

하고 깊이 감복하는 듯이 혀를 찬다.

얼마 뒤에 키 큰 간병부는 알콜 솜을 한웅큼 가져다가,

"세 분이 나노 쓰시오."

하며 들여민다. 정이 부리나케 일어나서,

"아리가도 고자이마쓰(고맙습니다)."

하고는 그 솜을 받아서 우선 코에 대고 한참 맡아본 뒤에 알콜 제일 많이 먹은 듯한 데로 삼분의 이쯤 떼어서 제가 가지고 그리고 나머지 삼분의 일을 둘로 갈라서 윤과 나에게 줄 줄 알았더니, 그것을 또 삼분에 갈라서 그중 한 분은 윤을 주고, 한 분은 나를 주고, 나머지 한 분을 또 둘에 갈라서 한 분은 큰 솜 뭉텅이에 넣어서 유지로 꽁꽁 싸놓고, 나머지 한 분으로 얼굴을 닦고 손을 닦고 머리를 닦고 발바닥까지 닦아서 내어버린다.

그는 알콜 솜을 이렇게 많이 얻어서 유지에 싸놓고는 하루에도 몇 번씩 얼굴과 손과 모가지를 닦는데, 그것은 살결이 곱고 부드러워지게 하기 위함이라고 한다.

저녁을 먹고 나서 전방을 할 줄 알았더니, 거진 다 저녁때가 되어서 키 작고 통통한 간수가 와서 철컥 하고 문을 열어젖히며,

"뎀보, 뎀보!"

하고 소리를 친다. 그 뒤로 키 작은 간병부가 와서,

"전방요, 전방."

하고 통역을 한다. 정이 제 베개와 알루미늄 밥그릇을 싸가지고 가려는 것을,

"안 돼! 안 돼!"

하고 간수가 소리를 질러서 아까운 듯이 도로 내어놓고, 간신히 겨우 알콜 솜 한 뭉텅이만은 간수 못 보는 데 집어넣고, 우리는 주렁주렁 용수를 쓰고 방에서 나와서, 다음 방으로 들어갔다. 철컥 하고 문이 도로 잠겼다. 아랫목에는 민이 우리가 들어오는 것을 보고 어린애 모양으로 방글방글 웃고 앉아 있었다. 서로 떠난 지 20여일 동안에 민은 무섭게 수척하였다. 얼굴에는 그 옴팡눈만 있는 것 같고 그 눈도 자유로 돌지를 못하는 것 같았다. 두 무릎 위에 늘인 팔과 손에는 혈관만이 불룩불룩 솟아 있고 정강이는 무르팍 밑보다도 발목이 더 굵었다. 저러고 어떻게 목숨이 붙어 있나 하고 나는 이 해골과 같은 민을 보면서,

"요새는 무얼 잡수세요?"

하고 큰소리로 물었다. 그의 귀가 여간한 소리는 듣지 못할 것같이 생각됐던 까닭이다.

민은 머리맡에 삼분의 이쯤 남은 우유병을 가리키면서,

"서울 있는 매부가 돈 오원을 차입을 해서 날마다 우유 한 병씩 사먹지요. 그것도 한 모금 먹으면 더 넘어가지를 않아요. 맛은 고소하건만 목구멍에 넘어를 가야지. 내 매부가 부자지요. 한 칠백 석하고 잘 살아요. 나가기만 하면 매부네 집에 가 있을 텐데, 사랑도 널찍하고 좋지요. 그래도 누이가 있으니깐. 매부도 사람이 좋구요. 육회도 해먹고 배갈도 한 잔씩 따뜻하게 데워 먹고 하면, 살아날 것도 같구먼!"

이런 소리를 하고 있었다. 그는 매부가 부자라는 것을 자랑하기 위해서 이런 말을 하는 모양이었다.

또 민의 바로 곁에 자리를 잡게 된 윤은 부채를 딱딱거리며,

"그래도 매부는 좀 사람인 모양이지? 집에선 아직도 아무 소식이 없단 말여? 이봐. 내 말대로 하라닝게. 간수장한테 면회를 청하고 집에 있는 세간을 팔아서 먹구픈 것 사 먹기도 하고, 변호사를 대어서 보석 청원도 해요. 저렇게 송장이 다 된 것을 보석을 안 시킬 리가 있나? 인

제는 광대뼈꺼정 빨갛다닝게. 저렇게 되면 한 달을 못 간단 말이여. 서
방이 다 죽게 되도 모르는 체하는 열아홉 살 먹은 계집년을 천냥을 남
겨주겠다고? 또 그까짓 자식새끼? 나 같으면 모가지를 비틀어 빼어버
릴 테야! 저 봐. 할딱할딱하는 게 숨이 목구멍에서만 나와. 다 죽었어,
다 죽었어."
하고 앙잘거린다.

"글쎄, 이 자식이 오래간만에 만났거든 그래도 좀 어떠냐 말이나 묻
는 게지. 그저 댓바람에 악담이야? 네녀석의 악담을 며칠 안 들어서 맘
이 좀 편안하더니 또 요길 왔어? 너도 손발이 통통 분 게 며칠 살 것
같지 못하다. 아이고 제발 그 악담 좀 말아라."

민은 이렇게 말하고 한숨을 쉬고는 자리에 눕는다.

이 방에는 민 외에 강이라고 하는 키 커다랗고 건장한 청년 하나가
아랫배에 붕대를 감고 벽에 기대어 앉아 있었다. 나중에 들으니 그는
어떤 신문 지국 기자로서, 과부 며느리와 추한 관계가 있다는 부자 하
나를 공갈을 해서 돈 일천육백원을 뺏어 먹은 죄로 붙들려온 사람이라
고 하며, 대단히 성미가 괄괄하고 비위를 거슬리는 일은 참지를 못하는
사람이 되어서, 가끔 윤과 정을 몰아세운다. 윤이 민을 못 견디게 굴면
반드시 윤을 책망하였고, 정이 윤을 못 견디게 굴면 또 정을 몰아세운
다. 정과 윤은 강을 향하여 이를 갈았으나 강은 두 사람을 깍쟁이같이
멸시하였다. 윤 다음에 정이 눕고, 정의 곁에 강이 눕고, 강 다음에 내
가 눕게 된 관계로 강과 정과가 충돌할 기회가 자연 많아졌다. 강은 전
문학교까지 졸업한 사람이기 때문에 지식이 상당하여서 정이 아는 체
하는 소리를 할 때마다, 사정없이 오금을 박았다.

"어디서 한마디 두 마디 주워들은 소리를 가지고 아는 체하고 지절
대오? 시골구석에서 무식한 농민들 속여먹던 버르장머리를 아무 데서
나 하려 들어? 벙글벙글하는 당신 상관때기에 나는 거짓말쟁이오 하고
뚜렷이 써 붙였어. 인제 낫살도 마흔댓 살 먹었으니 죽기 전에 사람 구

실을 좀 해보지. 댁이 의학은 무슨 의학을 아노라고 걸핏하면 남에게 약 처방을 하오? 다른 사기는 다 해먹더라도 잘 알지도 못하는 의원 노릇일랑 아예 말어. 침도 아노라, 한방의도 아노라, 양의도 아노라, 그렇게 아는 사람이 어디 있어? 당신이 그따위로 사람을 많이 속여먹었으니 배때기가 온전할 수가 있나? 욕심은 많아서 한 끼에 두 사람 세 사람 먹을 것을 처먹고는 약을 처먹어, 물을 처먹어. 그러고는 방귀질, 또 똥질, 트림질, 게다가 자꾸 토하기까지 하니 그놈의 냄새에 곁엣 사람이 살 수가 있나? 그렇게 처먹고 밥주머니가 늘어나지 않아? 게다가 한다는 소리가 밤낮 거짓말──싱글벙글 웃기는 왜 웃어? 누가 이쁘다는 게야? 알콜 솜으로 문지르기만 하면 상관때기가 예뻐지는 줄 아슈? 그 알콜 솜도 나랏돈이오. 당신네 집에서 언제 제 돈 가지고 알콜 한 병 사봤어? 벌써 꼬락서니가 생전 사람구실 해보기는 틀렸소마는, 제발 나 보는 데서만은 그 주둥아리 좀 닫치고 있어요.”

강은 자기보다 근 20년이나 나이 많은 정을 이렇게 몰아 세운다.

한번은 점심때에 자반 멸치 한 그릇이 들어왔다. 이것은 온 방안에 있는 사람들이 골고루 나누어 먹으라는 것이다. 멸치라야 성한 것은 한 개도 없고, 꼬랑지, 대가리, 모두 부스러진 것뿐이요, 게다가 짚 검불이며, 막대기며, 별의별 것이 다 섞여 있는 것들이나, 그래도 감옥에서는 한 주일에 한 번이나 두 주일에 한 번밖에는 못 얻어먹는 별미여서, 이러한 반찬이 들어오는 날은 모두들 생일이나 명절을 당한 것처럼 기뻐하였다. 정은 여전히 밥 받아들이는 일을 맡았기 때문에 이 멸치 그릇을 받아서 젓가락으로 뒤적거리며 살이 많은 것은 골라서 제 그릇에 먼저 덜어놓고, 대가리와 꼬랑지만을 다른 네 사람을 위하여 내어놓았다. 내가 보기에도 정이 가진 것은 절반은 다 못 되어도 삼분의 일은 훨씬 넘었다. 그러나 정의 눈에는 그것이 멸치 전체의 오분지 일로 보인 모양이었다.

나는 강의 입에서 반드시 벼락을 내릴 것을 예기하고, 그것을 완화해

볼 양으로 정더러,

"여보시오, 멸치가 고르게 분배되지 않은 모양이니, 다시 분배를 하시오."

하였으나, 정은 자기 그릇에 담았던 멸치 속에서 그중 맛없을 만한 것 서너 개를 골라서 이쪽 그릇에 덜어놓을 뿐이었다. 그러고는 대단히 맛나는 듯이 제 그릇의 멸치를 집어먹는데, 그것도 그중 맛나 보이는 것을 골라서 먼저 먹었다.

민은 아무 욕심도 없는 듯이 쌀뜨물 같은 미음을 한 모금 마시고는 놓고, 또 한 모금 마시고는 놓고 할 뿐이요, 멸치에 대해서는 아무 관심이 없는 모양이었으나, 윤은 못마땅한 듯이 연해 정을 곁눈으로 흘겨보면서 그래도 멸치를 골라먹고 있었다. 강만은 멸치에는 젓가락을 대어보지도 않고, 조밥 한 덩이를 다 먹고 나더니마는, 멸치 그릇을 들어서 정의 그릇에 쏟아버렸다. 나도 웬일인지 멸치에는 젓가락을 대지 아니하였다.

정은 고개를 번쩍 들어 강을 바라보며,

"왜 멸치 좋아 안하셔요?"

"우린 좋아 아니해요. 두었다 저녁에 자시오."

하고 강은 아무 말 없이 물을 먹고는 제자리에 가서 드러누웠다. 나는 강의 속에 무슨 생각이 났는지 몰라 우습기도 하고 궁금하기도 하였다.

정은 역시 강의 속이 무서운 모양이었으나, 다섯 사람이 먹을 멸치를, 게다가 소금 절반이라고 할 만한 멸치를 거진 다 먹고 조금 남은 것을 저녁에 먹는다고 라디에이터 밑에 감추어두었다.

정은 대단히 만족한 듯이 싱글싱글 웃으며 제자리에 와 드러누웠다. 그러더니 얼마 아니해서 코를 골았다. 식곤증이 난 모양이라고 나는 생각하였다. 아무리 위장이 튼튼한 장정 일꾼이라도 자반 멸치 한 사발을 다 먹고 무사히 내릴 리는 없을 것 같았다. 강도 그 눈치를 알았는지 배의 붕대를 끌러놓고 부채로 수술한 자리에 바람을 넣으면서 픽픽 웃

고 앉았더니, 문득 일어나서 물주전자 있는 자리에 와서 그것을 들어
흔들어보고 그러고는 뚜껑을 열어보았다. 강은 나와 윤에게 물을 한 잔
씩 따라서 권하고, 그러고는 자기가 두 보시기나 마시고, 그 나머지로
는 수건을 빨아서 제 배를 훔치고, 그러고는 물 한 방울도 없는 주전자
를 마룻바닥에 내어던지듯이 덜컥 놓고는 제자리에 돌아와 앉았다.
　강이 하는 양을 보고 앉았던 윤은,
　"강 선생, 그것 잘 하셨소. 홍, 이제 잠만 깨면 목구멍에 불이 일어
날 것이닝게."
하고는 주전자 뚜껑을 열어 물이 한 모금도 아니 남은 것을 보고 제 자
리에 돌아와 앉는다.
　정은 숨이 막힐 듯이 코를 골더니 한 시간쯤 지나서 눈을 번쩍 뜨며
일어나는 길로 주전자 앞으로 달려갔다. 그러나 주전자에 물이 한 방울
도 없는 것을 보고, 와락 화를 내어 주전자를 동댕이를 치고 윤을 흘겨
보면서,
　"그래, 물을 한 방울도 안 남기고 자신단 말이오? 내가 아까 물이
있는 것 보고 잤는데, 그렇게 남의 생각을 아니하고 제 욕심만 채우니
깐두루 밤낮 똥질을 하지."
하고 트집을 잡는다.
　"뉘가 할 소리여? 그게 춘치 자명이라는 것이여."
하고 윤은 점잖을 뺀다.
　"물은 내가 다 먹었소."
하고 강이 나앉는다.
　"멸치는 댁이 다 먹었으니, 우리는 물로나 배를 채워야 아니 하오?
멸치도 혼자 다 먹고 물도 혼자 다 먹었으면 속이 시원하겠소?"
　정은 아무 말도 아니하였다. 그러나 목이 말라 죽을 지경인 모양이었
다. 그는 누웠다 앉았다, 도무지 자리를 잡지 못하였다. 그가 가끔 일
어나서 철창으로 복도를 바라보는 것은 간병부더러 물을 청하려는 것

인 듯하였다. 그러나 간병부는 어디 갔는지 좀체로 보이지 아니하였고, 그 동안에 간수와 부장이 두어 번 지나갔으나, 차마 물 달라는 말은 나오지 않는 모양이었다. 그 동안이 퍽 오래 지난 것 같았다. 이때에 키 작은 간병부가 왔다. 정은 주전자를 들고 일어나서 창으로 마주가며,

"햐쿠고상, 여기 물 좀 주세요. 도무지 무엇을 먹지를 못하니깐두루 헛헛증이 나고, 목이 말라서. 물이 한 방울도 없구먼요."

하고 얼굴 전체가 웃음이 되어 아첨하는 빛을 보인다.

"여기를 어딘 줄 아슈? 감옥살이를 일년을 해도, 감옥소 규칙도 몰라? 저녁때 아니고 무슨 물이 있단 말이오?"

100호는 이렇게 웃어버린다. 정은 주전자를 높이 들어 흔들며,

"그러니까 청이지요. 목마른 사람에게 물 한잔 주는 것도 급수공덕이라는 말을 못 들으셨어요? 한잔만 주세요. 수통에서 얼른 길어오면 안 되오?"

"그렇게 배도 곯아보고, 목도 말라보아야 합니다. 남의 돈 공으로 먹으려다가 붙들려 왔으면, 그만한 고생도 안 해?"

하고 말하다가, 간수 오는 것을 봄인지 간병부는 얼른 가버리고 만다. 정은 머쓱해서 주전자를 방바닥에 놓고 자리에 와 앉는다. 옆방 장질부사 환자의 간호를 하고 있는 키 큰 간병부가 통행금지하는 줄 저편에서 고개를 기웃하여 우리들이 있는 방을 들여다보며,

"정 주사, 물 좀 줄까? 얼음 냉수 좀 줄까?"

하고 환자 머리 식히는 얼음주머니에 넣던 얼음 한 조각을 한줌 들어보인다. 정은 벌떡 일어나서 창 밑으로 가며,

"규고상, 그거 한 덩이만 던져주슈."

하고 손을 내민다.

"이건 왜 이래? 장질부사 무섭지 않아? 내 손에 장질부사 균이 득시글득시글한다나."

"아따, 그 소독물에 좀 씻어서 한 덩어리만 던져주세요. 아주 목이

타는 것 같구려. 그렇잖으면 이 주전자에다가 물 한 구기만 넣어주세요. 아주 가슴에 불이 인다니깐."

"아까 들으니까 멸치를 혼자 자시는 모양입디다그려. 그걸 그냥 새겨야지. 물을 먹으면 다 오줌으로 나가지 않우? 그냥 새겨야 얼굴이 반드르해진단 말야."

그러고는 키 큰 간병부는 새끼손가락만한 얼음 한 덩이를 정을 향하고 집어던졌으나, 그것이 하필이면 쇠창살에 맞고 복도에 떨어져버리고 말았다. 그러고는 키 큰 간병부는 얼음주머니를 가지고 방으로 들어가버렸다.

정은 제자리에 돌아와 고개를 숙이고 앉았다.

"소금을 자슈. 체한 데는 소금을 먹어야 하는 게야."

이것은 강의 처방이었다. 정은 원망스러운 듯이 강을 한번 힐끔 돌아보고는 입맛을 다셨다.

"저 타구에 물이 좀 있지 않아? 양칫물은 남의 세 갑절 쓰지? 그게 저 타구에 있지 않아? 그거라도 마시지."

이것은 윤의 말이었다.

"아까 짠것을 너무 자십디다. 속도 좋지 않은 이가 이렇게 자시고 무사할 리가 있소?"

하며 민이 자기 머리맡에 놓았던 우유병을 정에게 주었다.

"이거라도 자셔보슈."

"고맙습니다. 그저 병환이 하루바삐 나으시고 무죄가 되어서 나갑소사."

하고 정은 정말 합장하여 민에게 절을 하고 나서 그 우유병을 단숨에 들이켰다.

"사람들이 그래서는 못쓰는 것이오. 남을 위할 줄을 알아야 쓰는 게지. 남을 괴롭게 하고 비웃고 하면 천벌을 받는 법이오. 하느님이 다 내려다보시고 계시거든."

정은 이렇게 한바탕 설교를 하고 다시는 물 얻어먹을 생각도 못하고 누워버리고 말았다.

"당신이 사람은 아니오. 너무 처먹어서 목이 갈한 데다가 또 우유를 먹으면 어떡허자는 말이오? 흥, 뱃속에서 야단이 나겠수. 탐욕이 많으면 그런 법입니다. 저 먹을 만큼만 먹으면 배탈이 왜 난단 말이오? 그저 이건 들여라 들여라니 당신 그러다가는 장위가 아주 결단이 나서 나중엔 미음도 못 먹게 되오! 알긴 경치게 많이 알면서 왜 제 몸 돌아볼 줄만은 몰라? 그러고는 남더러 천벌을 받는다고. 인제 오늘 밤중쯤 되면 당신이야말로 천벌 받는 것을 내가 볼걸."

강은 이렇게 빈정대었다.

이러는 동안에 또 저녁 먹을 때가 되었다. 저녁 한 때만은 사식을 먹는 정은 분명히 굶어야 옳은 것이언만, 받아놓고 보니 하얀 밥과 섭산적과 자반 고등어와 쇠꼬리 국과를 그냥 내어놓을 수는 없는 모양이었다.

"저녁을랑 좀 적게 자시지요."

하는 내 말에 정은,

"내가 점심에 무얼 먹었다고 그러십니까? 왜 다들 나를 철없는 어린애로 아슈?"

하고 화를 내었다.

정은 저녁 차입을 다 먹고 점심에 남겼던 멸치도 다 핥아먹고, 그렇게도 그립던 물을 세보시기나 벌컥벌컥 마셨다.

'슈신(취침)' 하는 소리에 우리들은 다 자리에 누워서 잠을 기다리고 있었다.

정은 대단히 속이 거북한 모양이어서, 두어 번이나 일어나서 소금을 먹고는 물을 마셨다. 그러고도 내 약봉지에 남은 소화약을 세 봉지나 달래서 다 먹었다.

옆방에 옮아 온 장질부사 환자는 연해 앓는 소리와 헛소리를 하고 있

었다. 집으로 보내어달라고 소리를 지르고 '아주머니 아주머니' 하고
목을 놓아 울기도 하였다.

이 젊은 장질부사 환자의 앓는 소리에 자극이 되어서 좀체로 잠이 들
지 아니하였다. 내 곁에 누운 간병부는 그 환자에 대하여 내 귀에 대고
이렇게 설명하였다.

"저 사람이 ○전 출신이라는데, 지금 스물일곱 살이래요. 황금정에
가게를 내고 장사를 하다가 그만 밑져서 화재보험을 타먹을 양으로 불
을 놓았다나요. 그래 검사한테 십년 구형을 받았대요. 십년 구형을 받
고는 법정에서 졸도를 했다고요. 의사의 말이 살기가 어렵다는 걸요.
집엔 부모도 없고, 형수 손에 길리었다고요. 그래서 저렇게 아주머니만
찾아요. 사람은 괜찮은데 어쩌다가 나 모양으로 불 놓을 생각이 났는
지."

장질부사 환자는 여전히 아주머니를 찾고 있었다.

정은 밤에 세 번이나 일어나서 토하였다. 방안에는 멸치 비린내 나는
시큼한 냄새가 가득 찼다. 윤과 강은 이거 어디 살겠느냐고 정에게 핀
잔을 주었으나 정은 대꾸할 기운도 없는 모양인지 토하는 일이 끝나고
는 배멀미하는 사람 모양으로 비틀비틀 제자리에 돌아와 쓰러져버렸다.
이것이 빌미가 되어서 정은 이틀이나 사흘 만에 한 번씩은 토하는 증세
가 생겼는데, 그래도 정은 여전히 끼니 때마다 두 사람 먹을 것을 먹었
고, 그러면서도 토할 때에 간수한테 들키면 아무 것도 먹은 것은 없는
데 저절로 뱃속에 물이 생겨서 이렇게 토하노라고 변명을 하였다. 그리
고는 우리들을 향하여서도,

"글쎄, 조화 아니야요? 아무 것도 먹은 것이 없는데 이렇게 물이 한
타구씩 배에 고인단 말이야요. 나를 이 주일만 놓아주면 약을 먹어서
단박에 고칠 수가 있건마는."

이렇게 아무도 믿지 아니하는 소리를 지껄이는 것이었다.

민의 모양이 시간시간 글러지는 양이 눈에 띄었다. 요새 며칠째는 윤

이 아무리 긁적거려도 한마디의 대꾸도 아니하였고, 똥통에서 내려오다
가도 두어 번이나 뒹굴었다. 그는 눈알도 굴리지 못하는 것 같고 입도
다물 기운이 없는 것 같았다. 우리는 밤에 자다가도 가끔 그가 숨이 남
았나 하고 고개를 쳐들어 바라보게 되었다. 그래도 어떤 때는 흰밥이
먹고 싶다고 한 숟가락을 얻어서 입에 물고 어물어물하다가 도로 뱉으
며,

"인제는 밥도 무슨 맛인지 모르겠어. 배갈이나 한 잔 먹으면 어떨
지?"

하고 심히 비감한 빛을 보였다. 민은 하루에 미음 두어 숟갈, 물 두어
모금만으로 목숨을 부지하고 있었다. 하루는 의무과장이 와서 진찰을
하고 복막에서 고름을 빼어보고 나가더니, 이삼일 지나서 취침시간이
지난 뒤에 보석이 되어 나갔다. 그래도 집으로 나간단 말이 기뻐서, 그
는 벙글벙글 웃으면서 보퉁이를 들고 비틀비틀 걸어 나갔다.

"흥, 저거 인제 나가는 길로 뒈지네."

하고 윤이 코웃음을 하였다. 얼마 있다가 민을 부축하고 나갔던 간병부
가 들어와서,

"곧잘 걸어요. 곧잘 걸어 나가요. 펄펄 날뛰던데!"

하고 웃었다.

"나도 보석이나 나갔으면 살아날 텐데."

하고 정이 퉁퉁 부은 얼굴에 싱글싱글 웃으면서 입맛을 다셨다.

"내가 무어라고 했어? 코끝이 그렇게 빨개지고는 못 산다닝게. 그리
고 성미가 고따위로 생겨먹고 병이 낫거디? 의사가 하라는 건 죽어라
하고 안 하거든. 약을 먹으라니 약을 처먹나. 그건 무가내닝게."

윤은 이런 소리를 하였다.

"흥, 똥 묻은 개가 겨 묻은 개 숭본다. 댁이 누구 숭을 보아? 밤낮
똥질을 하면서도 자꾸 처먹고."

이것은 정이 윤을 나무라는 것이었다.

"허허허허. 참 입들이 보배요. 남이 제게 할 소리를 제가 남에게 하고 있다니까. 아아 참."

이것은 강이 정을 보고 하는 소리였다.

민이 보석으로 나가던 날 밤, 내가 한잠을 자고 무슨 소리에 놀라 깨었을 때에; 나는 곁방 장질부사 환자가 방금 운명하는 중임을 깨달았다. 끙끙 소리와 함께 목에 가래끓는 소리가 고요한 새벽 공기를 울려오는 것이었다. 그 방에 있는 간병부도 잠이 든 모양이어서 앓는 사람의 숨 모으는 소리뿐이요, 도무지 인기척이 없었다. 나는 내 곁에서 자는 간병부를 깨워서 이 뜻을 알렸다. 간병부는 간수를 부르고 간수는 비상경보하는 벨을 눌러서 간수부장이며 간수장이 달려오고, 얼마 있다가 의사가 달려왔다. 그러나 의사가 주사를 놓고 간 뒤, 반시간이 못하여 장질부사 환자는 마침내 죽어버렸다.

이튿날 아침 죽은 청년의 시체가 그 방에서 나가는 것을 우리는 엿보았다. 붕대로 싸맨 얼굴은 아니 보이나 길다란 검은 머리카락이 비죽이 내어민 것이 처량하였다. 그는 머리를 무척 아낀 모양이어서 감옥에 들어온 지 여러 달이 되도록 머리를 남겨둔 것이었다. 아직 장가도 아니 든 청년이니 머리에 향내하는 포마드를 발라 산뜻하게 갈라붙이고 면도를 곱게 하고, 얼굴에 파우다를 바르고 나섰을 법도 한 일이었다. 그는 인생 향락의 밑천을 얻을 양으로 장사를 시작하였다가 실패하였다. 실패하자, 돈에 대한 탐욕은 마침내 제 집에 불을 놓아 화재보험금을 사기하리라는 생각까지 내게 하였고, 탐욕으로 원인을 하는 이 큰 죄악에서 오는 당연한 결과로 경찰서 유치장을 거쳐 감옥살이를 하다가, 믿지 못할 인생을 끝마감한 것이다. 나는 그가 어느 날 밤에 집에 불을 놓을 결심을 하던 양을 상상하다가, 이왕 죽어버린 불쌍한 젊은 혼에게 대하여 미안한 생각이 나서, 뒷문으로 나가는 그의 시체를 향하여 합장하고 고개를 숙였다. 그 시체의 뒤에는 그가 헛소리로까지 부르던 아주머니가 그 남편과 함께 눈물을 씻으며 소리없이 따라가는 것이 보였다.

그를 간호하던 키 큰 간병부 말이, 그는 죽기 전 이삼일 동안은 정신만 들면 예수교식으로 기도를 올렸다고 하며, 또 잠꼬대 모양으로 '하느님 하느님' 하고 부르고, 예수의 십자가의 공로로 이 죄인을 용서하여 달라고 중얼거리더라고 한다. 그는 본래 예수교의 가정에서 자라서 중학교나 전문학교를 다 교회 학교에서 마쳤다고 한다. 생각건대는, 재물이 풍성함으로 사는 것이 아니라는 예수의 말씀이 잘 믿어지지 아니하여 돈으로 세상 영화를 구하려는 데몬의 유혹에 걸렸다가, 거진 다 죽게 된 때에야 본심에 돌아간 모양이었다.

이날은 날이 심히 덥고 볕이 잘 나서 죽은 사람의 방에 있던 돗자리와 매트리스와 이불과 베개와를 우리가 일광욕하는 마당에 내어 널었다. 그 베개가 촉촉이 젖은 것은 죽은 사람이 마지막으로 흘린 땀인 모양이었다. 입에다가 가제 마스크를 대고 시체가 있던 방을 치우고, 소독하던 키 큰 간병부는 크레졸 물에다가 손과 팔뚝을 빡빡 문지르며,

"이런 제에길, 보름 동안이나 잠 못 자고 애쓴 공로가 어디 있나? 팔자가 사나우니까 내 어머니 임종도 못 한 녀석이 엉뚱한 다른 사람의 임종을 다 했지. 허허."

하고 웃는다. 그 청년이 죽어 나간 뒤로부터 며칠 동안 윤이나 정이나 내나 대단히 침울하였다.

윤의 기침은 점점 더하고 열도 오후면 38도 7부 가량이나 올라갔다. 그는 기침을 하고는 지리가미에 담을 뱉어서 아무 데나 내어버리고, 열이 올라갈 때면 혼몽해서 잠을 자다가는 깨기만 하면 냉수를 퍼먹는다. 담을 함부로 뱉지 말고 타구에 뱉으라고 정도 말하고 나도 말하였지마는, 그는 종시 듣지 아니하고 내 자리 밑에 넣은 지리가미를 제 마음대로 집어다가는 하루에도 사오십 장씩이나 담을 뱉어서 내어던지고, 그가 기침이 나서 누에 모양으로 고개를 내어두르며 캑캑 기침을 할 때에 곁에 누웠던 정이 윤더러 고개를 저쪽으로 돌리고 기침을 하라는 소리를 지르면, 윤은 심사로 더욱 정의 얼굴을 향하고 캑캑거렸다.

"내가 폐병인 줄 아나. 왜? 내 기침은 폐병 기침은 아녀. 내 기침이
야 깨끗하지. 당신 왝왝 돌리는 게나 좀 말어, 제발."
하고 윤은 도리어 정에게 핀잔을 주었다.

정은 마침내 간병부를 보고 윤이 기침이 대단한 것과, 함부로 담을
뱉으니, 그 담에 균이 있나 없나 검사해야 될 것을 주장하였다.

"검사해보아, 검사해보아. 내가 폐병인 줄 알고? 내가 이래 뵈어도
철골이어던. 이게 해소 기침이지 폐병 기침은 아녀."
하고 윤은 정을 흘겨보았다. 그 문제로 해서 그날 온종일 윤과 정은 으
르렁거리고 있다가 그 이튿날 아침 진찰시간에 정은 의사와 간병부가
있는 자리에서, 윤이 기침이 심하고 담을 많이 뱉고 또 아무 데나 함부
로 뱉는 것을 말하여 의사의 주의를 끌고 윤에게 망신을 주었다. 방에
돌아오는 길로 윤은 정을 향하여,

"댁이 나와 무슨 원수여? 댁이 끼니 때마다 밥을 속여, 베개를 셋씩
이나 베어, 밤마다 토해, 이런 소리를 내가 간수보고 하면 댁이 경칠
줄 몰라? 임자가 그따위 개도 안 먹을 소갈머리를 가졌으닝게 처먹는
게 살 안되는 게여. 속에서 푹푹 썩어서 똥구멍으로 나갈 게 아가리
로 나오는 게야. 댁의 상판때기를 보아요. 누렇게 들뜬 것이 저러고 안
죽는 법 있어? 누가 여기서 먼저 죽어나가나 내기할까?"
하고 대들었다.

담 검사한 결과는 그로부터 사흘 후에 알려졌다. 키 작은 간병부의
말이, 플러스 플러스 플러스 열십자가 세 개나 적혔더라고 한다. 윤은
멀거니 간병부와 나를 번갈아 쳐다보며,

"플러스 플러스는 무어고, 열십자 세 개는 무어여?"
하고 근심스럽게 물었다.

"폐병 버러지가 득시글득시글한단 말여."
하고 정이 가로맡아 대답을 하였다.

"당신더러 묻는 말 아니여."

하고 정에게 핀잔을 주고 나서 윤은,

"내 담에 아무 것도 없지라오? 열십자 세 개란 무어여?"

하고 간병부를 쳐다본다.

간병부는 빙그레 웃으며,

"괜찮아요. 담에 무엇이 있는지야 의사가 알지 내가 알아요."

하고는 가버리고 말았다.

정이 제자리를 윤의 자리에서 댓 치나 떨어지게 내 쪽으로 당기어 깔고,

"저 담벼락 쪽으로 바싹 다가서 누워요. 기침을 할 때에는 담벼락을 향하고, 담을랑 타구에 뱉고. 사람의 말 주릴하게도 안 듣네. 당신 담에 말이오. 폐결핵균이 말이야, 폐병 벌레가 말이야, 대단히 많단 말이우. 열십자가 하나면 좀 있단 말이고, 열십자가 둘이면 많이 있단 말이고, 열십자가 셋이면 대단히 많이 있단 말이야, 인제 알아들었수? 그러니깐두루 말이야, 다른 사람 생각을 좀 해서 함부로 담을 뱉지 말란 말이오."

하는 말을 듣고 윤의 얼굴은 해쓱해지며 내게,

"진상 그게 정말인 게요?"

하고 묻는 소리가 떨렸다. 나는,

"내일 의사가 무어라고 말씀하겠지요."

할 뿐이요, 그 이상 더 할 말이 없었다.

저녁때가 다 되어서 키 작은 간병부가 와서,

"윤서방! 전방이오 전방. 좋겠소. 널찍한 방에 혼자 맡아가지고 정서방하고 쌈도 안 하고. 인제 잘 됐지, 어서 짐이나 차려요."

하는 말에, 윤은 자리에 벌떡 일어나 앉으며, 간병부를 눈 흘겨보면서,

"여보, 그래 댁은 나와 무슨 웬수란 말이오? 내 담을 갖다가 검사를 시키고, 그리고 나를 사람 죽은 방에 혼자 가 있게 해? 날더러 죽으라는 말이지. 난 그 방 안 가오. 어디 어떤 놈이 와서 나를 그 방으로 끌

어가나 볼라오. 내가 그 놈과 사생결단을 할 터이닝게 그래 이 따위 입으로 똥싸는 더러운 병자는 가만두고, 나 같은 말짱한 사람을 그래 사람 죽은 방으로 혼자 가래? 햐쿠고상, 나를 사람 죽은 방으로 보내고 그래 댁이 앙화를 안 받을 듯싶소.”

하고 악을 썼다.

“왜 날더러 그러오? 내가 당신을 어디로 보내고 말고 하오? 또 제가 전염병이 있으면 가란 말 없어도 다른 사람 없는 데로 가는 게지, 다른 사람들까지 병을 묻혀놓으려고? 심사가 그래서는 못써. 죽을 날이 가깝거든 맘을 좀 착하게 먹어. 이건 무슨 퉁명이야?”

간병부는 이렇게 말하고 코웃음을 웃으며 가버린다.

간병부가 간 뒤에는 윤은 정에게 원망하는 말을 퍼부었다. 제 담 검사를 정이 주장하였다는 것이다. 그는 정이 죽어나가는 것을 맹세코 제 눈으로 보겠다고 장담하고, 또 만일 불행히 제가 먼저 죽으면 죽은 귀신이라도 정에게 원수를 갚을 것을 선언하였다. 정은 아무 말도 아니하고 고소한 듯이 싱글벙글 웃기만 하고 있더니,

“흥, 그리 마오. 당신이 그런 악한 마음을 가졌으니깐두루 그런 악한 병을 앓게 되는 게유. 당신이야말로 민 영감을 그렇게 못 견디게 굴었으니깐두루 민영감 죽은 귀신이 지금 와서 웬수를 갚는 게야. 흥, 내가 왜 죽어? 나는 말짱하게 살아나갈걸. 나는 얼마 아니면 공판이야. 공판만 되면 무죄야. 이건 왜 이러오?”

하고 드러누워서 소리를 내어 불경책을 읽기 시작한다.

정은 교회사를 면회하고 무량수경을 얻어다가 읽기 시작한 지가 벌써 이 주일이나 되었다. 그는 순 한문 경문의 뜻을 알아볼 만한 학문의 힘이 없는 모양이었으나 이렇게도 토를 달아보고 저렇게도 토를 달아보면서 그래도 부지런히 읽었고, 가끔 가다가 제가 깨달았다고 하는 구절을 장한 듯이 곁에 있는 사람에게 설명조차 하였다. 그는 곁방에서도 다 들릴만큼 큰소리로 서당에서 아이들이 글 읽는 모양으로 낭독을 하

였고, 취침시간 후이거나 기상시간 전이거나 곁에 있는 사람이야 자거나 말거나 제 마음만 내키면 그것을 읽었다. 한번은 지나던 간수가 소리를 내지 말라고 꾸중할 때에 그는 의기양양하게 '자기가 읽는 것은 불경'이라고 대답하였다. 그가 때때로 설명하는 것을 들으면 무량수경 속에 있는 뜻을 대충은 아는 모양이었으나, 그는 그것을 실행에 옮길 생각은 아니하는 것 같아서 불경을 읽은 지 2주일이 넘어도 남을 위한다는 생각은 조금도 나는 것 같지 아니하였다. 한번은 윤이,

"홍, 그래도 죽어서 좋은 데는 가고 싶어서, 경을 읽기만 하면 되는 줄 알구. 행실을 고쳐야 하는 게여."

하고 빈정대일 때에 옆에서 강이,

"그러지 마시오. 그 양반 평생 첨으로 좋은 일하는 게요. 입으로 읽기만 하여도, 내생 내내생쯤은 부처님 힘으로 좀 나아지겠지."

이렇게 대꾸를 하였다.

"아서우. 불경 읽는 사람을 곁에서 그렇게 비방들을 하면 지옥에를 간다고 했어."

이렇게 뽐내고 정은 왕왕 소리를 내어 읽었다. 사람 죽은 방으로 간다는 걱정으로 자못 마음이 편안치 못한 윤은 정의 글 읽는 소리에 더욱 화를 내는 모양이어서, 몇 번 입을 비쭉비쭉하더니,

"듣기 싫어! 다른 사람 생각도 좀 해야지. 제발 소리 좀 내지 말아요."

하는 것을 정은 들은 체 만 체하고 소리를 더 높여서 몇 줄을 더 읽고는 책을 덮어놓는다.

윤은 누운 대로 고개를 돌려서 내 편을 바라보며,

"진상요, 사람 죽은 방에 처음 들어가자면 그 사람도 죽는 게 아닝게오?"

하고 내 의견을 묻는다.

"사람 안 죽은 아랫목이 어디 있어요? 병원에선 금시에 죽어나간 침

대에 금시에 새 병자가 들어온답니다. 사람이 다 제 명이 있지요. 죽고
싶다고 죽어지는 것도 아니고, 더 살고 싶다고 살아지는 것도 아니구
요. 그렇게 겁을 집어자시지 말고 맘 편안히 염불이나 하고 누워 계세
요."

　나는 이것이 그에게 대하여 내가 말할 수 있는 마지막 기회인 성싶어
서, 일부러 일어나 앉아서 이 말을 하였다. 내가 한 말이 윤의 생각에
어떠한 반향을 일으켰는지 알 수 있기 전에 감방문이 덜컥 열리며,
　"쥬고 뎀보."
하는 간수의 명령이 내렸다. 간수의 곁에는 키 작은 간병부가 빙글빙글
웃고 서서,
　"어서 나와요, 짐 다 가지고 나와요."
하고 소리를 쳤다. 윤은 자리 위에 벌떡 일어나 앉으며,
　"단토상(간수님), 제 병이 폐병이 아닝기오. 제가 기침을 하지마는
그 기침은 깨끗한 기침이닝게."
하고 되지도 아니할 변명을 하려다가, 마침내 어서 나오라는 호령에 잔
뜩 독이 올라서 발발 떨면서 1호실로 전방을 하고 말았다. 윤이 혼자서
간수와 간병부에게 악담을 하는 소리와 자지러지게 하는 기침 소리가
들려왔다. 정은,
　"에잇, 고것 잘 갔다. 무슨 사람이 고렇게 생겨 먹었는지. 사뭇 독사
야 독사. 게다가 다른 사람 생각이란 영 할 줄 모르지. 아무 데나 대고
기침을 하고, 아무 데나 담을 뱉어버리고, 이거 대소독을 해야지. 쓸
수가 있나?"
하고 중얼거리면서 그래도 윤이 덮던 겹이불이 자기 것보다는 빛깔이
좀 새로운 것을 보고 얼른 제 것과 바꾸어 덮는다. 그리고 윤이 쓰던
알루미늄 밥그릇도 제 밥그릇과 포개놓아서 다른 사람이 먼저 가질 것
을 겁내는 빛을 보인다. 강이 물끄러미 이 모양을 보고 앉았다가,
　"여보, 방까지 소독을 해야 된다면서 앓던 사람의 이불과 식기를 쓰

면 어쩔 작정이오? 당신은 남의 허물을 참 용하게 보는데, 윤씨더러 하
던 소리를 당신더러 좀 해보시오그려."
하고 핀잔을 준다.

정은 약간 부끄러운 빛을 보이며,

"이불은 내일 볕에 널고, 식기는 알콜 솜으로 잘 닦아서 소독을 하면
고만이지."
하고 또 고개를 흔들어가며 소리를 내어서 불경책을 읽기를 시작한다.

정은 아마 불경을 읽는 것으로, 사후에 극락세계로 가는 것보다도 재
판에 무죄 되기를 바라는 모양이었다. 그러길래 그가 징역 일년 반의
선고를 받고 와서는 불경을 읽는 것이 훨씬 덜 부지런하였고, 그래도
아주 불경 읽기를 그만두지 아니하는 것은 공소 공판을 위함인 듯하였
다. 그렇게 자기는 무죄라고 장담하였고, 검사와 공범들까지도 자기에
게는 동정을 가진다고 몇 번인지 모르게 뇌이고 뇌다가, 유죄판결을 받
고 와서는, 재판장이 '야마시다' 재판장이 아니고 '나까무라'인가 하는
변변치 못한 사람인 까닭이라고 단언하였고, 공소에서는 반드시 자기의
무죄가 판명되리라고, 공소의 불리함을 타이르는 간수에게 중언부언 설
명하였다. 그는 수없이 억울하다는 소리를 하였고, 일년 반 징역이라는
것을 두려워함이 아니라, 자기의 일생의 명예를 위하여 끝까지 법정에
서 다투지 아니하면 아니 된다고 비장한 어조로 말하였고, 자기 스스로
도 제 말에 감격하는 모양이었다.

얼마 후에 강도 역시 징역 2년의 판결을 받았다. 정이 강더러 아침
절반으로 공소하기를 권할 때에 강은,

"난 공소 안 할라오. 고등교육까지 받은 녀석이 공갈 취재를 해먹었
으니 2년 징역도 싸지요."
하였고, 그날 밤에 간수가 공소 여부를 물을 때에,

"후쿠자이 시마스, 후쿠자이 시마스(복죄합니다)."
하고 상소권을 포기하였다. 그리고 이튿날 아침에 그는 칠십이 넘은 아

버지 어머니 걱정을 하면서, 복역 중에 새사람이 될 것을 맹세하노라고
말하고 본감으로 가고 말았다.

"자식이 싱겁기는."

하는 것이 정이 강을 보내고 나서 하는 비평이었다. 강이 정의 말에 여
러 번 핀잔을 주던 것이 가슴에 맺힌 모양이었다.

강이 상소권을 포기하고 선선히 복죄해버린 것이 대조가 되어서, 정
이 사기 취재를 한 사실이 확실하면서도 무죄를 주장하는 모양이 더욱
보기 흉하였다. 그래서 간수들이나 간병부들이나 정에게 대해서는, 분
명히 멸시하는 태도를 가지고 있었다. 게다가 정이 보석청원을 쓴다고
편지 쓰는 방에 간 것을 보고 키 작은 간병부는 우리 방 창 밖에 와 서
서,

"남의 것 사기해먹는 놈들은 모두 염치가 없단 말이야. 땅도 없는 것
을 있다고 속여서 계약금을 오천원이나 받아서, 제가 천원이나 떼어먹
고도 글쎄 일년 반 징역이 억울하다는구먼. 흥, 게다가 또 보석청원을
한다고? 저런 것은 검사도 미워하고 형무소에서도 미워해서 다 죽게
되기 전에는 보석을 안 해주어요."

이런 소리를 하였다. 그 이야기 솜씨와 아첨 잘 하는 것으로 간병부
들의 환심을 샀던 것조차 잃어버리고, 건강은 갈수록 쇠약하여지는 정
의 모양은 심히 외롭고 가엾은 것 같았다.

윤이 전방한 지 아마 20일은 지나서 벌써 다알리아 철도 거의 지나
고 국화꽃이 피기 시작한 어떤 날, 나는 정과 함께 감옥 마당에 운동을
나갔다. 정은 사루마다 바람으로 달음박질을 하고 있었으나, 몸을 움직
일 수 없는 나는 모래 위에서 엎드려서 거진 다 쇠잔한 채송화꽃을 들
여다보며 일광욕을 하고 있었다. 아침저녁은 선들선들하고, 더구나 오
늘 아침에는 늦게 핀 코스모스조차 서리를 맞아 아주 후줄근하였건마
는, 오정을 지난 별은 따가울 지경이었다. 이때에 '진상!' 하고 부르는
소리가 들렸다. 고개를 들어 돌아보니 일방 창으로 윤의 머리가 쑥 나

와 있었다. 그 얼굴은 누르스름하게 부어올라서 원래 가느다란 눈이 더욱 가늘어졌다. 나는 약간 고개를 끄덕여서 인사를 대신하였으나, 이것도 물론 법에 어그러지는 일이었다. 파수 보는 간수에게 들키면 걱정을 들은 것은 물론이다.

"진상! 저는 꼭 죽게 됐는 게라. 이렇게 얼굴까지 퉁퉁 부었능기라우. 어젯밤 꿈을 꾸닝게 제가 누런 굵은 베로 지은 제복을 입고 굴건을 쓰고, 종로로 돌아다니는 꿈을 꾸었지라오. 이게 죽는 꿈이 아닝기오?"
하는 그 목소리는 눈물겹도록 부드러웠다.

그 이튿날이라고 생각한다. 또 나와 정이 운동을 하러 나가 있을 때에 전날과 같이 윤은 창으로 내다보며,

"당숙한테서 돈이 왔는디 달걀을 먹을 겡기오? 우유를 먹을 겡기오? 아무 걸 먹어도 도무지 내리지를 않는디."
이런 말을 하였다.

또 며칠 후에는,

"오늘 의사의 말이 절더러 집안에 부어서 죽은 사람이 없느냐고 묻는데요. 선친이 꼭 나 모양으로 부어서 돌아가셨는디."

이런 말을 하고 아주 절망하는 듯이 한숨을 쉬는 것이 보였다. 그러고 나서 정에게는 들리지 않기를 원하는 듯이 정이 저쪽 편으로 가는 때를 타서,

"염불을 모시려면 나무아미타불이라고만 하면 되능기오?"
하고 물었다. 나는 벌떡 일어나 앉으며 합장하고 약간 고개를 숙이고 나무아미타불 하고 한 번 불러 뵈었다.

윤은 내가 하는 모양으로 합장을 하다가 정이 앞에 오는 것을 보고 얼른 두 팔을 내려버리고 말았다. 그리고 다시 정이 먼 곳으로 간 때를 타서,

"진상! 나무아미타불을 부르면 죽어서 분명히 지옥으로 안 가고 극락세계로 가능기오?"

하고 그 가는 눈을 할 수 있는 대로 크게 떠서 나를 바라보았다. 나는 생전에 이렇게 중대한, 이렇게 책임 무거운 질문을 받아 본 일이 없었다. 기실 나 자신도 이 문제에 대하여 확실히 대답할 만한 자신이 없었건마는 이 경우에 나는 비록 거짓말이 되더라도, 나 자신이 지옥으로 들어갈 죄업이 되더라도 주저할 수는 없었다. 나는 힘있게 고개를 서너 번 끄덕끄덕 한 뒤에,

"정성으로 염불을 하세요. 부처님의 말씀이 거짓말 될 리가 있겠습니까?"
하고 내가 듣기에도 엄청나게 큰 목소리로, 엄청나게 결정적으로 대답을 하였다.

윤은 수없이 고개를 끄덕끄덕 하고 나를 향하여 크게 한 번 허리를 구부리고는 창에서 사라져버리고 말았다.

이 일이 있은 뒤에 윤이 우유와 달걀을 주문하는 소리와 또 며칠 후에는 우유도 내리지 아니하고 그만두라는 소리가 들리고, 이 모양으로 어쩌다가 한마디씩 그가 점점 쇠약하여 가는 것을 표시하는 말소리가 들렸을 뿐이요, 우리가 운동을 나가더라도 그가 창으로 우리를 내다보는 일은 없었다. 간병부의 말을 듣건대 그의 병 증세는 점점 악화하여 근일에는 열이 39도를 넘는다 하고, 의사도 인제는 절망이라고 해서 아마 미구에 보석이 되리라고 하였다.

어느 날 밤, 취침시간이 지난 뒤에 퉁퉁하고 복도로 사람들 다니는 소리가 나는 것을 듣고 창을 바라보고 있노라니, 뚱뚱한 부장과 얼굴 검은 간수가 어떤 회색 두루마기 입은 사람과 같이 윤이 있는 1방 문 밖에 서 있고, 얼마 아니해서 흰 겹바지 저고리를 입은 윤이 키 큰 간병부의 부축을 받아 나가는 것이 보였다. 키 작은 간병부는 창에 붙어 섰다가 자리에 와 드러누우며,

"그예, 보석으로 나가는군요. 나가더라도 한 달 넘기기가 어려우리라던 데요."

하였다.

그 회색 두루마기를 입은 사람이 윤의 당숙 면장일 것은 말할 것도
없다.

"나도 보석이나 나갔으면!"

하고 정은 길게 한숨을 쉬었다.

내가 출옥한 뒤에 석 달이나 지나서 가출옥으로 나온 키 작은 간병부
를 만나 들은 바에 의하면, 민도 죽고, 윤도 죽고, 강은 목수 일을 하고
있고, 정은 소화불량이 더욱 심하여진 데다가 신장염도 생기고 늑막염
도 생겨서 중병환자로 본감 병감에 가 있는데, 도저히 공판정에 나가볼
가망이 없다고 한다.

—— 1939년 1월《文章》창간호 소재

영당 할머니

내가 절에 온 지 며칠 되어서 아침에 나서 거닐다가 이상한 노인 하나를 보았다. 회색 상목으로 지은 가랑이 넓은 바지에 행전 같은 것으로 정강이를 졸라매고 역시 같은 빛으로 기장 길고 소매 넓은 저고리를 입고 머리에 헝겊으로 만든 승모를 쓴 것까지는 늙은 중으로 으례 하는 차림이지마는 이상한 것은 그의 얼굴이었다. 주름이 잡히고 눈썹까지도 세었으나 무척 아름다웠다. 여잔가 남잔가.

후에 알고 보니 그가 영당 할머니라는 이로서 연세가 78, 이 절에 와 사는 지도 40년이 넘었으리라고 한다. 지금 이 절에 있는 중으로서는 그중에 고작 나이가 많은 조실 스님도 이 할머니보다 나중에 이 절에 들어왔으니 이 할머니가 이 절에 들어오는 것을 본 사람은 없다.

내가 이 절에 오래 있게 되매 자연 영당 할머니와 마주칠 때도 있어서 나는 그때마다 합장하고 허리를 굽혀서 경의를 표하였다. 그의 나이가 꼭 돌아가신 내 어머니와 동갑인 것이 더욱 내게 특별한 관심을 주었다. 어려서 어머니를 여읜 나는 어머니와 동갑 되는 부인을 대하면 반가웠다. 동갑만 되어도 내 어머니와 가까운 것 같았다. 나는 젊은 어머니를 알 뿐이요, 어머니가 살아 계셔서 일흔여덟 살이 되셨다면 어떤 모양이었을까 해도 그것은 상상할 수가 없었다. 그렇기 때문에 어머니와 동갑 되는 부인은 다 내 어머니와 같았다.

비록 영당 할머니께 대해서 내가 이렇게 반가운 마음을 가지고 있다 하여도 또 아무리 그가 나의 어머니 나이인 팔십 노인이라 하더라도 역시 남녀의 사이라 친히 말할 기회는 없었다. 그러다가 얼마 뒤에 비로소 그 할머니와 한자리에 앉아서 이야기할 일이 생겼다.

C 할머니가 나를 찾아왔다. 그도 영당 할머니와 같은 나이로 일흔여덟이다. 이 할머니는 50년 전 신여성으로 남편도 아무도 없이 독립운동으로 늙은이다. 그러나 이제 와서는 의지할 곳이 없이 떠돌아다니는이다. 그는 내가 이 절에 있단 말을 듣고 이곳에 좀 머물러 있을 뜻을 가지고 찾아온 것이었다.

나는 C 할머니가 있을 방을 하나 얻어드리려고 두루 생각한 결과로 영당 할머니를 처음 찾아갔다. 영당 할머니는 C 할머니보다 귀가 먹어서 내가 온 뜻을 통하기에 매우 힘이 들었으나 옆에서 그의 딸이라는 애꾸 마누라의 통역으로 겨우 뜻을 통하였다. 영당 할머니는 그 하얀 눈썹을 곱게 움직여 빙그레 웃으면서,

"나는 몰라요. 선생님 말씀대로 하겠습니다. 늙은이 둘이 이 방에 같이 살지요."

하여서 허락을 얻었다.

나는 곧 내 처소로 돌아와서 거기서 기다리고 있던 C 할머니에게 영당 할머니가 승낙했다는 말을 전하고 C 할머니를 인도하여 영당 할머니와 대면을 시켰다. 두 늙은 부인의 눈이 분주히 피차를 정탐하는 것이 무시무시하였다. 두 분은 연해 너털웃음을 웃으나 웃음 따로 생각 따로였다. 귀머거리 두 늙은이가 피차에 저편이 더 못 알아듣는다고 성화를 하는 것도 가관이요, 또 저마다 제 과거를 드러내어서 제 값을 높이려고 애쓰는 것도 가관이었다. 나는 첫인상으로는 이 두 늙은이가 서로 저를 높이고 저편을 낮추는 것이었다. C 할머니는 자기는 역사에 오를 만한 민족운동의 지사인 것을 내세우고, 영당 할머니는 자기도 옛날에는 교사 노릇도 하였고, 또 30여 년 염불을 모셔서 수도한 것을 내세웠다. 그러나 서로 저편 말은 귓등으로 듣고 제 말만 하고들 있었다. 어찌 갔으나 필경에는 두 늙은이가 한방에 같이 있기로 작정이 되었다.

C 할머니는 하루에도 몇 번씩 나를 찾아와서는 즐겨서 시국 이야기를 하였다. 그의 시국담에는 귀를 기울일 만한 이야기도 있었다.

하루 나하고 이런 문답을 하였다.

"선생, 지금 우리 나라가 건국의 터를 츠는 시대요? 독립이란 집이 다 되어가지고 낙성연을 하는 시대요? 어디 선생 똑바로 말해보시오."

하고 C 할머니가 내게 물은 것이 문답의 개시였다.

"터를 츨 시대겠지요."

나는 '츨'에 힘을 주었다.

"옳소. 츠는 시대오 아니요, 츨 시대란 말이지요?"

"그렇게 봅니다."

하고 나는 저이가 무슨 말을 하려고 이 말을 꺼내는가 하고 호기심을 느꼈다.

"나도 그렇게 보아요. 그런데 일터에 모인 일꾼들을 보니, 가래, 삽을 든 꾼은 하나도 없고, 모두 연미복에 모닝에 흰 장갑까지 떨떠리고 왔는데, 선생은 그 사람들이 손에 무엇을 들고 왔는지 아시오?"

"몰라요. 가래, 삽은 아니고, 무엇을 들고 왔을까요. 부채나 들고 왔나?"

나는 이렇게 웃었다.

"아니오. 부채 같으면 시원한 바람이나 나지. 무엇을 손에들 들고 왔는고 하니 커다란 문패란 말요. 저거, 저거, 저것들 보시오, 글쎄. 모두 커다란 문패들을 내두르면서 어우러져 싸우고들 있구려. 이 집이 되면 저마다 제 문패를 붙인다고요. 글쎄 저런 어리석은 사람들이 어디 있어요. 집을 지어놓고야 문패를 붙이지 않소? 비인 터에다가 막대기를 꽂고 문패를 붙인단 말인가."

하고 바로 눈앞에 사람들이 보이는 것처럼 C 할머니는 '저거저거' 하고 손가락질을 한다.

나는 웃었다. 그리고 얼른 생각나는 대로,

"자필로 쓴 문패는 무용이라 하고 하나 패를 써 박지요."

하였더니, C 할머니는 두 무릎을 탁 치면서,

"됐소, 됐소. 자필문패무용이라, 하하하하."

하고 눈에서 눈물이 나오도록 웃는다.

그러나 C 할머니는 언제나 이런 정치담만 하는 것은 아니다. 이런 이야기가 제일장이요, 제이장은 영당 할머니 모녀 이야기요, 제삼장은 자기의 신세타령이었다.

"잠을 잘 수가 있어야지."

하고 C 할머니가 영당 할머니에게 대한 불평이 시작된다.

"새벽 세시면 이 마누라 극락 공부하노라고 일어나는구려. 나는 잠이 잘 못 드는 병이 있지 않소? 자정도 넘고 새로 한시나 되어서 가까스로 잠이 들만 하면, 글쎄 이 마누라가 일어나서 부시대기를 치는구면. 미리 화로에 놓아두었던 대야 물로 세수를 한다, 손발을 씻는다, 아 글쎄 쭈글쭈글한 볼기짝을 내게로 둘러대고 뒷물까지 하지 않겠소? 부시럭부시럭, 절벅절벅, 덜그덕덜그덕 원 잘 수가 있어야지. 내 담에 누워 자던 젊은 마누라도 꿍하고는 이불을 막 쓰고 돌아눕지 않겠소? 이것이 밤마다이니 원 옆엣사람이 견디어 배길 수가 있나? 그러고는 미친 사람 모양으로 무엇에 대고 절을 하노라고 펄럭펄럭 바람을 내지 않아, 그것이 끝나면 염주를 째깍째깍하면서 염불을 하지 아니하나. 이러기를 한 시간이나 하고 다른 사람들이 일어날 때가 되면 도로 자리에 드러눕는구면. 극락세계가, 원 그렇게까지 가고 싶을까?"

"선생님은 극락세계에 가고 싶지 않으시오?"

나는 C 할머니를 이렇게 건드려보았다.

"갈 수만 있으면야 가고 싶지. 그렇지만 나같이 팔자가 사나워서 이 세상에서도 붙일 곳이 없는 것이 어떻게 극락왕생을 바라겠소? 나 같은 사람이 다 극락세계를 간다면 극락세계가 도로 지옥이 되게, 하하하하."

C 할머니는 저를 비웃는 웃음을 웃는다.

"선생님이 무슨 죄가 있으시겠어요. 소년 과수로 평생 수절을 하셨 것다, 민족운동에 일생을 바치시고 교육사업이나 하시고, 그렇게 지금 까지 살아오셨는데 그런 이가 극락에를 못 가시면 극락세계가 비게요."

"피이. 겉으로 보면 그럴듯하지. 나도 사람에게 책잡힐 일은 한 것 없어요. 그렇지마는 마음으로야 무슨 일을 안 했겠소? 갖은 못된 짓 다 했지요. 에퉤! 제가 생각해도 내 마음이 더러운데 하느님의 눈에야 얼 마나 더럽겠소? 구리고 고리고 말할 나위가 없겠지. 수절? 수절하노라 니 죄짓지. 민족 운동? 말이야 좋지. 아주 애국자인 체, 내 마음에는 나라밖에는 없는 것 같지. 그렇지만 정말 애국한 날이 며칠 되오? 내 이름을 내자니 애국자인 체, 미운 사람을 욕을 하자니 내가 가장 애국 잔 체——그저 그런 겝니다. 내가 그런 사람이란 말야요. 에퉤! 생각 하면 구역이 나지요. 그런 것이 극락 세계엘 가? 흥, 극락세계가 좁아 터지게."

C 할머니는 끝없이 저를 책망하고 있다. 그의 눈과 얼굴 표정까지도 조롱하는 빛이 그뜩하다.

C 할머니는 영당 할머니에 대한 험구가 점점 늘었다. 새벽에 일어나 서 부스대기를 쳐서 잠을 못 잔다는 것만은 언제나 공통한 죄목이지마 는 그 밖에도 죄목이 많았다.

"글쎄. 그 마누라가 속에 똥 한 방울도 없는 척해도 젊어서는 남의 첩으로 댕기고 여기도 도를 닦으러온 것이 아니라 어떤 중을 못 잊어서 따라 왔더라는구먼. 아따 그중이 누구라더라, 원 정신이 없어서. 그 딸 이라는 젊은 마누라한테 들었건마는, 그 중이 잘났더래. 풍신이 좋고. 그러다가 그 중이 죽고 저는 나이 많고 하니까 여기 눌어붙은 거래. 그만하면 천하 잡년이지 무엇이오. 젊어서는 이서방 저 사내 실컷 노닥 거리다가 다 늙어서 나무아미타불! 홍 그런다고 극락세계에 가겠어 요?"

이런 말을 할 때에는 C 할머니도 여성다운 표정을 하였다.

'허, 이거 큰일났군' 하고 나는 두 분 할머니가 오래 같이 있지 못할 것을 느꼈다. 딴은 그럴 게다. 귀머거리 두 마누라가 서로 정이 들 건덕지가 있을 리가 없다. 서로 저편에 무엇을 주고 싶은 것이 있고, 무엇을 받고 싶은 것이 있어야 정이 들 터인데, 그러자면 남녀간이거나, 핏줄이 마주 닿았거나, 뜻이 같거나 해야 할 터인데, 이를테면 해골바가지 둘이서 무슨 애정을 주고받으랴. 서로 얼굴이 보이면 고개가 돌려지고 소리가 들리면 양미간이 찌푸려지고 만일에 살이 닿으면 진절머리가 나는 것이다. 이런 두 식구가 한방에 모여 있게 되었으니 기막힌 인연이었다.

하루는 영당 할머니가 처음으로 내 처소에를 찾아왔다. C 할머니가 남성적인 반대로 영당 할머니는 철두철미 여성적이었다. 웃을 때에는 젊었을 적 아름다움을 연상시키는 눈웃음이 있었다.

영당 할머니가 나를 찾은 것은 C 할머니에 대한 하소연을 하기 위함이었다. 그의 말에 의하면 C 할머니는 저만 알고 남의 생각은 아니하고, 고집이 세고, 거만하고, 나라 일은 저 혼자 한 것처럼 자랑을 하는 위인이었다.

"글쎄 당신 자실 밥을 화로에다가 따로 짓는구려. 우리 딸이 아무리 부엌에서 지어드린대도 막무가내하여, 어어 내 손으로 지어야 된다고, 남의 손으로 한 밥은 못 먹는다고, 아 글쎄 그러시는구려. 그러니 한집에 있는 사람의 마음이 편하겠어요? 왜 우리 밥솥엔 똥이 묻었나요? 아 이러고야 우리 딸이 앙절거리지 않겠어요? 아서라, 그러지 마라, 내 집에 오신 손님이니 마음 편하게 해드려야 한다, 이러고 내가 딸을 타이르지요. 아 그나 그뿐인가요. 나라 일에 너무 정신을 써서 신경이 쇠약해서 잠을 못 이루노라고 자꾸 한숨을 쉬고 이리 뒤집고 저리 뒤집고 일어났다 앉았다 하니 어디 옆엣사람이 잘 수가 있어요? 잠이 아니 오거든 가만히 누워 있거나 앉아 있으면 좋지 않아요? 남까지 못 자게

할 것이 무엇이야요, 글쎄. 그러고는 서울서 해가지고 온 반찬을 이 항
아리 저 단지에 꼭꼭 봉해놓고는 혼자만 자시니 아무리 짜게 조린 것이
기로니 오래 두면 상할 것 아냐요? 게다가 밥에는 꼭 콩을 두어 자시
는구려. 콩밥에 썩은 고기를 자시니 속이 좋을 리가 있나. 그러니깐 껄
껄 트림은 하지, 방귀는 뀌지. 방귀를 뀌었으면 가만히 있어야 다른 사
람의 코에 구린내가 안 들어갈 것 아니야요? 그런데 이 마나님은 방구
를 뀌고는 어, 이거 구려서 살겠느냐 이불을 번쩍 들었다 놓으니 이거
사람 살겠어요. 그나 그뿐인가요? 이렇게 자정이 넘도록 부시대길 치
고는 그 다음에는 집이 떠나가거라 하고 코를 곱니다그려. 팽, 팽, 큭,
큭 안 나는 소리가 없으니 이거 어디 살겠어요? 그래서 참다가 못해서
내가, 여보시오 C 선생, 좀 모로 누우시오 하면 내가 언제 코를 골았
느냐 벌떡 일어나서 한바탕 푸념을 하시지 않겠어요? 조금이라도 비위
를 건드렸다가는 큰일나거든요. 그래 가만두지요. 다 내 업보다 하고
요. 그렇지만 젊은 거야 어디 그래요? 잠 못 자겠다고 벌써부터 열반당
집에 가서 잔답니다."

대개 이런 소리였다.

C 할머니는 또 영당 할머니와 그 딸과의 암투를 내게 일러주었다.
그 말은 대개 이러하였다.

"아, 글쎄 자식이 없으면 없는 대로 살지, 무얼 하겠다고 남의 자식
을 얻어다가 기르오? 이왕 남의 자식을 얻어 오겠거든 좀 얌전한 것이
나 얻어오면 몰라도, 원, 그 애꾸눈이 심술패기를 얻어다가 길러가지고
저 곡경이로구려. 인제 겨우 사십 넘은 과부가 왜 아들만 바라보고 가
만 있으려드나. 어디서 놈팡이 하나를 얻어들여서는 누님, 동생 하고
그 비싼 양식에 석 달이나 먹여주었다는구먼. 했더니 이 녀석이 머 큰
이 남을 장사가 있다고 집안에 있는 돈도 몽땅 긁어가지고 간다바라를
했단 말오. 새파랗게 젊은 녀석이 왜 애꾸 늙으대기 바라고 있을랍디
까. 그래 홀딱 벗겨가지고 달아났대. 그래서 모녀간에 으르렁거리는 거

래. 어머니는 딸더러 잡년이라고 하고 딸은 어머니더러 이 사내 저 사
내 줏어먹던 늙은이라고 들이댄단 말야. 아이 구찮아. 어머니는 나를
보고 딸 험구, 딸은 나를 보고 어머니 험구, 쌀 뒤주 쇳대를 이년아 도
로 내라 하고 어머니가 으릉거리면, 딸은, 돌아가시거든 관속에 넣어드
리오리다, 하고 빈정댄단 말야. 에퉤, 원 세상에 이런 일도 있소? 이름
만이라도 어버이 자식이어든.”

　하루는 영당 할머니 집에서 왁자지껄하고 여자들이 떠드는 소리가
나더니 영당 할머니 손자가 숨이 차게 달려와서 영당 할머니가 나를 오
란다고 부른다. 나는 한숨을 한번 길게 쉬고 그 집으로 갔다. 영당 할
머니는 방 아랫목에 그린 듯이 앉아 있고 C 할머니는 툇마루를 주먹으
로 두들기며,

　“고약한 것들 같으니. 그래 내게 그렇게 해야 옳아? 내가 무얼 잘못
했어? 쌀자루를 봉한 조희가 떨어졌기에 떨어졌다고 한마디 했을 뿐인
데 그것이 그렇게 잘못야? 왜 떨어졌느냐고 묻는 말이지, 누가 임자더
러 그것을 뜯고 쌀을 훔쳐냈다는 게야. 생사람을 잡는다고, 홍. 내가
무얼 생사람을 잡았어. 그리고 극락세계엘 갈 테야?”

　C 할머니는 자기 쌀자루, 반찬 항아리를 끼니 때마다 종이로 꼭꼭
봉하고 봉한 이에짬에다가 도장까지 박아둔다는 말은 벌써부터 아는
일이었으므로 나는 더 물어볼 것 없이 이 싸움의 원인을 알았다.

　나는 이제는 C 할머니가 있을 곳을 다른 데 구할 수밖에 없었다.

—— 발표지 미상

소년의 비애

1

난수(蘭秀)는 사랑스럽고 얌전하고 재조(才操) 있는 처녀라. 그 종형 (從兄) 되는 문호(文浩)는 여러 종매(從妹)들을 다 사랑하는 중에도 특별히 난수를 사랑한다. 문호는 이제 18세 되는 시골 어느 중등정도 학생(中等程度學生)인 청년이나, 그는 아직 청년이라고 부르기를 싫어 하고 소년이라고 자칭한다. 그는 감정적이요, 다혈질인 재조 있는 소년 으로 학교성적도 매양 1,2호(號)를 다투었다. 그는 아직 여자라는 것을 모르고 그가 교제하는 여자는 오직 종매들과 기타 4,5인 되는 족매(族 妹)들이라. 그는 천성이 여자를 사랑하는 마음이 있는지 부친보다도 모 친께, 숙부보다도 숙모께, 형제보다도 자매께 특별한 애정을 가진다. 그는 자기가 자유로 교제할 수 있는 모든 자매들을 다 사랑한다. 그중 에도 자기와 연치(年齒)가 상적(相適)하거나 혹 자기보다, 이하 되는 매(妹)들을 더욱 사랑하고 그중에도 그 종매 중에 하나인 난수를 더욱 사랑한다. 문호는 뉘 집에 가서 오래 앉았지 못하는 성급한 버릇이 있 건마는 자매들과 같이 앉았으면 세월 가는 줄을 모른다. 그는 자매들에 게 학교에서 들은 바, 또는 서적에서 읽은 바 재미있는 이야기를 하여 자매들을 웃기기를 좋아하고 자매들도 또한 문호를 왜 그런지 모르게 사랑한다. 그러므로 문호가 집에 온 줄을 알면 동중(洞中)의 자매들이 다 회집(會集)하고, 혹은 문호가 간 집 자매가 일동을 청하기도 한다.

66

　토요일 오후나 일요일 오전에는 으레 문호가 본촌(本村)에 돌아오고 본촌에 돌아오면 으레 동중(洞中) 자매들이 쓸어 모인다. 혹 문호가 좀 오는 것이 늦으면 자매들은 모여 앉아서 하품을 하여가며 문호의 오기를 기다리고, 혹 그중에 어린 누이들——가령 난수 같은 것은 앞고개에 나가서 망을 보다가 저편 버드나무 그늘로 검은 주의(周依)에 학생모를 잦혀 쓰고 활활 활개치며 오는 문호를 보면 너무 기뻐서 돌에 발부리를 채며 뛰어내려와 일동에게 문호가 저 고개 너머 오더라는 소식을 전한다. 그러면 회집한 일동은 갑자기 희색이 나고 몸이 들먹거려 혹,

　"어디까지 왔더냐?"

하는 자도 있고 혹,

　"저 고개턱까지 왔더냐?"

하는 자도 있고, 혹 난수의 말을 신용치 아니하여,

　"저것이 또 가짓말을 하는 게지."

하고 눈을 흘겨 난수를 보는 자도 있다. 학교에 특별한 일이 있거나 시험 때가 되어 문호가 혹 아니 올 때에는 난수가 고개에서 망을 보다가 거짓 보도를 한 적도 한두 번 있은 까닭이다.

　이러할 때에 자매들은 대문 밖에 나섰다가 웃으며 마주 오는 문호를 반갑게 맞는다. 어린 누이들은 혹 손도 잡고 매달리고, 혹 어깨에 올려 업히기도 하고, 혹 가슴에 안기기도 하며, 좀 낫살 먹은 누이들은 얼른 문호의 손을 만지고 물러서기도 하고, 조금 문호의 옷을 당기어보기도 하고, 혹 마주보고 빙긋이 웃기만 하기도 한다. 난수도 작년까지는 문호의 손에 매달리더니 금년부터 조금 손을 잡아보고 얼굴이 빨개지며 물러서게 되고 작년까지 문호의 가슴에 안기던 연수(蓮秀)라는 난수의 동생이 손을 잡고 매달리게 된다. 그러고는 문호의 집에 몰려들어가 문호의 자친께 매달리며 어리광을 부린다. 문호는 중앙에 웃으며 앉고, 일동은 문호의 주위에 돌아 앉는다. 그러나 그네와 문호와의 자리의 거

리는 연령에 정비례한다. 제일 나 많은 누이가 제일 멀리 앉고 제일 나
어린 누이가 제일 가까이 앉거나 혹 문호의 무릎에 기대기도 하고 문호
의 어깨에 걸어 엎디기도 한다. 문호는 이런 줄을 안다. 그리고 슬퍼한
다. 이전에는 서로 안고 손을 잡고 하던 누이들이 차차차차 가까이 안
기를 그치고 손을 잡기를 그치고 피차의 사이에 점점 다소의 거리가 생
기는 것을 보고 문호는 슬퍼하였다. 무슨 까닭인지 모르나 자연히 비감
한 생각이 남을 금하지 못하였다.

사십이 넘은 문호의 어머니는 그 어린 질녀(姪女)들을 잘 사랑하였
다. 그는 문중에도 현숙하기로 유명하거니와 문호에게는 모범적 부인과
같이 보인다. 문호는 자기가 아는 부인들 중에 그 모친과 숙모(난수의
모친)를 가장 애경(愛敬)한다. 도리어 그 모친보다도 숙모를 더욱 애
경한다. 그래서 4,5세 적에는 꼭 숙모의 곁에 자려 하였다.

한번은 그 모친이,

"문호는 나보다도 동서를 따라!"

하고 시기 비슷하게 탄식한 적도 있었다.

그러나 지금은 문호는 모친과 숙모를 거의 평등하게 애경한다. 그러
나 친누이 되는 지수(芝秀)보다도 종매 되는 난수를 더 사랑하였다.

문호의 종제(從弟) 문해(文海)도 문호와 막형막제한 쾌활한 소년이
라. 종제라 하건만 문해는 문호보다 20여 일을 떨어져 났을 뿐이라, 용
모나 거동이 별로 다름은 없었다. 그러나 문해는 그 모친의 성격을 받
아 문호보다 좀 냉정하고 이지적이라. 문호는 문해를 사랑하건만 문해
는 문호의 감정적인 것을 싫어하였다. 그러므로 문호가 자매들 속에 섞
여 노는 것을 항상 조소하고 자매들이 문호에게 취(醉)하는 것을 말은
못 하면서도 항상 불만히 여겼다. 그러므로 문해는 자매계에 일종의 존
경은 받으나 친애는 받지 못하였다. 문해는 자매들이 자기를 외경(畏
敬)함으로 자기의 '젊지 아니하다'는 자랑을 삼고 문호에 비하여 인격
이 일층 위인 것으로 자처하였다. 문호도 문해의 자기에게 대한 감정을

68

아주 모름은 아니나 이는 문해가 아직 자기를 이해하기에 너무 유치한 것이라 하여 그리 괘념치도 아니하였다. 이렇게 종형제간에 연치의 점장(漸長)함을 따라 성격의 차이가 생(生)하면서도 양인간에는 여전히 따뜻한 애정이 있었다. 무론 문호가 항상 문해를 더 사랑하고 문해는 문호에게 대하여 가끔 반감도 일으키건마는.

2

문호가 집에 돌아오면 문호의 모친은 혹 떡도 하고 닭도 잡아 문호를 먹인다. 그러할 때에는 반드시 문해와 문호를 따르는 여러 자매들도 함께 먹인다. 모친은 아랫목에 앉고 문호와 문해는 윗목에서 겸상하고 자매들은 모친을 중심으로 하고 좌우에 갈라 앉아서 즐겁게 이야기도 하고 혹 먹을 것을 서로 빼앗고 감추기도 하면서 방안이 떠들썩하도록 떠들며 먹는다. 문호의 부친이 문 밖에서,
"왜 이리 떠드느냐?"
하면 일동이 갑자기 말소리를 그치고 어깨를 움츠리다가 부친이 문을 열어 보고,
"장꾼 모이듯 했구나."
하고 빙긋이 웃고 나가면 여전히 떠들기를 시작한다. 이것을 보고 문호는 더할 수 없이 기뻐하건마는 문해는 양미간을 찌푸린다. 그러할 때에는 난수도 웃고 지껄이기를 그치고 걱정스러운 듯이, 원망스러운 듯이 문해의 눈을 본다. 그러다가도 문호의 웃는 얼굴을 보면 또 웃는다. 이러다가 식후가 되면 문호와 문해는 윗간에 올라가서 무슨 토론을 한다.
그네의 토론하는 화제는 흔히 중국과 서양의 위인에 관한 것이라. 여기도 두 사람의 성격의 차이가 드러난다. 문호는 이백(李白), 왕창령(王昌齡) 같은 중국 시인이나 톨스토이, 사옹(沙翁), 괴테 같은 서양시인을 칭찬하되, 문해는 그러한 시인은 대개 인생에 무익한 뇌타자(懶惰

者)라고 매도하고 공맹주자(孔孟朱子)라든가 서양이면 소크라테스, 워싱턴 같은 사람을 찬송한다. 양인이 다 어떤 의미로 보아 문학에 뜻이 있는 것은 공통이었다. 그러나 문호가 미적, 정적 문학을 애(愛)함에 반하여, 문해는 지적(知的), 선적(善的) 문학을 애한다. 즉 문해는 문학을 사회를 교화하는 일방편으로 여기되, 문호는 꽤 분명하게 예술지상주의를 이해한다.

그러므로 문호는 문해를 유치하다 하고, 문해는 문호를 방탕하다 한다. 이러한 토론을 할 때에는 자매들은 자기네끼리 무슨 이야기를 한다. 실로 차동(此洞) 중에 양인의 담화를 알아듣는 사람은 양인 외에 없다. 부모들도 이제는 양인의 지식이 자기네들보다 승(勝)한 줄을 속으로는 인정한다. 더구나 자매들은 오직 국문소설을 읽은 뿐이라. 원래 문호의 당내(堂內)는 적이 부요(富饒)하고 또 대대로 문한가(文翰家)라. 석일(昔日)에는 여자들도 대개는 사서(四書)와 소학, 열녀전, 내칙 같은 것을 읽더니 3,4년내로 점차 학풍이 쇠하여 근래에는 국문조차 불능해(不能解)하는 여자가 있게 되었다. 그러나 문호와 문해는 천생 문학을 좋아하여 그 자매들에게 국문을 가르치고 또 국문소설을 읽기를 권장하였다. 3,4년 전에 문호가 그 자매들을 위하여 소설 일편을 작(作)하고 익년에 문해가 또 소설 일편을 작하였다. 그러나 자매간에는 문호의 소설이 더욱 환영되었고 문해도 자기의 소설보다 문호의 소설을 추장(推奬)하여 자기의 손으로 좋은 종이에다가 문호의 소설을 베끼고 그 표지에 '김문호 저(著), 종제 문해 서(書)'라 하고 뚜렷하게 썼다.

문호의 부친도 이것을 보고 양인의 정의(情誼)의 친밀함을 찬탄하고 또 그 아들의 손으로 된 소설을 일독(一讀)하였다.

"이런 것을 쓰면 사람을 버리나니라."
하고 책망은 하면서도 15세 된 문호의 재주를 속으로 기뻐하기는 하였다. 그리고 과거제도가 폐(廢)하지 아니하였던들 문호와 문해는 반드시 대과에 장원급제를 할 것인데 하고 아깝게 여겼다.

3

문호는 난수를 시인의 자질이 있다고 믿는다. 재미있는 노래나 시를 읽어주면 난수는 손으로 무릎을 치며 좋아하고 또 즉시 그것을 암송하며 유치하나마 비평도 한다. 문호는 이것을 기뻐하여 집에 돌아올 때마다 반드시 새로운 노래나 시나 단편소설을 지어가지고 온다. 난수도 문호가 돌아올 때마다 이것을 기다린다. 그러나 문호의 친누이는 난수와 동갑이요, 재주도 있건마는 문호가 보기에 난수만큼 미를 감수(感受)하는 힘이 예민치 못하다. 그러므로 문호가,

"얘, 지수야. 너는 고운 것을 볼 줄을 모르는구나."

하고 경멸하는 듯이 말하면 지수는 얼굴이 빨개지며,

"내야 아나, 난수나 알지."

하고 눈물 고인 눈으로 문호의 얼굴을 힐끗 본다. 이렇게 되면 문호도 지수의 우는 것이 불쌍하여 머리를 쓸며,

"아니, 너도 남보다야 낫지. 그러나 난수가 너보다 더 낫단 말이지."

한다.

과연 지수도 재주가 있다. 그러나 지수는 문호보다 문해와 동형(同型)이라. 말이 적고 지혜롭고 침착하고…… 그러므로 지수는 문호보다도 문해를 사랑한다.

한번은 문호가 난수와 지수 있는 곳에서 문해더러,

"얘, 문해야. 참 이상하구나. 난수는 나를 닮고 지수는 너를 닮았구나. 흥, 좋지. 한집에서 시인 둘하고 도덕가 둘이 나면 그 아니 영광이냐."

하였다.

문해도 지수의 머리를 쓸며,

"지수야, 너와 나와는 도덕가가 되자, 형님과 난수와는 시인이 되어 술주정이나 하고."

하고 일동이 웃었다. 더욱이 평생에 불만한 마음을 품던 지수는 이에 비로소 문호에게 대하여 나도 평등이거니 하는 위로를 얻었다. 그리고 문해에게 대한 사랑이 더욱 많아졌다.

다른 누이들 중에도 난수의 형 혜수(惠秀)가 매우 재주가 있다. 그는 차동 중 청년여자계에 문학으로 최선구자라. 국문소설을 유행케 한 —— 말하자면 차문(此門) 중에 신문단을 건설한 자는 문호의 고모라. 그는 오래 외가에서 길러나는 동안에 내종제자(內從諸姉)의 영향을 받아 국문소설을 애독하게 되고 14세에 외가로서 올 때에 숙향전(淑香傳), 사씨남정기(謝氏南征記), 월봉기(月峰記) 같은 국문소설을 가지고 와서 동중 여러 처녀들에게 일변 국문을 가르치며 일변 소설을 권장하였다. 마침 문중에 존경을 받는 문호의 조모가 노년에 소설을 편기(偏嗜)하므로 문호의 부친 형제의 다소한 반대도 효력이 없고 국문 문학의 세력은 점점 문호의 당내 여자계에 침윤(浸潤)하였다. 그러므로 문호와 문해의 집 부인네도 처음에는 국문도 잘 모르더니, 지금은 열렬한 문학애호자가 되었다. 그러나 그네는 며느리 된 몸이라 딸 된 자와 같이 자유롭지 못하므로 겨우 명절 때를 타서 독서할 뿐이요, 그 밖에는 누이들의 틈에 끼어서 조금씩 볼 뿐이었다.

이 모양으로 김문여자계(金門女子界)에 문학을 수립한 자는 문호의 고모로되, 그 고모는 출가한 지 3년이 못 하여 요절하고 문학계의 주권은 혜수의 손에 돌아왔더니 재작년 혜수가 출가한 이래로 문학계는 군웅할거(群雄割據)의 상태라. 그중에 문호의 재종매(再從妹) 되는 자가 가장 유력하나 그는 가세가 빈한(貧寒)하여 독서할 틈이 없고 그나마는 대개 재질이 둔하여 장족의 진보가 없고 현재에는 지수와 난수가 문학계의 쌍태성(雙台星)이라. 그러나 난수는 훨씬 지수보다 감수성이 예민하다.

그래서 문호는 한사코 난수를 공부를 시키려 하건마는 문호의 계부
는,

"계집애가 공부는 해서 무엇하게!"
하고 언하(言下)에 거절한다.

문해도 난수를 공부시킬 마음이 없지 아니하건마는 워낙 냉정하여
열정이 없는 데다가 또 부모의 명령에 절대로 복종하는 미질(美質)이
있고 난수 당자는 아직 공부가 무엇인지 모르므로 부모에게 간구(懇
求)도 아니하여 문호 혼자서 애를 쓸 뿐이다. 그러므로,

'내가 중학교를 마치고서 서울에 갈 때에는 반드시 지수를 데리고 가
리라. 될 수만 있으면 난수도 데리고 가리라.'
하고 어서 명춘(明春)이 돌아오기만 기다린다.

4

그해 가을에 16세 되는 난수는 모부가(某富家)의 15세 되는 자제와
약혼이 되었다. 문호가 이 말을 듣고 백방으로 부친과 계부에게 간(諫)
하였으나 듣지 아니하였다. 그래서 문호는 난수에게,

"얘, 시집가기 싫다고 그래라. 명춘에 내 서울 데려다줄 것이니."
하고 여러 말로 충동하였다. 그러나 난수는,

"내가 어떻게 그러겠소. 오빠가 말씀하시구려."
한다.

난수는 미상불 남자를 대하고 싶은 생각이 없지 아니하였다. 어서 혼
인날이 와서 그 신랑 되는 자의 얼굴도 보고 안겨도 보았으면 하는 생
각조차 없지 아니하였다. 난수는 지금껏 가장 정답게 사랑하던 문호보
다도 아직 만나지 아니한 어떤 남자가 그립다 하게 되었다. 문호는 난
수의 이 말에,

"엑 못생긴 것!"

하고 눈물이 흐를 뻔하였다. 그리고 아까운 시인이 그만 썩어지고 마는 것을 한탄도 하였다. 또 자기가 가장 사랑하던 누이를 어떤 사람에게 빼앗기는 것이 아깝기도 하고 분하기도 하였다. 마치 영국시인 워즈워드가 그 누이와 일생을 같이 보낸 모양으로 자기도 난수와 일생을 같이 보냈으면 하였다.

얼마 있다가 신랑 되는 자가 천치라는 말이 들려온다. 온 집안이 모두 걱정하였다. 그러나 그중에 제일 슬퍼한 자는 문호라. 문호의 부친이 이 소문의 허실을 사실(査悉)할 양으로 5,60리 정도 되는 신랑가(家)를 방문하여 신랑을 보았다.

그리고 돌아와서,

"좀 미련한 듯하더라마는 그래야 복이 있나니라."

하고 혼인은 아주 확정되었다. 그러나 전하는 말을 들건댄 신랑은 논어 일행(一行)을 삼일에도 못 외운다는 둥, 코와 침을 흘리고 어른께도 '너, 나' 한다는 둥, 지랄을 부린다는 둥, 눈에 흰자위뿐이요 검은자위가 없다는 둥, 심지어 그는 고자라는 소문까지 들려서 문호의 조모와 숙모는 날마다 눈물을 흘리고 약혼한 것을 후회한다.

난수도 이런 말을 듣고는 안색에 드러내지는 아니하여도 조그마한 가슴이 편할 날이 없어서 혹 후원(後園)에 돌아가 돌을 던져서 이 소문이 참인가 아닌가 점도 하여보고, 문호의 시키는 대로, '나는 시집가기 싫소' 하고 떼를 쓰지 아니한 것을 후회도 하였다.

문호는 이 말을 듣고 울면서 계부께 간하였다. 그러나 계부는,

"못 한다. 양반의 집에서 한 번 허락한 일을 다시 어찌 한단 말이냐. 다 제 팔자지."

"그러나 양반의 체면은 잠시 일이지요. 난수의 일은 일생에 관한 것이 아니오니까. 일시의 체면을 위하여 한 사람의 일생을 희생한다는 것이 말이 됩니까."

하였으나 계부는 성을 내며,

"인력으로 못하느니라."

하고는 다시 문호의 말을 듣지도 아니한다. 문호는 그 '양반의 체면'이란 것이 미웠다. 그리고 혼자 울었다. 그날 난수를 만나니 난수도 문호의 손을 잡고 운다. 문호는 난수를 얼마 위로하다가,

"다 네가 약한 죄로다. 왜 내가 시키는 대로 하지 아니 하였느냐."

하고 왈칵 난수의 손을 뿌리치고 뛰어나왔다.

그러나 문해는 울지 아니한다. 무론 문해도 난수의 일을 슬퍼하지 아님은 아니나, 문해는 그러한 일에 울 만한 열정이 없고 그 부친과 같이 단념할 줄을 안다. 그러나 문호는 이것은 그 계부가 난수라는 여자에게 대하여 행하는 대죄악이라 하여 그 계부의 무지무정함을 원망하였다. 이 혼인 때문에 화락(和樂)하던 문호의 집에는 밤낮 슬픈 구름이 가리었다.

5

혼인날이 왔다. 소를 잡고 떡을 치고 사람들이 다 술에 취하여 즐겁게 웃고 이야기한다. 동내(洞內) 부인들은 새옷을 갈아입고 난수의 집 부엌과 마당에서 분주히 왔다갔다한다. 문호의 부친과 계부도 내외로 다니면서 내빈을 접대한다. 그러나 그 양미간에는 속일 수 없는 근심이 보인다. 문해도 그날은 감투에 갓을 받쳐 쓰고 분주한다. 그러나 문호는 두루마기도 아니 입고 집에 가만히 앉았다. 혼인날이라고 고모들과 시집간 누이들이 모여들어 문호의 집 안방에는 노소(老少) 여자가 가득히 차서 오래간만에 만난 반가운 정회(情懷)를 토로(吐露)한다. 늙은 고모들은 혹 눕기도 하고 젊은 누이들은 공연히 자리를 잡지 못하고 들어왔다 나갔다 한다. 마치 오랫동안 시집에 있어서 펴지 못하던 기운을 일시에 다 펴려는 것 같다. 가는 말소리 굵은 말소리가 들리다가는 이따금 즐거운 웃음소리가 합창 모양으로 들린다. 그러나 문호는 별로 이

야기 참례도 아니하고 한편 구석에 가만히 앉았다. 시집간 누이들과 집에 있는 누이들이 여러 번 몰려와서 문호를 웃기려 하였으나 마침내 실패에 종(終)하였다. 문호의 어머니가 음식을 감독하다가 문호가 아니 보임을 보고 문호를 찾아와서,

"얘, 왜 여기 앉았느냐. 나가서 손님 접대나 하지그려. 어디 몸이 편치 아니하냐?"

하여도 문호는 성난 듯이 가만히 앉았다. 여기저기서 취한 사람들의 웃고 지껄이는 소리가 들릴 때마다 문호는 분노한 듯이 주먹을 부르쥐었다.

난수는 형들 틈에 앉았다가 시끄러운 듯이 뛰어나와 문호의 곁에 들어와 앉는다. 형들은 난수를 대하여, '좋겠구나', '기쁘겠구나', '부자라더라'……이러한 농담을 하였다. 그러나 난수는 이러한 농담을 들을 때마다 가슴을 찌르는 듯하였다.

난수는 문호의 어깨에 기대며 문호의 눈을 본다. 문호는 난수의 눈을 보았다. 그 눈에는 절망과 단념의 빛이 있는 듯하다. 그러나 난수는 다만 신랑이 천치라는 말에 근심이 되고 절망이 될 뿐이요, 이 사건에 대하여 어떠한 태도를 취할 줄을 모르고 다만 나는 불가불 천치와 일생을 보내게 되거니 할 뿐이라. 문호는 눈물을 난수에게 아니 보일 양으로 고개를 돌리며,

"아깝다. 그 얼굴에 그 재주에 천치의 아내 되기는 참 아깝고 절통하다."

하고 어느 준수한 총각이 있으면 그와 난수와 부부를 삼아 어디로나 도망을 시키리라 한다. 차라리 부모의 억제(抑制)로 마음 없는 곳에 시집가기 보다는 자기의 마음 드는 남자와 도망하는 것이 마땅하다고 문호는 생각한다. 그리고 다시 난수를 보매 사랑스러운 마음과 불쌍한 마음과 아까운 마음과 천치 신랑이 미운 생각이 한데 섞여 나온다. 문호는 난수의 손을 힘껏 쥔다. 난수도 문호의 손을 힘껏 쥔다. 그리고 이빨로

가만히 문호의 팔을 물고 바르르 떤다. 문호는 무슨 결심을 하였다.

신랑이 왔다. 신랑을 맞는 일동은 모두 다 낙심하고 고개를 돌렸다. 비록 소문이 그러하더라도 설마 저렇기야 하랴 하였더니, 실제로 보건댄 소문보다 더하다. 머리는 함부로 저렇기야 하랴 하였더니, 실제로 보건댄 소문보다 더하다. 머리는 함부로 크고 시뻘건 얼굴이 두 뼘이나 길고 커다란 눈은 마치 소 눈깔과 같고 커다란 입은 헤벌려서 걸쩍한 침이 턱에서 떨어진다. 문호의 숙모는 이 꼴을 보고 문호 집 안방에 뛰어들어와 이불을 쓰고 눕고 지금껏 웃고 떠들던 고모들과 누이들도 서로 마주보기만 하고 아무 말도 없다. 다만 문호의 부친 형제와 문해가 웃을 때에는 웃기도 하면서 여전히 내빈을 접하고 동내 부인네와 남자들이 분주할 뿐이요, 양가 가족들은 모두 다 낙심하여 앉았다. 문호는 한참이나 신랑을 보다가 집에 뛰어들어와 난수를 보고 눈물을 흘렸다. 난수는 문호의 등에 얼굴을 대고 운다. 문호는 저고릿등이 눈물에 젖어 따뜻함을 깨달았다. 이때에 혜수가 와서 난수를 안아 일으키며,

"얘, 난수야 오라비 두루마기 젖는다. 울기는 왜 우느냐, 이 기쁜 날."

하고 난수를 달랜다. 난수는 속으로,

'흥, 제 서방은 얼굴도 똑똑하고 사람도 얌전하니깐.'

하였다.

과연 혜수의 남편은 얼굴이 어여쁘고 얌전도 하였다. 아까 그가 신랑을 맞아들여 갈 때에 중인(衆人)은 양인을 비교하고 혜수와 난수의 행불행(幸不幸)을 생각지 아니한 자가 없었다. 난수가 처음에 기다리던 신랑은 혜수의 신랑과 같은 자 또는 문호나 문해와 같은 자러라.

밤이 왔다. 문호는 어디서 돈 오원을 구하여가지고 가만히 난수에게,

"얘, 이제 나하고 서울로 가자. 이 밤차로 도망하자. 가서 내가 공부하도록 하여주마."

하였다.

그러나 난수는 문호의 말에 다만 놀랄 뿐이요, 응할 생각은 없었다.
'서울로 도망!'

이는 못할 일이라 하였다. 그래서 고개를 흔들었다. 문호는,

"얘, 이 못생긴 것아. 일생을 그 천치의 아내로 지낼 터이냐."

하며 팔을 끌었다. 그러나 난수는 도망할 생각이 없다. 문호는 울어 쓰러지는 난수를 발길로 차며,

"죽어라, 죽어!"

하고 꾸짖었다. 그리고 외따른 방에 가서 혼자 누웠다.

혜수의 신랑이 들어와,

"자 나하고 자세."

하고 문호의 곁에 눕는다. 문호는 또 난수의 신랑과 혜수의 신랑을 비교하고 난수를 불쌍히 여기는 정이 격렬하여진다. 그리고 혜수의 신랑의 아름다운 얼굴과 자기의 얼굴의 아름다움을 자랑하는 듯하는 웃음을 보고 문호도 빙긋이 웃는다. 혜수의 신랑은,

"여보게, 그 신랑이란 자가……."

하고 웃음이 나와서 말을 이루지 못하면서 겨우,

"내가 떡을 권하였더니 먹기 싫다고 밥상을 발길로 차데그려. 그래 방바닥에 국이 쏟아지고……."

하면서 자기의 젖은 바지를 보이며 웃는다. 문호도 그 쇠눈깔 같은 눈을 희번덕거리며 발길로 차던 모양을 상상하고 웃음을 금치 못하였다.

혜수의 신랑도 혜수에 비기면 열등하였다. 그는 지금 17세이나 아직 사숙(私塾)에서 맹자를 읽을 뿐이라 도저히 혜수의 발랄한 상상력과 취미에 기급(企及)치 못할 뿐더러 혜수의 정신력이 자기보다 우월한 줄도 이해하지 못하는 아직 유취소아(乳臭小兒)였다. 그러므로 혜수도 부(夫)에게 대하여 일종 모멸하는 감정을 가진다. 그러나 문호나 혜수나 다같이 그의 용모의 미려함과 성질의 온순영리(溫順怜悧)함을 사랑한다.

  이튿날 아침에 문호는 계부의 집에 갔다. 아랫방 아랫목에 난수가 비단 옷을 입고 머리를 쪽지고 앉은 모양을 문호는 말없이 물끄러미 보았다. 난수는 얼른 문호의 얼굴을 보고 고개를 돌린다. 문호는 그 비단옷과 머리의 변한 것을 볼 때에 형언치 못할 비애와 혐오를 깨달았다. 난수가 작야(昨夜)에 저 천치와 한자리에 잤는가, 혹은 저 천치에게 처녀를 깨뜨렸는가 생각하매 비분(悲憤)한 눈물이 흐르려 한다. 난수의 주위에 둘러앉았던 고모들과 누이들은 문호의 불평(不平)하여 하는 안색을 보고 웃기와 말하기를 그친다. 지수는 문호의 팔을 떼밀치며,

  "오빠는 나가시오."

한다. 난수도 문호의 심정을 대강은 짐작한다. 그러나 문호는 입술로 '쩝쩝' 하는 소리를 내며, 난수의 돌아앉은 꼴을 본다. 그리고 속으로 '아아 만사휴의(萬事休矣)로구나' 한다. 왜 저렇게 어여쁘고 얌전하고 재주 있는 처녀를 천치의 발 앞에 던져주어 지르밟히게 하는가 생각하매 마당과 방안에 왔다갔다하는 인물들이 모두 다 난수 하나를 못 되게 만들고 장난감을 삼는 마귀의 무리들같이 보인다. 힘이 있으면 그 악한 무리들을 온통 때려부수고 그 무리들의 손에서 죽는 난수를 구원하여 내고 싶다. 문호의 눈에 난수는 죽은 사람이로다. 이런 생각을 할 때에는 지수는 또 한번,

  "어서 오빠는 나가셔요!"

하고 떼밀친다.

  그제야 비로소 난수를 보던 눈으로 지수를 보았다. 지수의 눈에는 사랑과 자랑의 빛이 보인다. 문호는 지수나 잘 되도록 하리라 하고 나온다.

  나와서 바로 집으로 오려다가 혜수의 신랑한테 끌려 신랑방으로 들어갔다. 혜수의 신랑은 신랑의 우스운 꼴을 구경하려고 문호를 끌고 들어가는 것이라. 신랑방에는 소년들이 많이 모였다.

  혜수의 신랑이 신랑의 곁에 앉으며,

"조반 자셨나?"

하고 인사를 한다. 신랑은 침을 질질 흘리며 헤하고 웃는다. 그래도 어저께 자기를 맞던 사람을 기억하는구나 하고 문호는 코웃음을 하였다. 곁에서 누가 문호를 신랑에게 소개한다.

"이 이가 신랑의 처종형일세."

그러나 신랑은 여전히 침을 흘리며 다만 '처종형?'하고 문호의 얼굴을 본다. 그 눈이 마치 죽은 소 눈깔같이 보여 문호는 구역이 나서 고개를 돌렸다. 그리고 속으로,

'아아 저것이 내 난수의 배필!'

하였다.

6

익년춘(翌年春)에 문호는 동경으로 유학을 갔다가 이태 되는 여름에 집에 돌아왔다. 그러나 앞 고개에는 이미 난수의 나와 맞음이 없고 대문 밖에는 웃고 맞아주던 자매들이 보인다. 문호가 동경 갈 때에 십여 세 되던 자매들이 지금은 12,3세의 커다란 처녀가 되어 역시 반갑게 문호를 맞는다. 그러나 그 처녀들은 결코 문호의 친구가 아니러라.

문호는 방에 들어가 이전 앉던 자리에 앉았다. 그리고 처녀들도 이전 모양으로 문호를 중심으로 하고 둘러앉는다. 그 어머니는 여전히 닭을 잡고 떡을 만들어 문호와 문해와 둘러앉은 처녀들을 먹인다. 그러나 3년 전에 있던 즐거움은 영원히 스러지고 말았다. 문호는 울고 싶었다. 그러나 3년 전과 같이 눈물이 흐르지 아니한다. 문호는 마주앉은 문해의 까맣게 난 수염을 본다. 그리고 손으로 자기의 턱을 쓸며,

"문해야, 우리 턱에도 수염이 났구나."

하며 턱 아래 한치나 자란 외대 수염을 툭툭 잡아채며 웃는다. 문해도 금석(今昔)의 감을 금치 못하면서 코 아래 까맣게 난 수염을 만진다.

처녀들도 양인이 수염을 만지는 것을 보고 웃는다. 그러나 그네는 양인의 뜻을 모른다.

모친은 어린아이 둘을 안아다가 문호의 앞에 놓는다. 물끄러미 검은 양복 입은 문호를 보더니 토실토실한 팔을 내어두르고 으아하고 울면서 모친의 무릎으로 기어간다.

모친은 두 아이를 안으면서,

"이 애들이 벌써 세 살이 되었구나."

한다. 문호는 하나이 자기의 아들이요, 하나이 문해의 아들인 줄은 아나, 어느 것이 자기의 아들인 줄을 몰라 우두커니 우는 아이들을 보고 앉았다가 자탄하는 모양으로,

"홍, 우리도 벌써 아버질세그려. 소년의 천국은 영원히 지나갔네그려."

하고 웃으면서도 눈에는 눈물이 고인다. 가만히 문호를 보고 앉았던 모친의 얼굴에도 전보다 주름이 많게 되었다.

문호는 정신없는 듯이 모친만 보고 앉았다. 집 앞 버드나무에서는 '꾀꼬리오.' 하고 소리가 들린다.

—— 1917년 6월 《靑春》 제8호 소재

혈   서

1

내가 동경 T대학에 있을 때 일이다. 분명히 3년급 적에 생긴 일이라고 기억한다.

하루는 학교를 마치고 집에 돌아온즉, 주인 노파가 부엌에서 저녁 준비를 하다가, 행주치마에 손을 씻으면서 마주나와 내 뒤를 따라서 이층으로 올라왔다. 나는 왜 노파가 이상하게 웃는 얼굴로 나를 따라 올라오는고 하고 속으로 일종의 호기심을 가지면서도, 조금도 그런 눈치는 보이지 아니하고 책상 앞에 다리를 뻗고 앉아서 책 보퉁이를 끌러 오늘 학교에서 배우고 온 식민정책, 사회학 이 따위 책을 책상머리에 내어 쌓았다. 노파는 그 옴팡눈으로 내가 하는 양을 이윽히 보고 섰더니 내가 벗어 내어버린 양복저고리를 옷걸이에 걸고, 책상 모퉁이에 꿇어앉으며,

"아노네 오메상(여보 도련님)."

하고 무슨 큰일이나 말하려는 듯이 부른다. 이 노파는 나가노현(長野縣) 사람이 되어서 순박한 시골말을 쓴다. 그러고 날더러는 늘 '오메상'이라고 부르니, 이것은 자기 깐에는 존경하는 말이므로, 나는 탄하지도 아니하고 도리어 구수하고 정답게 들렸다.

"왜 그러오?"

하고 나도 그제야 노파가 곁에 있는 것을 알아차린 듯이 다정하게 물었

다.

"여보 오메상. 이상한 일이 있당이. 오메상이 잘났으니까데 그렇소고마."

하고 노파는 참을 수 없는 듯이 소리를 내어 웃는다(나는 함경도 사투리로 이 일본 노파의 나가노현 사투리를 표하려고 한다).

열여덟 살 된 나에게는 '잘났다'는 말이 심히 간지럽게 들렸다. 이 노파는 하루에도 몇 번씩 나를 볼 때마다,

"오메상은 잘났으니까데, 계집을 조심해야 한당이."

하고 경계 겸 비웃음 겸 말하였고, 그런 말을 들을 때에는 나도 노엽지 아니하고 도리어 웃음으로 대답하였으므로 노파는 더욱이 마음을 놓고 그 소리를 하게 된 것이다.

"왜요? 무슨 큰일이 났어요? 왜 그 여편네가 죽었나요?"

하고 나는 노파의 말을 대수롭지 않게 여기는 듯이 웃었다. 그 여편네라 하는 것은 그 노파의 시앗이다. 이 노파는 고향에서 편지가 올 때마다 날더러 보아달라고 하고는, 으레 '그년'이 죽었느냐고 물었다.

노파는 부끄러운 듯이 웃고 고개를 흔들며,

"앙이랑이, 내 일이앙이라 오메상 일이오. 원 이 말을 해도 괜찮을까. 오메상은 나이는 젊어도 너무 어른스러워서 이런 말하기가 어렵당이. 그 색시가 하도 나를 조르니 말이니까데 오메상 노여지 말아요."

하고 내 눈치를 본다.

처음부터 일종의 호기심을 가졌던 나는 '그 색시가'라는 말과 '하도 조른다'는 말에, 더욱 호기심을 아니 가질 수가 없었다. 진정을 말하면 나는 그때에 가슴이 울렁거림을 금하지 못하였고, 혹 얼굴에 그 빛이 나타나지나 않는가 하여, 얼른 일어나서 양복바지를 벗고 기모노를 갈아입느라고 한참 고개를 돌려 마음을 진정하였다.

가슴이 진정되기를 기다려 나는,

"오바상(그 노파를 나는 이렇게 불렀다. 아주머니라는 뜻이다)이 무

슨 말을 하면 내가 노엽겠소? 아무런 말이나 해보시우."

하고 도리어 마음이 흔들리지 아니하고 태연한 태도로 대답하였다.

　이 말에 기운을 얻은 듯이 그 노파는 꿇어앉은 대로 한걸음 내게로 다가앉으며,

　"그러면 말할까——노여지 말아요——또 오메상, 내가 늘 말하는 바여니와 계집을 조심해요——함부로 홀리다가는 큰일나요——오메상은 일년 동안이나 두고 보니까데 아주 맘이 단단하고 얌전하니까데, 그럴 리는 없겠지마는 계집을 조심해요."

하고 한바탕 계집을 조심하라는 훈계를 한 뒤에,

　"오메상 지난 공일날이랑이, 웬 여학생 하나라서 대문 앞으로 왔다 갔다 하길래 웬 아가씬고, 퍽도 얌전도 한 아가씨다 하고 내다보고 있노랑이, 한참이나 머뭇머뭇하다가 문을 방싯 열고 들어오겠지. 그래 내가 아가씨 누구를 찾으슈? 하니까데, 그 아가씨 얼굴이 빨개지며 긴상(김서방이라는 뜻)이라는 이가 댁에 계셔요? 하고, 아주 연연한 서울말로 묻더랑이. 그래 그렇다고 항이까데, 들어오고 싶어하는 모양이길래, 아가씨 들어오시지요, 긴상은 오늘 공일이라서 어디 놀러 나갔다고 그러니까데, 그러면 용서하셔요 하고 들어와요. 들어오길래 차도 주고 앉아서 이야기를 했지요. 자기는 이 동네에 사노라고, 자기 오빠가 오메상과 한 학교에 다닌다고, 그래서 자기 오빠헌테서 오메상 이야기를 많이 듣고, 또 사진도 보았다고. 자기 오빠가 하도 오메상을 칭찬하고 부러워하고, 오메상은 인제 조선에 돌아가면 큰사람이 될 사람이라고 그러길래, 어떤 사람인고? 한번 보았으면 하고 학교에 갔다 올 때마사 T대학 문과 우리 집 문을 지키다가, 여러 번 오메상을 보았노라고. 그래서 한번 이야기해보러 왔노라고, 그리고 빈손으로 오기가 안 되어서 변변치 못한 것이나 이것을 가지고 왔노라고 내놓겠지요."

하고 옆에 놓았던 조그마한 보퉁이를 내어 내 앞에 놓는다.

　나는 그 보퉁이를 끄르려고도 아니 하고 물끄러미 그것을 보고만 있

었다.

"에그, 모처럼 가져온 것이니 끌러나 보우다."

하고 자기 손으로 보퉁이를 끄르니, 백지로 싼 것이 나오고 그 봉지 위에는 가냘픈 먹글씨로,

"긴상께."

라고 쓰고, 한 줄 건너 밑에,

"그대를 사모하는 어떤 여자는 드리나이다."

하고 썼다. 글을 볼 줄 모르는 오바상은 물끄러미 내 눈치만 보고 있더니, 그 종이 봉지를 들어 내게 주며,

"엇소, 펴 보우다."

한다. 나는 그 종이 봉지를 뜯었다. 두겹 세겹 싼 백지를 뜯는 내 손은 떨렸을 것이다. 무슨 심히 이상하고 무서운 운명의 선고문을 떼는 듯하였다. 그 속에서 나온 것은 비단실로 짠 양말 한 켤레와 하부다이 손수건 두 감이었다. 나는 양말과 손수건을 들고 이리 뒤적 저리 뒤적 하였다. 손수건 한편 끝에는 다홍실로 수놓은 것이 있다. 자세히 본즉, 영서로 K자와 M자를 합한 것이다. K자는 내 성자인 김자의 머릿자여니와, M자는 그 여자의 성자인 것이 분명하다. M! M! M이 누군고? 그의 오빠가 나와 한 학교에 다니는 사람이라 하면, M이 누군고? 하고 생각하여 보았으나 알 수가 없었다.

아무려나 이것을 대할 때에 나는 지금까지 가졌던 호기심과 달콤한 기쁨도 다 스러지고 숨이 막힐 듯한 슬픔이 가슴에 찼다. 어떤 모르는 여자가 나를 위하여 양말을 짜고, 손수건에 실을 뽑고, 또 K자와 M자를 합하여 수놓은 그 애처로운 심리를 생각할 때에, 내 눈에는 눈물이 아니 흐를 수가 없었다.

오바상은 내가 괴로워하는 빛을 보더니, 그런 것을 내게 보인 것이 심히 미안한 듯이 그 순박한 얼굴에 수심 기운이 나타나며,

"그래서 오메상, 나는 이것을 지난 공일에 받아놓고도 5,6일이 지나

도록 오메상에게 전하지 않고 있었당이. 어째 이것을 전하는 것이 오메 상에게 무슨 죄나 짓는 것 같아서 안 전하려고 했지요. 그랬더니, 그 동안에도 그 아가씨가 두 차례나 와서, 그것을 드렸어요? 그 어른이 받 으셨어요? 하고 묻는구만. 그리고 점점 이야기를 들을수록 여간 오메 상을 사모하는 것이 아니랑이. 저봐, 아까는 와서 아직도 내가 그것을 오메상에게 안 보였다고 했더니, 그만 구슬 같은 눈물이 뚝뚝 떨어지겠 지. 그래서 나도 갑자기 설워져서 그 아가씨의 등을 만져주며 오늘은 오메상이 돌아오는 길로 곧 드린다고, 그리고 잘 말을 해주마고 약속을 했다우. 아이 참 가엾어요. 오메상이 보았더라면, 울었을 것이오. 또 그 아가씨가 사람이 퍽 얌전해!"

하고 오바상은 아까 설움이 다시 나는 듯이 행주치마로 눈물을 씻는다.

2

내일은 그 M이라는 여자는 반드시 오리라고 믿었으나 소식이 없었 고, 그 이튿날도 아니 왔다고 한다. 아마 내게서 들을 대답이 무섭기도 하고 부끄럽기도 하여 아니 온 모양이다.

"오메상, 무에라고 대답을 해요?"

하고 내가 책 보퉁이를 끼고 학교에 가느라고 나설 때마다 노파가 물었 다. 그러나 나는 분명한 대답을 주지 못하고 그저 어름어름하였다.

그때에 내 뜻에는 굳게 정함이 있었지마는 차마 그 말을 입 밖에 내 기가 어려웠던 까닭이다.

그때는 청년간에(15자 삭제─편집자 주, 이하 같음) 정돈되기까지 는 장가도 안 들고 시집도 안 가기로, 혹은 혼자 맹세도 하고, 혹은 여 럿이 동맹도 하는 일이 많이 있었다. 우리는 가정을 이루어서는 아니 된다──일신의 행복을 생각하여서는 아니 된다.(25자 삭제) 일생을 독신으로 보내기를 작정하는 것이 그때 청년의 자랑이었고, 더욱이 그중에 예수교의 영향을 받은 어떤 일부의 청년은 오직 혼인만 아니할 것이 아니라, 일체로 이성과 접하는 것을 죄악으로 알아서 오직 나라에 몸을 바치는 중과 같은 생활을 하기로 맹세를 하였다. 나도 그 맹세 중에 든 한 사람이었으므로, 비록 어떠한 여자가 오더라도 거절하리라는 결심을 가지고 있었다.

그러면 M이라는 여자에게 할 대답은 분명하다.

"사랑하여 주시는 뜻은 감사하거니와, 나는 맘에 굳게 작정한 바가 있으므로 응하여 드리지 못하니, 미안합니다."
하면 그만일 것이다.

그러나 일은 그렇게 단순하지 아니하였다. 나도 젊은 남자라, 아름다운 젊은 여자가 나를 사모하여 올 때에 단마디로 끊어버리기는 심히 어려웠다. 진정을 말하면, 그 양말과 손수건을 본 날 밤에 나는 한잠도 이루지 못하고 괴로워하였다. 하늘이 주시는 사랑의 단꿀을 받을까 물리칠까. 길지 못할 인생의 일생, 더구나 길지 못할 꽃다운 청춘에 마실 수 있는 대로 사랑의 단술잔을 마실 것이 아닌가. 봄은 한 번 가도 다시 오건마는, 인생의 봄은 한 번 가버리면 다시 못 올 것이 아닌가. 지금까지에도 나는 두 번이나 오는 사랑을 물리쳤고, 또 가는 사랑을 꺾어버렸다. 그러는 동안에 나의 청춘은 다 지나가버리지 아니할까. 이러한 생각이 날 때에 나는 누를 수 없는 굳센 유혹을 깨달았다. 그래서 학교에 가 있는 동안에도,

'지금 그가 와 있지나 아니할까, 왔다가 내 회답이 없는 것을 보고 슬퍼 돌아가지나 아니하였을까?'
하는 생각이 불현듯 나서는, 필기하던 선생의 강의가 어디로 갔는지도 한참 잊어버리는 일이 있었다. 그리고 학교를 마치고 집에 돌아올 때에는 혹 아직 안 가고 있지나 아니할까, 얼른 가서 한 번 얼굴이나 직접으로 보고 눈물 고인 그를 힘껏 껴안으며, '나는 그대를 사랑하노라'고 하여줄까 하기도 하였다. 그러나 마침 며칠 동안 그는 오지 아니하였

다.

이튿날 학교에서 다녀온즉, 오바상이 마주나오며, 구두끈도 다 끄르기도 전에,

"오메상. 오늘 그 아가씨가 왔다갔당이. 그리고 오늘은 꼭 뵙고야 간다고 오메상 방에 올라가서 책상도 다 치워놓고 한 시간이나 가만히 앉았더니, 무슨 생각이 났는지 나는 가요, 내일이 공일이니 내일 와 뵈어요, 긴상 돌아오시거든, 내가 왔다갔다고 그러세요, 하고는 가버렸어요. 어떻게 사람이 실하게 생겼는지 오메상이 무에라고 한마디만 하면 곧 죽을 것 같아요."

한다. 나는 얼른 방으로 뛰어올라갔다. 방안에는 아직 여자의 향기가 남아 있는 것 같다. 과연 책상은 먼지 하나 없이 치워놓았고, 책도 가지런히 꽂아놓았다. 그리고 책상머리 화병에는 보지 못하던 꽃 한 송이가 꽂히고, 책상 앞에 놓인 방석 위에는 분명히 그 여자가 꿇어앉았던 무릎 자리가 남았다. 그리고 내가 되는 대로 벗어 내던지고 간 기모노와 오비(일본 허리띠)는 차곡차곡 개켜서 방 한편 구석에 잠을 재워놓았다. 마치 아내나 누이동생이 하는 듯한 일을 이 모르는 일본 여자가 모르는 조선 사람에게 하여놓은 것이다.

이 모든 것을 볼 때에 나는 일변 무섭기도 하고 반갑기도 하고 꿈같기도 하여 어찌할 바를 몰라, 양복도 벗지 않고, 그 여자의 무릎 자리난 방석 위에 꿇어앉아서 점점 여름 빛이 무르녹아오는 하쿠산(白山)의 수풀을 바라보았다.

"내일 또 온대요?"

하고 나는 문안에 우두커니 서 있는 오바상에게 물었다.

"응."

하고 오바상은 내 말에 기운을 얻은 듯 내 곁에 앉으며,

"내일은 와서 꼭 뵙고야 간다는데, 오메상 어떻게 대답하실라오?"

한다. 나는 고개를 숙이고 이윽히 생각하다가 하염없는 웃음을 빙그레

88

웃으며,

"오바상 생각에는 내가 어찌 했으면 좋겠소?"

한즉, 오바상은,

"글쎄 말이야. 나도 노 오메상더러 계집 조심하라고 말을 해왔거니와, 이 아가씨는 오메상과 천정 배필인 것 같아요. 처음에는 웬 여자가 그따위로 구는고 하고 의심도 하였지마는, 두고 볼수록 얌전하고 똑똑하고 매치고, 또 한 번 마음에 먹은 일은 죽어도 끝을 내고야 말 사람 같아요. 오메상도 명년에는 대학교도 졸업을 하고 그러니, 아가씨한테 장가를 드시지. 사람은 아주 더할 나위 없어요."

하고 입에 침이 없이 그 여자 칭찬을 한다. 그렇게 내게다 '계집 조심'하라고 떠들던 오바상이 그렇게 이 여자에게 미친 것을 보니 우습기도 하거니와, 또 진정을 말하면, 그 여자에게 대한 애착심도 더욱 굳어짐을 깨닫는다.

아무려나 내일은 그 여자가 온다. 그러한즉, 이 여자를 만나볼 것인가 아닌가, 또 이 여자의 사랑을 받을 것인가 아닌가. 오늘밤 안으로 이 두 문제를 결정해야만 되게 되었다.

이날 밤의 고민은 실로 비할 데가 없었다. 그것을 어찌 이루 기록하랴. 밖에서는 밤새도록 비가 오는 모양인데, 나는 거의 그것도 모르고, 이리 생각, 저리 생각, 생각에 잠겨 있었다. 그러나 오늘 저녁에는 좌우간 결정하여야만 한다.

나는 책상에 이마를 대고 있다가 잠깐 잠이 들었다. 무엇에 놀란 듯이 깜짝 잠을 깰 때에, 나는 졸기 전에 하던 생각이 모두 꿈인 것같이 생각되었다. 나는 벌떡 일어나 두 주먹을 불끈 쥐어 체조하는 모양으로 두어 번 흔들고, 책상 앞에 앉아 붓을 들었다.

'주저할 것이 있느냐.(열석 자 삭제) 나는 일신의 낙과 가정의 낙을 다 내어버린 사람이다. 내가 연애에 빠지는 것은(스물넉 자 삭제) 아아, 생각도 못할 일이다!'

하고 종이 위에 서슴지 않고 이렇게 썼다.

"M씨!

뜻은 감사하옵니다. 그러나 나는 아무 여자도 사랑할 수 없는 사람입니다. 나는 사랑보다 큰일에 몸을 바친 사람입니다.

주신 물건은 감사하게 받거니와, 만일 도로 찾으시려거든 드리겠습니다."

이렇게 써놓고, 나는 두어 번 읽어보았다. '나는 사랑보다 큰일에 몸을 바친 사람입니다' 하는 구절이 심히 기뻤다. 그러나 다른 구절은 너무 다정한 듯도 하고 너무 무정한 듯도 하여 고쳐 쓰려고도 하였으나, 역시 처음에 쓴 대로 두는 것이 좋을 것 같아서, 얼른 봉투에 집어넣었다.

그리고 시계를 보니, 오전 네시. 다섯시 차를 타려면 지금 나가야 된다. 나는 얼른 교복을 집어 입고, 책을 한 권 들고, 아래층으로 뛰어내려왔다.

오바상은 벌써 일어나서 담배를 피우다가,

"오메상 웬일이오?"

하고 놀라는 듯이 일어난다. 나는 그 편지를 오바상에게 주며,

"오바상, 그 여자가 오거든, 이 편지를 주어 주오. 나는 어디 놀러갔다가 저녁까지 먹고 오겠소."

하고는, 오바상이 다른 말을 묻기도 전에 뛰어나와서, 전차를 잡아타고 심바시(新橋) 정거장에 나왔다(그때에는 아직 동경 정거장은 없던 때였다).

가마꾸라(鎌倉)에 내려서, 나는 아침을 사 먹고, 모든 것을 다 잊어버린 듯이 활발히 활개를 치며 에노시마(江島)를 향하여 바닷가로 걸어갔다. 망망한 바다 푸른 물결, 그리로서 불어오는 바다 냄새 나는 바람을 들이마실 때에 상기되었던 것이 내리는 듯하였다.

기다란 다리를 건너 에노시마에 들어가니, 아직 손님은 많지 않건마

는, 그래도 찻집은 열렸다. 나는 과자와 차 한 잔을 마시고는 바윗돌에 부딪치는 물결을 바라보다가, 그만 걸상에 누운 대로 잠이 들어버렸다. 깨어본즉, 어느 새에 새로 한시, 두 시간이나 잔 셈이다. 잠을 깨니, 마치 동경을 떠난 것이 3,4일이나 된 것 같고, 어젯밤 M의 일로 고민한 것은 그보다도 여러 날 지난 것 같다.

나는 찻집 노파에게 점심을 시켜놓고, 혼자 가만히 앉아서 어젯밤 지난 일을 한 번 되풀이해보았으나, 그때와 같이 흥분된 감정은 다시 일어나지 아니하고, 무슨 재미있는 옛 경험을 회상하는 것만큼 밖에는 더하지 아니하였다. 그래서 한참 동안 되풀이를 하려고 애를 쓰다가 집어내어던지고 말았다. 그리고는 파란 바다와 그리로 떠다니는 배와 바다새와 벌써 여름 구름 모양으로 피어오르는 흰구름을 무심히 바라보고 앉았다.

오후가 되어서부터 하나씩 둘씩 사람들이 에노시마에 들어오기 시작하고, 따라서 찻집도 흥성흥성하게 되었다. 웬 누이와 오라비 같기도 하고 사랑하는 사람들 같기도 한 젊은 남녀가 내가 앉았는 맞은편에 들어와 점심을 시킨다. 또 웬 가족 같은 사오 인도 들어오고, 학생도 들어오고, 찻집에는 손님이 반이나 찼다. 나는 그 사람들을 보는 중에 더욱이 흐렸던 마음이 맑아졌다.

점심을 먹고 나서는 새 기운을 얻어 에노시마의 굴 구경을 하고, 소라 따는 사람들 구경을 하고 돌아다녔다. 아까 찻집에 들어왔던 사람들도 나 모양으로 세상 근심을 잊어버린 듯이 돌아다닌다.

3

나는 볼 것도 다 보고, 어떤 소나무 그늘 바윗등에 앉아서 바다를 바라보았다.

불현듯 적막한 생각이 나고, 사람 그리운 생각이 난다. 본래 나는 혼자 있기를 즐겨하는 사람이면서도, 오늘따라 몹시 외로운 생각이 난다. 누구와 이야기를 좀 하고도 싶고, 사람의 살 냄새를 맡고도 싶고, 그냥 사람의 얼굴을 바라보고도 싶었다. 그래 바윗등에서 내려와서 사람들이 많이 있는 찻집으로 내려왔다. 거기는 사람의 말소리도 있고, 얼굴도 있고, 살 냄새도 있었다. 그러나 나는 만족할 수가 없어서 여전히 외로운 생각이 난다. 남들이 정다이 서로 가까이하고 이야기하는 것을 볼수록 더욱 외로워 못 견딜 지경이다.

나는 아까 찻집에서 보던 청년 남녀를 찾았다. 그들을 보면 이 외로움이 좀 하릴 것 같았음이다. 나는 빠른 걸음으로 그들을 찾았으나, 그들이 보이지 아니할 때에 그만 실망하여버렸다. 다시 찻집으로 돌아오려 할 때에, 그들이 벌써 육지로 가는 다리를 반이나 넘어 건너가서, 여자의 옷자락이 바람에 펄펄 날리는 것이 보인다. 그 두 사람은 내가 엿보지도 못하고, 추측도 못할 기쁨 속에 깊이 취한 것같이 생각되었다.

나는 찻집에 들어가 앉으려는 것을 그만두고, 급한 일이나 있는 듯이 그 두 사람의 뒤를 따라 다리를 건너왔다. 다리를 다 건너와서, 두 사람이 어부들이 그물을 감고 있는 것을 보고 섰는 것을 보고, 나도 그 곁에 서서 얼마를 보다가, 내 행색이 하도 쑥스러운 듯하기로, 뒤도 안 돌아보고 가마꾸라를 향하고 돌아왔다.

'어서 동경으로 가자! 벌써 M이 왔다 갔을까, 아직도 기다리고 있을까, 어서 동경으로 가자!'

이러한 생각이 날 때에 나는 혼자 떨었다. 그리고 얼른,

'나는 사랑보다도 더 큰일에 몸을 바친 사람이다!'

하고 정거장 벤치에서 기지개를 켜고, 다시는 그런 생각을 아니하리라 하는 듯이 대합실 벽에 걸린 광고와 시간표를 둘러보았다.

기차가 심바시에 닿자마자, 나는 달음질로 전차를 잡아타고 홍고(本鄕) 사정목이라는 정류장에서 내려서, 제국대학 앞을 지나 하쿠산 밑으

로 내려왔다. 사람들은 벌써 저녁을 먹고 전등불 밑에 저녁 산보들을 나온다.

거의 구보를 하다시피 집 골목에 들어설 때에 우리 집 문이 열리며, 웬 여자 하나이 고개를 숙이고 나온다. 나는 'M이로구나!' 하고 더욱 빨리 갔다. 그 여자는 내 발소리에 잠깐 멈칫하고 뒤를 돌아보더니, 조리(일본 짚세기)를 짤짤 끌며 저쪽 골목으로 들어가 없어지고 만다. 나는 우리 집 문을 지나 몇 걸음 더 따라가다가, 발을 돌려 대문을 열었다.

"지금 오시오."

하고 노파가 마주나오며,

"그 아가씨 여태껏 기다리다가, 시방 나갔당이. 에그, 못 보셨소?"

한다. 나는 신을 벗고 올라서며,

"옹, 지금 여기서 나가던 이가 그요?"

하고 대수롭지 않은 듯이 물었다.

노파는 이층으로 따라올라와서,

"아침 열시쯤 해서 그 아가씨가 왔당이. 그래 내가 그 편지를 주니까데, 한참이나 그 편지를 물끄러미 들여다보고 금방 눈물이 쏟아질 듯이 얼굴이 씰룩씰룩하겠지. 그래 너무도 가엾어서 들어오라고, 들어와서 오메상이 돌아오기를 기다리라고 그랬지요. 그래서 이층에 올라와 앉더니마는, 오메상의 책상을 말짱 치워놓더니마는, 슬퍼하는 기색도 없이 여러 가지 말을 묻는구만. 오메상이 몇 시에 자고 몇 시에 일어나는 둥, 친구가 많이 찾아오며 여자 친구도 오는 둥, 술을 먹는 둥, 별말을 다 물어요. 그래 나도 인제는 그 아가씨헌테 정이 들어서 있는 대로 오메상 일을 죄다 말했당이. 그러고는 점심을 먹고 또 이야기를 하다가 저녁을 먹고, 그러구는 시방 갔당이 —— 어머니가 무서워서 가야 한다고."

나는 멍멍하니 앉아서 노파의 하는 말을 들었다. 그리고 물어보고 싶은 말도 많으면서도 꾹 참고 아까 대문을 열고 나오다가 멈칫 서서 슬쩍 돌아보던 M의 얼굴을 생각하였다. 갸름하고 좀 여윈 듯한 흰 얼굴, 높은 듯한 코, 호리호리한 몸, 약간 허리를 굽히고 재게 걷는 걸음, 모퉁이를 돌아설 때에 반짝 보이던 흰 버선 신은 발——이런 것을 생각하였다. 밤이라 눈은 보지 못하였으나, 그래도 이 재료만 가지고도 M이라는 여자를 그릴 수는 있었다. 그는 심히 감정적이요, 폐병질이라 할 만하게 맑은 여자일 것이다——이렇게 나는 판단하였다. 그리고 내가 왜 좀더 따라가서 'M씨!' 하고 불러보지를 아니하였던고. 거절하는 편지를 받고 앉아서 그래도 종일토록, 밤이 깊도록 나를 기다리다가, 마침 보지도 못하고 가는 그의 심정을 생각할 때에 한없이 가엾고 그리운 생각이 나서 지금이라도 곧 따라가보고 싶었다.

그는 전에도 여러 번 나를 보았다 하니, 반드시 아까도 낸 줄을 알았을 것이다. 만일 알았다 하면 어찌해서 슬쩍 보기만 하고 가버렸을까, 혹 내 위치가 그늘진 데가 되어서 내 모양이 분명히 보이지를·아니하였던가.

내가 이러한 생각을 하는 동안에는 노파가 몇 마디 말을 한 모양이나, 그 말이 내 귀에는 잘 들어오지 아니하였다. 노파의 말은 줄여 말하면, 그 여자는 심히 마음이 굳고 정이 뜨거운 여자니, 만일 내가 끝까지 이렇게 거절하면, 여자의 편심에 반드시 큰일이 나리라, 그러니까 사랑해주어라 하는 뜻이다.

미상불 그날 저녁도 늦도록 잠을 못 이루고 M 생각을 하였다. 그리고는 견딜 수 없이 M의 사랑이 고맙고 그리울 때마다 기계적으로,

"나는 사랑보다도 큰일에 몸을 바친 사람이다."

하는 것을 후렴 모양으로 외우고 억지로 그 일을 잊어버리려고 하였다.

4

그 후 열흘이 못 되어 나는 고향으로 돌아오지 아니치 못하게 되었

다. 방학까지에는 아직 3주일이나 남았으나 우리 단체(그것은 그때에 T씨가 주장해 하던 결사였다)의 명령으로 여름 동안 경기, 황해 양도로 순회할 일이 있기 때문이다.

그 열흘 동안 나는 학교에 가서 M자 성 가진 사람을 할 수 있는 대로 탐문해보았으나, 내 반에만 해도 수십 명이 있으니, M이란 어떤 M인지를 알 도리가 없어서 그대로 고향에 돌아왔다.

내가 다시 동경에 돌아온 것은 그해 구월 초여드렛날이다. 내 앞으로 편지 몇 장이 와 있는 중에 '마쓰다'라는 사람에게서 온 편지가 있다. 마쓰다(松田)라면 M자 가진 성이다. 그 편지 내용은 간단하다—— 좀 할 말이 있으니, 동경에 오는 대로 곧 통지해달라는 뜻이다. 그 사람은 어떤 사람인지 무론 알 수 없으나, M과 관계 있는 사람인 것은 분명한 듯하였다. 그래 노파에게 물은즉, 한 4,5일 전에 웬 대학생 하나가 찾아왔다 갔다고 할 뿐이다. 그리고 그 여자는 한 번도 아니 왔다고 한다. 무슨 일인지는 알 수 없으나, 나는 그 마쓰다라는 사람에게 엽서를 하였다. 그 주소를 보건대, 나 있는 집에서 얼마 멀지 아니한 곳이다. 그래서 그 엽서를 보내고는, 그 집을 찾아가보았다. 중류 이상은 되는, 마당에 나무까지 심고 인력거가 안마당에까지 들어갈 만한 집인데, 문패에는 마쓰다○○라고 썼는데, 내게 편지한 이름은 아닌즉, 아마 그의 아버지인 듯하다.

저녁이라 아래 위층에 전등 빛은 흐르나, 인적은 요요하다. 나는 두어 번 그 집 앞으로 왔다갔다하다가, 오래 있는 것도 혐의쩍을 듯하기로 얼른 집으로 돌아왔다.

그 이튿날 아침 일찍이 마쓰다라는 사람이 찾아왔다. 만나본즉 과연 학교에서 보던 사람이다. 그와 나는 같은 법과지마는, 그는 나보다 한 해 앞서서 금년에 졸업한 사람이다.

일찍 인사한 일은 없으나, 학생들끼리 하는 무슨 일에 같이 위원이 되었던 일이 있어서 함께 사진을 박은 일도 있던 사람이다. 그래서,

"야, 마쓰다군!"

"야, 김군!"

하고 본래부터 친한 사람 모양으로 손을 잡고 인사를 하였다.

방에 올라오자, 그는 유예할 여유가 없는 듯이,

"여보, 내가 좀 어려운 청을 하려고 왔소. 대단히 미안한 일이지만 내 청을 꼭 들어주어야만 하겠소이다."

하고 내 맘을 엿보려는 듯이 이윽히 내 얼굴을 바라보더니,

"무슨 청이야요?"

하는 호의를 가진 나의 대답을 듣고 안심한 듯이,

"여러 말씀 다 아니하더라도 내가 찾아온 것만 보아도 무슨 일인지 아실 듯하오. 그 M이라는 아이가 내 누이동생이오. 아마 노형께서는 계집애가 아무의 소개도 없이 그런 짓을 하는 것을 보고 퍽 괘씸하게 생각하시겠지요. 그러나 내 집안 사정과 그 애의 성격을 아시면 그렇게 허물되게 생각지 아니하시리라고 믿습니다. 그애가 세 살 적에 어머니가 돌아가시고, 그러고는 곧 계모가 들어오셨는데, 아마 노형은 우리 일본의 가정 사정을 잘 모르시겠지마는 어쨌으나 우리 남매는 지나간 15년간을 하루도 맘 펴고 지낸 날이 없었지요. 그런 말을 다할 필요가 없지마는——어쨌으나, 더구나 계집애 된 동생은 그만 가정에서 아무 말이 없고 의논도 없고 학교에 들어가고 나오는 것까지 저 혼자 제 마음대로 하는 버릇이 되었어요. 저와 나와 동복동생이오, 저도 날 따르고 나도 절 귀애해주건마는, 내게도 별로 무슨 일을 의논하는 말이 없지요……. 이만큼 말하더라도 노형께서는 그애의 한 일을 용서하실 줄 믿습니다."

그는 말을 끊고 내게 동의를 구하는 듯이 나를 바라본다. 나는 고개를 끄덕끄덕하여 동의하는 뜻을 표하였다.

그는 또 안심하는 듯이 다시 말을 이어,

"그런데 하루는 내 가친이 저를 불러서 아마 혼인 말을 했던가 봐요

──어느 나라나 그렇겠지마는 우리 일본에서는 소위 의리의 혼인이란
것이 있어서, 체면상, 의리상 어떤 집과 혼인을 하여야만 하는 경우가
있지요. 이 때문에 가정에 많은 풍파도 일어나고, 청년 남녀간 비극도
많이 생기지요. 쉽게 말하자면 내 가친께서는 그애더러 의리의 혼인을
하라고 조르신 모양이야요. 그런데 아까도 말한 바와 같이, 그애가 제
마음대로 무슨 일이나 하지, 뉘 말을 들을 아이가 아니니까, 아마 거절
을 한 모양인데, 그 때문에 워낙 아버지와 계모님의 눈 밖에 났던 아이
가 더욱 미움을 받게 된 셈이지요. 그래서 가친한테 톡톡히 꾸중을 듣
고서는 울면서 나한테 와서 내 친구 중에 누구나 자기 남편 될 만한 사
람이 없느냐고 묻겠지요. 그래 나는 무심코 노형 말씀을 했구려. 그러
고는 그때 웅변회 적에 박인 사진을 내어서 노형을 가리켜 보였더니,
당장에는 아무 말도 없이 어디로 홱 나갔다가 돌아오더니마는, 그 이튿
날부터 서너 번이나 노형에 관한 말을 묻기로, 내가 아는 대로는 대답
을 해주었지요. 그러고는 다시 아무 말도 없길래, 나도 이럭저럭 바빠
서 물어보지도 아니하고 있었더니마는, 한 20일 전에 내가 볼일이 있
어서 오사카(大阪)에 가 있는데, 그애가 내게 급한 일이 있으니 곧 올
라오라는 전보를 놓았어요. 워낙 성미가 이상한 애니까, 무슨 일인지
몰라 걱정이 되기로 부랴부랴 올라왔지요. 했더니 그애가 노형 댁에 여
러 번 찾아갔던 말과 노형께 거절을 당하였단 말과, 그렇지마는 노형이
아니고는 다른 데는 죽어도 시집을 가지 아니할 텐데 가친은 자기의 동
의 여부를 물론하고 당신이 원하는 곳에 약혼을 하였다는 말을 하면서,
날더러 한번 노형께 교섭을 하여달라고 울고불고 야단을 하는구려. 나
는 여러 말로 부모께서 아니 허하실 말과, 또 노형께서도 원치 아니하
리란 말로 타일렀지마는, 그 성미가 들나요──만일 제 뜻대로 안 되
면 저는 죽어버릴 테니 그리 알라고 하는구려. 다른 계집애 같으면 그
렇게 말을 하더라도 심상하게 듣겠지마는, 이애는 죽는다면 죽을 애야
요. 내게는 그것이 유일한 동기요, 또 어려서부터 불쌍하게 자라난 것

을 생각하니, 어째 눈물이 안 나겠어요? 그래 나는 그러면 내 힘껏은
말해보마, 아직 경솔한 짓은 말라고 이르고서는 곧 노형을 찾아왔더니,
벌써 귀국을 하셨지요. 그러면 새 학기까지 기다릴 수밖에 없다고 콩튀
듯 팥튀듯 하는 것을 가까스로 눌러놓고 기다렸지요. 그러니 워낙 성미
가 급하고 마음이 별나게 생긴 애인데다가 집에서는 날마다 볶이고 제
마음은 괴롭고――근본이 그리 건강하지 못한 것이 불과 4,5일에 아
주 변상을 해버렸어요. 얼굴은 쏙 빠지고 신경은 과민해져서 그대로 내
어버려두면 히스테리가 되거나 죽을 것만 같아요. 그러나 저를 위해서
슬퍼해주는 사람인들 나 하나밖에 어디 있어요?"

그는 급하지 않고 서슴지도 않고 점잖고도 진실하고도 하소연하는
듯한 어조로 연해 내 눈치를 살피면서 여기까지 말하더니, 최후에 담판
할 재료를 준비하는 듯이 뚝 끊고, 소매에서 시끼시마를 내어 근심 많
은 사람 모양으로 푸푸 연기를 뿜는다.

나도 이 말을 들을 때에 걷잡을 수 없이 마음이 비감하여져서 수그
러지는 줄 모르게 고개를 수그렸다. 건너편 공지에서는 아이들이 공치
며 떠드는 소리가 들린다.

그러나 끓어오르는 나의 가슴속에는 굳은 결심이 있었다.

'내게는 사랑보다도 더욱 큰일이 있다!'

(백이십 자 삭제) 방어할 방패를 준비하고 기다렸다.

그 사람은 담배 한 대를 거의 다 태우더니,

"김군! 그만하면 내 누이의 사정과 또 내 사정까지도 알으셨겠지요.
나는 단도직입으로 말을 하겠소. 자, 내 동생을 아내를 삼아주시려오,
어쩌시려오?"

하는 그의 얼굴에는 비통하다 할 만하게 엄숙한 빛이 나타난다.

나는 친구들에게 뜻이 굳다, 매몰하다 하리만큼 잡아뗄 때는 비평을
받는 사람이지만, 내 속에도 정의 불꽃은 남 지지 않게 타오르고, 더욱
이 남에게 싫은 소리 한마디 못하는 나약한 반면을 가진 사람이다. 만

일 내가 T 선생의 불같이 뜨거우면서도 철석같이 굳은 성격의 훈련을
받지 아니하였던들 정에만 끌려 울고 웃고 하는 사람이 되어버렸을 것
이다.

이때에 M이 그처럼 나를 위하여 목숨을 태우고 그의 오라비가 이처
럼 간절하게 내게 애원하는 이때에, 나는 진실로 그것을 거절하기가 목
을 따기보다도 어려웠다. 만일 그가 나를 사랑하여주는 M을 위하여 내
팔 하나를 끊어달라 하였다 하면, 나는 두 말 없이 끊어주었을 것이요,
또 만일 죽어서 지옥 속에서 억만겁의 유황불의 괴로움을 받아달라 하
면, 나는 기쁘게 M을 위하여,

"그러마!"

하고 나섰을 것이다.

그러나 그때에 나의 마음에는,

'나는 사랑보다 큰일에 몸을 바친 사람이다.'

'아니, 내 전생, 금생, 내생의 생명보다 중한 일에 몸을 바친 사람이
다.'

하는 무겁고도 깊은 맹세를 깨뜨릴 아무 것도 없었다. 그러면서 나는
M을 미워할 수도 없었다.

나는 얼마나 시간이 지났는지 모르게 고개를 숙이고 말없이 앉아 있
었다. 그 동안에 나의 가슴속에는 피와 눈물과 사랑과 의리와 청춘의
유혹과 굳은 맹세와 이런 것들이 엎치락뒤치락 뒤범벅이 되어 끓어올
랐다. 내 얼굴은 붉었을 것이다. 내 숨소리는 높았을 것이다. 마침내
나는 피가 모두 머리로 끓어올라와 앞이 아뜩함을 깨달았다.

'위태한 때다!'

하고 나는 속으로 소리를 지르며, 눈을 번쩍 뜨고 고개를 들었다.

"다 알아들었소이다. 나는 노형과 면대하여 말하기는 처음이지마는,
평소에도 노형을 존경하였고, 또 오늘 하시는 말씀을 들을 때에 노형의
인격에 감복합니다. 또 매씨는 아직 뵈온 일은 없지마는 그처럼 나를

사랑해주시는 줄을 알 때에 어떻게 내게 감사한 마음이 없겠으며 반가
운 기쁜 마음인들 없겠어요. 나도 사람이에요. 게다가 젊은 사람이에
요. 내겐들 왜 사랑의 불길이 없겠어요. 매씨가 나에게 선물을 주시고
또 찾아오신다 할 때에 내 마음이 왜 끓어오르지를 아니하겠어요. 매씨
께서 오신다던 날 내가 새벽차로 가마꾸라로 달아난 것이 얼마나 괴로
운 일이겠어요. 바른 대로 말하면 나는 매씨를 사랑합니다. 못 견디게
사랑합니다. 부끄러운 말이나, 나도 그 후에 여러 날 밤을 매씨를 생각
하고 새웠습니다. 지금 노형께서 하시는 말씀을 들을 때에도 나의 속은
끓어오르는 듯하였어요. ……그러나 나는 사랑하면서 사랑을 누르지
아니하면 안 될 사람입니다. 나는 벌써 이 몸을 바친 데 있으니까요.
이 몸은 벌써 내 몸이 아니니까요.”

　나는 무엇을 낭독이나 하는 듯이 여기까지 단숨에 내려왔다. 스스로
자기가 너무 흥분한 것을 깨달을 때에 미상불 부끄러웠다.

　그러나 아무리 침착한 사람이라도 이런 경우에 흥분 아니할 수는 없
었을 것이다.

　그 사람도 역시 나와 같이 흥분한 태도로 내 말을 듣고 있더니,

　“말씀하시는 뜻은 알아들었소이다. 노형의 사상은 노형의 연설에서
도 들어 알았고, 노형의 친구들에게서도 들었지요. 그렇지마는 사업에
몸을 바치신다고 해서 혼인까지 못하실 것이야 무엇인가요. 혹 일본 사
람과 혼인한다는 것을 꺼리심이 아니면…….”
하고 나를 바라본다.

　나는 그의 말을 막으며,

　“아니에요…… 그렇기도 하지요. 예사 때 같으면 그것도 꺼리기는
꺼리겠지요. 그러나 사람이 목숨을 바치고 사랑하는 마당에 국경이 무
슨 상관이에요? 그런 것이 아니라, 나는 일생에 혼인을 아니할 무거운
맹세를 한 사람입니다. 만일 매씨를 위하여 무간지옥의 벌을 받음으로
매씨가 기뻐하리라 하면, 나는 기쁘게 그리하겠소이다. 내 몸뚱이 한

부분을 떼어라 하면, 그것은 매씨를 위하여 기쁘게 떼겠소이다. 그러나 이 중한 맹세를 깨뜨릴 수가 없어요. 아마 노형께서는 우리네의 심리를 잘 모르시겠지요마는, 다만 내 목숨은 이미 무엇에 바쳐버린 것만 알고 믿어주셔요."

나는 애원하는 듯이 간절히 말했다. 나는 일찍 누구에게 애원하여 본 일이 없으리만큼 심히 자존심이 강한 사람이언마는 이때에 나는 마치 애원하는 태도를 취하지 아니할 수가 없었다.

그는 낙망한 듯이 전신에 맥이 풀려서 한참이나 말없이 앉았더니, 모자를 집어들며,

"노형의 인격과 굳은 맹세를 존경합니다. 그러나 동생을 생각하는 형의 정으로는 퍽 야속하외다."

하고 일어나 가버리고 말았다.

5

개학이 되어 나는 여전히 학교에를 다녔다. 그러나 마음이 편안할 수는 없었다. 진정을 말하면, 쓰라린 사랑의 아픔이 밤낮으로 나를 괴롭게 하였다. 학교에를 가거나 집에를 들어오거나 시장한 듯, 졸리는 듯, 무엇을 잃어버린 듯한 적막한 기분이 연일 계속하였다. 아무쪼록 M의 생각과 이 기분을 잊어버릴 양으로 여러 가지로 애를 써보았으나, 속으로서 솟아나는 괴로움은 겉 조건을 변함으로 어찌할 수 없었다.

오바상도 여러 번 나를 위하여 근심하였다.

"오메상, 조심해요. 신색이 아주 좋지 못하당이."

하며, 밥을 아니 먹는다 하여 반찬도 여러 가지로 갈아보고, 잠을 잘 못 이룬다 하여 무슨 알 수 없는 소리를 중얼거리면서 기도도 하여주었다. 나도 일생에 처음 경험하는 이 아픔과 외로움에 오바상과 이야기를 많이 하게 되었다. 저녁도 아래층에 내려와서 오바상과 겸상을 하여 먹

고, 저녁을 먹고 난 뒤에도 오바상과 늦도록 이야기를 하였다. 오바상은 거의 밤마다,

"참 오메상 같은 사람은 천에 하나, 만에 하나도 드물당이. 어쩌면 그렇게 매몰스럽게 맘이 굳담. 오메상은 인제 큰사람이 되어요."

하고 칭찬 겸 위로 겸 말하였다. 그러면 나는,

"맘이 매몰하고 굳으면 이렇게 괴로워하겠어요."

하고 빙그레 웃었다.

진실로 나는 매몰한 사람도 아니요, 마음이 굳은 사람도 아니었다. 밤에 자리에 누워서 몇 번이나 그날 밤에 번뜻 본 M의 모양을 그렸으랴. 미상불 M은 꽤 미인이었다. 더욱이 고부슴하고 길 걸어가는 그의 몸맵시가 몹시 내 마음을 끌었고, 그의 오라비를 보고서는 더욱 M이 그리워졌다. 그의 오라비는 참 훌륭한 사람이다. 어쩌면 그렇게 외모와 마음이 씩씩하고도 진실한고. 얼른 보아도 정들 만한 사람이다. 아마 이 오라비만 보고도 그의 누이 되는 M을 사랑할 것이다.

속일 수 없는 것은 꿈이다. 나는 서너 번이나 M을 만나는 꿈을 꾸었다. 한번은 그가 내 책상머리에 앉아서 우는 꿈을 꾸었다. 나는,

"용서하시오. 나는 당신을 사랑하오."

하며 M을 껴안으려 할 때에, 그는 한 팔로 얼굴을 가리우고 뛰어나갔다.

또 한번 M을 찾으려고 M의 집으로 가다가, 길에서 M을 만나 그의 손을 잡았으나, 그는 웬일인지 손을 뿌리치고 집으로 뛰어들어가는 꿈을 꾸었다. 어쨌으나 한번 단둘이 조용히 만나서 실컷 이야기라도 해보는 꿈은 아무리 하여도 꾸어지지를 아니하였다. 그래서 그러한 꿈을 계속하려고 다시 잠이 드나, 역시 시원한 꿈은 꾸어지지 아니하였다.

이리하는 동안에 또 한 달 남아 지나갔다. 동경에도 서늘한 바람이 불고 나뭇잎이 펄펄 날리는 때가 되었다. 그렇지 않아도 사람의 심사를 슬프게 하는 가을날이 나에게는 더할 수 없이 적막하고 슬펐다. 나는

일생에 이렇게 슬픈 가을을 경험한 일이 없었다.

밤낮 구질구질 비가 오는 동경도 가을 몇 달 동안에는 맑은 바람과 맑은 하늘을 볼 수가 있다. 나는 학교만 끝나면 공원으로 들로 쏘다니다가 해가 저물어서야 피곤한 다리를 끌고 집으로 돌아왔다. 그렇게 몸이 곤하면 좀 잠이 잘 드는 까닭이다.

하루는 다마가와(玉川) 벌판으로 종일 나가 돌아다니다가 소나기를 만나 몸이 식었던 탓인지, 그날 밤에는 신열이 났다. 오바상은 아무리 만류하여도 듣지 아니하고 밤새도록 내 머리맡에 지켜 앉아서 나를 간호하였다. 어렴풋이 잠이 들었다가 번쩍 눈을 뜨면 오바상은 여전히 그 가는 눈을 깜작깜작하며 머리맡에 앉았다가 시계를 들어 보이며,

"오메상, 두 시간은 잤당이."

하고 기쁜 듯이 빙그레 웃는다. 그 순박한 인정이 어떻게 고마운지 몰랐다. 자기는 돈을 받고 밥을 지어주고, 나는 돈을 주고 밥을 사 먹을 뿐이다. 그러하건마는, 사람과 사람이 오래 접하면 금전 관계나 이해 문제로 설명할 수 없는 인정이라는 것이 생기는 것이다. 이 인정이야말로 천국의 씨다. 만리 타향에 와 있는 외로운 손이 된 나는 선조 대대로 서로 알지도 못하는 사람들에게 이렇게 극진한 사랑을 받는다 할 때에 눈물이 아니 흐를 수가 없었다. 국가와 국가와의 관계! 그것은 껍데기 것이다. 사람과 사람은 언제나 인정이라는 향기롭고도 아름다운 다홍실로 마주 맬 수가 있는 것이다. 이렇게 생각할 때에 나는 평소에 항상 좋지 못한 감정을 품고 있던 사람들이 다 사랑스러워짐을 깨달았다. 비록 우리를 쳐들어오는 병정과 정치가라도 그 울긋불긋한 가면을 벗겨버리고 벌거벗은 한낱 사람이 될 때에 우리는 서로 껴안으며,

"사랑하는 형제여! 자매여!"

할 수가 있는 것이라고 생각하였다. 이때에 이렇게 얻은 생각은 오늘날까지도 내 생각의 기조(基調)가 되어 있다.

그 이튿날도 나는 일어나지 못하였다. 아침부터 궂은 비가 내리는 속

에 나는 제 손으로 만져보아도 쩔쩔 끓는 몸을 안고 자리에 누워 있었다.

잠이 들었다가는 깨고 깨었다가는 또 들어 시간이 얼마나 지났는지도 알 수 없고, 신열이 있는 때문인지 꿈 같기도 하고 생시 같기도 한 여러 가지 생각이 어지럽게 일어나서 견딜 수가 없었다.

이러할 때에 오바상이 나를 위하여 먹을 것을 준비하다가 뛰어올라와,

"인력거가 왔당이."

하고 편지를 준다.

마쓰다의 편지다. 나는 뜯어보기 전에 가슴이 두근거렸다. 그 편지는 이러하였다.

"김형!

노부꼬(信子)는 한 20일 전부터 병석에 누워 인제는 소복할 가망이 없소이다. 형이 곧 뛰어오시면 죽기 전에 그 얼굴을 대하여 볼까. 죽기 전에 한번 형을 대하기를 심히 원하였으나, 부모가 허락지 아니하여 형을 청하지 못하였으나, 지금은 가친도 허락을 하였으니, 이 인력거로 곧 와주시기를 바랍니다. 내가 형께 말하기도 어려운 일이요, 곧 형께서 오시기도 어려운 일이지마는, 죽어가는 불쌍한 노부꼬를 위하여 곧 오시기를 바랍니다. 싱이찌(信一)."

이라 하고 마치 친척에게 하는 편지 구조와 같다. 노부꼬가 M의 이름인 것은 지금에야 비로소 알았다. 마지막에 성을 안 쓰고 '신일'이라고 이름만 쓴 것은 심히 친절한 뜻을 표한 것이다.

편지를 보고 나는 놀랍고 슬펐다. 그래서 벌떡 일어나 허둥지둥 옷을 주워 입었다. 나는 배 탄 사람 모양으로 비칠비칠하였다. 오바상은 자리 위에 넘어질 듯한 나를 붙들면서,

"오메상, 못 나가요. 이렇게 신열이 있는데, 어디를 나가요, 날이 추운데."

한다. 나는 그 말도 듣지 아니하고 아래층으로 내려가서 문간에 나섰다. 음침한 찬바람이 옷 사이로 들어갈 때에 몸서리가 치고 재채기가 난다.

인력거가 마쓰다 집 문간에 닿자, 신일이가 나와서 인력거에서 내리는 내 손을 끌어내리면서,

"신열이 있구려."

하고 근심스럽게 나를 본다.

나는 그 말에는 대답할 새도 없이,

"어떠시오?"

하고 물었다. 그 묻는 소리는 몹시 황망하고 떨렸다.

신일은 나를 병실로 인도하였다. M은 나무 있는 마당으로 향한 방 한가운데 두터운 이불을 덮고 누웠는데, 그 얼굴은 침침한 방에 대조되어 대리석으로 깎은 듯이 희었다.

"애 노부짱(사랑하여 부르는 노부꼬라는 말), 김군이 오셨다 —— 김군이 오셨어."

하고 신일이가 병인의 곁에 꿇어앉아 부르니, 그제야 얼굴의 근육이 경련적으로 씰룩씰룩 움직이며, 그 눈썹 길고 커다란 검은 눈을 힘없이 뜬다. 나는 그것을 볼 때에 숨이 막히는 듯이 슬펐다.

눈을 뜨고도 멀거니 어디를 보는지 모르게 있는 것을 보고, 신일은 한 손으로 내 팔을 끌어 병인의 곁에 앉히며,

"애, 김군이 너를 보러오셨다. 정신을 차려라."

하였다.

그런즉 M은 깜짝 놀라는 듯이 몸을 한 번 흠칫하며 심히 힘드는 듯이 눈알을 내게로 돌린다. 마침내 눈과 눈이 마주쳤다. 그 힘없는 두 눈이 이윽히 나를 바라보더니, 눈이 부신 듯이 스르르 감겨지며 두 눈초리로 눈물이 주르르 흘러내린다. 나도 고개를 돌리고 눈물을 씻고, 신일은 흑흑 느끼면서 문을 열고 나가버리고 말았다.

나는 언제까지나 M의 곁에 꿇어앉아서 다시 그가 눈을 뜨기만 기다
렸다. 이윽고 문이 열리더니, 신일이가 고개만 방안으로 들이밀면서,

"김군, 저애에게 무슨 말이나 기쁜 소리를 한마디 해주시오. 김군도
몸이 아프신 모양이지마는, 단 30분이라도 그애 곁에 있어주시오. 아마
그것이 저애에게 대한 우리의 마지막 호의겠지요."
하고는 문을 닫고 슬리퍼 끄는 소리를 내면서 가버리고 만다.

그래도 나는 M이 눈을 뜨기를 기다릴 수밖에 없었다. 마음 같아서는
와락 달겨들어서 한 번이라도 껴안아주고도 싶지마는, 그렇게 할 수도
없었다.

M의 얼굴은 물론 해쓱하지마는, 근본이 살이 적은 얼굴이라, 비교적
병티가 없고, 모든 속된 생각을 다 떼어버린 깨끗한 수녀의 얼굴과 같
이 보이며, 웬일인지 그의 하얀 이마와 윗입술에 맑은 땀방울이 맺혔
다.

나는 손수건을 내어서 잠든 어린 아기의 땀을 씻는 모양으로 그 땀과
눈물 자국을 가만히 씻어주었다.

그때에 M은 또 한 번 눈을 떴다. 차차 눈을 크게 떠서 나를 본다.
나는 그의 얼굴 곁으로 가까이 가서, 한 손을 그가 베고 남긴 베개 위
에 놓았다.

M은 입을 방싯방싯 하더니, 약하나 분명하게,

"편치 않으셔요?"
한다. 나는 깜짝 놀랐다. M이 조선말을 한 까닭이다. 내가 놀라는 양
을 보고 M은 빙그레 웃으면서,

"놀라셔요? 나는 당신의 아내가 되려고 조선말 공부를 하였어요.
……그러나 그 말도 다 배우기 전에 나는 죽어요."
하고 입을 비쭉비쭉하며 썸벅썸벅 눈물을 흘린다.

이 말을 들을 때에 나는 천지가 팽팽 돌아가는 것을 깨달았다. 그래
서 나는 거의 정신없이 한 손으로 그의 머리를 만지고, 한 손을 그의

이불 위로 그의 가슴 위에 엎으면서,

"노부꼬상!"

하고 불렀다. 일본서는 이렇게 여자의 이름만을 부르는 것은 극히 친애한 사이가 아니면 아니하는 법이다.

나는 북받쳐오르는 슬픔과 감격을 가까스로 누르면서,

"노부꼬상. 어서 병이 나으시오. 다 당신의 뜻대로 될 터이니, 어서 병만 나시오."

하였다. 그러는 내 목소리는 떨리고 컸다.

M은 거북한 듯이 얼굴을 두어 번 찡그리더니, 일본말로,

"그래도 당신께서는 중한 맹세가 있으시지요?"

하고 나를 본다.

"아무러한 맹세라도 노부꼬상을 위해서는 깨뜨리겠으니, 어서 병만 나시오, 네."

하고 이불 밖에 나온 그의 싸늘한 손을 꼭 쥐었다.

"그래두 인제는 다 늦었어요. 인제는 마지막이야요."

하고 흑흑 느끼다가, 자기의 손으로 내 손을 도로 쥐면서,

"그래두 나는 기뻐요. 당신이 와주시고, 또 그런 말씀을 해주시니 ……기뻐요……. 나는 인제는 죽어요. 죽지마는, 당신께서는……나를 ……잊지 마시고……잊지 마시고……불쌍한……불쌍한…… 아…… 아……아내로 알아주셔요."

하고는, 슬픔과 부끄러움이 함께 자아치는 듯이 얼굴에 붉은빛이 돌며 숨소리가 높아진다.

나는 정신 잃은 사람 모양으로 흥분하였다. 가뜩이나 신열이 높은 데다가 이렇게 감정의 격동을 받으니 자기의 몸이 어디 있는지도 알 수 없고 다만 가엾고도 사랑스러운 M의 얼굴이 온 세계에 찼을 뿐이다.

나는 몸을 앞으로 굽혀 M의 얼굴을 내려다보며 감격에 찬 목소리로,

"결코 안 잊지요. 가슴에 새기고 안 잊지요……. 내 일생에 당신을

사랑하는 아내로 알게요……. 자, 어서 병이 나시어요!"
하였다. 이 밖에도 할 말이 심히 많은 듯하건마는, 나는 다만 숨결만
높을 뿐이요, 말의 두서를 찾을 수가 없어서, 그대로 입을 다물었다.

　M은 눈을 오랫동안 뜨고 있는 것이 괴로운 듯이 다시 스르르 감고,
다만 자기의 손으로 내 손을 맥이 뛰는 모양으로 꼭꼭 쥔다.

　얼마를 이렇게 말없이 있으면서 그는 나의 손만 쥐고 나는 그의 이마
와 입술 위의 땀을 씻고 하는 동안에, 갑자기 M은 잦은 기침을 시작하
며 내 손을 턱 놓는다.

　기침이 댓 번이나 거듭 나더니, 입술로 붉은 것이 내비친다. 나는
'피를 토하는구나!' 하고 얼른 손수건을 대이고,

　"자, 뱉으오."
하였다. M은 처음에는 고개를 흔들며 손으로 날더러 비키라는 시늉을
하더니, 마침내 내 손수건에 입을 물었던 것을 뱉는다——그것은 혈
담이라기 보다는 전혀 새빨간 피다.

　기침소리에 놀랐는지 문밖에서 바삐 오는 발자취 소리가 나더니, 신
일이가 문을 열고 들어오고, 뒤를 따라 수염 많고 건장하고도 협기 있
어 보이는 아마 예전 군인인 듯한 노인과 좀 암상스러워 보이나 아직도
퍽 예쁜 중년의 부인이 들어온다. 나를 얼른 자리를 피하여 일어났다.

　그 노인은 선 대로 딸을 굽어보며 점잖은 목소리로 호령하는 모양으
로,

　"괴로우냐……. 맘을 굳게 먹어야 해!"
하고는, 그·앞에 위엄 있게 꿇어앉아서 나를 본다. 나는 얼른 앉아서
노인 내외에게 절을 하였다.

　"응, 노형이 김군이오? 노형 말은 신일이한테 다 들었지요……. 허,
허, 불초한 딸자식을 두어서 노형께 폐를 끼치는구려. 허, 허, 다 전생
의 인연이로구려……. 나도 한 십년 전에 조선에 가보았소. 허허."
하고 노인은 딸을 위한 슬픔을 억지로 누르려는 듯이 껄껄 웃으면서도

연해 딸을 돌아본다.

M의 계모도 내게 대하여 '불초한' 딸자식 때문에 폐를 끼쳐서 미안하다는 말을 한다.

나는 노인 내외의 말을 듣는 동안 몹시 흥분되었던 것이 좀 진정되니, 오솔오솔하고 오한과 허한이 나며 이빨이 떡떡 마주친다. 사람들도 나의 괴로움을 알아차리고 다른 방에 가서 좀 누우라 하였으나, 나는 고맙다는 뜻만 표하고 곧 집으로 돌아와버렸다.

집에 돌아와서 십여 일 동안을 거의 정신을 못 차리고 앓았다. 감기가 더치어서 폐렴이 되었던 것이다. 나는 생래에 심장이 약하므로 열에 대한 저항력이 심히 박약하여, 체온이 39도에만 올라가도 의식이 흐려지는 약점을 가졌다. 아침에는 좀 정신이 드나 오정 때부터는 벌써 의식이 몽롱하여졌다 하며, 혼수상태에 있기를 일주야가 넘은 적도 두어 번 된다고 한다. 오바상의 말을 듣건대, 내가 헛소리로 '노부꼬'라는 이름을 여러 번 부르더라는데, 만일 문병 왔던 동무들이 그 말을 들었으면 퍽 이상하게 알았을 것이다.

누운 지 일주일이 지나서부터 조금 체온이 내리고 정신도 분명하여졌으나, 그래도 그 동안에 무슨 일이 생겼는지는 알 수가 없고, 다만 몇몇 친구가 찾아왔던 것, 날마다 의사가 오던 것을 희미하게 기억할 뿐이며, 꿈인지 생시인지 알 수 없으나, 신일이가 와서 내 곁에 앉았던 듯한 것을 기억한다.

열흘째 되던 날에 나는 뒷간에를 내려갔다.

오바상이 뛰어나와 나를 붙들면서,

"아이구, 오메상 왜 내려왔소. 실섭하면 어찌하게…… 그래도 인제는 살아나셨소. 어떻게나 무섭게 앓았는지 나는 오메상이 죽는 줄 알았당이."

하고 늙은 눈에 눈물이 글썽글썽한다.

"오바상, 얼마나 애를 쓰시었소? 내가 오바상 신세는 잊지 않아요."

하는 나도 오바상이 나를 친혈육같이, 그러면서도 상전같이 진정으로 극진히 해주는 뜻이 더할 수 없이 감격하였다.

그날 점심에 끓인 밥을 좀 먹고 난 뒤에야 오바상이 그 동안에 와 쌓인 편지와 명함을 내게 주었다. 그중에는 고향에서 온 것도 있었고, 동경 안에 있는 친구들이 위문으로 준 엽서도 있었다. 죽을 뻔하다가 살아난 사람이 세상에 살아 있는 사람들의 기별을 듣는 것이 아주 신통하고도 유쾌하였다.

오바상은 맨 나중에 웬 큰 보퉁이 하나를 내왔다. 나는 그것이 무슨 뜻인지를 얼른 깨닫는 듯이 가슴이 뜨끔하였다. 보지 아니하여도 이것은 마쓰다 집에서 온 것이 분명하다. 이것이 무엇인고, 노부꼬는 어찌 되었는고.

나는 떨리는 손으로 그 보를 끌렀다. 곁에 있던 오바상이,

"그 아가씨가 돌아가셨다오. 그때 왔던 이가 이 보퉁이를 가지고 왔다가 오메상이 앓는 것을 보고 한참이나 몸을 만지어주고 갔당이. 오메상이 다녀온 지 사흘 만에 그 아가씨가 죽었다고 그러고는 나를 보고 울더랑이."

한다. 나는 벌써 알아차린 듯이 별로 놀라는 양도 아니 보였다. 가슴이 내려앉는 듯함을 깨달은 것은 사실이나, 도리어 당연한 일같이 들렸다.

그 보를 끄르는 내 손가락은 심히 떨렸다. 마침내 보는 끌러졌다. 그 속에는 명주로 만든 일본 여자의 옷 한 벌과 가죽 껍데기 성경 한 권과 당용일기(當用日記)라고 제목 박은 일기 한 권이 있고, 그 일기책 틈에 파르무레한 봉투 하나가 보인다. 나는 얼른 그 봉투를 꺼내었다. 아무 것도 쓴 것이 없다. 그것을 뜯어본즉, 그 속에서는 리본 끈 같은 비단 헝겊 하나가 나오고, 그 비단 헝겊에는 빨간 피로,

"わがとこしなえの君よ　先き立ち行く妻 信子."

라고 예쁜 초서로 썼다. 번역하면 이러하다.

"나의 영원한 지아비여, 앞서가는 아내 노부꼬."

라는 뜻이다.

며칠 전에 썼는지는 모르거니와, 핏빛이 아직도 새롭다. 어떤 부분이 약간 주빛으로 변하였을 뿐이다.

나는 그 헝겊을 물끄러미 들여다보다가, 떨리는 손으로 다시 봉투 속에 집어넣어 아까 모양으로 일기책 틈에 끼웠다. 아직은 기억이 너무도 새롭고, 가슴이 너무도 쓰려 차마 볼 수가 없는 까닭이다. 일기도 아니 보려고 애를 썼건마는, 첫장 백지에 '信子'라는 이름 쓴 것이 눈에 띄었다.

가죽 껍데기 성경 겉장에도,

'願はくは主よ　わが夫を君の御手もて導かせ給へ父のみ國へか之ゐ 信子(원하옵나니 주여, 나의 지아비를 당신의 손으로 인도하시옵소서. 아버지의 나라에 돌아가는 노부꼬)'
라고 썼다.

나는 그것도 얼른 덮어버리고, 무서운 물건을 눈에서 숨기려는 듯이 꽁꽁 싸버리고 말았다. 그러고 신일이가 두고 간 커다란 봉투를 떼었다. 그 편지는 이러하다.

'행일(行一)군'이라고 서두부터 친척에게 하는 모양으로,

"노부꼬는 형께서 왔다간 지 사흘 만에 죽어버렸소. 자기는 아버지의 집으로 돌아가노라 하여 슬퍼하는 빛도 없이 아주 평화롭게 죽었소. 곧 형께 달려왔으나, 형은 신열로 정신을 못 차립디다.

죽는 날까지 나 혼자만 있을 때에는 항상 형의 말을 하고는 울었소. 그애의 평생에 한되는 것이 형더러 남편이라 불러보지 못함인 듯하오. '나의 남편에게'라고 쓴 것이 퍽 많소이다.

죽는 날 아침에 나를 불러 자기가 병들기 전에 입던 옷(형을 찾아갈 적에도 그 옷을 입었었다 하오)과 성경과 이 봉투를 형께 보내고, 또 자기의 무덤 있는 곳을 형께 알리라 하기에 이것을 내가 몸소 가지고 왔으나, 형은 아직도 의식이 분명하지 못하시오. 그애의 무덤은 조시기

야(雜司谷) 공동묘지에 있소. 가시면 찾으리다. 만일 그애의 무덤에 가
시거든 무덤을 향해서라도 '내 아내'라고 한마디 불러주시오. 그것이
다 헛된 일인 줄은 알지마는, 하도 불쌍해서 부탁하는 말이오.

　노부꼬가 형이 앓는다는 말을 내게 듣고 퍽 놀라워하였소. 혹 자기를
찾아왔던 것이 빌미가 되지나 아니하였는가 하여 제 병은 잊어버리고
걱정하는 것을 보았소. 그래서 나는 그 이튿날 형의 병세가 좀 낫더라
고 거짓말을 하였더니, 그 말을 듣고는 가만히 기도를 하는 모양입디
다. 나는 형의 병이 곧 쾌복될 줄 믿소. 설마 죄없는 계집애의 마지막
소원을, 만일 신이나 불이 있다 하면 안 들어 줄 리가 있겠소.

　아무려나 모두 이상한 인연이요, 모두 알 수 없는 운명이오. 형이 노
부꼬를 잊지나 말면 그것도 났던 보람을 한 것이겠지요.

　나는 내일 요꼬하마(橫濱)를 떠나서 미국으로 가오. 대사관 서기관으
로 가게 되었소. 천하에 오직 하나이던 동생 하나를 죽여버리고 혼자
떠나는 나의 마음도 살펴주시오. 총총 이만. 신일."
이라 하였다.

　나는 이틀 동안을 가까스로 참고 드러누웠다가, 사흘째 되는 날에는
오바상이 만류함도 듣지 아니하고, 동복을 꺼내 입고 목도리를 두르고
조시가야 공동묘지를 찾아갔다.

　마침 청명한 늦은 가을날이라, 묘지 앞 꽃집에는 성묘하러 오는 사람
들이 많았다. 그들은 다 수심 많은 얼굴을 하고 무덤 속에 누워 있는
사람이 좋아할 듯한 꽃을 골라잡고 값을 다투지도 아니하고 돈을 내어
주고, 그리고는 무거운 걸음으로 축축한 묘지 안으로 고개를 숙이고 걸
어들어간다.

　오늘이 특별히 성묘하는 날이 아니므로, 오늘 여기 온 사람들은 대개
는 죽어서 여기 와 묻힌 지 얼마 아니 되는 사랑하는 이의 무덤을 찾아
온 것이다. 저 두 어린애를 데리고 검소하게 머리를 단장한 젊은 부인
은 아마 남편의 무덤을 찾아왔을 것이요, 하인인 듯한 어떤 사내에게

끌려오는 저 노파는 아마 아들이나 딸의 무덤을 찾아온 것이다. 그리고 별로 슬픈 빛도 없이 도리어 유쾌한 듯이 빙글빙글 웃는 학생 2,3인은 아마 어떤 이름 있는 문사의 무덤을 찾아온 것인가.

나는 다른 사람들이 꽃을 다 고르기를 기다려서 희고 가냘퍼보이는 꽃을 골랐다. 왜 그런지 모르나, 그런 꽃이 우리 노부꼬에게 합당할 듯한 까닭이다. 그래서 흰 국화꽃 —— 그중에도 극히 가냘픈 것 몇 가지와 흰 나데시꼬와, 으아기(일본말로 스스끼)와 이런 것을 몇 가지 골라서 두 묶음에 묶어 한 손에 들고, 묘지기한테는 물어보지도 아니하고 묘지로 들어섰다.

길은 축축하나 늦은 가을의 엷은 볕이 높고 낮은 돌비(일본 무덤에는 봉분이 없고 돌비가 있을 뿐이다)를 비추어 심히 광명하다.

나는 돌비에 새긴 죽은 사람들의 이름을 눈에 뜨이는 대로 슬쩍슬쩍 보면서 몇 천인지 알 수 없는 무덤 사이로 이리 꼬불 저리 꼬불 새 무덤만 찾았다. 새 무덤도 꽤 많다. 어저께나 그저께 깎아세운 듯한 생나무내 나는 목패도 드문드문 섰다.

이 모양으로 얼마를 헤매다가 마침내 어떤 새로 세운 목패가 내 눈에 띄었다. 웬일인지 그것이 노부꼬의 무덤이다 하는 생각이 번개같이 일어난다. 나는 빠른 걸음으로 그 앞으로 갔다. 앞에는 조그마한 철문이 있다. 그것을 열고 들어가면, 네모 반듯하게 목책을 두르고 한가운데 '松田信子之墓'라고 큰 글자로 새긴 돌비가 있고, 그 좌우로 대여섯 개 무덤이 있고, 저편 북쪽 구석 늙은 동백나무 밑에,

　'松田信子之墓'

라고 먹으로 쓴 네모난 새 목패가 있다.

나는 그 앞으로 갔다. 새로 팠던 흙이 아직 잠이 안 자고 아마 노부꼬의 동창 친구들이 가져온 듯한 생꽃 화환조차 아직 반이나 싱싱하다.

나는 손에 꽃을 든 대로 한참 동안이나 말없이 목패를 바라보고 섰었다. 그러다가 손에 들었던 꽃을 목패 밑 죽통(대로 만든 통)에 꽂았다.

흰 국화가 하느적하느적 흔들리더니, 그것도 얼마 아니하여 무덤과 같이 고요하게 되고 말았다.

아무 것도 없다——노부꼬의 얼굴도 볼 수 없고, 소리도 들을 수 없다. 내가 무엇하러 여기 왔던고. 저 흙을 보러, 또는 저 목패를 보러 왔던가. 흙이나 목패는 나에게 아무러한 감동도 주지 못하였다.

노부꼬의 몸은 여기 있다. 이 목패 밑에 있다. 그것을 한 번 보고 싶다. 그러나 볼 수 없는 것이다. 나는 그 몸을 보려는 듯이 땅이 뚫어지도록 이윽히 들여다보다가 혼자 부르짖었다.

'사랑하는 노부꼬. 너는 이곳에 있는 것이 아니다. 네가 있는 곳은 내 가슴속이다. 너는 내 가슴속에 들어와 살고 싶어서 네 몸을 벗어버린 것이다. 이것은 네 죽은 무덤이나, 내 가슴은 네가 살아 있는 집이다. 네 가냘픈 몸이 그립기는 그립다마는 이미 벗어버린 것은 다시 어찌할 수가 없는 것이다. 오오, 내 아내여. 그렇게도 나에게서 아내라고 불려지기를 원하였던가. 아직 아무도 들어오지 아니한 내 가슴의 새집에 영원히 살라. 그리고 하루에 천번이나 만번이나 원대로 나를 남편이여 하고 부르라. 네가 한 번 부를 때마다 나는 두 번씩 오오, 사랑하는 불쌍한 아내여 하고 대답하마.'

그것이 15년 전 일이다. 나는 그 동안에 하나도 이루어놓은 것은 없거니와(37자 삭제), 유리 표박하느라고 다시는 사랑할 새도 없었고, 사랑할 생각도 없이 사십이 가까워지고 말았다. 그렇더라도 혹은 시베리아 벌판에, 혹은 양자강 어구에, 혹은 감옥의 철창 속에, 혹은 몰래 넘는 국경의 겨울 밤에, 일찍 노부꼬를 잊은 일은 없었다.

—— 1924년 10월《朝鮮文壇》창간호 소재

H군을 생각하고

1

H군이 죽은 지가 벌써 넉 달이 되었다. 첫여름에 죽어서 벌써 늦은 가을이 되었으니, 그의 무덤에 났던 풀도 지금은 서리를 맞아 말라버렸을 것이다. 이 무덤을 지키고 있는 H군의 애인 C는 서리 맞아 마른 풀잎사귀를 뜯고 애통하고 있을 것이다. 장래 많은 청춘의 산 같은 희망과 꽃 같은 애인을 두고 가는 H, 홀로 살아남아 외로운 무덤을 지키고 우는 C, 아아 이 무슨 비참한 일인고.

2

나는 이 불쌍한 청년, 나의 심히 사랑하는 친구, 조선을 위하여, 진리를 위하여 믿고 바람이 많던 H의 일을 회억해보자. 오늘은 그가 죽은 지 일백스무째 날이니, 그의 눈물과 피로 된 짧은 역사를 회억해보자. 나의 슬픔은 아직도 새로워서, 그를 생각할 때에 그의 역사의 두서를 찾을 여유가 없다. 그냥 생각나는 대로 회억해보자.

이렇게 그에게 대한 회억을 적어놓는 것이 나의 슬픔을 조금이라도 완화하는 것도 같고, 또 사랑하는 친구를 생각하는 귀한 슬픔을 영구히 보존하는 것도 같다.

내가 만일 오래 살기를 하느님께서 허하신다 하면, 내가 백발을 날릴 때에 등불 밑에 이 책을 펴놓고 가버린 친구의 옛기억을 울기도 할 것이다.

또 나 밖에도 세상에는 그를 알고 사랑하던 이가 있을 것이다. 별로 이름도 나지 아니한 그, 세상에 널리 머무르지도 아니한 그, 이 사람 저 사람 교제도 많이 하지 아니한 그는 아는 사람도 많지는 아니하다. 그러나 그에게는 늙은 어머니와 어린 형제들이 있고, 어려서부터 같이 놀던 동무들이 있고, 그보다도 그를 생명같이 사랑하다가 그를 무릎 위에 누이고 임종하고, 그러고는 차마 그의 고향과 분묘를 떠나지 못하여 묘하에서 일생을 보내려는 C가 있다.

그들은 이 세상을 살아가는 동안에 나와 같이 그를 생각하고 울려니와 이 책이 또한 그들의 귀한 슬픔을 보존하는 그릇이 되면 얼마나 다행일까.

H여! 그대가 피를 토하고 세상을 떠난 지 일백이십 일 되는 날에 나는 그대를 제사하는 표로 이 회억을 쓰노라.

3

이월 어느 눈 많이 오는 날 밤에 H가 나를 찾았다. 그것이 재작년, 십여년 만에 그를 만나는 나의 기쁨이 어떠하였을까! 그의 반가움은 얼마나 하였을까. 우리는 만나서 서로 안고 서로 손을 잡고 한참 동안 말이 막혔었다. 어떻게 억하여 말이 나오랴.

H가 안주로서 그날 밤에 나를 찾으마고 한 편지를 받고, 나는 유리창을 때리는 눈 소리를 들으면서, 그의 발자취를 알아들을 양으로 귀를 기울이고 있었다. 나는 그의 발자취를 알아들을 줄로 믿던 까닭이다. 터벅터벅 발자취 소리가 날 때에 나는 누구냐고 묻지도 아니하고 대문을 열고 뛰어나갔다. 문빗장 빼는 소리를 들을 때에도 난 줄을 직각했다고 하였다. 그처럼 그는 나를 그리워하고, 나는 그를 그리워하였다.

H가 열일곱 살 적에 T역에서 대륙의 방랑의 길을 떠나는 나와 작별한 후로, 만 8년을 지난 그날에는 그는 벌써 이십오의 청년이었다. 그의 아버지 모양으로 하얀 그의 얼굴에는 새까만 구레나룻을 깎아버린 자국이 보인다. 그러나 그의 몹시 까맣고 빛나는 항상 어린애의 웃음을 담은 눈은 조금도 변함이 없었다. 진실로 그는 영원한 어린애였다. 그가 구주 탄광의 광부로, 동경의 막벌이꾼으로, 대의사집 서생으로 표랑한다 하더라도, 아무러한 인생의 악풍과도 그대의 영혼에서 어린애 같은 이 천진을 빼앗지는 못하였다. 그래서 비록 8년 만에 만나건마는, 옛날 ㅇ학교 기숙사에서 보던 그와 꼭같은 그를 나는 보았다.

H도 나를 그렇게 보았던가. 나도 예나 이제나 다름이 없었던가. 그렇게 무섭고 그렇게 큰 수없는 풍파 속에 부대껴난 내가 역시 ㅇ학교에서 그대의 교사로 있을 때와 같이 어린애 같던가. 아니, 나는 그렇지 못할 것이다.

내 영혼의 얼굴에는 여러 가지 고난과 죄악의 보기 흉한 낙인이 있었을 것이다. 그대의 순결한 영의 눈은 반드시 그것을 보았을 것이언마는, 그대는 옛정을 생각하고 천사의 웃음으로 나를 안아준 것이다. 그것이 말할 수 없이 고마웠다.

4

겨우 피차에 손을 놓고 각각 자리에 앉자마자, H는 심히 말하기 어려운 듯이,

"그 사람이 선생님을 뵈러 오기로 했어요."

하고 얼굴을 붉혔다.

"그 사람?"

하고 나는 얼른 생각이 아니 났으나 곧,

"옹 그이?"

하고 안주서 부친 H의 편지를 생각하였다. 그 편지에는 이러한 구절이 있다.

"선생님, 이 여자는 미인도 아니요, 재원도 아닙니다. 다만 천진한 여자입니다. 같은 학교에서 반년 동안 교사로 있으면서 교제하는 중에 저는 그를 존경하게 되었습니다. '거짓이 없음', 이것은 조선 사람 중에 보배가 아닙니까. 저는 이것을 사랑합니다. 선생님도 그를 사랑하실 줄 믿습니다. 그도 선생님을 뵈옵기를 원합니다.…… 저는 속히 그를 선생님께 보여드리고 싶습니다."

나는 이 편지를 보고 속으로 '옹' 하고 알아차리고, 빙그레 웃은 일이 있었다. 이 사람이 C다. C가 오늘 저녁에 나를 찾아온다.

"그래, 그이가 내 집을 아시오?"

한즉, H는,

"네, 안대요."

하였다.

"몇 시에 오시기로 했소?"

한즉 그는,

"일곱시에 오라고 했어요.……일곱시에는 꼭 올 것입니다."

하고 H가 시계를 본다. 나도 시계를 보았다, 일곱시다.

나는 그를 맞을 대문 밖으로 나갔다. 황토마루 큰길에는 눈이 하얗게 깔리고, 주먹 같은 눈송이가 펄펄 날리는데, 다니는 사람도 없고, 전차조차 어디 멀리서 웅웅할 뿐이다. 비각께를 바라보노라니, 과연 웬 그림자가 사뿐사뿐 걸어온다. 여자다.

"C씨셔요?"

한즉,

"K 선생님이시어요?"

한다.

이 모양으로 C는 내 집에 들어왔다. 그때에 H는 일어나 목례만 하였고, C는 잠깐 허리를 굽혔다.

전등불에 가로비친 C는 H군의 말과 같이 그렇게 미인은 아니었다. 그러나 다정한 얼굴의 윤곽에 속눈썹 긴 큼직한 눈이 심히 천진하게 또 다정스럽게 보였다.

H는 애써 C에게 말을 붙이나, C는 정답게 대답을 아니하고 부득이하여 외마디 대답을 퍽도 쌀쌀하게 하였다.

'응, 쌀쌀한 사람이로군.'

나는 이렇게 판단하였다. 그리고 얼마 있다가 나는,

'아마 H는 따르고, C는 쫓기는 모양인가.'

이렇게 의심도 하였다. 그러나 그런 눈치를 보고 앉았는 것보다도 서로 만날 기회가 드문 애인들에게 조용한 기회를 주는 것이 옳다 하여, 나는 과일 사온다는 것을 핑계로 두 사람만을 방에 남기고 밖으로 나왔다. 그리고 가까운 과일 집을 다 버리고 야주개 골목까지 들어가서 아무쪼록 시간을 오래 허비하여서 귤을 사가지고 들어왔다. 돌아와본즉, 두 사람의 얼굴에는 별로 흥분된 빛이 없고, 아까와 같이 평연 냉연하였다.

그러고도 귤을 먹고 열시 반이나 되도록 이야기를 하다가 두 사람은 가버리고 말았다. 그리고 나는 혼자 자리에 누워 그들의 사랑이 영원하고 H가 그의 애인으로 말미암아 행복되기를 심축하였다.

5

그러고는 H는 전주 S학교로 교사로 가고, 그의 애인 C는 동경여자대학으로 갔다는 말을 들었다. 그 후로는 자주 편지도 없었다. 그러나,

'아마 애인끼리 통신하기에 바빠서 그런 게지.'

하고 나는 심상하게 여겼다. 그러다가 그 다음해 사월에 H는 내게 이러한 편지를 하였다.

"……선생님, 저는 3,4일래로 무섭게 토혈을 하였습니다. 월요일 둘
째 시간에 역사를 가르치다가 갑자기 토혈이 되어서, 곧 돌아와 누워서
부터는 여태껏 토혈을 하다가 오늘에야 좀 그쳤습니다. 토혈한 분량이
너무 많아서 안색이 다 창백하여졌습니다. 동경 있을 때에도 한 번 토
혈을 한 일이 있었으나, 3,4년래로 별일이 없더니, 도로 더치었습니다.
그러나 인제는 아무렇지도 않습니다. 내일부터는 또 교수를 하렵니다.
아마 속에 있던 부정한 피를 다 쏟아버린 것 같습니다. 하느님께서 저
를 깨끗하게 하시려고 그러신 것입니다.

선생님! 저를 위하여서는 아무 염려 마십시오. 저는 죽지 아니합니
다. 하느님께서는 아직 저를 부르시지 아니하실 것입니다. 제가 세상에
서 이제부터 할 일이 많지 않습니까. 선생님은 이전 ○학교에서 절더
러 '너는 이 찬 세상을 덥게 하는 자가 되라' 하시었습니다.

저는 일찍 이 교훈을 잊어본 일이 없습니다. 그런데 아직 저는 세상
을 덥히는 일을 하지 못하였는데, 세상은 더욱더욱 식어갑니다. 저는
이 몸과 마음을 다 태워서 이 세상을 덥히고야 죽겠습니다. 저는 항상
이 뜻으로 기도를 드리거니와, 하느님께서는 반드시 이 기도를 들으실
줄 믿습니다.

그러므로 선생님 염려 마십시오. 저는 건강한 몸이 되어서 오는 하기
휴가에는 선생님을 찾겠습니다.

몸이 좀 노곤하여 이만 그치오며, C에게서는 잘 있다는 기별이 왔습
니다. 선생님, C를 믿고 사랑해주십시오."

나는 이 편지를 받고 놀랐다. 그리고 이월에 왔을 때에 그가 좀 숨이
차고 가끔 외마디 기침을 하던 것이 생각이 나서 가슴이 뜨끔하였다.

그러나 그 뒤에는 별로 근심될 만한 기별도 없기로, 아마 관계치 아
니한가보다 하고 안심을 하고, 하기 휴가가 돌아오기만 기다렸다.

6

그러나 웬일인지 하기 휴가가 되어도 H는 서울로 오지 아니하고, 또 아무 소식도 없었다. 그러고는 나도 어느 시골로 가서 팔월 말에나 돌아와본즉, 그 동안에 와 쌓인 편지축에 H에게서,

"선생님, 저는 볼일이 있어서 지금 부산으로 갑니다. 어찌 되면 부산이나 마산에서 여름을 지내고 팔월 말경이나 선생님을 뵈올까 합니다." 한 극히 간단하고 무미하게 써서 대전 일부인 찍힌 엽서 한 장과 또,

"선생님! 저는 좀 괴로운 일도 있고 또 몸도 곤하여서 바로 집으로 내려갑니다. 남대문 역에서 H." 라 한 더욱 까닭 알 수 없는 엽서 한 장이 와 있다. 일부인을 검사해본즉, 대전에서 한 것은 7월 21일이요, 남대문에서 한 것을 7월 25일이다. 그런즉 부산 가서 겨우 3일을 유하여서, T군 그의 집으로 간 모양이다.

대관절 부산은 무엇하러 갔으며, 갔으면 또 왜 T군으로 곧 돌아갔으며, 마음은 왜 괴로운고?

나는 C를 생각하지 아니할 수가 없었다. 아마 C를 부산으로 불렀다가 C가 정한 기일에 오지 아니하므로 그는 화를 내고 T군으로 달아난 것이다. 그렇다 하면, H와 C와 사이에는 무슨 흔단이 생긴 것이나 아닌가, 또 이것이 빌미가 되어서 병이 더친 것이 아닌가, 나는 근심을 놓을 수가 없었다.

그래서 T군으로 편지를 하려 할 때에 H에게서 또 편지 한 장이 왔다.

"선생님, 저는 어머님 모시고 어제 옥호동으로 약을 먹으러 왔습니다. 어머님이 그리워서 서울도 안 들르고 뛰어내려와서, 또 잠시라도 나 혼자만 어머님을 모시어보고 싶어서 옥호동으로 모시고 왔습니다. 선생님, 진실로 어머님의 사랑은 한이 없으십니다. 저는 어머님의 사랑에 웁니다. 제가 마음이 약해진 것입니까. 몸은 혈담은 좀 보이나 대단

치는 아니합니다. 저는 신앙으로 삽니다. 결코 결코, 죽지 아니합니다."

이 편지를 본즉 더욱 실연의 기색이 있다. 나는 전후를 종합하여 실연이로구나, 하고 단정하였다.

그럴 때에 C에게서 엽서 한 장이 왔다.

"선생님, 생은 동경으로서 재작일에 입경하였나이다. 노곤으로 배방치 못하옵나이다. H씨의 주소를 아시옵거든, 표기처로 하교하여 주시옵기를 바라나이다."

하였다.

'재작일 입경?'

방학이 다 지난 끝에 어째 왔을까. 나는 몸소 방문도 하고 싶었으나, 도리어 좋지 아니할 듯하여, 엽서로 H가 T군으로 간 것과 아직 옥호동에 있는지도 모르겠다는 뜻을 답장하였다. 그러고는 또 아무 소식도 없이 가을이 되었다.

7

가을도 다 지나고, 겨울도 지나고, 금년 이월경에 전주에서 H의 편지가 왔다.

"선생님!"

너무 오래 막혔습니다. 그러나 선생님께는 허물하지 아니 하시고 용서하실 줄을 믿습니다. 선생님은 저를 그처럼 깊이 사랑하시는 줄을 믿습니다. 제가 세상에 온 후에 어머님을 제하고는 선생님만큼 저를 사랑해주는 이가 없는 줄을 믿습니다. 어머님의 사랑과 선생님의 사랑과는 종류가 다릅니다. 선생님의 사랑이 제게는 더욱 귀한 사랑입니다.

저는 하느님을 믿는 모양으로 사람을 믿으려고 하였습니다. 하느님의 아들이요, 딸인 사람을 믿으려고 하였습니다. 그러나 선생님, 저는 아무리 하여도 사람을 믿을 수가 없게 되었습니다.

선생님, 사람은 거짓됩니다. 적더라도 조선 사람은 거짓덩어리입니다. 선생님께서 조선 민족이 부활할 길이 거짓을 버림에 있다고 하시었거니와 인제야 저도 그 뜻을 깨달았습니다.

선생님……제가 지금까지에 얼마나 세상 사람들에게 학대를 받고 조롱을 받았겠습니까. 그러나 저는 모든 허물을 제게만 돌리고 더욱 뜨거운 사랑으로 그들을 사랑하려 하였습니다. 세상이 지금까지 얼마나 저를 속였겠습니까. 그러나 저는 그들을 참으로 대하려 하였습니다.

제가 끝까지 그들을 사랑하고, 그들에게 참된 용기를 주소서 하고 하느님께 빌고, 십자가에 달린 예수를 바라보며 눈물을 흘렸습니다.

그러나 선생님! 저는 사람을 더 사랑할 수가 없이 되었고, 더 믿을 수가 없이 되었습니다. 저는 사람을 미워하고 저주하고 의심하게 되었습니다. 선생님 —— 저는 하느님까지도 미워하고 의삼하게 될까봐 두렵습니다.

선생님! 이렇게 생각하는 제가 잘못이지요? 역시 저는 사람들 ——저 불쌍한 동포들을 사랑하고 믿어야 하지요? 그래라 하시면 또 그리하도록 힘쓰겠습니다. 또 하느님께 빌고, 또 십자가에 피를 흘리고 달린 예수를 바라보고 울겠습니다.

그러나 선생님! 너무 과하지 아니합니까. 이것은 제 약한 영이 견디기에는 너무 무거운 짐이 아닙니까.

저는 아직까지 선생님께 고백을 아니하고 있었습니다. 고백 아니하는 것이 죄다, 어서 말씀을 드리자 드리자 하면서도 수줍어서 말씀을 못 드리고 있었습니다. 제가 말씀 아니 드리더라도, 선생님께서는 벌써 아실 줄은 믿었습니다.

C는 제 애인이올시다. 저는 안주서부터 C를 사랑하였습니다. 처음 볼 때에 벌써 C의 천진한 것이 마음에 들었고, 날이 지날수록 제가 C를 연모하는 마음이 깊었습니다. C도 저를 사랑하는 듯하였습니다. 그

는 제 의복 빨래까지도 하여주었고, 저와 악수까지도 하였습니다. 그러다가 제가 안주를 떠날 때에는 피차에 뜻을 말하고, 피차에 영원히 사랑할 것을 맹세하였습니다. 그리고 그는 일본으로 가고, 저는 이곳으로 왔습니다. 제가 토혈을 하여가면서도, 매주에 30시간이나 노력한 것은 그의 학비를 위함이었습니다(그는 부모도 없고 형제도 없는 고아입니다).

그러나 저는 그를 위하여 토혈은커녕 목숨을 내어버리는 것조차 아깝지 아니합니다. 만일 제가 죽어버리더라도, 그가 살아남으면 제 뜻을 이어서 일을 하리라, 나는 죽더라도 너만 잘 되어라. 이렇게 생각하여 왔습니다.

선생님, 그렇지마는, 요새에 그의 마음은 변하였습니다. 그는 가난하고 병신인 저를 헌신짝처럼 차내어버렸습니다. 지금 제가 병이 중한 줄을 알면서도, 한 달이 넘도록 통신이 그쳤고, 또 전하는 말을 듣건대, 그는 어떤 다른 남자와 생애의 사이가 되었다고 합니다.

선생님! 저는 그를 믿으려고 애를 썼습니다. 전인류를 대표하여, 하느님의 딸로 그를 믿어 볼 양으로 이를 악물고 애를 썼으나, 인제는 더 쓸 애도 없어지고 말았습니다."

여기까지 쓰고도 대여섯 줄을 잘 알아보지 못하리만큼 지워버렸다. 전후의 어세로 보건대, 아마 그 지워내버린 것은 C를 원망하는 말인 듯하다. 홍분 김에 혹독한 말을 썼다가, 그의 신사적 기독교인적 양심이 그를 금하여 지워버린 모양이다.

편지에 쓰기만 금하는 것이 아니요, 아마 그가 심중에 생각하기도 억지로 참았을 것이다. 믿기는 미우면서도 안 미워하자, 의심은 하면서도 믿자, 하고 애쓰는 H의 심정이 나타나는 듯하여 몹시 가련하였다.

지워내버린 대목부터는 홍분이 버썩 줄어졌다.

"선생님! 또 기침이 나고 토혈이 됩니다. 그러나 선생님! 저는 아무리 하여서라도 죽지 아니하겠습니다. 제가 큰일을 이루어 나를 배반한

124

저 계집과 나를 속이는 저 세상으로 하여금 내 앞에 엎드려 눈물을 뿌리고 죄사하기를 빌기까지 저는 결코 죽지 아니하렵니다."

나는 이 편지를 받고는 가만히 있을 수가 없었다. 첫째로는 H를 위안할 도리를 찾아야 하겠고, 둘째로는 C의 의향을 알아보아야 하겠다고 생각하였다. 그래서 나는 곧 H에게 간단하고 힘있는 답장을 썼다.

"사랑하는 아우여!

군은 지금 시험을 받는 중이다. 신앙에 굳게 서라! 비록 C가 군을 배반하였다 하면 C를 차버리라. 군이 생명같이 사랑할 가치 없는 자를 위하여 왜 오뇌하는가. '가련한 가치 없는 여자여 회개하라' 하고 일갈해버리라. 그만한 일에 실망 낙담하여 하느님을 의심하고 인성을 의심하는 것은 군답지 못한 일이 아닌가. 그리고 그 학교를 떠나 나에게로 오라. 우선 휴양할 도리를 하는 것이 좋을 것이다.

굳세라. 믿음에 굳세라, 군아!"

이렇게 격렬한 편지를 하였다.

그랬더니 사흘 만에 곧 답장이 왔다.

"선생님!

주신 글을 받고 주먹으로 가슴을 치었습니다. 그리고 믿음에 굳세게 서기로 하였습니다. 하느님께서는 저를 버리시지 아니 하십니다.

곧 오라고 하시었으나, 학기도 1개월밖에 아니 남았으니, 지금 떠나면 가련한 학생들은 어찌합니까. 저는 그들을 사랑합니다.

선생님께서 저희를 못 떠나 역두에서 우신 것과 같이, 저도 그들을 위하여 웁니다. 저는 이 어린아이들을 위하여 결핵균이 먹고 남긴 생명을 바치려 하옵니다. 그러니까 저는 이 학기를 마치고야 가겠습니다.

저는 믿음에 굳게 섰으니, 염려 마십시오."

이 답장을 받고 잠시는 안심하였으나, 다시 생각하여본즉, 이것은 H군의 일시적 결심이 아니면 억지로 한 결심일 것이다. 실연에 쓰린 상처가 그렇게 용이하게 가실 리가 없을 것이다. H는 피를 토하며 사랑하는 아이들을 가르치고, 피를 토하며 배반한 C를 위하여 애통할 것이다. 이렇다 하면, H의 심신은 날로 쇠약해갈 것이요, 그의 생명은 결핵균과 실연의 비애로 조석에 먹혀버리고 말 것이다.

그래서 나는 제이책을 취했다. C의 의향을 알아보아서, C와 H와의 사랑을 회복하도록 하자. 이것이 H를 살리는 유일한 길이다.

이렇게 작정하고, 나는 백방으로 C의 근상을 염탐한 결과 이러한 보도를 얻었다.

C는 H에게 학비를 얻은 관계로 H에게 대하여서 사랑하는 태도를 보였으나, 기실은 달리 애인이 있다. 있어도 하나만 아니다. C는 음분한 여자가 되어서 여러 사람을 경쟁을 붙여놓고는 그것을 구경하기를 기뻐한다. 동경에서 C의 일은 모르는 사람이 없는데, 요새에 C의 어여쁜 눈찌에 홀려다니는 청년이 누구누구 사오 인은 되고, 그중에서 P부에 부호로 유명한 S가 가장 C의 환심을 산 모양이다.

처음에 C가 영어를 배운다 하여 S의 하숙에 출입하였으나, 지금은 일주일의 반 이상은 S의 하숙에서 유숙한다. 그래서 허위로라도 H를 사랑하던 체하던 것까지 끊어버리고, 인제는 아주 S의 애첩이 되어버렸다.

이 모양으로 보고 온 듯이 소상하게 전하는 사람이 있었다. 그뿐인가, C가,

"내가 그까짓 가난뱅이 폐병쟁이를 사랑해요? 제가 공연히 그런 소리를 하고 다니지."

하고 H를 비웃더란 말과, 그 말을 할 때의 어조와 표정까지를 전한다.

그리고 그 말을 전하는 사람은 C도 모를 뿐더러, H도 모르는 사람이요, 나하고는 상당히 친하고 또 믿을 만도 한 사람이다. 그러고 본즉, 나는 그 말을 아니 믿으려 하여도 아니 믿을 수가 없었다.

그래서 나는 실망하였다. H와 C와의 사랑을 복구해보려던 계획은 수포로 돌아가고 말았다. 인제는 그와 정반대 되는 계책을 쓸 수밖에

없다 하였다. 그것은 H로 하여금 아주 C를 발길로 차내버리게 하는 것이다.

그러나 나는 차마 내가 C에게 관하여 들은 바를 그대로 H에게 말할 용기는 없었다. 그래서 어쩌나 하고 얼마 동안을 보냈다.

그러할 즈음에 H에게서 또 편지 한 장이 왔다. 이번에는 퍽 침착한 어조로,

"선생님!"

저는 의지의 사람으로 스스로 믿었더니, 제 역시 사람입니다. 시시각각으로 마음이 변합니다. 그러나 이것은 잘 변한 것인가 하여 스스로 기뻐합니다.

저는 C를 미워하고 의심하는 것이 잘못임을 깨달았습니다. 제가 어떻게 C를 의심합니까. 어떻게 생명을 바쳐서 사랑하는 사람을 의심합니까. C를 의심하는 것은 전인류를 의심하는 것입니다. 인성을 의심하는 것이요, 하느님을 의심하는 것입니다. 이것이 할 일입니까. 이것은 저로서는 못할 일입니다.

아직도 C에게서는 아무 소식이 없습니다. 그러나 저는 여전히 일주이차씩 정다운 편지를 쓰기로 하였습니다. 그래서 그 첫 편지를 지금 막 써놓았습니다. 그 편지 속에는 지금까지 제가 그를 의심하고 미워한 것을 자백하고, 그 죄를 사하여주기를 청하였습니다. 또 C는 반드시 용서하여주리라고 믿습니다. 사랑은 용서가 아닙니까.

저는 처음 작정과 같이 C를 사랑하겠습니다. C를 믿겠습니다. C야 나에게 어찌하든지 저는 여전히 뜨거운 사랑으로 그를 사랑하겠습니다. 설혹 영원히 C를 만나지도 못하고, 영원히 그의 소식을 듣지 못하는 일이 있더라도 저는 C를 옛날의 C로 믿고 사랑하려 합니다.

선생님! 그러나 저는 슬픕니다. 이렇게 생각하면, 거룩한 기쁨이 있어야 옳을 것이언마는, 그래도 슬픕니다. 가슴이 쓰립니다.

이제는 토혈을 그쳤습니다. 그러나 오후가 되면 약간 신열이 나고 허

한이 나고 또 가끔 객담에 피가 섞입니다. 아무리 믿음이 굳세다 하여
도, 제 생명이 오래 믿겨지지를 아니합니다. 그러나 선생님, 저는 안
죽습니다. 아무리 하여서라도 오래 살아서 세상을 위하여 하고 싶은 일
이 많습니다."

　이 편지를 읽고는, 나는 부끄러운 마음이 생겼다. 과연 H는 갸륵하
다. 과연 H는 예수의 뜻을 따르는 사람이다 하고, 내가 그에게 C를 차
내버리라고 편지한 것이 심히 부끄러웠다. 하물며 내 조사한 C의 근상
을 H에게 알리려는 생각은 그만 쑥 들어가버리고 말았다. 나는 이렇게
H의 이 태도를 찬양하면서도 웬일인지 그 뜻을 편지로 말할 용기도 없
어서, 이내 답장을 아니하고 말았다.

8

　그러나 H가 C에게 대하여 그렇게 높은 태도를 가진 것을 보고는,
나는 H에게 대한 근심이 덜려서 비교적 안심을 하고 있었다.

　4월 5일경이라고 기억한다. 그날이 공일이던지 아침 좀 늦게 일어나
툇마루에서 세수를 하고 있는데, 대문 밖에 손님이 왔다고 하기로 수건
으로 낯을 씻으면서 나가본즉, H가 빙글빙글 웃고 가죽 가방 하나를
들고 섰다. 어쩌면 이렇게도 변상이 되었을까. 해쓱한 얼굴에 그 유순
한 검은 눈만 커다랗고, 먼지 묻은 검은 세루 양복이 해골에다 걸어놓
은 모양으로 쿠렁쿠렁하게도 어깨에 늘어졌다.

　나는 한팔로 그의 등을 안고, 한 손으로 그의 손을 잡아 안으로 끌고
들어오면서, 한참은 말도 못하다가 안마당에 들어온 뒤에야 겨우,

　"그런데 웬일이오?"
하였다. H는 자기의 초췌한 모양을 부끄러워하는 듯이 고개를 숙여 자
기의 몸을 돌아보더니,

　"방학하고 집에 갔다가 학교에 가는 길입니다. 밤차로 와서 지금 내

렸어요.”

하고 잠시라도 서 있기가 거북한 듯이 중병인이 하는 모양으로 소리도 안나게 가만히 툇마루에 걸터앉는다. 내 아내는 H의 꼴을 보고는, 그만 눈물이 흘러서 안으로 뛰어들어가버리고 말았다.

“그게' 말이 되오? H군이 인제 그 건강을 가지고 교수를 어떻게 한단 말이오.”

한즉 그는,

“그럼, 어떻게 합니까. 제가 분필을 놓는 날이면, 저도 먹을 것이 없고, C도 학비가 끊어지니, 할 수 있습니까.”

하고 부득부득 간다는 것을, 나는 거의 억지로 하다시피 그의 차표를 빼앗고, A절에 거처할 방 하나를 얻어서 정양하면서, 하루 한 번씩 병원에 들어와 칼슘 주사를 맞기로 하였다. 이러하여 가까스로 그를 붙들기는 하였다.

그러나 며칠을 두고 볼수록 H의 정경은 실로 가긍하였다. 의사의 말은 이대로 가면 도저히 여름을 넘길 수가 없다고 단언하거니와, 우리가 보기에는 일개월을 넘기기도 어려울 것 같았다.

그는 사흘 동안이나 병원에를 다녔으나, 전차를 탈 기운조차 없어지고 말았다. 그러면서도 그는,

“주사를 맞아야 별 효험이 없어요.”

하였고, 자기의 기운이 부치어서 못 다닌다는 말은 아니하였다. 다른 사람이 보기에는 목숨이 경각에 달린 듯하건마는, 자기는 아직도 죽음과는 아무 상관이 없는 듯이,

“선생님, 한 일년 휴양하면 건강이 회복하겠지요? 건강만 회복되거든 저도 동경으로 가렵니다. 동경 가서 C를 한번 만나렵니다.”

하고, 적막한 미소를 띠우는 것이 더할 수 없이 슬펐다.

H는 아직도 C에게 대해서 태도를 결정하지 못하는 상태에 있었다. 아주 믿느냐 하면 무론 그런 것도 아니요, 그렇다고 아주 잊어버렸느냐

하면 그런 것은 더구나 아니요, 그러면 전주서 한 편지 모양으로 C야 자기를 사랑하거나 말거나 배반하거나 말거나 끝까지 C를 믿고 사랑하는 태도를 계속하느냐 하면 또 그런 것도 아니요, 이 세 가지 심적 상태가 연속적으로 그의 흉중에 내왕하는 모양 같았다.

워낙 말이 적은 그는 근래에 더욱 말이 적어지고, 잠시 내 집에 놀러 와 앉아 있는 동안에도 고개를 푹 수그리고 무슨 명상을 하는 듯하였다.

그러나 내 아내에게 자기의 심중을 말하는 모양이었다. 아내에게 간접으로 들은 바를 종합하건대, 그는 근일에 C를 원망하는 생각이 점점 깊어지는 듯하였다. 그는 이런 말까지 하였다고 한다.

"몸이 조금만 건강하여지면, 동경으로 뛰어 건너가서 C를 푹 찔러 죽이고 싶어요."

이 말을 하면서 그는 이를 갈고 여윈 주먹을 불끈 쥐더라고 한다. 나는 이 말을 들을 때에 등에 냉수를 끼얹는 듯하였다. 왜? 어쩌면 그 천사와 같은 H의 마음에도 그러한 깊은 원한이 들어갈 수가 있었던가. '푹 찔러 죽이고 싶도록' 사람을 미워하는 생각이 날 수가 있을까 하고 일변 놀랍고 일변 슬펐다. 연애란 무서운 것이요, 실연이란 더욱 무서운 것이로구나 하였다.

9

H의 C에 대한 원한은 날이 갈수록 더욱 깊어갔다. 그는 이러한 말도 하였다.

"아무리 토혈을 하니 오라고 해도 안 오고, 병이 위중하다고 두 번 세 번 전보를 놓고 전보환으로 노비까지 부치어도 아니 오고, 못 온단 편지 한 장 없으니, 그런 법이 어디 있습니까. 그렇더라도 마음이 변한 것이라고는 생각을 아니 하였습니다. 지금 가만히 생각하면, 그것이 내가 보내준 노비를 가지고……. 응, 내가 아무 때라도 꼭 이 원수를 갚고야 죽을 테야요."

나는 아무 말도 할 용기가 없었다. 그러한 생각을 말라는 말도 아니 나오고, 아주 단념해버리라는 말도 아니 나오고, 도리어 그의 애끓는 듯하는 말을 더 듣기가 거북하여, 나는 담배를 찾는 체하고 아무쪼록 피하였다. 다만 그의 육체의 생명이 정신의 생명과 함께 시시각각으로 하나는 결핵균에게, 하나는 실연의 원한에게 먹히어 들어가는 것을 가만히 보고 있기가 가슴이 쥘 뿐이었다.

만일 내가 피를 내어 H를 먹임으로 그의 정신적 생명만이라도 회복할 수가 있다 하면 나는 곧 그리하였을 것이다. 우정, 인정 다 버리고라도 차마 볼 수가 없어서라도 그리하였을 것이다.

이에 우리 부처는 최후의 결심을 하였다. 그것은 우리 둘의 이름으로 한 번 C를 불러보는 것이다. 좌커나 우커나, H와 C를 한번 만나게나 하여주고야 볼 일이라고 생각한 까닭이다. 그래서 우리는,

"H 병 위급 즉래."

라는 의미로 부처 연명하여 C에게 전보를 놓았다. 그러고는 만일 C가 오기만 하면, 한바탕 눈이 쑥 빠지도록 야단을 하리라 하고 잔뜩 벼르고 기다렸다.

그런데 그 전보를 놓은 이튿날 C가 우리 집으로 왔다. 그는 심히 초췌한 얼굴로 들어오더니, 다른 인사도 하기 전에,

"H가 여기 와 있어요?"

하고 묻는다. 어떻게 그 어조가 비창한지, 우리는 그에게 대한 미운 마음이 다 스러지고 말았다. 인정이란 미묘한 것이다.

우리가 C를 데리고 H의 숙소로 가려고 할 때에, H가 들어왔다. H와 C는 피차에 허리를 굽히지도 아니하고 목례조차 아니하고 한 번 슬쩍 바라보고는 딴 이야기를 한다. 그렇다고 서로 미워하는 모양도 안 보이고, 마치 오랫동안 같이 있어 오던 사람들끼리 밥을 먹고 나서 바

람 쐬러 나와 앉은 것 같다. 도리어 그 회견의 광경이 심히 싱거웠다.

우리는 그들에게 이야기할 기회를 주느라고 방 하나를 내어주고, 가만히 안방에 앉아서, 두 사람이 회견한 결과를 근심하면서, 그러나 두 사람이 만났으니, 우리의 무거운 짐을 벗어놓은 듯 마음을 놓으면서 앉아 있었다.

두어 시간이나 후에 C가 나왔다. 그의 얼굴은 붉었고 그의 눈은 울음으로 부었다. 나는 이것을 보고 모든 문제를 해결한 듯하였다.

10

C는 K지방 어느 여학교로 직을 구하여 가면서 우리에게 H를 위하여 다한 호의를 감사하였다. 그러고는 H의 치료비를 자기가 언제까지든지 벌어 댈 것을 말하였다. 그는 남자와 같은 결단성과 태연함을 보였다. 나는 의문 중에도 그를 존경하는 생각이 움돋았다.

그러나 처녀가 남자를 데리고 다닌다는 허물로 그 학교와 교회에서 비방과 모욕을 당하고 쫓겨나왔다. 그러고는 H는 T군 어머니의 집으로 가고, C는 W지방의 어떤 친척의 집으로 갔다.

그 후에 H가 C를 불러서 C도 H를 따라갔다는 기별을 들었다. 그런 뒤에는 혹은 H의 이름으로, 혹은 C의 이름으로, 혹은 엽서로, 혹은 봉서로 매삭 1,2차씩 통신이 왔고, 통신이 올 때마다 간단한 답장을 하였다.

그 편지중에는 혹은 뜸뜨기를 시작하였다는 말도 있고, 혹은 용한 한의가 있다 하여 그의 처방으로 한약을 먹기를 시작한다는 말도 있고, 혹은 H가 근일에는 공연히 화를 낸다는 말, 혹은 공연히 슬퍼한다는 말도 있었다.

그러나 겨울이 되어서부터 H의 필적은 영 끊어지고, C의 필적으로 편지가 올 뿐이었다. 이것은 H의 병이 더욱 중하여진 표다.

그러나 금년 정초에 C가 불의에 우리 집에 왔다. 무섭게 초췌하여 마치 중병인같이 보인다. 더욱이 그 손가락은 뼈만 남았다. 그래서 내 아내는 H의 병이 전염한 것이나 아닌가 하여 진찰하기를 권하기까지 하였다. 그러나 그는, '죽으면 어때요?' 하고 극히 심상한 일인 듯이 웃어버리고 말았다. 그러고는 날마다 윷도 놀고 화투도 놀고 웃고 하면서 어디 교사 자리를 구하고 있었다. 이렇게 아무 일도 없는 듯이 웃고 놀다가도, 동무들이 가고 조용해지면 그는 곧 침울하여지고 눈물이 흘렀다. 그러나 그가 자기의 신세타령하는 것은 듣지 못하였다. 그의 천진하고 남자다운 성질이 그에게 많은 오해를 가져온 것이다.

나는 이번에 C를 대할 때에 그에게 진정으로 지금까지 그를 오해하였던 것을 사죄하였다.

마침내 교원 자리를 구득하지 못하고, C는 하릴없이 W지방 친척의 집으로 가노라고 갔다. 그런 지 얼마 후에 C의 필적으로 이러한 편지가 왔다.

"선생님! 저는 또 H에게로 왔습니다. 오라고 독촉하는 편지가 와서 또 왔습니다. H의 병은 점점 더하여갈 뿐입니다. 어디 기후나 온화한 데로 데리고 가서 한없이 간호나 하고 싶건마는, 그러할 힘도 없거니와, 인제는 문밖에 나갈 수도 없이 되었습니다. 밤낮 제 손에 매달려서, 혹은 웃고, 혹은 울고, 혹은 공연한 떼를 쓰고, 잠도 어떤 날은 도무지 안 자다가는, 어떤 날은 종일 잡니다."

그 어머님은 울기만 하시고 생활은 곤란하고 어찌할 줄을 모르겠습니다. 만일 제 몸이라도 팔아서 H의 고통을 덜어줄 길이 있다 하면, 그것이라도 하겠으나, 그도 못하고 어쩔 줄을 몰라 혼자 울기만 합니다.

H는 항상 선생님 말씀을 합니다. 선생님 말씀을 할 때마다 매양 눈물을 흘리오며, 선생님과 약속한 일을 다하지 못하는 것을 설워하옵니다.

지금 H는 잠이 들었습니다. 전신이 잠이 들었건마는, 목에 담이 걸려서 가끔 얼굴을 찌푸리고 괴로워합니다. 저는 가끔가끔 그 얼굴을 돌아보면서 이 편지를 씁니다."

이 편지를 받고 간절한 말로 H와 C를 위로하는 답장을 써 부치었다.

이월도 지나고 사월도 지났다. C에게서는 가끔 H의 병상을 말하는 간단한 엽서가 왔으나, 밤낮 '병이 더합니다. 오늘은 H가 울고 있습니다', 또는 '오늘은 H가 매우 기뻐합니다마는 그 기뻐하는 것조차 무슨 조짐 같아서, 슬프고 무섭습니다', 또는 '오늘은 웬일인지 온종일 저를 못 견디게 굽니다. 그래서 저는 울었습니다' 이러한 말뿐이요, 기뻐할 소식은 들리지 아니하였다.

사월에는 내가 북방으로 여행을 하였고 오월에는 여행 때문에 밀린 사무로 눈코 뜰 사이가 없이 지냈다. 아내에게 물어본즉, 그동안 한 일개월 동안에는 C에게서도 아무 기별이 없었다고 한다. 나는 속으로 근심이 되면서도, 먼저 편지를 하여서 H의 근상을 물어볼 용기도 없었다. 말하자면, 날마다 H의 부음을 기다릴 뿐이었다.

하루는 꿈에, 내가 어느 오랜 절을 보고 비탈길로 내려오는데, 아래로서 H가 검은 양복 저고리에 검은 소프트 해트를 쓰고 기운 없이 올라오는 것을 만나, 평상시에 하던 모양으로 나는 그를 안고 병이 어떠냐고 물었다. 그런즉 H는 평상시에 하던 모양으로 빙그레 웃기만 하고 대답이 없었다. 그러고는 H는 그 오랜 절로 흔들흔들 올라가, 단청한 대문으로 들어가는 것을 보고는, 나 혼자 슬퍼하였다. 그러다가 깨어본즉 꿈인데, 벌써 일어날 때가 되었다. 나는 아내더러,

"여보, H가 죽었나 보오."

하고 꿈 이야기를 하고 아내도,

"글쎄."

하고 입맛을 다시었다.

그러고는 아침을 먹고 학교에 가느라고 중문을 나서니까, H가 그 전전날에 죽었다는 부고 엽서가 떨어져 있었다. 참 이상도 하다. H군이 죽어 혼이 있다 하면, 하늘로 올라가기 전에 반드시 나를 찾았을 것이다. 아마 그의 혼이 차마 그 불행한 26년 동안을 가지고 오던 육체와 사랑으로 울어주는 두 여성 —— 그의 어머님과 C —— 을 떠나지 못하여 일주야 동안이나 주저하고 방황하다가 나를 찾은 것이다. 나는 도로 들어와서 그 엽서를 아내에게 주고, 이런 말을 하였다. 아내의 눈에서는 눈물이 흐르며,

"H보다도 C가 불쌍해요 —— C는 참 드문 여자예요. 열녀지요."
하였다.

20일이 지나서 C가 올라왔다. 그의 형용은 마치 죽으려는 사람과 같이 초췌하였다. 그의 남성적인 활발도 다 어디로 가고, 극히 연약하고 극히 침울하고 세상에 아무 희망도 없는 사람이 되고 말았다.

그는 우리를 대하자 말은 없이 울고 쓰러졌다.

이때의 C는 사람같이 보이지는 아니하였다. 혼인도 아니하고 정식 약혼조차 아니한 애인을 따라 저 시골구석 빈궁한 농가에 가서 일년 동안이나 그 애인의 혈담과 대소변을 손수 치르고 마침내 자기의 품속에 안고 운명을 보고 온 C는 결코 세상 사람은 아닌 듯하였다.

우리는 친동생보다도 더 귀엽게 그를 접대하였다. 이렇게 이 주일 가량이나 유숙하여서, 그는 그의 짐을 다 가지고 H의 어머니에게로 갔다. 그는 재봉틀도 놓고 농사도 하면서 H의 어머니를 모시고 H의 무덤 곁에서 생을 마치겠다고 한다.

가을은 깊었다. 서울에도 찬바람이 불거든, 북극의 밤은 응당 찰 것이다. 아마 C는 적적한 한옥에서 이때에는 정히 H를 생각하고 울 것이다.

—— 1924년 11월 《朝鮮文壇》 제2호 소재

혼 인

굴깨라는 동네 이름은 굴이 난다는 데서 온 것이외다. 뒤에 큰 산을
진 서해 바닷가에 스무남은 집이나 서향하고 앉은 것이 굴깨라는 동네
이니, 동네 주민은 반은 농사하는 사람이요, 반은 해산(고기잡이)하는
사람이외다. 한 동네에 살건마는 농사하는 사람은 농부의 기풍이 있어
서 질박하고, 고기잡이 하고 배에 다니는 사람은 뱃사람의 기풍이 있어
서 술도 먹고 노름도 합니다. 이 동네에 금년에 큰일 둘이 생겼습니다.
스물댓 살 되는 장정군 뱃사람 하나이 장가든지 한 달이 못하여 죽은
것과 열여섯 살 된 새색시가 시집간 이튿날 물에 빠진 일이외다. 뱃사
람이 죽은 것은 금년 이른봄 아직 바다에 얼음이 안 풀려 뱅어잡이 배
도 떠나지 아니하고 겨우 아이들이 빨갛게 얼어서 칡게잡이 다닐 때요,
새색시가 물에 빠진 것은 벼도 거의 다 베고, 벌써 황해도로 고기 팔아
좁쌀 사러 가려는 도부배들이 독에 뚫어진 곳을 기우면서 팔월 보름사
리 물이 굴바위에 올라오기를 기다릴 때외다.

뱃사람의 민적상 이름은 박 무엇이나, 이 동네에서는 셋째라 통칭합
니다. 굴깨 셋째라면 이 근방에서는 누구나 다 압니다. 늦도록 장가를
못가기 때문에 사람들이 본명을 안 불러주고 아명을 부른 것이외다. 셋
째는 그것이 싫어서 아이놈들이 셋째라고 부를 때에는 주먹으로 때리
기도 하였습니다.

셋째가 남천에 어느 유기점꾼의 딸 여덟 살된 이와 엽전 팔백냥을 주
고 약혼한 것이 벌써 육년 전이외다. 작년 봄 셋째의 나이 스물다섯,

신부의 나이 열세 살 되었을 때에 셋째는 소주 한 바리와 닭 한 마리, 조기 생선국을 끓이고, 동네 어른들을 청하여 관례를 하였습니다. 그 원수의 총각 꼬리를 올려 일생 소원이던 상투를 짰습니다. 그러고는 여름내 고기를 잡아서 금침과 신의를 장만하여 가을에 성례를 하기로 작정하였습니다.

셋째는 워낙 그 형들과 달라 부지런한 사람이지마는, 그해에는 새벽에 나가서 밤에야 들어오고, 비가 오거나 춥거나 덥거나 바다에 나가 낙지 철에는 낙지를 캐고, 굴철에는 굴을 캐고, 맛살 철에는 맛살을 내고, 준치잡이, 젓잡이 배에도 가고, 그러고도 여가에는 남의 삯김도 매어 도부 때에는 새우젓을 열 독, 조개젓을 넉 독이나 사게 벌었습니다. 이것을 황해도에 갖다 팔아, 조를 사다가 또 팔면, 잘하면 엽전으로 이천냥은 될 것이니, 그것만 있으면 이부자리와 신부의 치마저고리며 신랑의 갓망건 두루마기 다 장만하고도 오는 여름까지 새 부부의 살아갈 식량은 넉넉할 것이외다. 셋째의 기쁨은 말할 것도 없거니와, 동네 노파들도 모여만 앉으면 셋째의 칭찬을 하고 셋째를 볼 때마다,

"얘야, 너 병 날라, 너무 일하지 말아라."

하고 진정으로 걱정해주었습니다. 그럴 때마다 셋째는,

"무얼요, 늘 노는데."

하고 겸사를 하면서도 가까워오는 자기의 행복을 기다리는 기쁨을 이기지 못하여 빙그레 웃었습니다.

마침 셋째의 큰형이 배를 가지고 도부하러 가므로, 젓 열네 독을 형의 배에 싣고 자기도 따라 같이 다니며 팔아오려 하였으나, 그러느니보다 집에 있어서 가을 해산(고기잡이)을 하여 돈을 좀더 벌리라 하여, 모든 것을 형께 맡기고 자기는 집에 있어서, 일변 형의 집에 나무도 하여주며 일변 고기잡이도 하였습니다.

셋째의 젓을 실은 도부배는 팔월 추석을 지낸 이튿날 아침 물에 높새에 찬 돛을 달고 싱애섬, 쑥섬 모퉁이를 돌아 멀리멀리 수평선 밖으로

안 보이게 되었습니다. 굴바윗등에 전송 나왔던 가족들은 하나씩 둘씩 다 들어가고, 셋째 하나만 근심과 기쁨을 섞어가지고 수평선 밑으로 숨어 들어가는 배를 보고 섰다가, 아주 안 보이게 된 뒤에야 집으로 돌아와 지게에 낫을 걸고 시루봉에 나무하러 올라갔습니다.

그로부터 매일 셋째는 나무 한 짐 해오고 바다에 가기를 쉬지 아니하여, 이럭저럭 밤 바닷물이 벌거벗은 몸을 베는 듯하는 구월 보름사리가 되었습니다. 보름사리에는 반드시 돌아올 도부배가 한것기가 넘도록 소식이 없으니, 동네 사람들도 모두 근심을 하게 되고, 셋째는 더욱 잠도 못 들고 애를 태웠습니다.

'파선'이란 생각이 동네 사람들의 생각에 들어가게 되었습니다. 아무도 입에 내어 말은 하지 아니하여도 속으로는 '아마 파선한 게야' 하는 생각은 저마다 가지게 되었습니다. 셋째는 나무하러 가서는 시루봉 꼭대기에서, 저녁 먹고 나서는 굴바윗등에 멀리 동남으로 돌아오는 배만 기다립니다. 쌍아지로 가는 호인의 배도 지나가고 쑥섬 장도서 도부 갔던 배들도 다 곡식을 잔뜩 실어 멍에까지 물에 잠그고 돌아오건마는, 셋째의 붉은 돛단배는 보이지를 아니합니다.

셋째는 장날마다 생선을 지고 나가서 판 돈으로 새 아내의 댕기도 사고 신도 사고 저고리채도 사다가 꼭꼭 싸두고 하루에 한 번씩 내어 봅니다. 그러나 기다리는 배는 돌아오지 아니합니다. 하루는 어떤 사람이 어디서 듣고 왔는지. 진남포를 지나 한천으로 돌아오는 중간에서 어떤 배 하나가 파선하였다는 말을 전하는데, 동네 사람들은 모두 그것이 정녕 그 배라고 수근거렸으나, 오직 셋째와 그 가족만 그렇지 않다고 생각은 하면서도, 속으로는 역시 그렇지나 않은가 하였습니다. 추수도 다 되고 나무도 다 베어 묶어놓고, 호박 덩굴 박 덩굴도 다 시들어버리고, 바다에 나가는 사람도 없이 되고, 밤에는 집집이 문을 꼭 닫치며, 어떤 집 마당에서는 벌써 김장 무 씻는 소리가 나는 구월 그믐도 다 가고 시월 초생 어느 밤에, 셋째는 홀로 굴바위 위에 앉아서, 신미도 위에 걸린 가는 달빛에 멀리 바다만 바라보고 앉았습니다. 조금만 더 하면 얼음이 얼 듯한 바닷물이 굴바위 밑을 힘없이 때립니다. 내일이 대것기, 이번 사리에 안 들어오면, 이 배는 영영 못 들어오는 배외다. 힘없는 가을 물은 어느새에 참이 지나고, 벌써 썰물이 된 듯하여 굴바위를 핥던 물결 소리도 차차 적어갑니다. 셋째는 말없이 일어나려 할 때에, 마침 '어혀리 어혀리' 하는 소리가 들립니다. 셋째는 귀를 기울였습니다. '어혀리 어혀리, 어야 어이혀리' 하는 소리는 분명히 셋째의 형의 목소리외다. 셋째는 너무도 기뻐서 바다에 뛰어들고 싶었습니다.

"어······이."

하고 셋째는 소리를 쳤습니다.

"어······이."

하는 대답이 옵니다.

셋째는 장달음으로 집에 뛰어와 큰소리로,

"배 들어왔소!"

하고 외쳤습니다. 여러 집 문이 모두 열리고, 어른, 아이, 사내, 여편네, 수십 명이 셋째를 따라 굴바위에 모여,

"어······이."

"어······이."

하고 소리를 칩니다. 모두 죽었던 사람을 다시 만나는 듯한 기쁨에 어쩔 줄을 모릅니다. 배가 돛을 내리고 노를 저어 가까이 오는 양이 보입니다. 이윽고 떠난 후 오십여 일이나 소식이 없던 배가 굴바위에 들어와 닿으매, 배 곁에는 어두움 속에 희끄무레한 그림자들이 왔다갔다하며, 웃는 소리, 떠드는 소리가 들립니다. 이리하여 배는 돌아오고, 사람도 상한 것은 없습니다.

그러나 그 배에는 잔뜩 실었어야 할 곡식은 없고, 배밑창에 짐 대신 실은 돌멩이가 네다섯 개 있을 뿐이었습니다. 셋째의 형은 자기 것과 셋째의 것을 팔아서 죄다 노름에 잃어버리고 빈손치고 돌아온 것이외

다.

셋째는 자기보다 20년이 위 되는 형님께는 원망하는 말 한마디 못
하고, 이틀 동안 식음을 전폐하고 누웠습니다. 형이 하루는 셋째의 누
운 앞에 앉아서 눈물을 흘리며,

"셋째야, 내가 죽일 놈이다. 나는 너 장가갈 적에 무얼 좀 잘 해줄
양으로 마침 비도 오고 하기에 노름을 시작했구나. 처음에는 돈 백냥이
나 따기에, 그만 미쳐서 떨어먹고 말았다. 바다에 빠져 죽으려다가 돌
아왔다. 셋째야, 내가 죽일 놈이다."

하고 흑흑 느껴 울었고, 셋째도 아무 말도 없이 울었습니다. 그 이튿날
형은 셋째를 대할 면목이 없으니, 어디를 가서든지 돈을 벌어 가지고야
돌아온다고 집을 떠나서 운산 금광으로 갔습니다.

셋째는 눈이 오기까지 바다에 다녀 이럭저럭 돈 십원이나 벌어가지
고 형 돌아오기를 기다리다가, 섣달 보름께 아무렇게나 장가를 가기로
작정하고, 동넷집에서 갓, 망건, 두루마기 이 모양으로 두루 얻어서 어
떤 눈 많이 오는 날, 거기서 오십 리나 되는 처가 집으로 장가를 들러
가기로 하였습니다. 그러나 타고 갈 말이 있나, 데리고 가줄 후행이 있
나. 셋째는 먼촌 일가되는 덕봉이라는 늙은 총각에게 말하여, 임시로
상투를 짜고 의관을 하여 후행이 되게 하여가지고 단둘이 깊은 눈길을
헤치고 떠났습니다. 저녁때에야 남천에서 오리쯤 되는 가지령이라는 주
막거리에 다다라 점심을 시켜먹고, 거기서 말 하나를 얻어 신랑이 타
고, 후행은 마부 삼아 걷고, 처가에를 가 장가를 들었습니다.

장가든 지 사흘이 넘자, 장인은 양식이 없으니, 어서 가라고 하므로
셋째는 혼자 터덜터덜 집으로 돌아왔으나, 여름내 가으내 너무 일을 한
까닭인지, 더욱 도부배로 하여 심로를 하면서, 그 얼음 같은 찬물에 고
기잡이를 다닌 까닭인지, 집에 오는 길로 몸이 오슬오슬 춥고 입맛이
떨어지기 시작하여, 4,5일 후에는 입술이 까맣게 타고, 헛소리를 하게
되었습니다. 동네 무당도 불러오고, 약도 두어 첩 써보았으나, 병은 점

점 더하여갈 뿐이외다. 새벽 같은 때 조금만 정신을 차리면 아내를 데려다 달라고 하나, 이 추운 겨울에 데리러 갈 사람이 있나, 더구나 세 말이 되니, 모두 빚달라는 이를 피하여 어디로들 달아나서, 한 그믐날 닭이 울어야 들어오겠으니, 사내 하나 만나볼 수 없습니다. 셋째는 헛소리 삼아,

"어머니! 데려다 주우, 어머니! 데려다 주우."

하고 외칩니다. 섣달 그믐날 아침에 칠십이나 된 어머니는,

"내가 가서 데려오마."

하고 울면서 셋째의 처가로 갔습니다. 셋째는 조카아이들더러 방을 치우라 하고, 세수 물을 떠오라 하고, 새 옷을 내이라 하고, 병이나 다 나은 듯이 기운을 내며 어머니 돌아오시기를 기다렸습니다.

어슬어슬한 때에 어머니는 후행갔던 총각을 데리고 돌아왔습니다. 이때에는 셋째는 세수를 하느라 옷을 갈아입느라 하다가, 바람을 쏘여 열이 무섭게 나서 정신을 못 차린 때입니다. 어머니는 셋째의 가슴을 흔들며,

"셋째야 내가 늙어서 기운이 없어 못 가겠기에 이애를 보냈더니, 그 몹쓸 놈들이 안 보내더라는구나. 내가 갔더라면 좋을 것을 그랬다. 내내일 아침 일찍 가서 데려올게, 응."

셋째는 말을 들었는지 못 들었는지 가까스로 눈을 방싯 뜨더니, 몸을 흠칫흠칫하고 훌쩍훌쩍 울기를 시작합니다.

새벽닭이 두 홰나 울 때쯤 하여.

— 발표지 미상

김씨 부인전

그는 무엇이라고 아명도 있었으나 그것은 그의 친정 친족이나 아는 이름이요, 또 호적상 이름도 있으나 그것은 아마 자기나 마음에 기억하고 있었는지 몰라도 그 자녀들도 들어보지 못하였을 것이다. 그는 삼남이녀를 남기고 늙은 남편보다 먼저 세상을 떠났다. 그의 임종이 심히 아름다웠다 하여서 칭송이 있기 때문에 이 전기를 쓰게 된 것이다.

김씨 부인은 어떤 상인의 셋째딸로 태어났다. 아들을 기다리던 집이었기 때문에 그의 탄생은 그 집에 환영되지 아니하였다. 벌써 나이 오십이 넘은 그의 아버지는 또 딸을 낳았다는 말을 듣고 담뱃대를 물고,

"에잉."

하고 돌아앉았고 그의 어머니는 울었다. 그 형들까지도 그가 나기 때문에 더욱 빛을 잃었다.

"이년들 보기 싫다. 저리 가거라."

그들의 아버지는 밥상을 받았다가도 말 같은 딸들이 눈에 보이면 소리소리 질렀다. 그러면 딸들은 건넌방 구석에 들어가 숨었다. 갓난 그만이 이런 줄도 모르고 보채다가는 볼기짝을 손자국이 나도록 얻어맞았다.

김씨 부인의 형들은 하나씩 하나씩 시집을 갔다. 하나는 벼슬하는 집에 가고 둘째는 아무 것도 아니하는 부잣집에 갔다. 시집을 간 뒤에는 집에 오더라도 아버지를 무서워하지 아니하였다. 두 형이 시집을 가고 김씨 부인이 혼자 남게 된 때에는 부모의 귀염도 받을 성싶건마는 아들

하나도 없는 집에 계집애 하나만 있는 것이 청승맞게도 보여서 그 아버지는 가끔 양미간을 찌푸렸다.

김씨 부인의 어머니도 벌써 나이가 오십이 가까워서 다시 성태할 것 같지 아니하게 될 때에 그의 아버지는 딴 계집을 보아 다니는 모양이었다.

"그게 무슨 행세요?"

"그럼 대를 끊으란 말야?"

김씨 부인은 안방에서 그 부모가 이런 말다툼을 하는 것을 가끔 들었고, 또 어머니가 계집애를 내세워서 아버지의 뒤를 밟게 하는 것도 보았다.

그러나 남편의 외도를 아내로는 막을 길이 없는 것 같았다. 남편의 염탐꾼으로 내세웠던 계집애가 남편과 하나이 된 줄을 안 그의 어머니는 죽는다고 야단을 하였다.

이러는 동안에 큰형은 무슨 일을 저질렀는지 시집에서 쫓겨왔다. 이것이 더욱 그 아버지를 괴롭게 하여서 더욱 주색의 길에 나서게 하였다. 젊어서부터 근검하여서 자수성가한 그 아버지가 늦바람이 난 것이었다. 김씨 부인은 그것이 무엇인지를 알 만한 나이가 되었다.

의외에도 그 어머니 오십이 다 되어서 성태를 하였다.

"어머니가 아들이나 낳았으면⋯⋯."

김씨 부인은 어린 마음에 이렇게 빌고 있었다.

그 어머니가 성태한 것을 보고는 아버지의 태도가 돌연히 변하여서 밤에 밖에 나가는 일을 중지하였다. 집안은 다시 화락하게 되었다.

어머니는 절에를 다니고 무당 집을 다녔다. 아버지는 산수를 돌아보기 시작하여서 그 무후한 삼촌의 산수까지 석물을 하였다. 딸들도 귀염을 받았다.

그러나 어머니는 또 딸을 낳았다! 환영받지 아니하는 생명이 무엇하러 또 이 집에 들어왔는고. 김씨 부인은 울었다. 그 어머니는 미역 국

밥을 아니 먹는다고 버티었다. 그러나 이제는 마지막이었다. 더 낳을
수는 없는 것이었다.

김씨 부인도 시집갈 나이가 되었다. 그는 여러 형제들 중에 가장 얼
굴도 어여쁘고 얌전하였다. 학교에 보낼 리도 없지마는 재주가 좋아서
한글을 혼자 깨뜨리고 아버지 몰래 책도 읽었다. 침선도 잘하고, 모든
것이 알뜰하였다. 청혼하는 데도 있었다.

그러나 손금쟁이와 무당의 말이 그는 초취에 시집을 가면 과부가 될
것이라는 것과, 북쪽 수성 가진 사람에게 시집을 보내어야 한다는 말을
하였기 때문에 좋은 혼처를 다 물리치고 북방 수성 가진 홀아비를 구한
것이었다.

그러한 결과로 그는 홍이라는 어떤 장목전 하는 사람에게로 시집을
갔다. 나이는 15년인가 틀렸다. 열여덟 살인 처녀, 삼십이 훌쩍 넘은
홀아비에게 시집을 간다는 것은 결코 기쁜 일이 아니었다. 그러나 김씨
부인은 혼자 울었을 뿐이요 한마디 항의도 한 일이 없었다.

시집을 가보니 구지레한 헌 문짝과 석가래와 널쪽과 기왓장과, 이런
것들이 앞을 콱 막고 집이란 것도 친정집에는 비길 수도 없이 적고 더
러웠다. 오래 홀아비 살림을 했기 때문에 더욱 그런지 몰랐다.

전실의 세간은 새색시의 눈에 아니 뜨이도록 치워버렸으나 전실 아
이 사 남매는 치워버릴 도리가 없는 것이었다. 큰애는 아들인데 열다섯
살이나 되어서 벌써 중학생이니 김씨 부인에게는 동생이나 마찬가지요,
다음으로는 딸인데 열두 살, 그 다음은 또 딸인데 여덟 살, 그 다음은
세 살 먹은 아들이었다.

김씨 부인은 시집가는 날부터 올씨년 같았다. 첫날밤은 그렇지 아니
하였으나 이튿날부터 젖먹이를 옆에 누이고 잤다. 친정에서 천더기 동
생을 보아주던 경험이 있기 때문에 젖먹이 돌보기는 그다지 힘들지 아
니하였으나 큰아이들이 말썽이었다. 첫째로 큰아이들이 어머니라고 부
르지를 아니하였고, 셋이 한데로 몰려서 이 젊은 계모를 적으로 삼는

것만 같았다.

그래도 김씨 부인은 곧잘 네 아이를 거두었다. 이래 30년에 김씨 부인은 전실 소생 네 아이를 다 길러서 성취를 시켰다. 그리고 손주 새끼도 다섯이나 업어서 길렀고 제 소생도 넷이나 낳아서 길렀다.

"무던해."

라는 칭찬을 받아온 김씨 부인은 바짝 말라버렸다. 이 가난한 사람 많이 사는 우대에서는 드물게 보인 미인으로, 얼굴 잘나고 몸매 나고, 재주 있고 한다던 그도 사십이 얼마 넘지 아니하여서 아주 노파처럼 바스러지고 말았다.

전실 아이들을 다 시집, 장가를 보내고 나서 그의 남편은 그를 편안히 하려고 전실 아들을 따로 내고 제 소생 네 남매만 데리고 장목전 집에서 새집을 하나 장만하고 떠났다.

"이제 좀 편히 살아봅시다."

남편은 이런 말로 바짝 마른 아내를 위로하였다.

김씨 부인은 머리에 기름도 발라보고 비단옷도 입어보았다. 분도 발라 보았다. 그러나 늙고 마른 뒤라, 아무런 짓을 하여도 쓸데없었다.

게다가 김씨 부인은 큰 타격을 받았다. 그것은 김씨 부인이 자기는 일생을 고생으로 지냈으니 딸이나 한번 실컷 잘살게 해본다고 전문 학교 공부까지 시킨 딸이 졸업과 혼인을 앞두고 죽어버린 것이다.

이 딸이 죽은 뒤로부터 김씨 부인은 아주 귀신같이 되어버렸다. 몸은 더욱 마르고 마음은 더욱 어두워졌다.

"별로 적악을 한 것도 없는데……."

하고 그는 애통하였다. 옆에서 보기에 그는 딸의 뒤를 따라서 죽을 것만 같았다.

그러나 사람에게는 잊는 재주가 있다. 딸이 죽은 지 5,6년을 지나니 김씨 부인의 얼굴에는 다시 웃음이 떠도는 때도 있게 되고 또 살도 약간 붙는 것 같았다. 늦게 낳은 두 아들 한 딸도 다들 자라서 소학교에를 다니게 되었다. 이 집에는 또 한 번 봄이 오는 것 같았다.

"앞으로 15년만 더 살고 죽으면 저것들이 다 성취하는 것을 보겠지."

김씨 부인은 이런 소리를 하고는 웃었다.

형제들과 아는 사람들도 다 진정으로 다행하게 여겼다.

그러던 것이 지난 겨울에 김씨 부인이 감기 모양으로 앓기를 시작하였다. 봄이 되어도 낫지 아니하였다. 그러나 필경은 그것이, 오늘날 의학으로는 나을 수 없는 폐육종이라는 것이 판명되었다.

김씨 부인이 죽기 사흘 전에 그 남편이 비로소,

"당신은 살아나지 못하오. 폐육종이래."

이렇게 선언하였다.

이 말을 듣고 김씨 부인은 울었으나 곧 마음을 잡았다.

"당신이 끝까지 내게 끔찍이 해주셨으니 나는 아무 것도 부족한 것이 없어요. 아이들이 성취하는 것을 못 보고 죽는 것이 유한이지마는 당신 앞에서 죽어서 당신 손에 묻히는 것이 오죽 좋은 일이오?"

김씨 부인은 이런 말을 하였다.

죽는 날 아침에 김씨 부인은,

"나는 오늘 아침 한나절 나무아미타불 관세음보살을 불렀어요. 그렇지만 저승이 있는지 없는지 누가 가보았나요."

이런 말도 하였다.

그날 밤이었다. 오월 단오를 며칠 아니 남긴 비오는 날 밤이었다. 그 비는 온 천하가 오래 기다리던 비였다. 김씨 부인은 늙은 남편의 손을 잡은 채로 세상을 떠났다.

병으로 누운 반년 동안에 김씨 부인의 마음은 거울같이 맑아진 듯하였다. 양같이 순하고 어린애같이 착하게 되었다. 더구나 임종 전 4,5일 간은 성인이라고 할 만하게 깨끗하였다. 그의 입에서 나오는 말은 오직 감사와 만족뿐이었다.

146

"도무지 시체가 무섭지를 않아."

김씨 부인 죽어서 5일장을 지내는 동안에 종상 온 사람들은 다 이렇게 말하였다.

김씨 부인이 길러낸 전실 아들과 며느리와 딸들과 손녀들이 모두 거상을 입고 울었다. 김씨 소생인 자녀들은 아직도 상제노릇 할 나이가 아니었다.

"그이가 언제 도를 닦았을까."

장례날 이런 말이 났다.

"전실자식 사 남매를 길러내는 동안이 수도생활이어든."

어떤 사람이 이렇게 대답하였다.

다들 진심으로 그 말에 고개를 끄덕끄덕하였다.

—— 1940년 7월 《文章》 소재

윤 광 호

1

윤광호(尹光浩)는 동경 K대학 경제과 2학년급 학생이라. 금년 9월에 학교에서 주는 특대장(特待狀)을 받아가지고 춤을 추다시피 기뻐하였다. 각 신문에 그의 사진이 나고 그의 약력과 찬사도 났다. 유학생간에서도 그가 유학생의 명예(名譽)를 높게 하였다 하여 진정으로 그를 칭찬하고 사랑하였다. 본국에 있는 그의 모친도 특대생이 무엇인지는 모르건마는 아마 대과급제 같은 것이어니 하고 기뻐하였다. 윤광호는 더욱 공부에 열심할 생각이 나고 학교를 졸업하거든 환국(還國)하지 아니하고, 3,4년간 동경에서 연구하여 조선인으로 최초의 박사의 학위를 취하려고 한다. 그는 동기(冬期)방학 중에도 잠시도 쉬지 아니하고 도서관에서 공부하였다.

친구들이,

"좀 휴식을 하시오. 너무 공부를 하여서 건강을 해하면 어쩌오."

하고 친절하게 권고한다. 과연 광호의 얼굴은 근래에 현저하게 수척하였다. 자기도 거울을 대하면 이런 줄은 아나 그는 도리어 열심한 공부로 해쓱하여진 용모를 영광으로 알고 혼자 빙긋이 웃었다. 그는 전 유학생 계에서 이러한 칭찬을 받을 때에는 13, 4년 전의 과서를 회상치 아니치 못한다. 그때에 자기는 부친을 여의고 모친은 재가하고 혈혈(孑孑)한 독신으로 혹은 일본 집에서 사환 노릇을 하며 혹은 국숫집에서 멈살이를 하였다. 그때에 자기의 운명은 비참한 무의무가(無依無家)한 하급 노동자밖에 될 것이 없었다. 그냥 있었더면 24세 되는 금일에는 아마 어느 국숫집 윗간에서 때문은 저고리를 거꾸로 덮고 허리를 꼬부리고 추운 꿈을 꾸었을 것이라. 그러나 지금은 동경 일류대학의 학생이 되고 비복(婢僕)이 승명(承命)하는 하숙의 깨끗한 방에서 부귀가(富貴家)의 서방님이나 다름이 없는 고상하고 안락한 생활을 하게 되었으며 겸하여 전도에는 양양한 희망이 있다. 그는 동경 유학생 중에 최고급으로 진보된 학생 중의 일인(一人)이라, 수년이 못하여 조선 최고급의 인사되기는 지극히 용이한 일이라. 이렇게 광호가 자기의 소년시대와 현 생활을 비교할 때에는 희열의 미소를 금치 못할 것은 물론이라.

그러나 광호의 심중에는 무슨 결함이 있다. 보충하기 어려울 듯한 크고 깊은 공동(空洞)이 있다. 광호는 자기의 눈으로 공동을 보고 이것을 볼 때마다 일종 형언할 수 없는 비애와 적막을 감(感)한다. 이 공동은 광호 자신의 힘으로는 도저히 전충(塡充)하기 불능하다. 여하한 인(人)일지는 모르거니와 이 공동을 전충할 자는 광호 이외의 인인 것은 사실이라.

광호는 집에 혼자 앉았을 때에 혹은 찬 자리에 혼자 누웠을 때에 또 혹은 혼자 20여분이나 걸리는 학교에 가는 길에 형언치 못할 적막과 비애를 깨닫는다. 그래서 그는 자기의 친구와 노상의 행인까지라도 유심하게 보며 더구나 전차 속에서 맞은편에 앉은 당홍치마 입은 여학생들을 볼 때에나 혹 13, 4세 되는 혈색 좋고 얌전한 소년을 대할 때에는 자연히 심정이 도연(陶然)히 취하는 듯하여 일종의 쾌미감(快美感)을 깨달아 정신없이 그네의 얼굴과 몸과 의복을 본다. 혹 이렇게 황홀하였다가 두어 정류장을 지나서야 비로소 정신을 차리고 깜짝 놀라서 전차에서 뛰어내린다. 그러면 즐거운 꿈을 꾸다가 갑자기 깬 모양으로 더욱 정신의 공동이 분명히 보이고 적막과 비애가 새로워진다.

혹시 교실에서도 전과 같이 선생의 강연에 주의할 힘이 없이 망연히 앉았다가 하학(下學) 종소리를 듣고야 비로소 자기가 교실에 있는 줄을 깨닫는다.

이 모양으로 2, 3삭(朔)을 지나는 동안에 특대생의 기쁨도 거의 소멸되고 마음속에는 그 적막과 비애만 더욱 심각하여진다. 그는 극히 쾌활하고 다변(多辯)한 사람이더니 근래에는 점점 침울하게 되며 될 수 있는 대로 타인과의 교제와 담화를 염피(厭避)하고 자리에 누워도 1, 2시간이 넘도록 잠을 이루지 못한다. 그는 근래에 외국어학 공부도 좀 태만하여지고 흔히 정신없이 우두커니 앉았다. 친구들도 광호의 변화하는 양을 보고 혹 우려도 하며 혹 여러 가지로 그 원인도 촌도(忖度)한다. 혹자는 광호가 특대생이 되어 교만하게 된 것이라 하고 광호를 사랑하는 혹자는 그가 과도한 공부에 신경이 쇠약한 것이라고 한다. 처음에는 몇 사람이 광호에게 각자의 의견으로 권고도 하더니 근래에는 방문하는 사람도 없게 되었다. 광호는 혼자 하숙 볕 잘 드는 방에서 앉았다 일어났다 하며 한숨만 쉰다.

2

광호의 뜻을 알아주는 사람은 오직 한 사람이 있다. 그는 광호의 상급동창이매, 동창은 동창이면서도 2,3년급이나 떨어졌으므로 장유(長幼)의 관계와 비슷하다. 그러나 광호는 이 사람을 유일한 친우로 사모하고 이 사람도 광호를 친동생과 같이 사랑한다. 그 사람의 성명은 김준원(金俊元)이니 광호의 통학하는 K대학의 대학원에서 생물학을 전공 연구한다.

광호는 심중에 불평이나 번민이 있을 때에는 반드시 준원을 방문하여 1,2시간 자기의 소회(所懷)를 말한다. 그러면 준원은 진정으로 광호의 생각에 동정하여 혹 여러 가지로 광호를 장려하기도 한다. 이렇게 준원과 담화를 하고 나면 광호의 울민(鬱悶)은 훨씬 풀어지고 일종의 기쁨과 쾌감을 가지고 하숙에 돌아온다. 지나간 6, 7년간 광호는 실로 준원일래 살아온 것이라. 준원은 물질로도 광호를 극력 원조하였거니와 더욱이 정신상으로 항상 광호에게 위안과 희열과 희망을 주어왔다. 그래서 광호는 준원만 있으면 넉넉히 이 세상을 지내어가리라 하였고 준원의 생각에도 광호는 자기의 뜻을 가장 잘 알아주고 자기를 가장 잘 사랑하여주는 친구로 광호를 더욱 사랑하였다.

근래에 준원은 광호가 자기보다 정신력으로 수등(數等)의 차가 있음을 깨달아 광호에게 말하더라도 이해치 못할 어떤 것을 소유한 줄을 의식하여 얼마큼 광호를 후배로 보는 경향은 생(生)하였으나 그래도 준원은 광호를 희한한 좋은 친구로 생각하는 애정에는 변함이 없다.

그러나 광호의 정신의 공동은 날로 분명하게 되고 적막과 비애는 날로 심각하게 괴어 이제는 아무리 준원을 대하여 준원에게 흉회(胸懷)를 토로하고 준원의 말을 들어도 전과 같이 위안을 부득(不得)할 뿐 더러 도리어 적막과 비애를 강하게 할 뿐이라. 광호는 자기의 적막과 비애가 준원과의 담화로는 도저히 위안치 못할 정도에 달한 줄과 친우의 애정과 위안의 힘은 어떤 정도 이상에 미치지 못함을 깨달았다. 이전에는 준원의 하는 말은 마치 자기의 폐간(肺肝)을 꿰뚫어보고 하는 듯이 자기의 생각하는 바와 부합하더니 근래에는 준원의 말에도 수긍치 못할 점이 생기고 그뿐더러 준원의 위안과 권장이 피상적인 듯이 들린다. 준원도 광호가 전과 같이 자기의 말에 감복하지 아니하는 줄을 알고 또 자기의 과거의 경험에 비추어 그 이유도 대강 짐작하였다. 한번은 광호가 준원의 말에 대하여 열렬히 반대하였다. 아직 자기의 말에 반대하는 양을 보지 못하던 준원은 광호가 이처럼 격렬하게 반대하는 양을 보고 잠깐 경악도 하고 불쾌도 하였으나 곧,

"너도 개성이 눈 뜨기 시작하였구나."

하고 웃고 말았다. 그 후부터 준원은 광호에게 대하여 전과 같이 많이 말하지 아니한다. 광호도 준원이가 근래에 자기에게 대하여 전보다 냉

담한 양을 보고 준원이가 일전 자기의 반대에 노하였는가 하여 얼마큼 미안한 마음도 있었다.

광호는 그 후부터 전같이 빈번하게 준원을 방문치도 아니하고 준원도 전과 같이 광호를 보고 싶으게도 생각지 아니하였다. 준원은 마치 사랑하던 누이나 딸을 시집보낸 뒤에 그 누이와 딸이 자기보다도 그 지아비를 더욱 사랑하고 자기에게 대하여는 독립 반항의 태도를 취하는 양을 볼 때에 발(發)하는 듯한 일종 서어하고 불쾌한 감정을 깨닫는다. 작일까지는 광호가 내 품에 안겨 있었거니와 금일부터는 광호가 자기를 배반하고 다른 사람의 품으로 뛰어간 듯이 생각된다. 광호도 불식부지간에 준원에게 대한 애모의 정이 희박하게 됨을 깨닫고 더구나 준원이가 근래에 자기에게 대하여 냉담하게 하는 것이 불쾌하게도 생각된다. 이리하여 준원과 광호와의 거리는 점점 멀어가고 그러할수록 광호는 더욱더욱 적막을 깨닫는다.

전차 속에서 아름다운 소년소녀를 보고 쾌미의 감정을 얻는 것으로 유일의 위안을 삼아 일부러 조석(朝夕) 통학시간에는 전차를 탔다. 광호는 다만 아름다운 소년소녀의 얼굴과 몸과 옷을 바라보기만으로는 만족하지 못하게 된다. 바로 소년소녀가 자기의 곁에 앉아서 그 체온이 자기의 신체에 옮아올 만하여야 비로소 만족하게 되고 혹 만원인 때에 자기의 손이 여자의 하얗고 따뜻한 손에 스칠 때에야 비로소 만족하게 쾌감을 맛보게 되었다. 그래서 광호는 일부러 차가 휘어 돌아갈 때를 타서 몸을 곁에 섰는 여자에게 기대기도 하고 혹 필요 없이 팔을 들었다 놓았다 하여 여자의 살의 따뜻한 맛을 보려 한다.

한번 광호가 전차를 타고 어디를 갈 때에 정전하여 전차가 서고 전등이 꺼졌다. 그리고 조그마한 축전지 전등이 켜졌다. 광호는 곁에 앉은 여학생을 보고 그 조그마한 전등을 미워하였다. 이처럼 광호의 심정은 동요하였다. 광호의 머리에는 아침부터 저녁까지 또 잘 때에 꿈에까지 보이는 것이 아름다운 소년과 소녀뿐이었다. 그의 눈앞에는 본 적도 없고 이름도 모르는 아름다운 소년소녀가 무수하게 왔다갔다 할 뿐이다. 그는 이 환영(幻影)에 대하여 무수히 '나는 너를 사랑한다'를 발(發)하고 무수히 입을 맞추고 무수히 포옹을 하였다. 그러므로 광호의 근일의 생활은 몽중의 생활이요 환영중의 생활이라. 그는 공부를 하려 한다. 내년에도 특대생이 되려 한다. 그러나 책을 보아도 글자가 눈에 들어오지 아니하고 책장(冊帳) 위에는 글자마다 아름다운 소년소녀로 변하여 방긋방긋 웃으며 광호를 대하여 손을 내어민다.

3

광호는 막연히 인류에 대한 사랑, 동족에 대한 사랑, 친우에 대한 사랑, 자기의 명예와 성공에 대한 갈망만으로 만족치 못하게 되었다. 그는 누구나 하나를 안아야 하겠고 누구나 하나에게 안겨야 하겠다. 그는 미지근한 추상적 사랑으로 만족치 못하고 뜨거운 구체적 사랑을 요구한다. 그의 공동은 이러한 사랑으로야만 전충하겠고 그의 적막과 비애는 이러한 사랑으로야만 위안하겠다. 광호도 근래에 이런 줄을 자각하였다. 동경시가에 준준하는 수백만 인류나 밤에 창공에 반짝거리는 무수한 성신(星辰)이나 하나도 광호의 동무는 되지 못한다. 마치 길에 나서면 대한(大寒)바람이 추운 것과 같이 실내에 들어오면 화기 없는 침구가 산듯산듯한 것과 같이 광호에게 대하여 전세계는 빙세계와 같이 춥고 무인지경과 같이 적막하다. 광호가 반야(半夜)에 적막한 비애를 이기지 못하여 우는 눈물만이 오직 더울 뿐이다.

이때에 광호는 P라는 한 사람을 보았다. 광호의 전정신은 불식부지간에 P에게로 옮았다. P의 얼굴과 그 위에 눈과 코와 눈썹과 P의 몸과 옷과 P의 어성과 P의 걸음걸이와……모든 P에 관한 것은 하나도 광호의 열렬한 사랑을 끌지 아니하는 바가 없었다. 광호는 힘있는 대로 P를 볼 기회를 짓고 힘있는 대로 P와 말할 기회를 지으려 한다.

P는 광호의 하숙에서 2, 30분이나 걸리는 곳에 있었다. 광호는 행여
나 P를 만날까 하고 7시 반에 학교로 가던 것을 6시 반이 못하여 집을
떠나서 P의 집 곁으로 빙빙 돌다가 P가 책보를 끼고 학교에 가는 것
을 보면 자기는 가장 필요한 일이 있는 듯이 P와 반대방향으로 속보로
걸어가서 P가 지나가거든 잠깐 뒤를 돌아보고는 일종 쾌감과 수치한
생각이 섞어져 나오면서 학교로 간다. 아침마다 이러하므로 P도 이따
금 광호를 잠깐 쳐다보기도 하고 혹 웃기도 한다. P는 아주 무심하게
하는 것이언마는 광호는 종일 그 '쳐다봄'과 '웃음'의 의미를 해석하노
라고 애를 쓴다. 그러다가는 매양 자기에게 유리하도록 그 의미를 설명
하여 'P도 나를 사랑하나보구나' 하고는 혼자 기뻐한다. 그러나 그 기
쁨에는 의심이 반 이상이나 넘었다.

그로부터 광호는 새로 외투를 맞추고 새로 깃도 구두를 맞추고 새로
모직 책보를 사고 새로 상등석검(上等石鹼)을 사고 아침마다 향유를 발
라 머리를 가르고 그의 쇠 잠그는 책상서랍에는 신문지로 꼭꼭 싼 것이
있다. 광호는 밤에 아무도 없을 때에 그 신문에 싼 것을 끄집어내어 그
래도 누가 보지나 않는가 하여 사방을 살펴보면서 그 신문에 싼 것을
낸다. 그리고 휘하고 한숨을 쉬면서 거울에 대하여 그 신문에 쌌던 것
을 바르고 얼굴도 여러 가지 모양을 하여 보아 아무쪼록 얼굴이 어여뻐
보이도록 하였다. 그 신문에 싼 것은 미안수(美顔水)와 클럽백분(白粉)
인 줄은 광호밖에 아는 사람이 없다.

'사랑은 세월을 허비한다'는 격언과 같이 그렇게 쾌활하던 광호는 졸
변하여 아주 내약하고 침울한 청년이 되고 말았다. 광호는 점점 학교에
결석도 하게 되고 출석을 하여도 과업에 주의를 집중치 못하게 되었다.
누구를 찾아가지도 아니하고 누가 찾아오지도 아니하고 광호는 아주
고독한 번민자가 되고 말았다. 다만 아침마다 P의 얼굴을 잠깐 보기로
유일한 일과요, 유일한 위안을 삼게 되었다. 아침에 가다가 혹 P을 만
나지 못하면 그날 종일을 앙앙(怏怏)하게 보내고 밤에 잠도 이루지 못

154

하였다. 혹 2, 3일을 연해서 못 볼 때에는 병이 들었는가 하여 혼자 눈물을 흘리며 기도도 올렸다. 그 기도는 참 정성스러운 기도였다. 광호가 일찍 올린 기도 중에 가장 정성스러운 기도였다. 그가 일찍 본국에 있는 모친의 병이 중하다는 말을 듣고 기도한 적이 있었다. 그러나 이때처럼 눈물은 흐르지 아니하였다. 모친은 마땅히 죽을 사람이로되 P는 결코 죽어서 못 될 사람이었다. 천지는 없어질지언정 P는 없어서되지 못하였다. 광호의 목숨은 P를 위하여서 있고 P가 있기 때문에 있는 것이었다. P가 금시에 죽는다 하면 광호의 생명은 순간에 소멸될 듯하다. 광호로는 P을 제하고는 생명도 생각할 수 없고 우주도 생각할 수 없다.

4

광호는 여러 번 P에게 이 말을 하려 하였다. 그러나 P를 대하면 이런 말을 할 용기가 없어진다. 이튿날은 새벽에 눈을 뜰 때부터 오늘은 기어코 통정(通情)을 하리라 하고 열 번 스무 번이나 결심을 한다. P의 집 모퉁이에 섰을 때에까지도 이 결심을 지키건마는 P의 그림자가 번뜻 보이기만 하면 마치 장마 버섯이 일광을 보매 스러지는 모양으로 스러지고 만다.

이렇게 하기를 십여 일이나 하다가 하루는 죽기를 도(賭)하는 결심으로,

"여봅시오, P씨!"

하였다. P씨는 획 돌아서며,

"왜 그러시오?"

하고 광호를 본다. 광호는 P의 냉담한 말소리와 용모를 보고 낙심하였다.

그러나 최후의 용기로,

"나는 P씨에게 여쭐 말씀이 있습니다."

하고 가만히 P의 손을 잡았다. 그러나 P는 싫은 듯이 손을 뽑으면서,

"무슨 말씀이야요. 얼른 합시오. 학교시간이 급합니다."

하는 말을 듣고 광호는 죽고 싶으리만큼 실망하였다. 설마 P가 이처럼 냉담할 줄은 몰랐음이라. 그래도 다소는 자기에게 애정을 두었거니 하였다. 이따금 광호를 돌아보며 방긋이 웃는 것은 얼마큼 광호의 애정을 깨닫고 또 광호에게 대하여 얼마큼 동정을 하거니 하였다. 그래서 광호가 이런 말을 하면 P가 '나도 그대를 사랑하오' 하지는 아니하더라도 따뜻이 동정하는 말이라도 하려니 하였던 것이 이러한 냉대를 당하니 광호는 당장에 땅을 파고 들어가고 싶다.

그래서 한참이나 고개를 숙이고 있다가,

"나는 당신을 사랑합니다."

하였다. P는 물끄러미 광호를 보더니 빙긋이 웃으며,

"네? 무슨 말씀이야요?"

한다. 광호의 몸에서는 이 추운 날에 땀이 흐른다. 광호는 다시 말할 용기가 없어서,

"안녕히 갑시오."

하고 학교에 가기도 그만두고 집에 돌아왔다. 광호는 실망도 되고 부끄럽기도 하여 감기가 들었노라 하고 이불을 쓰고 누웠다. 종일을 번민하고 누웠다 벌떡 일어나서 면도로 좌수(左手) 무명지를 베어 술잔에 선혈을 받아가지고 P에게 편지를 썼다. 선혈로 쓴 글씨는 참 전율할 만큼 무서웠다. 그 뜻은 아까 말한 것과 같이 자기가 P에게 전심신을 바치는 것과 P에게서 사랑을 구한다 함이라. 이 편지를 부치고 광호는 한잠도 이루지 못하였다. 이 편지의 회답 여하로 자기의 생명은 결정되는 것인 듯하였다. P에게 대한 사랑이 자기의 생명의 전내용이거니 하였다. 그리고 P의 사진에 입을 맞추고 또 이것을 밤낮 품에 품으며 이따금 못 견디게 P가 그리울 적에는 그 사진을 앞에 놓고 눈물을 흘려

가며 진정을 한다. 하숙의 하녀도 근일에는 광호의 고민하는 눈치를 알고 한번은 농담 삼아,

"상사(相思)하는 이가 있어요?"

하였다.

익일에 편지 답장이 왔다. 그 속에는 광호가 자기를 사랑하여 줌을 지극히 감사하노라 하여 훨씬 광호의 비위를 돋군 뒤에 이러한 구절을 넣었다.

"대저 남에게 사랑을 구하는 데는 세 가지 필요한 자격이 있나니, 차(此) 삼자를 구비한 자는 최상이요, 삼자 중 이자를 구비한 자는 하요, 삼자 중 일자만 유한 자는 다수의 경우에는 사랑을 얻을 자격이 무하나이다. 그런데 귀하는 불행하시나마 전자에 속하지 못하고 후자에 속하나이다."

하고 한 줄을 떼어놓고,

"그런데 그 삼자격이라 함은 황금과 용모와 재지(才智)로소이다. 차 삼자 중에 귀하는 오직 최후의 일자를 유할 뿐이니 귀하는 마땅히 생존경쟁에 열패(劣敗)할 자격이 충분하여이다. 극히 미안하나마 귀하의 사랑을 사양하나이다."

하고 혈서도 반송하였다. 광호는,

"옳다, 나는 황금과 미모가 없다."

하고 울었다. 울다가 행리(行李) 속에서 특대장과 우등졸업증서를 내어 쪽쪽 찢었다.

"재지는 최말(最末)이라, 재지는 사랑을 구할 자격이 없다."

하고 그 찢어진 종이 조각을 발로 비비고 짓밟아 돌돌 뭉쳐서 불에 태웠다.

광호는 하녀를 명(命)하여 맥주 일 타(打)와 청주 일 승(升)을 가져오라 하였다. 광호가 이 하숙에 3년째나 있으되, 아직 술 먹는 것을 보지 못한 하녀는 눈이 둥그레지며,

"그것은 무엇하게요?"

하고 농담인 줄만 여긴다. 광호는 성을 내며,

"먹지 무엇을 해, 어서 가져오너라"

한다. 하녀 양인(兩人)이 명대로 술을 가져왔다. 광호는 병을 입에다 대고 함부로 들이켠다. 맥주를 반 타나 마시고 일본주 6, 7홉을 들이켰다. 3,4일 식음을 폐하던 광호는 눈에서 술이 흐르도록 취하였다. 그리고는 책장에 끼인 책을 끄집어내어 말끔 찢어버리고 깔아놓았던 이불과 방석도 온통 찢어버렸다. 그리고 광인 모양으로 P의 이름을 부르며,

"그래 나는 황금이 없고 미모가 없다."

를 염불하듯이 부르짖는다.

하숙주인인 노파는 깜짝 놀라 광호의 방에 뛰어 올라왔다.

"이게 웬일이오니까?"

"하하."

하고 광호는 미친 듯이 웃으며,

"당신은 얼굴이 곱구려. 나는 얼굴이 밉고 돈이 없어요."

하며 찢다가 남은 책을 쪽쪽 찢는다. 노파도,

"실연이로구나."

하고 불쌍한 마음이 생겼다. 그리고 경찰서에 고할까말까 하고 한참 주저하다가 전부터 아는 준원에게 엽서를 띄워 속히 오소서 하였다.

5

'윤광호 씨에 관하여 긴급히 상의할 일이 있사오니'한 주인의 엽서를 보고 동물발생학을 보던 준원은 놀랐다. 그 동안 2, 3주일에 한 번 광호를 만나지 못한 것과 또 광호가 근래에 정신상 일대 동요가 생한 모양이 보임을 종합하매 무슨 범상치 아니한 사건이 발생한 줄을 짐작하

고 즉시 숙소를 떠나 찬바람을 거스르면서 본향구(本鄕區)R관을 방문
하였다. 주인노파는 한훤(寒喧)도 필(畢)하기 전에 광호가 근래에 전
에 없이 침울함과 작일에 학교에 가다가 1시간이 못하여 돌아온 것과
어제 종일 자리에 누웠던 것과 금조에 무슨 편지를 받더니 술을 먹고
책과 침구를 찢은 것을 말하고 나중에,

"실연이 아닐까요?"

한다. 준원은 혼자 고개를 끄덕끄덕하고,

"글쎄요."

하면서 이층 광호의 방에 들어갔다. 광호는 몽롱한 눈으로 물끄러미 준
원을 보더니, 똑똑치 아니한 말로,

"당신이 김준원이라는 사람이오. 옳지 잘 오셨소, 앉으시오."

하고 술병을 들어,

"자 한잔 잡수시오. 우리같이 황금도 없고 미모도 없고 생존경쟁에
열패한 자는 술이나 먹어야지요."

하며 떨리는 손으로 강제하는 듯이 준원에게 술을 권한다. 준원은 사양
치 아니하고 두어 잔을 마셨다. 그리고 말없이 광호의 얼굴을 본다. 광
호의 얼굴에는 고민한 빛과 세상을 조롱하고 자포자기하는 빛이 보인
다. 광호는 미친 듯이 껄껄 웃으며,

"나도 근일에 서양철학사를 보았습니다…… 헤, 헤, 보았어요. 탈레
스라는 사람이 세상은 물로 되었다고 그랬습디다. 그런 미련한 놈이 어
디 있겠소.우주가 물로 되었으면 불을 무엇으로 해석하려고 그러는가
요. 하하 그따위 놈이 다 철학자라고…… 하하 게다가 철학자의 시조
라고……."

하고 맥주 한 병을 통으로 마시더니 손으로 입을 씻으며,

"그것이 말이 되오……아, 내가 지금 무슨 말을 하던가."

하고 생각한다. 준원이가,

"탈레스 공격."

하고 웃는다. 광호는 이제야 생각이 나는 듯이 무릎을 툭 치며,

"옳지, 옳지, 탈레스. 탈레스. 그런 미련한 놈이."

하고 탈레스가 우주는 물로 되었다는 말과 그러고 보면 불을 설명할 수 없다는 말을 두어 번 더 하고 무수히 '미련한 놈'이라고 질욕(叱辱)한 뒤에 일단(一段) 소리를 높이고 고개를 번쩍 들며,

"나는──이 윤광호 씨는 말이야요──나는 우주는 '돈'으로 되었다 합니다."

하고 또 맥주 한 병을 잡아당기며,

"이 좋은 술도 돈만 주면 옵니다그려. 돈만 있으면 가지지 못할 것이 없고 하지 못할 일이 없구려."

하고는 자긍(自矜)하는 듯이 고개를 절레절레 흔들며 껄껄 웃더니, '당신도 찬성하라'는 듯이 준원을 보다가 준원의 잠잠함을 보고,

"왜 말이 없소. 그렇지요? 내 말이 옳지요?"

하고 몸을 흔든다. 준원은 광호가 이처럼 격변한 것을 보매 한끝 불쌍하면서 한끝 흥미 있게 생각하여,

"대관절 무슨 일이오? 왜 이 모양이 되었소?"

하는 말소리는 떨린다.

"하하. 돈이 없어서, 네 돈이 없어서."

하고 무지(拇指)와 식지(食指)로 환(環)을 작(作)하여 준원의 코를 지를듯이 쑥 내어밀며,

"이것이가 없어서. 네 그러고."

하고 환을 작하였던 식지로 거무데데한 자기의 얼굴을 가리키면서,

"또 이것이 잘못 생겼어요, 하나님이 이것을 만들 때에는 좀 싫증이 났던지 눈과 코를 되는 대로 만들어서 되는 대로 붙이고⋯⋯글쎄 이렇게 못되게 만들 것이 무엇이오."

하는 조물주를 맹책(猛責)하는 듯이 분노하는 안색과 어성으로,

"글쎄, 이렇게 못되게 취하게 만들 법이 어디 있어요."

하고 주먹으로 두 뺨을 탁탁 때리고 엉엉 울더니 다시 하하하하고 웃으며,

"좀 하얗게 닦아주지야 왜 못 하겠소."

하고 고개를 숙인다. 준원은 광호의 검고 좁은 눈은 크고 코는 넓적하고 여드름 많이 돋은 얼굴을 보고, 또 광호의 조물주의 솜씨를 공격하는 말을 들으매 우스움을 참지 못하여 하하 웃었다. 광호도 하하하고 웃더니 갑자기 시치미를 뚝 떼고, 준원의 팔을 잡아채며,

"왜 웃소? 응 왜 웃어요. 내 이 얼굴이 우습소. 이 조물주의 싫증이 나서 되는 대로 만들어놓은 이 얼굴이 우습소?"

하더니 갑자기 주먹으로 땅을 치며 말끝을 돌려,

"우주는 돈으로 만들었다 하는 내 말이 어때요. 내가 탈레스보다 용하지요. 이놈이 무엇이 어째."

하고 탈레스가 자기의 앞에 앉았는 듯이 눈을 부릅뜨며,

"우주가 물로 되었어? 불은 무엇으로 설명하고? 우주는 돈으로 되었나니라 하하."

하고 무지와 식지로 환을 작하여 내어두르며,

"이놈아 우주는 이것으로 되었어!"

하고 껄껄 웃는다. 준원은 광호가 미치지 아니할까 하고 염려하였다. 그리고 사람이 이렇게도 졸변하는가 하고 놀랐다. 준원의 보기에 광호는 이제 다시 완인(完人)이 될 듯하지 아니하였다.

6

겨우하여 준원은 광호의 이번 발광(준원은 이렇게 부른다)은 P에 대한 실연이 원인인 줄을 알았다. 그리고 준원은 12, 3년 전 일을 생각하고 쪽 소름이 끼쳤다.

준원이 처음 동경에 왔을 때에 준원을 사랑하는 어떤 일본 청년이 있

었다. 그 청년은 모대학의 영문과를 졸업하고 독어와 한어(漢語)와 조선어까지 능한 23,4세 되는 명사로 사회의 촉망도 다대하였다. 그가 우연히 13, 4세 되는 준원을 만나 준원을 열애하게 되었다. 그때에 준원은 홍안미소년이라는 조롱을 들을 만한 미소년이었다.

그 소년은 날마다 준원을 아니 보고는 견디지 못하고 보면 손을 잡고 쓸어안고 혹 입도 맞추려 하였다. 처음에는 그 청년의 친절함을 기뻐하던 준원도 이에 이르는 그 청년에게 대하여 염피하는 생각이 났다. 그래서 준원은 아무쪼록 그 청년과 회견하기를 피하였다. 그 청년은 매일 4, 5차씩 음식을 차려 놓고 준원의 오기를 청하는 엽서를 띄우고 나중에는 4, 5차씩 전보도 놓았다. 그러나 준원은 더욱 염증이 나서 가지 아니하였다. 그 청년은 그때마다 차렸던 음식을 방바닥에 뒤쳐 엎고 되는 대로 술을 마셨다. 그러다가 견디다 못하여 하루는 면도를 품고 준원의 집에 갔다. 준원은 자기를 죽이려는 줄 알고 엉엉 소리를 내어 울었다. 그 청년은 눈물을 흘리며,

"아니, 면도를 가지고 온 것은 그대를 죽이려 함이 아니요, 내가 죽으려 함이로다. 내 생명을 끊을지언정 차마 사랑하는 그대의 손가락 하나인들 상하랴."

하고 준원에게 자기를 사랑하여주기를 간구하였다. 그러나 준원은 명답(明答)치 아니하였다. 이에 그 청년은 주먹으로 수십 차나 자기의 가슴을 때려 마침내 다량의 토혈을 하고 객혈이라는 병명으로 5주일간이나 입원치료하였다.

입원중에는 준원도 그 청년이 불쌍하기도 하고 미안하기도 하여 가끔 위문하였다. 준원의 얼굴만 보면 병상에 누운 그 청년은 기쁜 듯이 빙그레 웃었다.

그러나 퇴원 후에는 준원은 일차도 그 청년을 방문하지 아니하고 가만히 하숙을 옮기고 번지도 알리지 아니하였다. 그 후 일년이 지나서 준원은 그 청년이 지방 모중학교 교유(教諭)로 갔다는 말을 듣고 또 주

망(酒妄)꾼이 되어 학교에서 배척을 당하여 친지간에도 망가자(亡家子)라는 칭호를 듣는단 말을 들었다. 그 후 7,8년간 소식이 막연하다가 재작년 준원이 신의주에 여행할 때에 우연히 그 청년을 만났다. 그 용모는 초췌하고 의복은 남루하였다. 여름이언마는 그는 동절 중절모를 쓰고 술이 반쯤 취하였으며 나막신도 다 닳아진 것을 제가끔 신었다. 준원은 그때에 몸에 소름이 쪽 끼쳐 한참이나 말이 막혔다. 주소를 물어도 그는 다만,

"천지가 내 주소요."

할 뿐. 준원은 요리점에 들어가 서양요리와 맥주를 향응하였다. 그 청년은 반가운 듯이 수염 난 준원의 얼굴을 보며 사양도 아니하고 주는 대로 술을 마시나 피차에 아무 말이 없었다.

차시간이 되어 준원의 탄 차가 떠날 때 그 청년(이제는 삼십이 많이 넘었다)은 차창으로 준원의 손을 잡으며,

"내 생활을 이 방향에 넣게 한 것은 노형이외다. 나는 성공도 없고 희망도 없고 일생의 행색이 이 모양이외다. 준원 군! 사랑하는 준원 군! 나는 진정으로 그대의 성공과 행복을 비오."

하는 그의 눈에서는 눈물이 흘렀다. 차가 떠나갈 때에 준원은 차창으로 머리를 내어밀고 초연히 섰는 그 청년을 향하여 모자를 흔들었다. 그러나 준원의 눈에도 눈물이 흘러 얼마 아니하여 그 청년의 모양도 아니 보이게 되었다. 이것을 생각하고 지금 광호의 처지를 보니, 그 청년의 일생이 과연 준원 자기로 말미암아 그렇게 된 듯하고 또 광호의 일생도 그 청년과 동양(同樣)의 궤도를 취하는 듯하여 준원은 전율함을 금하지 못하였다. 그리고 다시 광호의 얼굴을 보니 광호의 웃는 눈에서는 눈물이 흐른다.

준원은 생각하였다. 광호은 세상에 온 지 24년간에 따뜻한 애정이란 맛을 보지 못하였다. 모친의 애정이나 자매의 애정도 맛보지 못하였다. 그의 일생은 참 빙세계의 일생이었다. 인생에서 애정을 떼어놓으면 차

마 어찌 살랴. 만일 애정 중에서 살던 사람을 갑자기 애정 없는 세상에
잡아 넣는다면 그는 일일(一日)이 못 하여서 동사(凍死)하리라. 그러나
광호는 아직도 애정 맛을 보지 못하였는고로 지금토록 살아왔다. 마치
극해(極海)에서 생장한 동물은 빙설 중에서도 생존할 수 있음과 같이.
그러나 광호는 적도의 난류를 맛보았다. 한 번 이 난류의 따뜻한 맛을
본 광호는 도저히 다시 빙세계에서 살 수가 없게 되었다. 그는 난류를
구하고 구하다가 득(得)하면 살고 부득하면 죽을 수밖에 없다. 그의 생
명은 오직 P의 향배에 달렸다. 그런데 P는 광호를 돌아보지 아니한다.
이렇게 생각할 때에 광호는 소리를 내어 울며,
　"나는 죽을랍니다."
하는 소리는 마치 패군한 장사가 자문(自刎)하려 할 때에 부르는 노래
와 같이 비창하였다. 준원은 더욱 광호를 불쌍히 여긴다. 만일 지금이
라도 어떤 부드러운 여자의 손이 비분과 실망으로 파열하려 하는 광호
의 가슴을 만져주면 광호는 소복(蘇復)할 여망(餘望)이 있으리라. 그러
나 준원 자신은 이미 광호에게 위안을 줄 힘이 없는 줄을 알았다.
　"세상에는 따뜻한 여성의 손이 많기는 많건마는."
하고 준원도 눈물이 흐른다.
　준원의 눈물은 다만 광호를 불쌍히 여기는 생각뿐이 아니요, 동시에
자기를 불쌍히 여김이었다.

                                7

　P는 익조(翌朝)에 신문을 보았다.
　"R관지숙 K대학생 윤광호는 작일 오후에 단도로 자살하였는데 그
지기 김준원을 방문하건대 실연의 결과라더라."
하는 말을 보고 P는 깜짝 놀랐다. 그러나 설마 자기를 위하여 죽은 것
이라고는 생각지 아니하였다. 이 신문을 본 조선 유학생들은,

"흥, 특대생!"

하고 광호를 조소하고 그 박지약행(薄志弱行)함을 질욕하였다.

P가 신문을 들고 망연히 앉았을 때에 준원은 황망히 P를 방문하였다.

그리고 P의 얼굴을 물끄러미 보면서,

"여보 P씨. 그대는 우리 친구 한 분을 죽이셨소."

하고 눈물을 흘린다. P는 놀랐다. 그러나 암만해도 광호가 자기 때문에 죽었으리라고는 믿지 못한다.

"설마 저 때문에 죽었겠어요?"

"아니오, 당신 때문에 죽었지요. 당신도 살아가노라면 광호의 죽은 뜻을 알리다."

두 사람은 잠잠하게 광호를 생각하였다. 광호의 시체는 경찰의(警察醫)의 검사를 받은 후에 청산묘지의 일우(一隅)에 묻혔다. 그는 일생에 오직 하나 '특대생의 기쁨'을 맛볼 뿐이요, 빙세계의 생활을 보내다가 우연히 적도의 난류를 만나서 그만 융해되고 말았다. 만인의 조소 중에도 그의 묘전(墓前)에 열루(熱淚)를 뿌린 자 수인이 있더라. 준원도 무론 그중에 하나이었다.

겨울해는 뉘엿뉘엿 넘어가고 살을 베는 찬바람이 청산 연병장의 먼지를 몰아다가 올올한 묘비를 때릴 제 마포연대 병영에서는 석반(夕飯) 나팔이 운다.

혼자 십여 년 사귀어오던 광호의 묘전에 섰던 준원은,

"에그 춥다."

하고 몸을 떨었다.

광호의 목패(木牌)에는,

'빙세계에 나서 빙세계에 살다가 빙세계에 죽은 尹光浩之墓.'

라고 준원이 손수 쓰고 그 곁에,

'눈이 뿌리고

바람이 차구나
발가벗은 너를
안아줄 이 없어
안아줄 이를 찾아
영원히 침묵에 들도다.'
하였다. P는 남자러라.

──── 1918년 4월《青春》제13호 소재

모르는 여인

　나는 팔십이 가까우신 조부모님과 일곱 살밖에 안 되는 누이동생 하나를 떠난 지, 반년 만에 찾아서 서울에서 내려갔다. 내가 지난해, 즉 노일전쟁이 터져서, 내 고향인 ○○에서 노일 양군의 첫접전이 있은 것은 봄이어니와, 그 여름에 조부님 앞에서 배우던 맹자를 '과거도 없는 세상에 이것을 배워서 무엇하오.' 하고 집어던지고 서울 길을 떠날 때에는 집에는 늙은 서조모 한 분이 계셨으나 내가 서울 올라가 있는 동안에 그 허리 꼬부라진 서조모마저 돌아가시고, 조부님은 어린 손녀인 내 누이동생 하나를 데리고 전 집을 지닐 수 없어서 팔아가지고 조부님의 외가 되는 동리에서 고개 하나 새에 둔 외따른 조그마한 집, 이이상 더 작을 수는 없다 하리만큼 조그마한 집을 사서 옮아와 계셨다. 내가 조부님과 어린 동생을 찾아간 것은 이 ○○골 집이었다.

　수수깡 사립문 단 조그마한 초가집, 부엌 한 칸, 아랫간 한 칸, 윗간 한 칸, 헛간 한 칸, 그래도 조부님의 취미와 솜씨로 아랫간만은 도배를 하여서 벽이 찌그러졌을망정, 울퉁불퉁할 법은 해도 하얗게 종이로 발려 있고, 그래도 아랫목에는 보료를 깔고 문갑과 벼룻집을 놓고 산수를 수놓은 안줏수 자리 병풍을 둘러서 방 외양만은 작년에 내가 집을 떠날 때와 다름이 없었다. 후에 누이동생에게 들으니, 이 병풍과 문갑도 벌써 팔려서 겨울만 나면 산 집에서 가져가기로 되었다고 하였다.

　그러나 아들 형제를 다 앞세우고, 같이 늙어오던 작은마나님까지도 앞세우고, 재산도 다 없어지고, 열네 살 먹은 단 하나인 손자는 서울로 공부한답시고 달아나고, 7,8세밖에 안 되는 어린 손녀 하나만을 데리고 살아가는 조부님의 정경은 어린 내가 보기에도 더할 수 없는 인생의 비참사였다.

재산은 없어, 벌이도 없어, 옛날 잘 살던 찌꺼기로 남은 병풍이니 책이니 의롱이니 이런 것을 팔아서 근근히 살아가신다는 말과, 나무는 조부님의 외사촌 되는 노인이 가끔 대어드린다는 말은 집에 오기 전에 미리 알았다.

나는 이른봄이라는 것보다도 늦은 겨울, 아직도 산에 눈 덮인 어느 날, 어스름에야 집에 들어가, 불도 켜지 아니한 어둠침침한 방에 혼자 가만히 앉아 계신 조부님 앞에 넙적 절을 하였다.

"오, 인득이냐. 온단 말은 듣고 아까까지 저 앞 고개에 나가 앉았다가 선선해서 들어왔다. 몸 성이 다녀왔느냐?"

하는 조부님의 음성은 작년과 마찬가지여서 그리 쇠하신 것 같지는 아니하였다.

"이앤 어디 갔어요?"

하고 나는 누이동생이 안 보이는 것을 보고 물었다.

"기애가 저녁을 지어놓고서는 너 온단 말을 듣고 기다리고 들락날락하더니, 어디를 갔나. 원, 물 길러를 갔나?"

하시고는,

"아가, 아가!"

하고 두어 마디 불러보신다.

이윽고 물동이에 띄운 바가지 소리가 달각달각 들린다. 나는 문을 열고 뛰어나갔다.

"아이, 오빠!"

하고 경애는 무엇에 놀란 것처럼 우뚝 섰다. 머리엔 인 물동이가 뒤로 떨어질 듯하도록 그렇게 우뚝.

인제 여덟 살 먹은 어린 누이. 제가 여섯 살이요, 내가 열한 살 적에 팔월 추석을 앞두고 뒤두고 부모를 한꺼번에 여읜 지 이태. 젖먹이 끝의 누이는 남의 집에 가서 살다가 이질에 죽고, 동기라고는 하나밖에 아니 남은 어린 누이. 그것이 이 추운데 방구리에다가 물을 길어 이고 똬리 끈을 입에다 물고, 어른들이 하는 모양으로 한 손으로 물동이를 잡고, 한 손으로는 젖가슴을 누르고, 그리고 황혼에 선 꼴. 내 눈에서는 뜨거운 눈물이 쏟아졌다. 그래도 때는 묻었을망정, 통통하게 솜 둔 옷을 입은 모양만이 대견하였다.

"우물이 머니?"

"멀어. 가까운 우물두 있지마는, 다 얼어붙었어. 오빠, 이번 와서는 안가지?"

하고 경애는 젖가슴을 눌렀던 손으로 눈물을 씻는다.

나는 차마 이번 왔다가는 멀리 외국으로 공부를 간다는 말이 나오지를 아니하였다.

나는 말없이 경애의 머리에서 물동이를 내려주려고 두 손을 내밀었다.

"아니. 나 혼자 내려놀 줄 알아."

하고는, 그 조그마한 키에도 허리를 낮추고, 조심조심히 부엌으로 들어가서 물동이를 내려놓는다. 그러고는 앞치맛자락에 손을 씻고 부엌문으로 내다보면서,

"오빠, 들어가. 저녁상 올릴게."

하고는 어두운 속에서 바쁘게 무엇을 하는지 덜그럭거린다.

"저것이 물을 길어다가 밥을 짓는구나."

하고 나는 주먹으로 눈물을 씻고 한숨을 짓고, 그러고는 제 말대로 방으로 들어갔다.

밥상이 들어왔다. 그래도 조부님 상 따로, 내 상 따로, 그리고 저 먹을 밥과 국은 손에 들고 들어왔다.

콩알만한 등잔불이 켜졌다. 그 앞에서 조손 셋이 밥상을 받고 앉았

다. 밥상이라야 밥 한 그릇, 우거짓국 한 그릇, 김치 한 그릇, 그러고는 아마 내가 온다고 달걀 찌개 한 그릇.

"달걀이 어디서 났니?"

하고 조부님은 물으셨다.

"삼순이 어머니더러 오빠 온단 말을 했더니, 달걀 두 개를 주어. 갖다가 쪄주라구."

하고 누이가 만족한 듯이 대답한다.

"보부 어미 오늘도 안 왔던?"

하고 조부님은 이빨 다 빠진 입으로 우물우물 밥을 씹으면서 물으신다. 그 풍신 좋으시다고 일군에 소문난 얼굴에도 검은 버섯이 돋았다.

"오늘두 안 왔어."

"앓나보군."

"보부 엄마가 누구냐."

하고 나는 못 듣던 여인의 이름이 수상해서 경애에게 물었다.

경애는 내게 보부 엄마 설명을 한다.

"보부 엄마라구. 저어 여기서 한참 가서 거기 있는 사람이야. 할머니 돌아가신 뒤에는 여름내, 가으내, 겨우내, 우리 집에 와서 반찬두 해주구, 빨래두 해주구, 바느질두 해주구, 그러는 아주머니야. 보부라는 계집애 딸이 나보다 큰 게 있어, 열다섯 살 난 딸이 있어. 아주 이쁜 계집애야. 그래서 보부 엄마라구 그래. 참 할아버지, 아마두 보부 엄마가 앓나보아. 그러기에 사흘째나 안 오지. 그렇지 않으면 거북이가 앓거나."

"너 내일 좀 가보려무나."

하고 조부님이 나를 보신다.

"가보지요."

하고 나는 속으로 어쩌면 그런 고마운 부인네가 있나? 일가 친척도 다들 모르는 체하는 이 처지에 겨우내. 내 가슴에는 이 누군지 모르는 여

인에게 대한 고마운 생각이 북받쳐 올랐다. 그래서,

"그게 웬 사람인데, 그렇게 우리 집에 와서 일년내 일을 해주었니?"
하고 나는 경애에게 그 여인의 말을 더 물었다.

"아무 것도 안 되는 이야. 술집 여편네야. 남편은 노름꾼이래 그래두
잘하고 살던데. 요새에는 술도 안 한대. 나도 그 집에 몇 번 가보았는
데, 보부 아버지는 한 번밖에 못 보았어. 아주 무섭게 생긴 사람이야.
그런데두 딸은 예뻐요. 거북이두 잘나구."

나는 이튿날 아침에 조부님 명령대로 그 여인의 집을 찾아갔다. 보부
집이라면 다 알았다. 몹시 눈보라가 치는 날이었다.

나는 그 집 문밖에 가서 무엇이라고 찾을지 몰라서 머뭇머뭇하다가,
누이에게 들은 이 집 딸의 이름을 생각하고,

"보부야."
하고 불렀다.

어떤 참 예쁜, 분홍치마에 자주 회장 단 노랑저고리 입은 계집애가
문을 열고 고개를 내어밀었다가, 나를 보고는 도로 고개를 움츠리고,
그뒤를 이어서 어떤 얼굴 희고 뚱뚱한 한 삼십 넘어 보이는 참 잘 생
긴, 이 시골에는 드문 부인네가 나를 내다보고는, 내가 머리를 깎고 검
은 옷을 입은 것을 보고 알았는지, 또는 내 모습이 조부님과 내 누이동
생과 비슷함을 보고 알았는지,

"아, 서울 갔다 내려오신 도련님이로구만."
하고 내달아서 내 손을 잡아서 끌어들였다.

"이 추운데 오셨구만. 거북이가 앓아서 내가 그 동안 댁에를 못 갔더
니. 자 어서 여기."
하고 나를 앓는다는, 그러나 앓는 것 같지도 아니한 거북이라는 갓난아
이가 누워 있는 아랫목으로 끌어다가 앉히고, 내 손을 수없이 만져주
고, 반가운 듯이 내 얼굴을 들여다보면서,

"이 애가 우리 딸이야, 보부야. 이 애가 도련님을 퍽 보고 싶다고 기

다렸어요. 자, 보부야, 좀 이리 오려무나. 부끄럽기는, 참 도련님이 잘
도 나셨구만. 이건 우리 아들이구. 잘났지? 감기로 앓다가——인제 나
았어."

하고는 지극히 반가워하는 빛을 보인다.

나는 가까스로 그 동안 집을 돌보아주어서 고맙단 말과, 나는 어젯밤
에 집에 왔는데, 조부님이 보부 어머니가 사흘째나 아니 온다고 걱정하
시면서 곧 가보라고 하여서 왔노라는 말을 전하였다.

"무얼, 내가 무얼 해드린 게 있나? 노인이 돌보아드리는 이가 없는
것이 무엇해서 이따금 가 보아드렸지. 아참, 아침은 어떻게? 아직 식전
이겠구만."

하고 일어서려는 것을 나는,

"아니오, 먹고 왔어요."

하고 고개를 흔들었다.

"그래도 귀한 손님이 내 집에 오신 것을 그냥 보낼 수가 있나? 아가
보부야, 너 이 도련님허구 이야기나 하려무나. 밤낮 좀 보았으면 했지
왜. 내 얼른 장국이라도 끓여가지고 들어올게."

하고 그 여인은 일어나서 나간다.

보부는 거북이 곁에 와 앉는 듯, 내 곁에 와서 앉아서 내 깎은 머리
와 이상한 옷을 바라본다. 서울서 지어 입고 온 무색옷은 이때에는 이
시골서는 이상하였다.

"아버지 어디 가셨니?"

하고 나는 보부더러 물어보았다.

"아버지가 왜 집에 있나? 밤낮 노름판으로만 돌아다니지. 어쩌다가
집에 들어오면 어머니하고 쌈만 하고 어머니를 머리채를 끌어서는 때
리고 차고, 나도 때리고."

하고 보부는 부엌에 있는 어머니에게 아니 들리리만큼 말에 강한 억양
을 주어서, 아버지 험구를 한다.

"왜? 왜 어머니하구 아버지하구 싸우시든?"

하고 나는 보부를 비록 처음 만났으나 보부가 내게 대해서 정답게 하는 양에, 스스러운 생각도 다 없어져서 말하기도 힘이 안 들었다.

"괜히 그러지, 술이 취해가지고는."

하고는 보부는 이윽히 거북이를 물끄러미 들여다보다가, 그 다음에는 내 얼굴을 친동생의 얼굴이나 같이 물끄러미 들여다보다가, 한 팔을 들어서 내 어깨에 얹어서 내 목을 끌어안고는 입술의 따뜻한 것이 내 살에 닿도록 제 입을 내 귀에 바싹 대고 귓속말로,

"이애가아. 우리 거북이가아, 누구 닮았어?"

하고 묻고는 내 목을 안은 채로 또 눈을 들여다본다.

"몰라."

하고 나는 눈을 크게 떴다.

"내가 보니깐."

하고 보부는 나를 무엇이라고 부를지 몰라서, 잠깐 주저하다가 제 손가락으로 내 뺨을 한번 스치면서, 그것으로 내 이름을 부르는 대신하고는,

"닮았어."

하고 입을 내 뺨에 댄다. 그러고는 또 입을 내 귀에 바싹 갖다대고 들릴락 말락한 소리로,

"그래서 아버지가 어머니를 때렸어. 모두 멍이 들두록. 사람들이 모두 닮았다고 그러거든, 이 애가 김생원님을. 그래서 어머니가 사흘째나 밖에 나가지를 않았어."

하고 번개같이 내 입을 한 번 맞추고, 두 손으로 제 얼굴을 싸고는 고개를 돌려버린다.

나는 어리둥절하여 눈을 커다랗게 뜨고, 거북이를 들여다보았다. 그러고는,

"닮았나? 닮았나?"

하였다.

그것도 인제는 근 40년 전, 조부님이 돌아가신 것도 30년이 넘었다. 그 여인이나 보부나 거북이나 성명도 모르고, 간 곳도 모르고, 그 후에는 한 번도 만날 기회가 없었다. 그 여인이 아직도 살아 있다면 벌써 칠십이 넘었겠고, 보부는 오십, 거북이도 사십은 되었을 이때다. 모두 백발이 보일 만한 이때다.

'거북이가 닮았나?'

그것은 아마 사실이 아닐 것이다. 무론 사실이 아닐 것이다. 이것은 내 조부님과 그 은혜 많은 여인의 명예를 위하여 사실이 아닐 것을 나는 믿는다. 그러나 그것이 사실이거나 아니거나 내게 있어서 그 세 얼굴이 잊히지 아니하는 정다운 얼굴인 데는 틀림이 없다.

—— 1936년 5월 《四海公論》 소재

황해의 미인

나는 십년 가까운 남경·상해의 학창생활을 마치고 그리운 고국에로 돌아오려고 상해에서 평안환(平安丸)을 타고 떠난 것이 황포강가의 버들잎 누른 늦은 가을, 첫겨울 어스름이었다. 영사관에 도항증명을 얻으러 갔다가 그대로 유치장에 집어넣음이 되어서 철창생활하기를 2개월, 머리는 헙수룩하게 두 귀를 덮고, 원체 변변치 못한 양복은 때묻고 꾸깃꾸깃하였다.

유치장 속에서는 그렇게도 우락부락하던 형사들도, 내가 이렇게 초초한 꼴꼴 배를 탈 때에는 짐을 들어다 주고 배에 자리를 잡아주고 오래 고생하였다고 부디 잘 가라고 친절하게 하여주었다.

배가 황해강을 흘러내릴 때에 나는 오래 눈에 익은 강남의 경색을 그립게 생각하였다. 그 끝없는 듯한 벌판, 성긋성긋한 버드나무, 황포강의 소리 없이 흐르는 누렇게 흐린 물, 이것도 상해 4년간에 내 젊은 혼에 깊이 박힌 기억들이다. 나는 고국으로 간다. 배에서 다섯 밤만 자면 인천에 와서 고국의 흙을 밟는 것이다. 그렇지마는, 고국에서는 뉘가 나를 기다리나. 부모도 돌아가신 지 십여 년, 형제도 집도 아무 것도 없는 고국, 내가 돌아간댔자 갈 곳도, 반가워해줄 사람도 없는 나. 나는 무엇하러 누구를 찾아서 고국에를 가나? 중국인 선생들과 동창들이 중국에서 취직하라는 권유도 다 물리치고, 나는 천신만고로 고국을 향하고 있다.

"그래도 고국이 그리워서——."

하고 나는 만류하는 동창 친구들을 뿌리치고 떠났다.

생각하면 내게 있어서는 남경·상해는 제이의 고향이다. 이 속에 중학과 전문학교로 내 모교들이 있고, 이 속에 무의무가(無依無家)한 고아인 나에게 의식을 주고 교육을 주고, 우애를 준 은인들이 있다. 13,4세의 소년으로서 22의 금일까지 자라난 곳, 사랑과 도움을 받은 곳. 남경과 상해는 이렇게 나에게는 정든 곳이건마는, 나는 그 정을 뿌리치고서 나를 낳아준 산천을 바라고 돌아가는 것이다. 응, 산천. 아는 사람도 없는 산천. 나는 상해의 시가가 아니 보이게 되고 오송 포대도 가물가물하는 데까지, 황포강이 양자강과 합수하여 바다와 같이 넓어진 데까지 고을에 서서 뒤를 바라보다가 선실로 들어왔다.

선실에는 아는 얼굴이 하나도 없었다. 많은 사람 중에 하나도 아는 이가 없는 것은 유치장에 혼자 있기보다 도리어 더 적막한 듯하였다. 아마 2개월 철창생활에 내 마음이 과분으로 감상적이 된 탓일까.

나는 선실에 돌아와서 우두커니 앉아서 한 20명쯤 되는 다른 선객들, 낯선 선객들을 바라보고 있었다. 이윽고 갑판에 섰다가 내려오는 모양이 젖먹이 아기를 안은 젊은 부인 하나가 바로 내 곁에 놓인 트렁크 곁으로 와 앉았다.

그 부인은 24,5세나 되었을까. 제 손으로 짠 듯한 자줏빛 재킷, 파리식으로 칼라 달린 것에 회색 바탕에 초록과 자줏빛 줄 있는 무명 스커트를 입었다. 심히 검소한 안색이지마는 그의 날씬하고 조화 있는 몸맵시와, 분도 아니 발랐건마는 천연의 희고 부드러운 얼굴과 그 영리하고도 다정할 듯한 눈이며 희고 가즉한 이빨, 단발한 까만 머리, 하얀 목, 이런 것들은 그의 차림을 더할 수 없이 화려하게 하는 듯하였다.

그 부인이 아기를 곁에 놓고 행리를 만질 때에, 그 돌이나 지났을까 한 아기는 낯도 설어하지 아니하고 내게로 기어올라왔다. 무릎에 어린애가 기어오르는 것을 난생에 처음으로 경험하는 나는 그 아기를 안아 올릴 때에 비길 데 없는 귀여움을 깨달았다.

아기가 내게 안겨서 내 넥타이와 단추를 만지작거리고 있는 것을 발견한 그 부인의 경악과 기쁨을 한데 섞은 듯한 웃음, 그 크게 떠진 눈과 흰 이빨이 반쯤 내어보이는 입, 그리고 유난히 깊은 두 뺨의 우물은 참으로 내게 큰 쇼크를 주었다. 천지에 이러한 아름다움도 있을까. 돌아가신지 오랜 내 어머니와 천도교에 미치신 고모님밖에는 일생에 삼척 거리 이내에서 여성을 바라본 일이 없는 나니까 그런 것은 아니다. 나는 일찍 사진에서도, 활동사진에서도 이러한 아름다움은 본 일이 없었다. 웃을 때마다 드러나는 그의 이빨 중에는 몹시 끝이 날카로운 송곳니 하나가 눈에 뜨이는 것이 흠이라면 흠도 되려니와, 그것조차 그의 아름다움을 돕는 것 같았다. 단발한 머리 한두 갈기가 어지럽게 이마와 귀를 가리우는 것도 마치 보름달을 가리우는 가는 구름 줄기인 듯하였다.

그는 처음에는 어린애가 내게 매달리는 것을 미안하게 생각하는 모양이어서, 어린애를 보고 눈도 흘겨보고 오라고도 하여보고, 어린애를 자기 몸 저쪽으로 놓아서 내게로 기어올 길도 막아보았으나, 차차 배가 흔들리자 그는 멀미가 나서 사라져버리고, 어린애는 젖만 먹고 나서는, 잠만 자고 나서는, 내게 와서 매달려 있어서 어머니를 잊어버린 듯하였다. 그러나 나도 조금도 귀찮음을 깨닫지 못하였다. 그 아름다운 여성은 나에게 무한한 노역을 강제할 권리가 있는 동시에 그 노역의 수고로움을 무한한 희열로 변화하는 요술을 가진 듯하였다.

첫겨울 황해는 결코 항해하기 쉬운 데는 아니었다. 청도에 배가 들어설 때까지 우리 평안환은 줄곧 흔들렸다. 멀미를 심히 하는 그 부인은 이 주야를 거의 굶다시피 하고, 토하다 토하다 나중에는 더 나올 것이 없도록 토하여서 아주 기운이 진하였다. 잠시를 걸어도 내가 부축하지 아니하고는 못하였다. 배가 청도 가까이 와서야 비로소 그 부인은 기동할 수가 있었고 식사도 할 수가 있었다. 만일 평안환이 청도에서 일 주야를 정박하지 아니하였더면 그는 죽었을는지 모를 듯하였다.

청도에 닿기 전날 밤에 비로소 그는 내 어깨에 손을 걸고 갑판에 나설 수가 있었다. 음력 시월 보름달이 구름 한 점 없는 하늘에 덩두렷이 떠 있다. 푸른 바다와 푸른 하늘, 그리고 좌편으로 멀리 보이는 산동성의 연산들, 아마 이런 것은 누구든지 일생에 두 번 얻어 보기도 어려운 달밤 경치일 것이다.

"달도 좋기도 해요."

하고 그는 나를 돌아보고,

"찬바람을 쏘이니까 좀 시원해요."

하고는 그는 나를 돌아보고,

"참, 이번에 제 어린것 보시느라고 애쓰셨어요. 선생님이 아니시었더면 어찌할 뻔하였어요."

하고 그는 새삼스럽게 고개를 숙였다. 나는 말없이 달빛에 비치인 그의 얼굴을 볼 뿐이었다. 이 황해 한복판, 맑은 가을 달빛 —— 밝으면서도 환상적인 달빛에 비치인 그의 얼굴을 보고 그의 부드러우면서도 감격적인 음성을 듣는 것만으로 나는 이 주야 동안의 모든 수고의 보수를 삼고도 남았다.

그는 상해에서 어떤 일에 종사하는 남편을 따라서 와 있다가 서울 친정으로 돌아가는 길이라 하고, 그의 남편의 형은 어떤 사건으로 종신징역을 받고 경성형무소에 있다고 한다.

청도에서는 새로 탄 승객이 많아서 사람과 사람은 서로 끼어 자게 되었다. 배가 청도를 나서서 황해와 발해의 어울음을 지날 때에도 또 풍랑이 높아서 선객의 대부분은 멀미로 정신을 차라지 못하였다. 행인지 불행인지 나만은 멀미를 하지 않고 이 모녀의 심부름을 계속할 수가 있었다. 어린애 기저귀까지도 내가 갈아주고, 잠투세하는 것까지도 내가 달래지 아니하면 아니 되었다.

밤은 깊어가고 놀은 더욱 높아가는 때, 나는 잠을 이루지 못하고 눈은 감은 채로 22년의, 젊으나마 외롭고도 고생 많은 일생을 생각하던 때, 내가 열다섯 살에 대련에서 3,4일을 밥을 굶고 잠자리를 못 얻고 헤맬 적에 그 역시 이 부인과 같이 24,5세쯤 되는 그 역시 귀여운 어린 애를 안은 부인이 손에 꼈던 혼인 반지를 전당을 잡혀서 돈 십원을 만들어 상해까지 가는 여비를 만들어주고 그 남편과 함께 부두에까지 나와서 나를 전송하던 감격적인 광경을 회상하고, 바로 이 바다를 북으로 북으로 가면 그 부인——박씨라고 성만 아는 그 부인이 있는 대련이려니, 이런 생각을 하고 있던 때에 나는 어떤 부드러운 손이 내 손을 잡는 것을 감각하였고 다음 순간에 그 손이 깜짝 놀라는 듯이 물러나는 것을 감각하였다. 나는 눈을 뜨지 아니한 채로 그 여자의 손이 닿던 손을 가져다가 내 가슴에 얹었다. 그는 내 손을 잡다가 분명히 ‘아니, 나는 남의 아내’ 하고 깜짝 놀란 것인 줄을 나는 안다.

이러기를 이 주야를 지난 어느 날 아침, 가을 안개가 조선의 산을 자욱하게 가리운 신비스러운 시간에 우리 배는 인천항에 돌아왔다.

그 부인은 매무시를 하고 단장을 하는 동안에 마지막으로 내게 안겼던 어린애를 받아 안고 한 손으로 내 손을 쥐었다. 그것은 인사의 악수였다. 그는 나에게 서울 주소를 가르쳐주고 부디 찾으라 당부하고 그말이 다 끝나기도 전에 나는 인천서원에게 끌려 경찰서의 경비선에 담겨서 먼저 내렸다. 그는 어린애의 손을 들어서 나를 향하고 흔들었다.

나는 다시는 그 부인을 보지 못하였다. 그러나 그는 대련의 박씨 부인과 함께 내가 일생에 잊히지 못하는 여성이다. 그는 내게 주소를 주었으나 성명을 주지 아니하였기 때문에 나는 이 부인의 성씨를 모른다. 다만 황해의 미인, 평안환의 미인으로 그를 일생이 끝나는 날까지 기억하려고 한다.

—— 1936년 6월 《四海公論》 소재

상근령의 소녀

내가 동경서 중학교에 다닐 때, 아마 4년생 적에 수학여행차로 하꼬네(箱根)령을 넘던 어느 늦은 가을날 석양, 슈젠지(修善寺)에서 유모토(湯本)로 팔십 리 길을 걷자는 것이다. 하코네령 마루터기 아시노코(蘆湖)라는 호수를 한 고개만 넘으면 바라본다는 곳까지 이르러서는, 나는 발이 부르트고 다리가 아파서, 동행들 대부분보다 뒤떨어져서 허덕거리고 있었다.

'지팡이만 하나 있어도.'

하는 생각이 간절하지만 생면부지인 타향의 산촌이라고 생념도 못하고, 아픈 다리를 끌고 가다가 마침내 길가 어떤 집 앞에 서서 머뭇거렸다.

"학생 무슨 할 말이 있소?"

하고 길에서 환히 들여다보이는 방에서 무슨 바느질을 하고 앉았던, 오십은 넘었을 듯한 부인이 바느질하던 손을 멈추고 내게다가 먼저 말을 붙였다.

나는 모자를 벗어들고, 한 걸음 문지방 안에 들어서면서,

"미안하지만 지팡잇감을 하나 팔아주셔요. 슈젠지에서부터 걸어오느라고 다리가 아파서요."

하였다. 내 말에 부인은 바느질감을 놓고 일어나면서,

"응, 지팡잇감. 그런 게야 쨌지. 학생, 이리 들어와 걸터앉아서 잠깐만 쉬오. 원 이애가 어디를 갔나? 다롱다로야."

하고 부르는 소리에 뒷문으로서 열댓 살이나 되었을까, 소매 좁은 검은

바탕의 무르팍까지밖에 아니 하는 기모노를 입고, 볕에 그을은 정강이를 내어놓은 채 사내 나막신이나 다름없는 나막신(게다)을 신은 소녀가 들어오면서,

"왜, 어머니."

하고 낯선 사람인 나를 물끄러미 바라본다.

"네 오빠는 어디 갔니?"

"모르겠어, 어머니."

"이 학생 다리가 아프다고 지팡이를 하나 달라는데, 가만 있거라, 내가 뒷산에 가서 하나 찍어오지."

하고 그 부인이 금방 소녀가 들어온 문으로 나갔다. 내가,

"아닙니다. 댁에 없거든 고만두셔요. 산에 가서 찍어까지 오실 것은 없습니다."

다시 인사를 하고, 그 집을 나오려고 할 때에, 그 소녀가 큰일이나 난 듯이 뒷문을 열고,

"어머니이. 저 학생이 가요오."

하고 소리를 지른다.

어머니는 낫을 든 채로 뛰어들어오면서,

"학생, 그런 법이 어디 있소? 내 집에 와서 지팡이 하나를 구하는 손님을 그냥 돌려보내면, 하느님이 걱정하실걸. 어서 이리 들어와서 잠깐만 기다려요. 내 얼른 가서, 단단하고 좋은 지팡이를 찍어 올 터이니."

하고 내 팔을 잡아서 다다미 위에 가져다가 앉힌다. 나는 그 부인의 그 정성스러운 표정과 그 친절한 어조에 눈물이 쏟아지도록 감격하여서, 그 부인이 하라는 대로 도로 걸터앉으며,

"이거 너무 미안합니다."

하였다.

"악아, 너 이 손님 못가게 붙들어라. 내 달음박질 가서 단단하고 좋

은 지팡이를 하나 찍어 올게. 내가 보아둔 게 있어."

하고 낫을 들고 도로 뒷문으로 나간다.

"어머니!"

하고 소녀가 그 부인의 뒤를 따르면서,

"나 감좀 따다 드릴까, 저 학생?"

하는 소리와,

"옳아. 참 그렇구나. 네가 좋은 생각을 했구나. 그래, 잘 익은 걸루 한 바구니 따다 드려라."

하는 소리가 들렸다.

나는 또 한번, 첫번보다는 더욱 놀라고 감격하였다.

얼마 후에 그 소녀가 감을 한 바구니 따가지고 들어와서, 내 곁에 놓으면서,

"감 잡수셔요."

한다. 그 소녀는 이번에는 머리에 개천 물에 은어인가 무슨 물고기가 헤엄치는 그림을 박은 수건으로 머리를 동였다(네에사마 가부리라는 것이다). 그 수건을 폭 내려쓴 밑으로 까만 두 눈과 오똑한 코가 보이는 것이 아까보다도 더 귀엽게 보였다. 도시 처녀와 달라서 비록 분 한 번 못 발라 본 얼굴이라 하더라도, 천연의 건강미와 순진한 친절이 있었다.

나는,

"고맙습니다."

하고 감을 먹었다.

내가 감을 한 개를 다 먹고, 꼭지를 버릴 만하면, 소녀는 또 한 개 껍질을 벗겨주었다.

"칼을 인 주시오. 내가 벗겨 먹지요."

하여도, 그 소녀는,

"시장하지요? 어서 잡수셔요."

하고 칼을 내게 주지 아니하고 제가 곁에 서서 연해 벗겨주었다.

　감을 네 개를 받아먹고 다섯 개째 벗기려는 것을 내가,

　"아냐요. 인제는 더는 못 먹어요."

하고, 벗기지 말라는 손짓까지 하였으나 그 소녀는 나를 피하려는 듯이 한걸음 뒤로 물러서면서 또 하나를 벗겨서,

　"자, 하나 더 잡수셔요."

하고 내 손에 쥐어주었다.

　"이렇게 못 먹어요."

　"괜찮아요. 감을 스무 개나 앉은자리에 잡숫는 이도 있는데. 잘 익은 감은 배탈 안 나요."

하고 굳이 권하였다.

　내가 다섯째 감을 먹을 때에, 소녀는 또 한 개를 벗기기 시작하였다.

　"정말 더는 못 먹어요."

하는 내 말도 들은둥 만둥이었다.

　내가 다섯째 감꼭지를 버릴 때에, 소녀는 여섯째 감을 내 손에 쥐어주는 것을 나는,

　"아냐요. 이제는 정말 더 못 먹어요. 배가 이렇게 부른걸요."

하고 사양하였다.

　"우리 감이 맛이 없어요?"

하고 소녀는 머쓱하기보다는 슬픈 표정이라고 할 만한 표정을 하였다.

　"아니오, 천만에. 감은 참 맛나요. 나는 이렇게 맛난 감은 처음 먹어보아요."

하고 나는 황망하게 그 소녀의 슬픈 표정을 풀려고 하였다. 실상 그 감은 달았다. 그 소녀 은인(그렇다 은인이었다)의 슬픈 표정이 참으로 나를 슬프게 하였다.

　"그럼, 왜 안 잡수셔요?"

하고 그 소녀는 사뭇 나무람조였다.

"맛은 있어도 배가 불러서요."

하고 이번에는 내가 슬픈 표정을 아니할 수가 없었다. 만일 내 배만 허락한다면 나는 그 소녀가 벗겨주는 대로 하루 종일이라도 먹고 싶었다. 그렇게도 정성스러이 권하는 것이 아닌가? 그렇게도 먹이고 싶어하는 그 소녀의 진정이 아닌가?

"손나라 한붕다께 네. 한붕와 와다시 다베루와(그러면 절반만 잡수셔요 네, 절반은 내가 먹을게요)."

하고 소녀는 그 감을 반 잘라서, 그 중에 조금 큰쪽을 내게 주었다. 나는 설사 이 감 반쪽을 더 먹어서 금시에 죽을 일이 있다 하더라도, 그것을 아니 받아먹을 수 없었다.

나는 그것을 전에 먹은 것보다도 맛나게 먹었다.

소녀는 내가 그 반쪽을 맛나게 다 먹는 것을 우두커니 보다가야, 만족한 듯이 빙그레 웃고, 제 손에 든 반쪽을 먹기 시작한다. 나는 그 소녀의 감먹는 입술을 황홀하게 바라보고 있었다.

이때에 어머니가 한 손에는 새로 만든 지팡이를 들고 한 손에는 낫을 들고 황망하게 돌아왔다. 그가 대단히 빠른 걸음으로 달려온 것은 그의 숨소리와 아까보다 더 흐트러진 그의 이마에 내려온 머리카락이며, 찌그러진 머리쪽으로 보아서 알 수가 있었다.

"어머니, 이 학생(가꾸세이상)이 감을 잘 안 잡수셔."

하고 소녀가 먼저 어머니에게 불평 비슷한 보고를 한다.

"아냐요. 여섯 개나 먹은 걸요. 참 맛나게 먹었어요."

"무엇이 여섯 개야요? 다섯 개 반이지."

하고 소녀는 어디까지나 솔직하고 순진하다.

"더 벗겨드리지, 왜."

하고 어머니는 딸을 책망하는 모양으로 보았다.

내가 그 지팡이 —— 그것은 아롱아롱한 무늬가 있는 참으로 단단하고 묵직한 참나무였다.

184

"고맙습니다, 아주머니. 참 고맙습니다."

하고 나는 수없이 치사하고, 그 지팡이로 땅바닥을 서너 번 뚝뚝 짚어 보고는, 좀 말하기 어려움을 느끼면서도, 그래도 그 말을 아니할 수는 없을 것 같아서,

"이 지팡이하고 감값을 얼말 드려요?"

하면서 주머니에서 돈지갑을 꺼내들었다.

"마아, 나니오 옷샤루노(에그머니, 그게 다 무슨 말씀이오)? 돈이 무슨 돈이오? 우리 아들이 있다면 더 좋은 지팡이를 만들어드릴 텐데, 여편네가 되어서 이런 나쁜 것을 드리는 것만 해도 미안한데. 원 돈이라니."

하고 아무리 하여도 돈을 받으려 들지 아니하였다.

"이 감도 넣고 가요. 가다가 목이 갈하거든 자셔요."

하고 그 부인은 제 손으로 감을 내 양복 저고리 주머니에다가 한 편에 셋씩이나 집어넣었다. 그러고도 감이 대여섯 개가 남는 것을,

"자, 이것마저 넣어요."

하고 권하였다.

나는 터지도록 불룩한 양복 주머니를 손으로 두덕두덕 해보이면서,

"이런데 어디다 감을 더 넣습니까?"

하였다.

"그럼, 무엇에 싸요, 손수건에라도."

"손수건도 없습니다."

"아니 글쎄, 이 감은 당신의 것이니깐——가만 있자 무엇에 싸드리나?"

하고 부인이 두리번두리번 무엇을 찾는 것을, 곁에 말없이 서있던 소녀가 제 머리에 썼던 수건을 벗어서 들고 어머니를 향하여,

"오까아상, 고레데와 도오? 기타나이(어머니, 이걸로 싸면 어떨까? 더럽지)?"

"옳지, 그게면 됐다. 더럽지만 감은 껍질 벗겨서 먹는 것이니깐."

소녀는 그 수건으로 감을 싼다.

"아냐요. 그러면 그 수건을 언제 돌려보내어드립니까? 난 내일이면 동경으로 가는 걸요."

하고 나는 이 처지에 얼른 달아나는 것이 상책이라는 소년다운 꾀를 내어 가지고,

"도모 아리가또 고자이마시다. 사요나라(참 고맙습니다. 안녕히 계세요)."

하고 그 집에서 뛰어나왔다.

나는 다리 아픈 줄도 다 잊어버리고 구보로 얼마를 달려왔다, 그 지팡이를 끌고.

"가꾸세이상, 가꾸세이사앙(학생, 학생)."

하고 여러 마디 부르는 소리가 들렸다. 그것은 무론 그 소녀의 순진한 음성이었다.

나는 아니 돌아보려 하면서도, 멈칫 서서 뒤를 돌아보았다. 그 소녀가 수건에 싼 감을 들고 나막신을 끌고 달음박질로 나를 따라오는 것이었다. 나는 몇 걸음 더 달아나다가, 미안한 생각이 나서 멈칫 섰다. 그리고는 오십전짜리 은전 두 푼을 종이에 싸서 들고 있었다.

그 소녀는,

"나제 니게다수노. 오까시나 히도(왜 달아나우? 우스운 이야)."

하고 그 수건에 싼 것을 내 손에 들려주었다.

나는 순순히 그것을 받고는 얼른 종이에 싼 은전을 그 소녀의 손에 쥐어주고는, 정말 장달음으로 달아났다.

"가꾸세이상, 가꾸세이사앙."

하고 또 소녀는 나를 부르면서 뒤를 따라오는 소리가 들렸다. 고개 마루터기에 거의 다다라서 뒤를 돌아보니, 그 소녀는 기운이 지친 모양인지 길가에 서서, 팔목으로 눈을 씻는 양이 우는가 싶었다.

186

나는 몸이 찌르르하였다.

나는 그 소녀에게로 돌아갔다.

그 소녀는 과연 울고 있었다.

"스미마센, 스미마센(미안해, 미안해)."

하고 나는 수없이 스미마센을 불렀다. 참으로 쥐구멍이라도 찾고 싶게 미안하였던 것이다.

소녀는 대단히 성이 난 듯이 울기만 하고 말이 없었다.

얼마 뒤에야 그 소녀는,

"이 돈을 가지고 가면, 어머니한테 야단맞아요."

하고 그 은전을 종이에 싼 대로 내게 도로 주었다.

"스미마센, 스미마센, 와다꾸시가 와루갓다(용서해요, 용서해요, 내가 잘못했으니)."

하고 열일곱 살인 내 눈에서도 눈물이 흘렀다.

내가 아시노꼬 고개를 올라가서 바라볼 때에는, 그 소녀는 길가 바위 위에 우두커니 서서 이편을 바라보고 있었다.

지금까지의 일생을 부랑생활로 지내온 나는 그 지팡이와 수건을 지금까지 지니지 못한 것이 유감이다. 그러나 하꼬네령의 모녀는 내 일생을 통하여 내 가슴에서 패내일 수 없는 고맙고도 아름다운 기억인 동시에 교훈이다. 그 부인은 벌써 팔십이 넘었을 것이요, 그 소녀도 이제는 오십을 바라볼 것이다. 그 동안에 나와 같은 몇 천의 중생에게 이러한 고맙고도 아름다운 기억과 교훈을 주면서 살아왔는고? 나는 그 소녀를 생각할 때 관세음보살을 연상하는 것이 습관이 되었다. 그가 —— 적더라도 그 순간의 그가 관세음보살이시었다.

—— 1939년 1월 《新世紀》 창간호 소재

난제오(亂啼鳥)

금년 겨울은 도무지 춥지 않다 하던 어떤 날, 갑자기 추위가 왔다. 소한 추위다. 어저께는 하얗게 눈이 덮인 위에 그렇게도 날이 따뜻하더니, 봄날과도 같더니 인왕산에 아지랑이도 보일 만하더니 하늘에는 구름 한 점 없고 다만 젖빛으로 뽀얀 것이 있을 뿐이더니, 초저녁에도 별들이 약간 물을 먹었길래로 철 그른 비나 오지 아니할까 하였더니, 자다가 밤중에 갑자기 몸이 춥길래 잠이 깨어서 기온이 갑자기 내려간 것을 보고 놀랐더니, 이튿날 신문에 보니 영하 17도라는 금년 들어서는 첫추위였다.

아침에 일어나니 유리창가에 국화 잎사귀 같은, 잎 떨린 고목 같은 성에로 매닥질을 하였다.

"어 추워!"

길가로 지나가는 사람들의 소리가 들창으로 들렸다.

기압이나 기온이 변하면 아픔이 더하는 아내는 관절염이 밤새에 더하지나 아니한가 하고 걱정이 되고, 감기 뒤끝에 아직 개운치를 못하여서 기침을 쿨룩쿨룩하는 어린것들의 일이 근심이 되어서, 아직도 이불 속에 파묻혀 있는 세 아이의 머리와 손을 만져보았다. 한 아이는 암만해도 37도는 넘을 것 같아서 한 번 한숨을 쉬었다.

"아침 불좀 많이 때시오."

나는 안을 향하고 소리를 쳤다. 아내는 입원하고 안주인 없는 가정에 늙은 식모 둘이 있을 뿐이다.

"예. 몇 덩이나 더 넣어유?"

충남 사투리 쓰는 어리숭한 식모는 지금 아궁이에 불을 지피고 있는 모양이었다. 그는 한 아궁이에 장작 몇 개비, 이공탄 몇 덩이 넣으라 하면 날이 춥거나 덥거나 꼭 그대로만 넣는 사람이다.

"이거 너무 때었구려. 방이 누르겠는데. 아이들 땀나겠소."

하면 그는,

"늘 때는 대로만 때는데유."

하고, 더운 날에 추운 날과 같은 분량을 때면 어찌 되는지 모르는 사람이다.

아침상이 들어왔으나 모두들 식욕이 없었다. 소학교에 다니는 사내아이는 혓바늘이 돋았노라고 안 먹으려 들고 아직 신열이 남아 있는 큰 계집아이는 입맛이 쓰다고 안 먹으려 들고, 새해 잡아 여섯 살 되는 계집아이와 나와만 밥을 한 공기씩 먹었다. 나도 감기 끝에 기침이 쇠어서 몸이 찌뿌하고 식욕이 없었다.

식욕이 왕성한데도 먹을 것이 없어서 못 먹는 것이 무론 비극이겠지만, 먹을 것은 있어도 몸이 성치 못하여서 식욕이 없는 것도 비극이다. 웬일인지 우리 집 아이들은 도무지 식욕이 없고 게다가 편식이어서 모도들 꼬치꼬치 말랐다. 아내가 아이들을 맡아서 기를 때에는 모르고 지냈으나 지난 두어 달 동안 내가 세 아이를 맡아서 길러보니, 실로 마음 졸일 노릇이다. 밤에 잘 때와 아침에 일어날 때에 옷을 벗기고 보면 팔다리가 젓가락 같고 갈빗대가 불근불근 비치는 것에 애가 타고 그러면서도 덥적덥적 먹지 아니하는 것이 애절할 노릇이었다.

"좀더 먹어라, 왜 안 먹느냐?"

하는 내 아내의 노래같이 하던 소리를 나도 흉내내지 아니할 수 없다.

"몸이 저 따위니 병에 대한 저항력이 있을 수가 있나?"

아내나 내나 늘 이렇게 어린것들을 보고는 자탄하였다. 실상 우리 집

아이들은 병이 잦았다. 한 겨울이면 두세 차례나 감기가 들었다. 한번 감기를 들면 십여 일이나 가두어놓아야 추섰다.

"너희들은 광동이나 가서 살아라."

나는 어떤 날, 기침만 쿨룩거리고 밥을 안 먹으려 드는 세 아이를 보고 이런 소리를 하였다.

"광동이 무에야?"

하고 아이들이 물었다.

"더운 데다. 겨울에도 춥지 아니한 데야."

"그럼 여름만이야?"

하고 한 아이가 물었다.

"그래, 이를테면 여름만이다."

"그럼 더워서 어떻게 살아?"

참 그렇기도 하다. 광동이나 남양을 가면 추위는 없겠지마는 더위가 있다. 나는 어이없이 웃었다. 어디를 가면 이 천지간에 근심 걱정 없이 편안히 살 데가 있으랴? 더구나 몸도 약하고 가난한 몸이, 이렇게 생각하고 나는 아이들을 보며 또 한 번 한숨을 쉬었다.

그래도 어린것들은 흐르는 콧물을 주먹으로 씻어가며, 열과 쇠약으로 잘 아니 떠지는 눈을 억지로 떠가면서 장난감을 가지고 흥에 겹게 놀고 있었다.

아침을 먹고 나서 나는 아내가 입원한 병원에를 갔다. 병원 문을 들어설 때에 벌써 그 쇠약한 얼굴과 고통하는 표정을 상상하고 다리에 맥이 풀려버렸다.

병실은 써늘하였다. 석탄의 배급이 원활치 못하다고 하여서 스팀은 늘 미지근한 정도를 벗어나지 못하였다.

내가 병실에 들어가자 아내는 또 울었다. 그의 병든 팔은 부목(副木)과 솜으로 통통하게 동여매어서 침대 한편 옆에 뻐뚜름하게 놓여 있었다.

"또 일기가 갑자기 변해서 더 아픈가보구려."

하고 나는 선 채로 눈물에 젖은 아내의 얼굴을 들여다보았다.

벌써 두 달이 넘은 병, 이 세상에서 제일 아픈 병이라는 관절염이다. 꼭 누운 채로 꼼짝도 못한 지가 벌써 두 달. 그 몸에 살은 다 말라버리고 아픈 팔만이 통통하게 부었다. 그의 얼굴에서는 웃음이 스러진 지가 벌써 오래다.

"날 어떻게 해주세요. 나중에는 어찌 되는지 두 시간에 한 번씩만 마약 주사를 해주세요. 죽는 것은 조금도 무섭지 않아도 아픔은 참 못 참겠어요.

하고 아내는 엉엉 소리를 내어서 울었다.

"조금만 더 참으시오."

나는 이 말밖에 할 말이 없었다.

"참기는 언제까지나 참아요. 자고 나면 또 마찬가지요. 자고 나면 또 마찬가진걸. 내일이나 내일이나 하고 내일이면 좀 나을까 해도 마찬가진걸."

나는 더 할 말이 없었다. 아내의 말이 무슨 신비한 종교적인 암시같이 내 가슴을 울렸다.

"참기는 언제까지 참아요?"

하는 것이 무척 비통한, 인생의 운명의 노래인 것 같았다.

"내일이나 내일이나 하고 내일이면 좀 나을까 해도 또 마찬가진걸!"

이것이 인생의 노래의 후렴이 아닐 수 없는 것 같았다.

"그럼 어떡하오? 또 참아야지."

하는 내 말도 그 인생시의 한 구절인 것 같아서, 내 스스로 내 말에 놀라지 아니할 수가 없었다.

오랜 고통에 아내는 마음이 약해지고 또 어리석어졌다. 그는 걸핏하면 비감해서 울고 또 걸핏하면 원망하였다. 요새에는 살고 싶은 욕망이 하나도 없어졌노라고 자탄하였다.

또 며칠 전에는, 아내는, 신앙이 없이는 살아갈 수 없는 세상인 줄을
깨달았노라고 하였다. 그러나 그러면서도 하느님이나 부처님이 꼭 믿어
지지를 아니한다고 자탄하였고, 또 이러한 고통을 받는 것이 다 죄 값
인 줄 깨달았노라고 하였다. 그렇지마는 그 다음날에는 그러한 종교적
인 생각이 스러진 것도 같았고, 또 그 다음날에는 나더러 신앙을 가르
쳐 달라고도 하였다. 그렇지마는 나 자신이 원체 변변한 신앙을 가진
사람이 못 될 뿐더러, 설사 내게는 확고 불변한 신앙이 있어서 안심입
명의 기초가 꽉 잡혔기로서니, 이러한 마음자리는 제가 제 마음속에서
찾는 경계요, 아들이나 아내에게도 전해줄 수는 없는 것이 아닌가.

나는 또 돈 변통을 하러 가지 아니하면 아니 된다. 얼른 돈 변통을
하여가지고 앓는 아이들이 기다리고 있는 집으로 돌아가지 아니하면
아니 된다.

아내가 병원을 개업하여서 일년 반에 겨우 기초가 잡혀서 매삭 순이
익이 몇 백원씩 남아서, 이만하면 금후 일년 이내에는 빚도 다 갚아버
리고 아이들 데리고 살아갈 걱정은 없어진다고 내외가 기뻐하던 통에
뜻밖에 아내의 병이 튕겨진 것이다.

아내가 발병하기 전 서너 달 동안에는 병원의 성적이 대단히 좋았다.
산부인과에 있어서는 경성 시내 어느 개인 병원보다도 성적이 좋은 편
이어서 남의 칭찬도 있었거니와 아내 자신도 자못 양양 자득하는 빛이
있었다.

그래서 나는,

"그저 고맙습니다 하고 생각하시오."

이러한 소리를 하였다. 내 속으로는 언제 어떠한 불행의 벼락이 떨어
질는지 모른다고 두려워하였기 때문이었다. 이것은, 인생의 화복이라는
것은 풍우와 깊이 미리 알 수 없다는 원리로서만 그러한 것이 아니라,
나 자신의 복력을 생각하건대, 근래에 너무나 내 분에 넘게 팔자가 좋
은 것이 두려운 까닭이었다. 나같이 박덕소복한 것에게 줄기찬 복이 있

을 리가 없다고 생각하였던 까닭이었다.

그러나 아내는 나와 달라서 자기의 운명에 대하여서는 상당히 자신이 있는 모양이었다. 병원이 잘 되는 것으로 말하면, 자기가 공부도 많고 기술도 용하기 때문이니, 이 공부와 이 기술을 가지고 하는 자기의 병원이 아니 될 리가 없다고 자신하는 모양이었다. 이러한 자신이 때때로 말에 스미어 나오는 일이 있을 때에 나는 송구한 마음을 금할 수가 없었다. 신의 힘을 모르는 아내의 자부심이 어떻게나 위태하고 어리석은 것임을 나는 느낀 때문이었다.

그러나 나는 아내가 오랜 고생 끝에 얻은 이 기쁨을 깨뜨려줄 용기가 없어서,

"그저 겸손하시오."

이러한 말을 할 뿐이었다.

그러면 아내는 내 진의(신의 뜻과 힘이 우리네 사람의 뜻과 힘보다 크고 난측하다는 인식)를 모르고 자기의 실력을 짐짓 인정치 아니하는 것처럼 오해하여서 도리어 불쾌한 빛을 보였다.

아무도 저 이외의 남의 운명에 간섭할 수는 없는 것이다!

이러하던 끝에 아내가 병이 났다. 그래서 병원은 쉬게 되고 쥐꼬리만한 저축은 다 소모하게 되었다. 수입은 없어지고 지출은 배가 된 것이다. 빚에 이자와, 생활비와 입원비와, 게다가 아이들까지 풀무패로 앓아서 생기는 의약비.

나는 아내의 병원에서 나와서 몇 책사를 찾았다. 내 원고를 팔아서 아내와 아이들의 치료비와 금리를 물 돈을 얻자는 것이다. 발행자들은 다 나를 우대하는 태도를 보였으나 결국에는 거절하였다. 그 이유는 비상시의 종이 흉년 때문에 새로 책을 발행하기가 어렵다는 것이다.

그것도 물론 이유가 되겠지마는 또 하나 이유가 있다. 그것은 내가 몇 군데 원고료로 선금을 받아먹고도 제 기한에 원고를 써주지 못하여서 신용을 잃은 것이다. 아마 또 하나 이유가 있을 것이다. 그것은 시

세가 변하여서 내 작가적 명성이 떨어진 것인지도 모른다.

내 작가적 명성이란 당연히 떨어져야 옳은 것이다. 왜 그런고 하면, 내게는 과분한 명성이었기 때문이다. 그렇지마는 그 때문에 급히 마련하여야 할 돈이 변통되지 아니하는 것은 기막힌 일이었다.

나는 종로의 찻집에서 뜨거운 커피를 두어 잔 사먹었다. 그리고 아는 사람들을 만나서 유쾌하게 잡담도 하였다.

찻집에서 암빵을 사서 배를 불리고 종로 거리에 나섰다. 이 추운 날에도 길에 사람과 차마가 뿌듯하게 붐빈다. 화신 앞 전차 정류장에는 안전지대가 넘치게 사람들이 전차를 기다리고 섰다. 다들 무엇을 하는 사람들인고. 무엇하러 어디를 가는 사람들인고.

'마음들. 욕심들!'

나는 사람들을 보고 문득 이러한 생각을 하였다. 그리고 나 자신을 보았다. 나와 비슷한 기쁨, 슬픔, 근심, 욕심들을 품고 움직이는 무리들! 이렇게 생각하면 길거리에 가고 오는 사람들이 다 남 같지를 아니하고 나 자신이 여럿으로 갈려서 이렇게도 움직이고 저렇게도 움직이는 것을 나 자신이 보고 섰는 것 같았다. 모두 정다웁기도 하고 모두 가엾기도 하였다.

"C선생."

하고 누가 내 옆에 와서 불렀다. 나는 이때에 화신 모퉁이에 멀거니 서 있었던 것이다. 나를 부른 사람은 K였다. 그는 호리호리한 몸에 검은 외투와 검은 소프트를 쓴 것이 영국 다녀온 신사라는 인상을 주었다. 그는 ○○잡지를 경영하는 사람이다.

"추운데요."

나는 이런 싱거운 대답을 하였다.

"추운데요. 어디를 가더라도 석탄절약으로 훈훈한 데라고는 없군요."

K는 이렇게 말하면서 외투 깃을 일으켜 세웠다. 전동 골목으로 내려 쏘는 북한의 하늬바람이 살을 에이는 듯함을 깨달은 것이다.

"잡지 나왔어요?"

나는 이렇게 물었다.

"종이를 구할 수가 없습니다그려. 한 연에 공정가격 오원 오십전짜리 종이를 팔원 오십전을 내라는군요."

"경제경찰에 안 걸리나?"

"영수증에는 공정가격만 쓰거든요."

"응, 야미도리히끼라는 게로군."

"오레이라는 게야요."

"그래, 오레이하러 가시오?"

하고 나는 픽 웃었다.

"아뇨, 누가 좀 나누어준다는 사람이 있어서요."

하고 K도 픽 웃는다.

"새해부터는 출판사업은 어렵겠는걸요. 일간신문들도 감페이지만으로는 안되고, 민간신문 통제문제까지 생기는 모양인데요."

"통제라니?"

"세 신문을 뭉쳐서 하나를 만든단 말이죠."

"허긴 셋씩 있을 필요가 무엇 있나? 내용은 꼭 같고, 종이는 없고."

"그래도 잡지는 다르거든요."

K는 이런 소리를 던지고는 가버렸다.

나도 집에서 앓는 아이들을 생각하고 H로 가는 전차를 탈까 하고 두어 걸음 옮겨 놓을 때에 또 누가 뒤로서,

"C 선생!"

하고 불렀다.

그는 R이었다. R은 시도 짓고 소설도 쓰고 또 한참 동안 승려생활도 하였으나, 우선 돈을 벌어야 한다고 수년간 광산을 따라다니다가 수만원 잡은 친구였다. 외투에는 진짜 수달피 가죽을 대었고 구두도 캥거루였다. 아직 자가용차를 가질 정도는 아니었다.

"야아."

하고 R은 내 손을 잡았다. 그 손은 무척 부드럽고 따뜻하였다.

"어때, 또 무슨 좋은 일이 생겼소?"

하는 내 인사말에는 야유하는 빛이 있음을 나 스스로 느꼈다.

"좋은 일이 그렇게 날마다 생겨요?"

하고 R은 그 얼굴이 온통 웃음으로 변하였다. 그러나 그 표정에는 분명히 스스로 만족하는 자신의 빛이 있었다.

"한번 놀러오세요."

하고 R은 전화번호와 주소 박힌 명함 한 장을 내게 주고는 동일은행 쪽으로 가버렸다.

나는 R의 뒷모양을 보면서 문득 S를 생각하였다. 그도 6,7년 전까지는 일개 건달이었으나 처음에는 주식으로, 다음에 토지 경영으로, 지금은 총재산이 사백만원이라고 평가되는 큰 부자가 되었다. 그의 저택은 서울에서도 꼽히는 호화로운 집이요, 그의 금자 박은 자가용차도 서울에서 몇 개 아니 되는 고급차였다. 그의 자동차는 가끔 종로서 전동으로 들어가는 모퉁이에 세워져 있는 것을 보았다. 그는 술도 담배도 아니 먹고 유일한 소일이 첩을 얻는 깃이어서 서울 안에만 하여도 알려진 것만이 다섯 곳이라고 한다. 내가 R을 보고 S를 연상한 것이 무슨 때문인지 모르나 그렇게 생각이 되었다.

동시에 나는 갑자기 큰 부자가 된 S가 나를 대할 때마다 매양 인생에 대하여서 회의적이요 비판적인 말을 하던 것도 생각하였다.

"돈은 생겼으나 안심과 행복은 아니 생기오."

하고 그는 한숨을 섞어서 자탄하였다.

공교롭게도 바로 이때에 S의 자동차가 달려오다가 붉은 신호를 만나서 내 앞에 정거하였다. S는 여전히 철학자적인 침울한 빛을 띠고 있었다.

나는 고개를 끄덕하였다.

그는 자동차 문을 열려하였으나 푸른 신호를 본 운전수는 그대로 자동차를 몰았다. S는 한 번 허리를 굽혀보이고 가고 말았다.

뜨거운 커피 한 잔 먹은 기운이 종로 찬바람에 다 스러지고 찬 기운이 뼛속까지 스며드는 것 같았다. 내가 기다리는 전차는 좀체로 오지 아니하였다. 나와 같은 방향으로 가는 손님들은 발을 들었다 놓았다 하기도 하고 상체를 움직이기도 하면서 추위와 기다리는 화증을 이기려 하였다.

"C 선생!"

하고 또 부르는 소리가 들렸다.

그 소리는 내 귀에 익은 H의 소리였다. 그는 때묻은 흰 무명 두루마기에 흰 소프트를 쓰고 커다란 목도리로 코끝까지 감고, 그러면서도 손에는 장갑도 없이 빨갛게 언 채로 빼빼 마른 열 손가락을 자랑이나 하는 듯이 짝 펴들고 나를 향하고 왔다. 반갑다는 뜻이다.

H는 본래 시인으로서 시로는 밥을 먹을 수가 없어서 라디오 소설도 쓰고 극장에도 따라다니는 궁한 문사다.

내 앞에 다 와서 그 뼈만 남은 열 손가락을 발발 떨면서 합장을 하였다. 그는 불교도다. 매월당(梅月堂)을 즐겨도 하거니와, 그를 연상시킬 만한 성격을 가진 사람이다. 나는 언제나 H를 대하면 매월당을 생각한다.

'매월당이나 하나 쓰라고.'

내가 H를 보고 이렇게 권하는 것도 그 때문이다.

H는 가끔 만나는 사람이라 그리 놀라울 것도 없지마는 그 뒤에 따르는 사람이 나를 놀라게 하였다. 그는 W다. 잠깐 어느 자리에서 한 번 슬쩍 본 것을 제하고는 20년 만에 상봉한다고 할 만한 친구다.

H는 20년 전에는 허무주의자였다. 그는 다만 시나 논문으로만 허무주의자가 아니라 생활 그 물건이 허무주의자였다. 그러다가는 문득 종적을 감추어버렸다. 영남 어느 절에 숨어서 경을 읽는다는 소문도 있었

고 참선을 한다는 소문도 있었으나 아무도 그의 행색을 바로 전하는 사람은 없었다.

"아, 이거 얼마 만요?"

W에게 대하여서는 내 편에서 허겁지겁으로 반갑게 손을 잡았다.

W는 H와 달라서 양복에 외투에 괜찮게 차렸다. 그의 얼굴과 눈에는 아무 걸림 없는 웃음이 있었다.

"그래, 지금 어디서 무얼 하오?"

하는 것은 내 물음이었다.

"그저 아직 천지간에 살아 있지."

W의 대답은 천연스러웠다.

"술은 그저 좋아하나?"

"누가 사주면 먹고."

"그런데 H는 W를 어떻게 만났소?"

나는 H를 보고 물었다. 그 순간에 H와 W는 맞는 한 바리 짐이라고 생각하였다.

"길에서 만났어, 종로서 오다가다."

H의 대답이었다.

"오늘?"

"아니 벌써 서너 번째 만났어."

"오늘은 어디 가는 길야?"

"가기는 어딜 가. 오늘도 오다가다 만났지."

나는 이 두 세외인(世外人)을 끌고 찻집으로 들어갔다. 은혜를 차 한 잔으로 갚자는 것이다. 은혜란 무엇인고 하면, 이 두 친구를 보매, 내 마음에 서렸던 모든 근심 걱정이 일시에 확 풀린 까닭이다.

"위스키 한 잔 먹을라나?"

나는 돈지갑을 생각하면서 물었다. 그러나 진정으로 이 두 친구에게 무엇을 사 먹이고 싶었다.

"돈 있어?"

W의 말이다.

"배갈이 싸지."

H의 말이다.

위스키와 커피를 한 잔씩 마셨다. 두 사람은 장히 기뻐하는 모양이었으나, 위스키를 더 대접할 돈이 없었다.

"이제 어디로 가는 거야?"

찻집에서 나오는 길에 나는 이렇게 두 사람에게 물었다.

"아무 데나 가지. 추우면 들어가고."

W는 이렇게 대답하였다.

"길로 돌아다니노라면 또 누구를 만나겠지."

이것은 H의 대답이었다.

그러고는 헤어졌다.

두 사람과 작별하고 나니, 두 사람의 경계가 무척 부러웠다. 내가 속진을 벗어나지 못하는 것이 부끄럽기도 하였다. 오십 평생에 날마다 무엇을 하노라고는 하였고 또 잘 하노라고는 하였지마는 그것이 다 무엇인가.

나는 집에 돌아가는 길에 소아과 병원에 들러서 아이들 약을 얻어가지고 가야 할 것을 생각하고 안동 네거리를 향하고 바람을 안고 걸어 올라갔다. 기관지염이 만성이 되어 몸에는 미열이 떠나지 않는 나는 찬 바람을 쏘이매 기침이 더 나고 몸이 아팠다. 위스키 한 잔 먹은 것이 얼굴에만 올라서 낯만 화끈거리고 손끝이 저리도록 시렸다.

나는 내가 지금 걷는 걸음이 침착하지 못함을 느꼈다. 용행호보(龍行虎步)로 왜 나는 무게 있게 위엄 있게 걸음을 걷지 못하는고, 하고 제 천품이 고귀하지 못한 것이 슬펐다. 박덕소복! 이것은 내게 꼭 맞는 말씀이다. 나는 내 몸에 걸친 비단옷이 황송하였다. 내 분에 넘는 의식주를 하는 것이 손복이 될 것을 믿으므로, 나는 내 아내가 없는 동안에 몇 벌 회색 무명옷을 만들었다. 그러나 아내는 남부끄럽다고 집어치워 버렸다.

사실 나자신도 비단옷이 좋았다. 음식이나 거처나 다 화려한 것이 마음에 좋았다. 이 마음을 떼어버리지 못하고 회색 무명옷이나 입는다면 그것은 아내 말마따나 위선일 것이다.

'돈이 좀 많았으면.'

나는 이런 생각을 할 때가 가끔 있다. 스스로 부끄럽기도 하고 또 원체 복이 없는 자가 부귀를 구한다고 올 것이 아닌 줄을 잘 알고 있기 때문에 돈에 허욕은 내어본 일이 없지마는,

'돈이 좀 있었으면……'

하는 가벼운 생각은 가끔 일어나는 내다. 더구나 오늘 모양으로 꼭 돈이 있어야 할 처지를 당한 때에는 돈 생각이 자못 간절하다.

나는 간혹 길가 거지에게 돈을 준다. 내생에나 이런 공덕으로 좀 넉넉히 살아보자 하는 천한 동기에서다. 나같이 박덕한 사람이 이러한 동기나 아니면 어떻게 착한 일을 해보랴. 오늘 H와 W 두 친구에게 위스키 커피 한 잔을 사준 것도 공덕이 되어서 오는 생에는 복으로 돌아오기를 바라고 있는 내다.

나는 병원에 가기 전에 우선 안동 절로 가서 부처님께 세배를 드릴 것을 생각하였다. 부처님 화상 앞에서 고개만 한 번 끄덕해도 큰 공덕이 된다는 것을 나는 믿는다. 내가 부처님께 정성으로 절을 하면 내 죄가 소멸되어서 어린것들과 아내의 병이 낫기를 바란다. 장난 삼아 부처님 앞에서 합장을 하더라도 반드시 성불할 인연을 짓는다고 석가여래께서 가르쳐주셨다.

그래서 나는 부리나케 안동 네거리로 올라갔다. 북악산 끝에 하늘은 흐렸다. 바람은 대단히 찼다. 몸은 오싹오싹 불편하였다.

나는 법당에 모신 석가여래 불상을 생각하였다. 그 앞에 절하는 나를 상상하였다.

나는 문득 발을 멈추고 우뚝 섰다.

'내 몸이 부처님 앞에 갈 만하게 깨끗한가?'

내 옷이 깨끗지 못한 것은 가난한 탓이었다. 구두는 길가에서 오전을 주고 닦았다. 그러나 모든 것이 다 불결하였다. 손에 끼인 때묻은 가죽 장갑이 내 손 그 물건의 불결함을 상징하는 것 같았다. 이 손으로 한 모든 깨끗지 못한 일들이 생각났다.

그러나 그보다도 내 입! 또 그보다도 내 마음!

나는 길가에 지나가는 사람을 대하기가 부끄러웠다.

'그러나 금방 사람을 죽이는 큰 죄를 짓고 피묻은 칼을 들고도 부처님 앞에 가서 엎드린다.'

하는 것을 생각하고 나는 안동 별궁 모퉁이를 돌아서 선학원으로 갔다.

내가 아는 K선사를 찾았다. 그는 나를 상당히 존경하는 모양으로 맞았다. 불자는 어떠한 사람에게나 이만한 존경은 할 것이다.

K선사는 회색 누비두루마기를 입었다.

나는 절을 하였다. 그도 답례를 하였다.

나는 우두커니 앉아 있었다.

'저이는 정말 청정한 중인가?'

이러한 생각을 해보다가 나는,

'나무관세음보살, 나무관세음보살.'

하고 속으로 염불을 모셨다. 관세음 보살이 내 처지에 계셨으면 어찌하셨을까. 이렇게 생각해보았다. 저이가 청정한 중이거나 말거나 내가 그런 것 아랑곳할 새가 있는 사람이 아니다. 나는 내 발부리를 잊어서는 아니될 것을 생각하였다. 나는 반야심경을 읽고 '시삼마' 하는 화두를 잡았다. 그 동안 K 선사는 가만히 앉아 있었다.

몇 마디 말이 오고갔으나 그것은 무슨 말인지 기억할 가치도 없는 말이었다. 이를테면 아무말도 없는 것이다.

"갑니다."

하고 나는 일어났다.

"바쁘시지 아니하시거든 SS 스님을 만나고 가시지요. 금강산에서 일전 오셨습니다."

K선사는 구두를 신는 나를 보고 이렇게 말하였다. 초췌한 내 행색에 그래도 도를 구하는 한 줄기 반짝하는 마음이 있음을 보심인지, 또는 헛되게 마음 바쁘게 헤매는 내 꼴을 가엾이 여기심인지.

나는 SS 선사의 이름은 들었으나 만난 일은 없었다. 그리고 건방진 생각에 그저 그렇고 그런 중이려니 하였다.

나는 요새 선승이라는 이들에게 별로 경의를 가지지 못하였다. 정말 살불살조(殺佛殺祖)하는 무리인 것 같은 선입견을 가지고 있었다. 계도 안 지키고 저도 모르는 소리를 지껄이고, 가장 높은 체하는 무리들로 생각하고 있었다. 그러므로 SS선사에 대하여서도 그다지 꼭 만나고 싶은 생각은 없으나 이왕 기회가 좋으니 한번 만나리라 하는 쯤의 생각으로 K 선사를 따라서 서편 모퉁이 방으로 갔다.

가는 길에 법당 앞을 지나게 되기로 잠깐 합장하였다. 석가여래상은 분명히 보이지 아니하였다. 나는 들어가서 절을 하려다가 말았다.

SS노사는 회색의 불룩한 바지저고리를 입고, 검은 승모를 쓰고 수정 단주를 오른손으로 세이고 앉아 있었다.

나는 SS노사 앞에 절하였다. 그것은 정성의 절이었다. 공덕을 얻고 싶은 절이었다.

K선사는 나를 소개하였다. 내가 불교에 연구가 깊은 사람이라고 칭찬하는 소개를 하였다.

"네, 그러십니까. 말씀은 들었지요."

노사는 이런 말을 하였다.

잠시 말이 없었다. 나는 SS 노사의 얼굴과 눈과 염주를 세이는 손을 번갈아 바라보았다. 그 얼굴은 화평하였다. 눈은 빛나고 부드러웠다. 염주를 끊임없이 엄지손가락으로 넘겼다.

다른 중 하나가 때묻은 옷을 입고 옆에 앉아 있었다. C라는 지방의 포교사라고 K선사가 소개하였다. 이 포교사의 옷과 몸에는 때가 묻어도 SS노사의 옷과 몸에는 때가 묻을 수 없는 것같이 문득 생각되었다.

"불교는 많이 연구하셨다지요?"

SS 선사는 이렇게 내게 물었다.

"법화경을 읽는 지가 6,7년 됩니다."

이것이 내 대답이다.

"불교란 깊고 깊어서 들어갈수록 더 깊지요."

SS 선사는 이렇게 말하였다.

나는 대답이 없이 그의 부드럽게 빛나는 눈을 바라보았다. 고요하고 파란 깊은 소(沼)와 같은 눈이라고 생각하였다. 코와 귀도 후하다고 생각하였다.

"선지식(善知識)과 교제가 많으신가요?"

SS 선사의 셋째 물음이다.

"Y, R, O 같은 이와 서로 알지요."

"다 강사들이시군."

나는 말이 없었다.

"부처님의 교외별전(敎外別傳)으로 선이란 것이 있지요."

SS 선사는 나를 인도할 뜻을 발한 것이었다.

"선에는 반드시 화두를 잡아야 합니까?"

이것이 내 대답 겸 물음이었다.

"본래 화두란 것이 없지요. 옛날 영산회상에서 세존이 말없이 점화(拈華)하시니, 가섭(迦葉)이 말없이 미소하였지요. 이 모양으로 이심전심을 하였지마는 차차 인심이 순일하지를 못하니까 화두가 아니면 할 수가 없이 되었지요."

"염불경계와 참선경계가 어떠합니까?"

"같지요. 염불삼매에 들어가면 같지요. 그렇지마는 극락정토가 저 서방 십만억토 밖에 있으니 거기 태어나겠다 하는 생각을 가지고 염불을 하면 틀리지요. 길을 멀리 돌아간단 말요. 즉 심시불(心是佛)——이 마음이 곧 부처라 하는 바른길로 들어가야 하지요."

이렇게 말하는 선사의 눈은 한 번 빛을 발하였다.

나는 곧 이렇게 물었다.

"선사도 불상에 절을 합니까?"

"타불타조하는 중에 무시로 시방 제불께 절을 하는 것이지요."

"선사도 타력을 믿습니까?"

"선정에 들어간 때에 무슨 불이니 보살이니가 있겠어요. 내가 곧 부처여든!"

선사의 눈은 또 한 번 빛났다.

"참선하는 법이 어떠합니까?"

"밖에서 들어오는 것을 막아버리고 제가 알던 것까지 내어던지는 것이오. 그리고 가만히 제 마음을 지켜보노라면 갑자기 환히 깨달아지는 것이지요. 그러니까 세상서 선처럼 쉬운 것이 없지요. 선이란 밖에서 구하는 것이 하나도 없으니까. 그렇지마는 또 선처럼 어려운 것이 다시 없지요. 다겁 이래로 끌고 오는 중생의 습기(習氣)를 벗어놓기가 참 어렵단 말요. 난중난사요. 일체 분별을 다 방하(放下)하는 날이 깨닫는 날이요, 다른 길은 없으니까. 이러한 경계에 달하면 가위 대장부 능사 필의(大丈夫能事畢矣)지요."

나는 사의 이 가르침을 들으면서 속으로 관세음보살을 염하였다. 내가 말없이 있는 것을 보고는 사는,

"남화경 읽으셨소?"

하고 새 화두를 대었다.

"네, 애독하지요."

"선사대사 독남화경시가 있습니다. 오언절구지요. 可惜南華子, 祥麟作孽虎, 寥寥天地闊, 斜日亂啼鳥라고 하셨지요."

하고 사는 빙그레 웃었다. 나도 소리를 내어서 웃었다.

"장자가 괜히 말이 많단 말씀이지요."

하고 나는 일어나서 절하고 물러나왔다.

집에 오는 길에 나는 '사일난제오'를 수없이 뇌이고는 혼자 웃었다. SS 선사는 이 말을 내게 준 것이다.

"내야말로 석양에 지저귀는 까마귀다."

하고 자꾸만 웃음이 나와서 견딜 수가 없었다.

겨울해는 금화산에 걸려 있었다.

—— 1940년 2월 《文章》 소재

길놀이

오월 어느 아침. 날이 맑다. 그러나 대기 중에는 뽀유스름한 수증기가 있다. 첫여름의 빛이다. 벌써 신록의 상태를 지나서 검푸른 빛을 띠기 시작한 감나무, 능금나무 잎들이 부드러운 빛을 발하고 있다.

나는 뚱땅뚱땅하는 소고 소리와 날라리 소리를 들었다.

"오늘이 사월 파일이라고 조의일 하는 사람이 길놀이 떠나는 거야요."

이것이 작은 용이의 설명이다. 다섯 살 먹은 딸 정옥이가 작은 용이를 끌고 소리나는 데로 달려간다.

"조심해서 가!"

하고 나는 돌비탈 길을 생각하면서 소리를 지르고서는 여전히 원고를 쓰려 하였으나, 소고 소리와 날라리 소리가 점점 가까워 올수록 나는 마음을 가라앉힐 수가 없었다.

"허, 나도 마음이 들뜨는군."

하고 혼자 웃고, 나는 대팻밥 모자를 쓰고 지팡이를 끌고 나섰다.

개천가에는 아낙네들이며 계집애들이 모두 새옷을 입고 나서서 길놀이 패가 오기를 기다리고 있었다. 연분홍 치마에 노랑 저고리, 자주 댕기, 흰 행주치마를 입고 하얗게 분을 바른 계집애들의 모양도 인제는 서울에서는 볼 수 없는 것이언마는, 자하문이라는 문 하나를 새에 둔 여기서는 아직도 옛날 조선 정조를 보전한 것이 기뻤다.

세검정 다릿목 술집 앞에, 흰 겹바지 저고리에 대팻밥 모자를 쓴 패

들이 사오십 명이나 모여 섰다. 모두들 벌써 얼굴이 벌건 것은 얼근히
술에 취한 것과 이날의 기쁨의 흥분에서인 듯. 4,50 되어 보이는 이도
있으나, 대부분은 20에서 30 내외의 한창 혈기 넘치는 패들이요, 14,5
세밖에 안 되어 보이는 소년도 5,6명 있으나, 그들도 어른들 모양으로
흰 바지저고리에 대팻밥 모자를 썼다. 더러는 옥색 관사 조끼로 모양을
낸 이도 있고, 모시인가 싶은 양복 외투 모양으로 생긴 두루마기를 걸
쳐서 점잖을 뺀 이도 있다.

"좋다."

"얼씨구."

소고를 든 사람, 장구를 맨 사람, 날라리를 부는 사람 한 패가 앞장
을 서서 소리를 하고 덩실덩실 춤을 춘다.

술집에서 일행이 다 나오기도 전에 춤추는 패도 벌써 행진을 시작한
다. 옥색 조끼 입은 애숭이 하나도 제법 멋들어지게 춤을 춘다. 사월
파일과 오월 단오, 이것이 그들의 일년의 큰 명절이다. 조의일은 봄에
서 가을까지밖에 없기 때문에, 설 명절이나 대보름 같은 것은 조의일꾼
의 길놀이 기회는 못 된다.

"이번에는 새 절로 간대요. 작년에는 백운대까지 가서들 놀고 왔는
데."

"오고 가는 길에 술주막은 그냥 지내지는 않는 거야요. 오고가는 것
이 놀이거든요——. 그러니까 길놀이라는 거야요."

이것이 작은 용이의 설명이었다.

"날날 닐닐."

"뚱땅뚱땅."

소리에 맞추어 덩실덩실, 으쓱으쓱 춤들을 추는 양을 보니, 나도 어깨
가 으쓱으쓱하여졌다. 그들은 가난, 고생, 날마다의 노동의 피곤, 기타
인생의 모든 시끄러운 걱정, 근심도 다 잊고, 저 두루마기 입어야 하는
지식계급의 이른바 인사니 체면이나 다 집어치우고 목청껏 소리지르고,

마음껏 흉내서 익살부리는 것이 기뻤다.

나는 어린아이들의 손목을 잡고 그들의 틈에 끼어서 행렬이 진행하는 대로 따라 섰다. 그러나 그들이 힐끗힐끗 색다른 나를 바라볼 때에, 나는 나의 존재가 그들에게 파흥이 됨을 느꼈다.

나는 한번 두 팔을 벌려서 우쭐우쭐 춤을 추어보고 싶었으나, 나의 용렬함이 그것을 허하지 아니하였다.

나는 파흥이 되었다. 나는 아이들을 4,5인(그들은 나를 따르는 무리들이요, 또 나와 같이 이 행렬에는 어울리지 아니하는 무리였다) 데리고 가게로 가서 '미루꾸'를 사서 그들에게 하나씩 주어 친선하자 하는 뜻을 표하고, 나도 그들과 같이 '미루꾸'를 먹으면서,

"우리들은 개천 저쪽으로 가서 놀아, 응."
하고 앞섰다.

행렬은 개천 남쪽 큰길로 갈 것이다. 우리 조무래기 일행은 개천 북쪽으로 가자는 내 의견이다.

"저쪽으로 가면 다 보일 거 아냐?"
하는 내 설명에 그들은 순순히 나를 따라왔다. 다섯 살, 일곱 살, 여덟 살, 열 살, 열네 살, 마흔여덟 살, 이것이 우리 일행의 나이 차례였다.

내라는 것은 이 패들에게도 파흥이 될는지 모른다. 과자를 사주는 것, 이야기를 해주는 것, 저희들의 동무의 아버지라는 것밖에는 그네는 내게 아무 흥미를 가질 이유가 없을 것이다. 그러므로 나는 그들을 어려워한다. 그들의 비위를 거스를까보아서 그들의 흥을 깨뜨릴까 보아서 겁을 내었다. 그들은 내가 어른이라고 하여서, 동무의 무서운 아버지라고 하여서 나를 어려워할 것이다.

"자, 우리 여기 앉아서 놀자구. '미루꾸' 먹고 놀자구."

나는 가장 모든 어른 티를 떼어버리고, 바위 밑 볕 잘 드는 석비레판에 먼저 달음박질 가서 두 다리 뻗고 펄썩 주저앉았다.

"여기 소꿉장난하기 좋다. 우리 접때에 여기서 소꿉장난하구 놀았

어."

하고 점숙이라는 계집아이가 말을 내었으나, 다른 아이들은 나를 힐끗 힐끗 바라보고는 아무리 하여도 흥이 나지 아니하는 모양이었다. 그들은 '미루꾸' 통들을 떼어서 호루라기랑, 팽이랑, 또까랑, '헤이다이상' 이랑 이런 덤 장난감을 가지고 한참 동안 재깔대고 즐겨하였으나 내게 대하여서는 아무 흥미도 없는 모양이었다.

다만, 내 딸 정옥이가 이따금,

"아버지."

하고 풀꽃이랑 바둑돌이랑을 집어들고는 달려올 뿐이었다.

길놀이꾼들의 행렬은 물문으로 꾸역꾸역 나오기를 시작하였다. 문루는 다 무너지고 홍예만 남은 옛 성문도 이 자리에는 어울리는 것 같았고, 까치집 있는 늙은 아카시아에 싱겁게 생긴 허연 꽃들이 축축 늘어진 것도 제격인 것 같았다.

"물문 밖 술집에서도 오늘 안주 많이 만들었대요. 조기랑, 문어랑, 쑥갓이랑, 미나리랑 많이 사왔어요."

작은 용이는 길놀이꾼들이 물문 밖 술집으로 밀려들어가는 것을 보면서 이렇게 설명하였다. 작은 용이도 앞으로 4,5년만 지나면 사월 파일에 하얀 새옷 갈아입고, 새 벙거지에, 새 운동화에, 옥색 조끼까지도 떨뜨리고, 소고 들고 춤추면서 마음대로 술집에 들어가게 될 것이다.

"뚱땅뚱땅. 자 다들 가자, 길 늦어간다."

하는 소리가 개천 건너편으로부터 올려온다. 텁텁한 막걸리를 쭉 들이켜고 손등으로 입을 쓱 씻는 광경이 눈앞에 보이는 듯하여서 나는 또 한번 그들의 속에 뛰어들고 싶은 충동을 느꼈다.

"날날날날, 날라리."

"두리둥둥둥 둥둥둥."

"얼씨구 얼싸."

길놀이꾼들은 다시 행렬을 시작한다. 두서너 잔 술이 더 뱃속에 들어간 놀이꾼들의 홍은 더욱 높은 것 같아서 팔과 다리가 더 기운차게 너울거렸다. 소고와 장구가 터지라 하고 두들겨대고, 열댓 살 된 옥색 조끼 입은 소년조차 소고 하나를 얻어들고 덩실덩실 춤을 추었다. 그 소년은 자라면 훌륭한 놀이꾼이 될 것이다.

우리 일행인 조무래기 패도 덩달아서 재깔대고 까닥거렸다. 그들은 개천 건너편 어른네가 노래하고 춤추고 가는 행렬과 평행으로 개천 이쪽으로 이동하기를 시작한다. 나는 잊어버리고.

두 패에게서 다 잊어버림을 받은 나는 말없이 조무래기 패의 뒤를 따랐다. 그러나 내게는 벌써 홍이 없었다. 다만 어린것들을 혼자 내버려두기가 어려워서 보호자의 직책으로 따라선 것이었다.

나는 아이들을 따라서 옥천암(玉泉庵)까지 갔다.

딸 정옥은 작은 용이가 꺾어준 아카시아 꽃을 해수관음 앞에 놓고 합장하였다. 나도 합장하고 열 번 관세음보살을 염하였다. 다른 아이들은 내가 하는 양을 보고 납신 절들을 하였다. 해수관음은 개천가 큰 바위에 부조(浮彫)로 새긴 관세음보살상이다. 작가 미상, 연대 미상. 그러나 그 기상으로 보거나 수법으로 보거나 신라 적 제작이라고 한다.

"선생님, 서양 사람이 말을 타고 이 앞으로 지나가다가 말 발이 붙어서 안 떨어졌대요."

"암만 비가 와도 부처님 몸엔 물이 안 튄대요."

작은 용이가 이 관음상에 관하여서 이러한 설명을 하였다. 관세음보살이 사람의 마음속에 만병과 만죄의 근원이 되는 탐진치(貪瞋癡)의 뿌리를 빼어버리시는 대신통력은 믿을 줄 모르고, 앞으로 지나가는 말발굽 붙이는 그러한 영험을 믿으려 하는 중생의 마음이 슬펐다.

길놀이 패들은 건너편 산기슭을 돌아 해수관음 맞은편까지 와서 머물렀다. 여전히 소고를 치고 춤을 추고 하지마는, 누구의 눈이나 다 한 번씩은 관음상으로 향하는 것이 보였다. 한두 사람 모자를 벗어 분명히 관음상에 경의를 표하였으나, 다른 사람들은 슬쩍슬쩍 힐끗힐끗 관음상을 볼 뿐이요, 특별히 경의를 표하는 행동은 없었다. 어떤 젊은 얼굴이 흰 사람은 얼른 관음상에 고개를 끄덕하고는, 남의 눈에 뜨일 것을 겁 내는 듯이 얼핏 몸을 돌렸다.

'관세음보살.'

하는 생각은 누구의 마음에나 난 듯하였다. 적어도 '혹시나 버력을 받 더라도' 하는 생각이라도 있어서 속으로 한 번 비는 모양이었다. 잠시 북소리와 날라리 소리가 작아졌다. 어떤 사람은 관세음보살이야 있거나 말거나 하는 태도로 여전히 팔다리를 놀려서 춤을 추었으나, 다른 사람 들의 마음속에는 죽음이라든가, 전쟁이라든가, 내생이라든가, 인과응보 라든가 하는 생각이 지나가는 것은 숨길 수 없는 듯하였다. 그만하면 고만이다. 그것이 관세음보살의 대원력이 발한 것이요, 이 관세음상을 조성한 이름 모를 옛 사람의 원이 이루어진 것이다.

"절에 올라가보아."

딸은 내 손을 끌었다.

"오늘은 파일이 돼서 손님이 많이 왔어요. 떡도 많이 쪘어요. 모두 안손님들이야요."

중의 집 코 흘리는 아이를 업은 열네 살이라는 퍽 약아 보이는 계집 애가 나를 쳐다보며 설명을 하였다.

절 주지가 돈이 많아서 도둑이 들기 때문에 담을 높이 쌓고 방방에 쇠방망이를 하여 두고, 설렁줄을 매고, 내외가 번갈아서 잠을 잔다는 말은 작은 용이의 설명으로 미리 알았다. 법당은 나지막하나 건축도 얌전하고 단청도 새로웠다. 아담한 인상을 주었다.

우리가 약사여래 앞에 만수향을 피우고 절하고, 절에서 나올 때에는 길놀이패들은 채석장 저편 굽이를 돌고 있었다. 관세음보살로 하여서, 파흥되었던 것이 회복된 모양이어서 춤추는 판들이 어지럽게 들먹거리 는 것이 보이고,

"뚜드락 뚜드락."

하고 북, 장구 소리와 날라리 소리가 저 세상에서 오는 것 모양으로 들려왔다. 옥색 조끼들이 더욱 유난히 눈에 띄었다.

"비조비, 조리조비."

하는 꾀꼬리 소리가 아카시아 수풀에서 들렸다.

"우리 뻐꾹대 하러 가, 응."

하고 작은 용이가 앞을 서서 솔밭 속 바윗등으로 다람쥐같이 날쌔게 기어오른다. 아이들의 흥미는 인제 뻐꾹대 꺾으러 가는 용사에게로 쏠리고 말았다.

뻐꾹대의 붉은 술과 그 씁쓸한 맛이 생각난다. 나도 뻐꾹대를 한 대 먹고 싶었다.

길놀이패들은 홍제원으로 가는 고갯목을 넘어선 모양이어서, 내가 귀를 기울여도 그 소고 소리와 날라리 소리는 들리지 아니하였다. 마치 영원한 곳으로 지나가버린 것 같아서 천지가 갑자기 고요해진 것 같았다.

내가 다시 아이들에게로 고개를 돌린 때에는 아이들은 갓 핀 아카시아 꽃들을 한 송이씩 꺾어 들고 맛나게 그 하얀 꽃을 먹고 있었다.

"이거 하나 잡소아보세요."

약게 생긴 아이 업은 계집애가 내게도 아카시아 꽃 한송이를 주었다. 나도 그 꽃을 따서 먹어보았다. 달큼하고 날콩 씹는 모양으로 배틀하였다.

나는 몇 갠지 모르게 아카시아 꽃을 씹으면서, 옥색 조끼 입고 소고 들고 춤추던 젊은 패들을 생각하였다.

—— 1939년 7월 《學友俱樂部》 창간호 소재

꿈

바닷가의 첫여름 밤.

어제는 분명히 유쾌한 날이었다. 처음 보는 고장에를 구경차로 간다는 것은 인생에서 가장 유쾌한 일 중의 하나이다. 하물며 앓던 아이들이 일어난 것을 보고 떠났음이랴!

서울서부터 인천까지 오는 동안의 연로의 풍경도 4년 동안이나 못보던 내게는 무척 정다웠다. 누릇누릇 익으려는 보리. 밀밭의 물결이라든지, 시원스럽게 달린 경인가도의 새 큰길이라든지, 소사의 복숭아밭들, 주안의 소금밭이며 때마침 만조인 인천 바다가 석양볕에 빛나는 것이라든지, 다 내 마음에 맞았고, 상인천역에서 송도까지 오는 택시 운전수가 또 퍽 유쾌한 인물이어서 내 길의 흥을 돋움이 여간이 아니었다.

호텔이라고 이름하는 여관의 살풍경하고 불친절한 것에서 얻은 불쾌감은 내 방 난간에 기대어 앉아서 잔잔한 바다를 보는 기쁨으로 에고도 기쁨이 남았다. 목욕도 좋았고 밥도 맛있었고 식은 맥주 한잔도 해풍과 함께 서늘하였다. 열한 살 나는 어린 아들도 대단히 흥이 나서 좋아하였다.

"자, 우리 자자. 자고 내일 아침에 일찍 일어난다구. 일찍 일어나서 바닷가에 산보한다구."

"나 조개 잡을 테야."

"그래, 게도 있다."

"물지 않아?"

"무니까 재미있지. 무는 놈을 못 물게 잡아야 재미 아냐?"

부자간에 이런 대화가 있고 우리는 자리에 들었다.

하룻밤에 방세만 6원! 우리 부자만 내일 점심까지 먹고 나면 17,8원
은 든다! 그것은 나 같은 가난한 서생에게는 큰돈이다. 그래도 유쾌하
였다.

"이렇게 유쾌한 때가 일생엔들 그리 흔한가?"

나는 이렇게 스스로 돈주머니를 위로하면서 잠이 들었다.

문득 잠이 깬 것은 새로 한시, 내가 눈을 뜨는 것과 복도에서 시계가
치는 것과 공교히도 동시였다.

느린 냇물 소리가 멀리서 울려왔다. 달빛이 훤하였다.

나는 일어나서 난간 앞에 놓인 등교의에 걸터앉았다. 하늘에는 솜을
뜯어 깔아 놓은 듯한 구름이 있었다. 땅에는 바람이 없는 것은 물결이
싸울 싸울 하는 것으로 보아서 알겠지마는 하늘에는 상당히 바람이 부
는가 싶어서 달이 연방 구름 속으로 들었다 났다 하였다. 음력 열이렛
날은 한 편 쪽이 약간 이지렀으나 아직도 만월의 태를 잃지는 아니하였
다. 그는 시끄러운 구름 떼를 벗어나려고 푸른 하늘 조각을 찾아서 헤
매는 것 같았다. 그러나 아무리 맑은 하늘을 찾아서 달려도 구름은 어
디까지나 달을 쫓아가서 가리우고야 말려는 것 같았다.

그러나 땅은 고요하였다. 먼 바위에 철썩거리는 물결 소리가 들릴락
말락한 것이 더욱 땅의 고요함을 더하는 것 같았다. 지은 지 얼마 아니
되는 이 집 재목들이 수분을 잃고 죄어드느라고 바짝바짝 하는 소리까
지도 들리는 것 같았다. 멀리 바다 건너 남쪽으로 보이는 섬 그림자들
이 희미하게 꿈 같았다.

이렇게 고요한 환경이 모두 무서웠다. 나는 무시무시한 죽음의 그늘
속에 몸을 둔 것과 같았다. 머리가 쭈뼛쭈뼛하였다.

꿈 때문이다.

꿈에도 그것은 달밤이었다. 나는 사랑하여서는 아니 될, 그러나 그리운 사람을 만났다. 그것은 괴로운 일이었다. 그 그리운 사람은 바짝바짝 내게로 가까이 왔다. 나는 마음으로는 그에게로 끌리면서 몸으로는 그에게서 물러나왔다. 그것은 애끊는 일이었다.

"내 곁으로 오지 마시오. 당신의 그 아름다운 양자와 단정한 음성으로 내 마음을 흔들어놓지 마시오. 그러다가 내 마음이 뒤집히리다."

나는 이런 소리를 입속으로만 중얼거리면서 그에게로부터 멀리로 멀리로 달아났다. 그것은 참으로 못 견디게 괴로운 일이었다.

"잠깐만 ── 잠깐만 기다리셔요, 네, 잠깐만. 한 말씀만 ── 한 말씀만 내 말을 들어주셔요."

아름다운 이는 이렇게 숨찬 소리를 부르면서 풀잎에 맺힌 이슬에 치맛자락을 후줄근하게 적시면서 따라왔다.

"아니, 나를 따라오지 마시오. 그러다가 내 숨이 막혀버리고 말리다. 나도 당신을 사랑할 사람이 못 되고 당신도 나를 사랑하지 못할 처지에 있습니다. 당신의 입술로서 나오는 말씀은 내가 영영 아니 듣는 것이 좋습니다. 들었다가 내 결심의 가는 닻줄이 끊어질는지 모릅니다. 지금까지에 거진거진 다 끊어지고 실올같이 남은 못 믿을 내 마음의 닻줄 ── 그것이 끊어지는 날에는 다시는 내 마음을 비끄러맬 아무 것도 없습니다. 그것이 한 번 끊어지는 날을 상상하여 봅시오. 당신과 나와의 두 몸과 두 혼은 지옥으로 지옥으로 굴러 들어갈 밖에 없는 것입니다. 당신과 나를 이렇게 못 견디게 그립게 만드는 그것은 무서운 업력입니다. 운명의 음모입니다. 그렇고말고, 꼭 그렇습니다. 그러길래로 내가 모처럼 당신을 잊어버릴 만한 때에는 당신이 그 다정스럽고도 가련한 눈물을 머금고 내 앞에 나타나는 것입니다. 그 음모에 넘어갈 것입니까. 수십 년 공든 탑을 무너뜨릴 것입니까. 아예 나를 따라오지 마셔요. 기실은 마음으로는 내가 따르는 것입니다마는, 여보시오, 우리 이 인연의 줄을 끊읍시다. 야멸치게 끊어버립시다."

　이렇게 중얼거리면서 나는 달려갔다.

　그의 느껴 우는 소리가 들린다.

　나는 어느덧 산 속으로 들어왔다. 달밤이었다. 산이래야 나무도 없고
풀도 없었다. 거무스름한 무덤들이 골짜기 그늘에서 삐죽삐죽 머리들을
들고 있었다.

　"나는 무서워하여서는 아니 된다. 무섭긴 무엇이 무서워. 나는 무섭
지 않다."

하면서 나는 골짜기를 빠른 걸음으로 올라간다. 그것을 다 추어 올라가
면 평평한 수풀이 있었다. 거기를 올라가야만 내가 무서움을 벗어날 것
만 같았다. 그러나 내 걸음은 빨리 걸으려 할수록 나아가지는 아니하고
골짜기 그늘의 무덤은 한량이 없는 것 같았다.

　"무엇이 무서워, 무덤이 왜 무서워. 금시에 무덤이 갈라져서 그 속에
서 썩은 송장과 해골들이 불쑥불쑥 일어나 나오기로니 무서울 것이 무
엇이야?"

　나는 이렇게 뽐내면서 걸었다.

　그러나 자꾸만 무서웠다. 내 입은,

　"안 무서워, 안 무서워!"

하고 그와 반대로 내 마음은,

　'아이 무서워, 아이 무서워!'

하고 떨었다.

　나는 그 무덤들을 아니 볼 양으로 고개를 무덤 없는 편으로 돌렸다.
그러나 무덤은 내 눈을 따라오는 듯하였다.

　"날 안 보고 어딜 가? 날 안 보고 어딜 가?"

　수없는 무덤들은 이렇게 웅얼거리고 내 눈을 따르는 것 같았다. 반은
그늘에 가리우고 반은 어스름 달빛에 비치인 수없는 무덤들!

　나는 그 무덤들을 아니 보려고 두 눈을 꽉 감았다.

　그러나 그러면 모든 무덤들이 내가 안 보는 틈을 타서 내게 모여드는

것 같았다. 더러는 내 옷자락을 붙들고, 더러는 내 손을, 더러는 내 발을, 더러는 내 허리를, 더러는 내 목을, 내 머리카락을 한 올씩 붙들고 십방으로 낚아채는 것 같았다.

온몸에는 소름이 끼치고 전신에는 부쩍부쩍 기름땀이 났다.

나는 눈을 떴다. 그러면 여전히 반은 그늘에 가리우고 반은 달빛에 몽롱한, 거무스름한 무덤들이 내 전후 좌우를 쭉 둘러쌌다. 평평한 수풀은 여전한 거리에 빤히 보였다.

"너희들은 왜 이리 나를 못 견디게 구노? 내가 너희들과 무슨 관계가 있노?"

나는 무덤들을 바라보고 이렇게 소리를 질렀다. 그러나 무서움에 졸아든 내 목구멍에서는 소리가 나오지를 아니하였다.

나는 그중에 가장 내 앞에 가까이 있는 무덤을 향하여서,

"네 무덤을 열고 나서라. 아무리 무서운 모양을 하였더라도 상관없으니 어서 나서라. 나서서 내게 지운 빚을 말하여라. 내게 할 말을 똑바로 하여다고. 내가 네게 무엇을 잘못하였나? 내가 너를 때렸나? 네 재물을 빼앗았나? 네 사랑하는 사람을 범하였나? 내가 네게 무슨 원통한 일을 하였나? 아무리 무섭고 보기 흉한 꼴이라도 다 상관없으니 어서 나서서 말을 해! 내가 갚을 것이면 갚아주마. 왜 나를 이렇게 무섭게 하고 못 견디게 구나?"

그러나 그 무덤은 말이 없었다. 다만 메마른 흙에 겨우 뿌리를 박은 풀이 간들간들할 뿐이었다.

나는 모든 무덤을 향하여서 같은 소리를 하였다. 네게 원통한 일을 한 일이 있거든 어서 말을 하라고. 내게서 받을 것이 있거든 어서 받아가라고. 그리고 나를 이렇게 무섭게 하고 못 견디게 하기를 고만두라고. 실상 나는 몸뚱이를 천만 조각을 내어서 모든 빚을 다 갚아주고 머리카락 한 올만 남더라도 좋으니 이 무서움에서 벗어나고 싶었다.

그러나 무덤들은 말이 없었다. 다만 반은 그늘에 반은 달빛에 거무스

름하게 앉아 있을 뿐이었다.

무덤들이 말이 없는 것이 더욱 무서웠다.

어디서 사람의 느껴 우는 소리가 들려온다. 나는 오싹 새로운 소름이 끼침을 깨닫는다.

"오, 너도 내게 받을 빚이 있어서 나를 따르는가? 저 무덤 속에 묻힌 사람들 모양으로 너도 내게서 무슨 원통한 일을 당하였던가? 그래서 마치 빚지고 도망한 사람을 찾아 떠나듯이 이 세상에 들어와서 나를 따라 다니는가? 그렇게 아름답고 다정한 모양을 하여가지고 내 마음을 어질러놓고 그러면서도 내가 손을 대지 못할 자리에 있어서 내 애를 태우는 것인가?"

"여보시오. 꼭 한마디만── 한마디만 내 말씀을 들으셔요, 우우우."

그의 울음 섞인 목소리가 여전히 먼 거리에서 들려온다.

"안 돼, 안 돼."

하고 나는 무덤 사이로 달린다. 도저히 내 힘으로 이 무서움을 억제할 길이 없어서,

"나무아미타불, 나무관세음보살."

을 소리 높이 부르면서 있는 힘을 다하여서 그늘의 골짜기를 달려 올랐다. 이러하는 중에 내 꿈이 깬 것이다. 몸에 식은땀은 흘러 있지 아니하였으나 꿈에 있던 음산한 기분은 그저 있었다.

달은 구름 사이로 달린다. 그 구름 조각들을 벗어나려고 애를 쓰는 모양이나, 어디까지 가더라도 그 구름을 벗어날 것 같지 아니하였다.

나는 이 모든 광경── 달과 구름과 하늘과 바다와 먼 섬 그림자와 그리고 내 몸과── 을 아름답게 유쾌하게 보아볼 양으로 힘을 썼다. 나는 일어나서 난간에 기대어 앉아서 담배를 피워 물었다. 담배맛이 쓰기만 하다.

"내게 신열이 있나?"

나는 이렇게 중얼거리면서 내 머리를 만져보았다. 머리는 좀 더웠으

나 내 손이 찬 탓인지 모른다고 생각하고,

"내가 피곤해서 이렇군."

하고 혼자 변명하여 보았다. 피곤도 하였다. 어린 두 딸이 이어이어 홍역을 하였다. 유치원 다니는 아이가 먼저 홍역에 걸렸다. 바로 그 전 공일날 나를 따라서 청량리에 나가서 풀꽃을 뜯고 나비를 따라다니고 그렇게 건강, 그 물건인 듯하던 3,4일 내에, 그 높은 열에 시달려서 폐렴까지 병발하여서 거진 다 죽었다가 살아났다. 그러자 작은딸이 또 홍역이다. 그도 제 언니가 밟은 길을 다 밟고 산소 흡입까지 사흘 밤이나 하고야 살아났다. 그것들이 때가 까맣게 낀 발로 비칠비칠 걷게 된 것이 이삼일 째다. 나는 병장이라고 앓는 아이들 머리맡에서 밤을 새우는 일도 아니하였지마는 그래도 아비라고 마음은 썼는 양하여서 얼굴이 쑥 빠지고 눈이 푹 꺼졌다. 그래서 그런가.

나는 내 곁에서 곤하게 자는 아들이 홍역하던 것을 생각하여본다. 헛소리를 하고 눈을 뒤집고 하던 양, 내 아내와 나와는 큰애를 잃은 지 두어 달도 못 지나서 당하는 일이라 손길을 비틀고 가슴을 졸이던 양을 생각하여본다. 모두 무서운 꿈 기억과 같았다.

홍역은 전생의 모든 죄를 탕감하는 병이라고 한다. 그러므로 누구나 아니하는 사람이 없다고 한다. 죄없는 사람이 없으며 홍역 아니하는 사람이 없다는 것이다. 바마도 그러하다. 인공적이라도 마마는 한 번 치르고야 만다.

이러한 연상들은 모두 불길한 데로만 내 생각을 끈다. 앓는 것, 죽는 것 들들.

철썩, 철썩.

바닷가 바위에 부딪치는 물결 소리가 들린다. 달은 구름 조각 사이로 달린다. 달빛을 받는 바다의 빛이 밝았다 어두웠다 한다. 모두 음침한 것만 같다.

나는 젊어서부터 내가 사랑하던 사람들을 추억해본다. 내 기분을 명

랑하게 하자는 것이다. 모든 러브신들을 추억하여 본다. 그러나 그것들
이 모두 음침한 꿈과 같았다. 그 애인들의 몸에는 때묻은 옷이 걸쳐 있
고 눈에는 빛이 없고 살은 문둥병자 모양으로 무덤 속에서 뛰어나온,
반쯤 썩은 송장 모양으로 검푸르고 악취를 발하였다. 나는 고개를 돌렸
다.

"그렇지, 그것이 실상이지."

나는 이렇게 중얼거렸다. 정욕이라는 분홍 안경을 쓰기 전 이 모든
광경은 아름다워질 수가 없었다. 그러나 나는 그 안경을 잃어버렸다.
어느 날 어느 시에 어디다가 내어버린 것도 아닌데 언제 잃어버린지 모
르게 그 정욕의 안경을 잃어버리고 말았다.

문득 이러한 생각이 났다.

'아니다, 아니야! 우주와 인생이 모두 다 아름다운 것인데 내 눈이
죄로 어두워서 이렇게 흉하게 무섭게 보이는 것이다!'

그렇게 생각하면 거기도 진리는 있는 것 같았다. 내가 홍역을 하는
것이었다. 홍역을 할 때나 마마를 할 때에는(성홍열이나 염병이나 인
플루엔자도 그렇다) 허깨비가 보인다. 벙치 쓴 놈, 몽둥이 든 놈, 눈깔
셋 박힌 놈, 여섯 박힌 놈, 거꾸로 서서 다니는 놈, 뱀, 고양이, 머리
헙수룩한 놈, 입으로 피 흘리는 계집, 아이들, 이러한 무서운 허깨비들
이 보인다. 그것들은 다 나와 은원 관계 있는 자들이 내게 찾을 것을
찾으려고 덤비는 것이다. 오관의 모든 감각과 정욕이 고열로 하여서 마
비될 때에 내 본래의 혼이 어렴풋이 눈을 뜨는 것이다. 그 눈은 필시,
내 임종시에 내가 갈 곳을 볼 눈이다.

나는 이러한 생각을 할 때에 몸에 오싹 소름이 끼쳤다. 허공과 바다
와 먼 산 그림자로부터 무서운 혼령들이 악을 쓰고 내게,

"내라 내! 내게 줄 것을 내라 내!"

하고 달려드는 것 같았다.

"오냐, 받아라 받아! 찾을 것 있거든 받아! 옜다 내 목숨까지라도

220

받아!"
　나는 이렇게 악을 써보았다.
　그러나 그것은 태연한 용기가 아니라 발악이었다.
　"선선하군."
하고 나는 이불 속으로 들어갔다. 선뜩하는 이불 속에도 구렁이, 지네,
노래기, 이런 것들이,
　"내라 내."
하고 덤비는 것 같고 다다미 틈으로서도 그런 것들이 올라오는 것 같았
다.
　"쩍, 부쩍."
하고 집 재목들이 건조하여서 틈 트는 소리가 들렸다. 어디서 고약한
냄새가 내 코를 찌르는 것 같았다.
　"새 집, 새 다다미, 새로 시친 옷깃 이불 껍데기."
　나는 이렇게 꼽아보았으나 도무지 냄새 날 데가 없었다. 그래도 못
견디게 흉한 냄새가 코를 찔렀다. 나는 돌아누워보았다. 도로 마찬가지
였다.
　"옹, 쩟쩟."
하고 나는 한숨을 쉬었다.
　"홍역이다, 홍역이다."
　나는 혼자 중얼거렸다.
　그것은 다 자신의 냄새였다. 내 썩은 혼의 냄새였다.
　'썩은 혼!'
　나는 이러한 견지에 과거를 추억한다. 추억하려고 해서 추억하는 것
이 아니라, 마치 누가 시키는 것같이 마치 염라대왕의 명경대 앞에 세
워진 죄인이 거울에 낱낱이 비치인 제 일생의 추악한 모든 모양을 아니
보려 하여도 아니 볼 수 없는 것같이, 나도 이 순간에 내 과거를 추억
하지 아니치 못하게 된 것이었다.

"죄, 죄, 죄. 탐욕, 사기, 음란, 탐욕, 사기, 음란, 이간, 중상, 죄, 죄, 죄."

다시 벌떡 일어났다.

"그래, 그래. 무서울 거다. 무서울 거야. 냄새가 날 거다. 썩은 냄새가 날 거다."

나는 이렇게 중얼거렸다.

나는 일어나 앉아서 관세음보살을 염불하였다.

"種種諸惡趣. 地獄鬼畜生. 生老病死苦. 以漸悉命滅."

이라고 가르쳐주신 석가여래의 말씀에나 매달려보자는 것이었다. 관세음보살은 '施無畏著'라고 부처님이 가르쳐주셨다. 무섭지 않게 하여주시는 어른이란 말씀이다.

'만일 임종의 순간에 이렇게 무서운 광경이 앞에 보인다면.'

하는 생각이, 내가 반야바라밀다심경을 외우는 동안에도 몇 번이나 몸서리를 치게 하고 지나갔다.

"五蘊皆空이다. 모두 다 공인데 무어?"

이렇게 뽐내어본다. 그러나 오온이 다 공이면서도 인과응보가 차착없음이 이 세계라고 한다.

"아가 오줌 누고 자거라. 응, 오줌 누고 자."

하고 나는 자는 아들을 흔들면서 불렀다.

그러고는 다시 잠이 들었다. 무서움이 지쳐서 잠이 들었나보다.

이튿날 나는 아들을 데리고 바닷가로 돌아다니기도 하고 보트도 탔다. 지난밤 꿈은 다 잊어버린 사람 모양으로. 그리고 점잖을 빼면서, 마치 지극히 깨끗한 성자나 되는 듯이 안정한 표정을 가지고 집으로 돌아왔다. 홍역 앓고 일어난 어린 딸들은 끔찍이 좋은 아버지인 줄 알고,

"아버지."

하고 와서 매달렸다. 나는 빙그레 웃었다.

—— 1939년 7월 《文章》 임시증간호 소재

드문 사람들

　나는 시급히 돈 칠천원을 돌리지 아니하면 아니 될 곤경을 당하였다. 백방으로 힘써보았으나 다 실패하고 나는 내가 과거에 적덕 없음을 한탄하고 파멸의 날을 앉아서 기다리지 아니할 수가 없었다. 내가 전생이나 금생에 조금이라도 적덕이 있었으면, 이런 일을 당하지 아니하였을 것이다. 나는 분명 이렇게 믿는다. 나는 최후의 계책으로 내 판권 전부를 팔아버리기로 결심하였다.

　이러한 곤경에서 괴로워할 때에 나는 C라는 어떤 사람의 만찬 초대를 받았다. C는 노상 안면을 아는 지는 오래지마는, 그리 친하게 교제할 기회는 없는 사람이다. 나는 그의 친척의 혼인에 다소 시간을 쓴 일이 있기 때문에 아마 거기 대한 사례로 저녁밥을 주는 것이어니 하였다.

　그러나 만찬이 끝나고 차를 마실 때에 그는 내 곤경에 언급하였다. 나는 그리 친분도 없는 이에게 설궁을 함도 부질없다 하여 간단히 요령만을 대답하였다.

　그랬더니 C씨는, ‘그대의 유일한 재산이요, 수입의 원천인 판권을 다 팔아버려서야 쓰느냐’ 하고 내게 그만한 액의 돈을 돌려주기를 허락하고 그뿐 아니라 내 금후의 사업자금으로 돈 일만원을 무조건으로 제공하기를 말하였다.

　나는 처음에는 C씨의 말의 진의를 알아듣지 못할 만하게 놀랐다. 내가 이만한 호의를 받을 덕을 쌓았던가. C씨가 나를 잘못 평가하고 이

러함이 아닌가. 내가 나를 돌아볼 때에, 내게는 그만한 호의를 받을 자
격이 없었다. 그러길래 친구에게는 오직 한 사람에게만 그러한 말을 비
치어보고는 다시는 말한 일이 없었다. 내가 무엇이기에 내가 무슨 신용
이 그리 두텁고 무슨 공로가 있기에 하고, 나는 친구의 호의에 의뢰할
생각을 하지 아니하였다. 그래서 금융기관과 내 판권 파는 것——즉
내게 있는 것을 모두 팔아버리는 수단만을 이 곤경을 벗어나는 유일하
고 정당한 것으로 알았던 것이다.

　그런데 C씨의 불의의 호의! 나는 여러 번 사양하다가 마침내 그의
호의에 의뢰하기로 하였다. 그래서 내 곤경은 원만하게 피하였다. 그뿐
더러 앞으로 사업을 하여갈 기초까지도 얻었다. 나이 오십을 바라보면
서도 남의 무거운 은혜를 지는 것은 심히 고통 되는 일이다. 은혜란 본
래 아무리 갚더라도 다 갚아지는 것이 아니지마는 그래도 이십, 삼십
시대의 은혜면 갚을 여망도 많지마는, 오십을 바라는 병약한 몸으로는
은혜를 갚을 앞날이 금생에서는 넉넉지 못함을 한탄할 수밖에 없는 것
이다.

　얼마 후 나는 C씨와 하루 저녁을 조용히 담화할 기회를 얻었다. 여
러 말끝에 그는 자기의 20년 전의 과거를 말하였다. 그 말은 족히 만
사람에게 들릴 만한 말이라고 믿는다. 그는 20년 전에 학업을 마치자
곧 관리가 되어가지고 몇 해를 지내다가 어떤 재산 있는 친구의 출자와
권유로 관리를 내어놓고 안동현에서 좁쌀 무역상을 시작하였다. 출자라
야 몇천원에 불과하는 적은 자본, 그러나 그는 점점 손님과 은행에 신
용을 얻어서 자본의 몇 배나 되는 거래를 하게 되고 상당히 이익도 보
게 되었다. 그러다가 일본군의 시베리아 출병의 소식을 듣고 마량인 수
수를 많이 무역하였다. 과연 수숫값은 날마다 올랐다. 사면 오르고 사
면 올랐다. 이만하면 팔자, 다른 사람이 사서도 한두 번 더 이를 볼 만
한 때에 파는 것이 상책이다. 더 가면 위태하다 하는 예감을 느낄 때에
웬일인지 평소에는 도무지 간섭이 없던 자본주가 이번 따라 강경하게

더 사들이기를 고집하였다. 그러나 졸연히 일어나는 수숫값의 폭락 또 폭락 걷잡을 수 없는 폭락에 지금까지 남겼던 이익뿐 아니라 밑천까지도 다 들어가고, 나중에는 은행의 빚만 마이너스로 남게 되었다.

"그때에는 죽고 싶었어요. 남의 돈은 축을 내어, 젊은 놈이 전정은 막혀버려, 자살할 길밖에 없다고 꽉 믿어지더군요."

C씨의 눈은 빛났다.

그래서 C씨는 침식을 전폐하다시피 하고 여관 구석에서 죽을 방법만을 생각하고 있노라니까 L이라는 친구가 찾아왔다.

L씨는 C씨와는 그리 친분 있는 사람은 아니나 C씨를 위하여서 출자하였던 K씨와는 친분이 있는 사람이었다(K씨는 이번 실패에 그만 낙담하고 손을 떼어버렸다).

L씨는 C씨를 위문한 뒤에,

"그래 자본을 얼마나 가졌으면 또 장사를 시작하겠소?"
하고 C씨에게 물었다.

"글쎄 이렇게 실패한 사람에게 다시 자본을 대어줄 만한 이도 있을 것 같지 아니하고, 또 설사 대어주는 이가 있다 하더라도 또 전 자본주에게 대한 것과 같이 미안한 일이 생기면 죄에 죄를 더하는 일이니 호의를 받을 용기도 없소."
하고 C씨는 대답하였다. L씨는,

"아니. 젊은이가 전정이 막혀서야 되겠소? 나는 당신이 참된 사람, 믿을 만한 사람인 줄은 믿으니 만일 다시 장사를 해볼 마음이 있거든 내가 토지문권을 빌려주리다, 돈은 없으니까. 얼마쯤이면 다시 시작할 자본이 되겠소?"
하고 정성을 가지고 물었다.

C씨는 L씨의 이 호의에 다시 생기를 얻어 한 이천원만 가지고 시작해 보았으면 하오, 하고 대답하였다. L씨가 재산이 많지 못한 줄을 알 뿐더러 또 차마 많이 돌려달라고 할 용기도 없었던 것이다.

C씨의 말을 듣고 L씨는,

"그러면 그대의 몫으로 이천원, 내 몫으로 이천원, 도합 사천원 자본으로 그대와 나와 동사를 하는 것으로 장사를 시작해보시오."

하고 토지문권과 도장을 C씨에게 내어맡겼다.

여기까지 말하고 C씨는,

"내가 오늘날 밥술이나 먹게 된 것도 이 친구의 호의외다. 참말 재생지은이지요. 그런데 이 친구는 내가 다시 시작한 장사에 이를 남겨서 자본의 배나 된 때를 타서 나를 찾아와서 '인제는 내 땅문서를 찾아주오, 내가 동사를 하자고 한 것은 그대의 책임감을 덜기 위함이요, 나는 문서만 찾으면 그만이고 인제부터는 독립하여서 성공하시오.' 하였소. 그때에 이 친구에게 대한 내 감격이야 말할 나위 없지요."

하였다.

실업가인 C씨는 말을 꾸밀 줄을 몰랐다. 그는 내가 여기 적은 말보다도 더 간결한 말로 이 뜻을 표하였다.

그후 나는 어떤 기회에 C씨의 소개로 L씨를 만났다. 나는 L씨에게 대하여 의인에 대하는 정성으로 대하였다. 들으니 L씨는 C씨에게 대한 일밖에도 예사 요새 사람으로 하기 어려운 일을 두 번이나 한 사람이었다. 그 대략은 이러하였다.

L씨는 C씨를 도와준 뒤에 얼마 있다가 안동현에서 은취린 중매점을 하였는데 어떤 기회에 크게 실패되어서 파산할 지경을 당하였다. 그때에 채권자들은 L씨의 평소의 신용을 생각하여서 중매점에 있는 재산만으로 판셈을 하고 그 나머지는 탕감하려 하였으나 L씨는 듣지 아니하고,

"내게 재산을 한 푼이라도 남겨놓고 남에게 손해를 주어서야 되느냐."

하여 자기의 소유 토지를 다 들이대고 그러고도 부족한 것만을 탕감을 받았다. 그 뒤에 L씨는 다시 은취린에 몇만원(삼만원)의 돈을 남기자

그 돈을 가지고 곧 예전에 탕감해줬던 채권자를 찾아서 그 탕감했던 액의 돈을 갚으려 하였다.

"다 탕감한 것을 인제 무얼 그러오?"

하고 채권자들은 그 의외임을 놀라면서 받기를 거절하였으나 L씨는,

"아니오. 내게 돈이 생겼으니 탕감하였다고 남의 빚을 아니 갚을 수 없소. 사람이란 언제 죽을지 모르는 목숨이니 날더러 죄를 지고 죽어라 하시오."

하고 고집하여 기어이 다 갚아버리고 말았다.

L씨는 그 후 잃었던 재산을 회복하였다가 또 한 번 실패하여서 토지 문권까지 다 내어넣고 무일푼이 되었으나 이때에는 취린소와 기타 채권자들이,

"의인을 도와야 한다."

하여, L씨의 토지를 곧 처분하지 아니하고 몇 해를 그냥 두고 토지 가격이 오르기를 기다려서 L씨의 손해가 아무쪼록 적기를 기약하기로 하였다. 그러자 다시 좋은 시세가 와서 L씨는 마침내 큰 이익을 남겨서 졌던 빚을 다 갚고 그러고도 본래 있던 재산의 배나 늘었다.

그러나 배나 는 그 재산보다도 L씨가 이 여러 번 실패에 얻은 신용은 비할 데 없는 큰 재산이다. L씨의 말이면 곧 현금이다. L씨가 무슨 일에 돈을 꾸어달라고 할 때에 아니 꾸일 사람이 있을까. 이 신용이야말로 L씨로 하여금 수백만원 재산가보다도 더 힘있는 사람이 되게 하였다.

"참 감격할 일이외다."

하고 내가 L씨에게 진심으로 치사할 때에 L씨는 눈을 내리깔고 극히 겸손하게,

"천만에요. 모두 여러 친구의 도움으로."

할 뿐이었다.

C씨와 L씨, 그네들은 잊기 어려운 사람들이다. 조선의 이천만이 다

이 두 분 모양으로 될 때에 조선 사람은 세계에서 믿어주는 백성이 되는 것이다. 이것이야말로 참힘이다. 나 같은 무리는 이러한 사람들의 벗이 된 것만으로 영광을 삼을까.

———— 1936년 6월《四海公論》소재

옥 수 수

원산 시가와 송도원 해수욕장 사이에 푸른 소나무가 빽빽이 들어선 산기슭이 뾰족이 나와 있는 그곳에 안(安)씨라 하는 한 기인(奇人)이 살고 있다.

안씨와 나와는 수십 년 전부터 알아오는 사이였으나 친밀한 교제가 있는 사이는 아니었다.

올 여름 내가 송도원 해변가에서 뜻 아니한 안씨와 만나게 되어서 내 어린 자식들과 함께 안씨 댁으로 만찬에 불리게 되었다.

"옥수수밖에는 아무 것도 없습니다만."

하는 말이 안씨의 초대사이었다.

약속한 오후 다섯시에 안씨는 우리를 맞으러 와주었다. 초대된 손들은 만주국 별명까지 가진 나(羅)씨 부부와 그의 아이들과 그리고 우리들이었다.

나씨와 나와는 옛친구일뿐더러 또한 가정적으로도 벗되는 사람이었다.

안씨의 집은 매우 풍경이 절가하고 동쪽 창으로는 원산 바다가 눈앞에 잡힐 듯이 보이고, 또한 뜰 앞에는 느티나무와 떡갈나무, 늙은 버드나무와 소나무 등이 울창하고 그늘을 짓고 있었다.

"이것은 조선 제일입니다그려."

나는 무심코 말하였으나 이것은 결코 칭찬에 지난 말은 아니었다고 생각한다.

"아무래도 서양 사람 편이 제 고장 조선 사람보다도 풍수에도 밝으니."

라고 함은 나씨의 평이었다.

풍수라 함은 집터나 묏자리 보는 술이라 하는 뜻이니, 이 집은 지금으로부터 40여 년 전 구한국에 해관리로 원산에 온 오이센이란 덴마크 귀족이 지은 것이었으니, 지금의 주인인 안씨는 실상은 그 오이센 씨로부터 물려받은 것이었다.

햇볕 잘 들고 풍경 좋고 게다가 서북은 산에 둘려 있는 참으로 좋은 명당이다.

안씨는, 나와 비로소 알게 되던 때에는 안씨는 한 가난한 서생이었다. 그는 시베리아로 혹은 만주로 왔다갔다하여서, 나씨와 가까이 된 것도 해삼위 방랑 때이었다 한다. 나씨도 젊어서는 사상적으로 공간적으로나 또는 사업적으로도 방랑자여서 수십만 재산을 모으게 된 것은 금년의 일이요, 안씨도 지금은 자산이 오백만을 넘는다 한다. 안씨나 나씨의 나이 이제 겨우 오십! 성공한 셈일 것이다. 다만 그때나 이제나 가난한 서생으로 버틴다는 것은 나뿐이다. 피차에 젊었을 때 지낸 이야기로 시간은 흘러서 식사를 하게 되었다. 마호가니 재목인지는 모르나 훌륭한 식탁에 하얀 상보 덮여 있고 의자와 방안 세간들이 모두 어느 것이든지 시대에 어울리는 고상한 맛이 있다.

요리는 현부인으로 이름이 있는 안씨 부인이 손수 만든 것이라 하여서 자신 급사 노릇을 하고 계시다.

처음에 나온 것이 서양 접시에 담은 누른빛 나는 죽이었다.

"옥수수예요, 옥수수 죽입니다. 자아 어서 드세요."

하고 안씨가 먼저 스푼을 들어 한입 떠먹었다. 나도 먹어보았으나 참 맛났다. 이것은 호텔 같은 데에서도 식탁에 오르는 것이다. 옥수수가 햇것인 까닭도 있음인지 호텔에서 먹던 것과는 비교하지도 못하리만큼 맛났다.

"이거 참 좋군."

하고 나씨는 입맛을 쩍쩍 다신다.

"대체 이것은 어떻게 만드는 거요?"

나는 안씨에게 물었다.

"뭐 어려울 것 없습니다. 옥수수 알맹이를 따서 뭉크러뜨립니다. 그래가지고 알마치 끓여서 크림과 소금을 넣어서 만듭니다. 아마 이건 닭국물을 조금 쳤나봅니다마는."

"사탕은 넣지 않습니까?"

하고 묻는 것은 나씨 부인이었다.

"아니오, 사탕은 아니 들었습니다."

하고 안씨 부인이 대답을 하니 안씨는,

"저의 집에서는 될 수 있는 대로 사탕을 쓰지 않을 방침입니다. 조선에서는 사탕이 나지 않고 또 제손으로써 만들 수 없으니까요. 그런 데다 어느 곡식에든지 적당한 분량의 당분이 섞여 있으니까요. 조리하는 법만 잘 하면 따로 사탕을 넣지 않아도 좋을 줄 알아요."

"조물주 처방대로 하신단 말씀이죠."

나씨는 유쾌한 듯이 웃었다.

"그렇습니다. 조물주 처방에 틀림은 없습니다."

안씨는 웃지도 않고 정색으로 말하였다.

둘쨋번 코스는 닭을 로스트한 것이어서 이와 함께 빵과 쿠기가 나왔는데 안씨는 쿠키를 손에 들고 가리키며,

"이것도 옥수수입니다. 빵도 옥수수나 메밀로도 되지만, 밀은 조선에도 되니까 문제는 없어요. 그러나 옥수수는 어떠한 산전이라도 되니까요. 귀밀도 그렇습니다만, 옥수수를 상식(常食)으로 하는 것이 조선 양식문제 해결에 대하여 중요한 의미가 있을 줄 알므로 나는 20년래 옥수수를 맛있게 해먹는 시험을 하고 있습니다. 이 쿠키도 옥수수로 만든 것이니 하나 잡숴보세요."

하고 말하였다.

"참으로 맛납니다그려."

"응, 이것 참 맛나군."

"나도 하나 더."

어른이나 아이나 다 대환영이었다.

다음에 나온 것은 전병 같은 것이었다. 안씨는 또,

"이것도 옥수수입니다."

하고 싱긋 웃어 보인다.

그것도 맛났었다.

다음에 나온 것은 옥수수를 그냥 삶은 것이었다. 안씨는,

"입때 잡수신 옥수수가 이것입니다. 이것은 골든밴듬이라는 아메리카 종자인데, 조선 기후 풍토에도 잘 맞는다고 합니다. 자아 이번에는 원료 그대로인 옥수수를 잡숴보십시오."

하고 권하였다.

참으로 맛났다. 말랑말랑하고도 단 기운이 있는 데다가 무어라 말할 수 없는 풍미가 있었다.

아이들은 지껄이는 것도 잊어버리고 먹고 있다. 식욕이 없는 나의 아들 녀석도 골든밴듬에는 제 세상이나 만난 것처럼 달려들고 있다.

"이렇게 옥수수를 먹어도 배탈이 아니 납니까?"

하고 나는 근심스럽게 물었더니 안씨는 침착한 태도로,

"아니오, 그러한 걱정은 없습니다. 과식만 하지 않으면 관계없습니다. 식탁에선 좀 무엇한 말씀이오나 옥수수를 먹으면 뒤보기가 좋습니다. 설사를 하느니 하고 말하지만 그런 일은 없습니다. 병이 되는 것은 과식한 까닭입니다."

그리고 토마토가 나오고 신선한 버터, 치즈, 야채도 여러 가지 나왔으나 이것이 모두 뜰 앞 밭과 목장에서 손수 만드는 것으로, 돈을 내고 사오신 것은 소금과 사탕뿐이라 한다.

다음에 검은빛 나는 음료가 나왔으므로 나는 선뜻 포도즙인 줄 알고 마셔버렸다.

"이 선생! 어떻습니까, 지금 마신 것은?"

하고 안씨는 나를 향하여 웃어 보였다.

"좋습니다. 포도즙이지요?"

나는 의아한 얼굴로 안씨를 쳐다보았다.

"나도 그레이프 주스인 줄 알았는데요."

나씨도 나와 같은 말을 하였다.

"다들 그렇게 생각하시더군요. 이것은 포도주가 아닙니다. 어떤 종류의 풀 열매입니다."

"야생(野生)입니까?"

"그렇죠, 야생과 같지요. 서양서 온 것입니다. 그저 뿌려만 두면 좋습니다."

안씨는 그 풀이름을 들려주었으나 나는 그 이름을 잊어버려서 유감이다. 언제든지 물어보련다.

맨 나중에 나온 것은 과일과 시커먼 음료와 그리고 케이크 같은 것이었다.

"이것은 또 무얼까. 커피나 코코아는 아닐 것이니까."

하고 나씨는 웃으면서 컵을 입에 대보고,

"아아 포스텀이군. 아무리 안군이라도 이것만은 수입품이군."

하고 큰소리로 마치 승리의 부르짖음과 같이 말한다.

"아니."

하고 안씨는 유쾌한 듯이 웃었다.

"그럼 무엇이오?"

나씨는 헛 맞혔다는 듯이 물었다.

"이것도 옥수수겠군요?"

하고 나는 농담 삼아 물었다.

"그렇습니다. 이것도 옥수수입니다. 옥수수를 볶아가지고 가루를 한 것입니다. 거기다가 어떤 풀이 조금 들어 있습니다. 이 향기가 그 풀 향기지요."

안씨는 수줍은 듯이 말하였으나 여전히 자랑의 웃음을 머금은 빛은 감출 수 없었다.

"옳지, 이것도 옥수수라."

나씨는 또 할 수 없다는 듯이 항복하였다.

"아! 참 그렇지 그래."

하고 안씨는 부인을 돌아보며,

"밥을 조금 드릴까. 어쩐지 동양 사람은 밥을 먹지 않으면 먹은 것 같지가 않으니까요."

라고 하면서 의미 있는 듯이 우리들을 둘러보았다.

"아니오, 아니오. 더 못 먹습니다. 더는 아무 것도 못 먹겠습니다."

하는 내 말에 안씨는,

"그래도 조금만치라도."

하고 부인에게 밥을 가져오라 말하고는 이렇게 말하였다.

"나는 이렇게 생각합니다. 쌀밥은 평지 주민이 상식으로 할 것이지 조선과 같이 산악이 많은 곳엔 밭이나 산에서 되는 것으로 상식을 하지 않으면 안 됩니다. 이렇게 생각합니다. 평지의 면적은 늘지 않는데 인구는 점점 늡니다. 그런데도 하루 세 끼 흰밥만 먹으려 하는 것은 무리입니다. 그래서 나는 어찌하여서든지 산에서 만드는 식량과 그것을 맛있게 해먹는 연구를 하고 싶어요. 그래서 나 자신 가정에서 실행하고자 생각한 바이에요. 그것은 내가 나 선생과 해삼위에서 작별하고 길림성이나 함경남북도로 돌아다니는 길에 깨달은 것인데, 실로 광대한 산야를 이용치 않고 있어요. 만일 산에서 만드는 식량과 그것을 맛있게 먹는 조리법을 발견한다면 조선은 지금 인구의 몇 배를 더 기를 수 있으리라고 생각했어요. 그래서 생각한 것이 감자와 옥수수와 밀, 조 같은 것이 있어요. 그러나 아시는 바와 같이 나 같은 서생으로는 모두 생각하는 바와 같이 되지 않고 이제야 겨우 옥수수 재배법과 조리법만은 이럭저럭 해결이 된 셈입니다. 이로부터는 감자로 옮기려고 하는 차입니다. 자 어서 잡수셔요, 실례하였습니다. 너무 말이 길어져서. 그래서 옥수수 포스텀이라셨지요? 나 선생이 포스텀이라고 하셨으니 그래도 좋지요. 그리고 이 케이크가 감자로 만든 것입니다."
하고 말하고 자기가 먼저 감자 케이크를 한 입 먹고는 옥수수 포스텀을 마시었다. 우리들도 안씨를 따라 먹었다. 포스텀과 케이크가 다 맛있었다.

식후 우리들은 바다로 면한 베란다는 아니나 넓은 마루같이 되어 있는 곳으로 자리를 옮기고 밤바다를 바라보며 여러 가지 이야기를 하였다.

그 주제는 산의 개척이었다. 옥수수나 감자와 맥류(麥類)의 재배와 소, 양, 돼지 같은 목축은 조선의 이로부터의 농업에 신천지가 아니면 아니 될 뿐 아니라, 또 중요한 것이 아니면 아니 된다고 하는 말이었다.

"논과 밭을 개량함도 급무이지만 산을 개척하는 것은 창조이니까요. 자손 만대 먹을 만한 양식의 새 원천을 만든다는 것이니까요."

이렇게 말하는 안씨의 눈은 빛났다. 아이들도 있는 고로 아홉시쯤 되어서 안씨 댁을 나왔는데 작별할 때에 안씨는,

"언제 또 한 번, 이번엔 감자 반찬을 드리겠습니다."
하고 손을 내밀었다.

——— 1940년 3월 《三千里》 소재

수암의 일기

수암(壽岩)이는 다섯 살 된 사내아이라, 그는 무론 글을 쓸 줄을 모른다. 나는 그가 이렇게 적으리라고 하는 바를 대신 적는 것이다. 이것이 과연 수암의 뜻에 옳을지 어떤지는 나는 모른다. 그러나 그가 아직 이것을 옳다고 승인할 힘이 없는 이상, 이것을 질정할 수는 없는 것이다. 수암이가 자라서 이 글을 읽게 되는 때에는, 수암이도 이때 기억은 잊어버리고 말 것이니까, 결국 이 대필인 수암의 일기가 과연 옳은지 아닌지는 질정할 곳이 없고 말 것이다.

8월 20일. 일요일. 맑고 덥다.

오늘은 일요일이 되어서, 서울서 사람이 많이 왔다. 인천 바다에는 목욕하는 사람이 많다. 나는 엄마를 좇아서 바다에 나왔다. 물이 많이 들어와서 모래판이 거의 다 잠겼다. 나만한 아이들도 빨가벗고 물장난과 모래장난을 한다. 사람들이 헤엄을 치고 웃고 떠든다. 어떤 사람은 헤엄을 잘 치지마는 어떤 사람은 얕은 데서 팔을 짚고 절벅거리기만 한다. 시꺼멓고 뚱뚱한 사람 하나가 헤엄을 썩 잘 치는 것 같다. 그는 솟구막질도 오래한다. 그는 빨강 모자를 쓰고 알룩달룩한 해수욕복을 입은 여학생 틈을 헤어 돌아다닌다. 온 바다 모두 이 뚱뚱보 판인 것 같다. 나도 저렇게 헤엄을 좀 쳐보았으면 하면 부럽다. 나도 까만 해수욕복을 입었다. 엄마도 해수욕복을 입고, 아저씨와 아주머니도 해수욕복을 입었다. 그러나 엄마는 헤엄칠 줄을 모른다. 아주머니도 아저씨도 헤엄칠 줄을 모른다. 아빠도 서울 가고 아니 왔다. 아빠는 헤엄칠 줄을 안다. 어제 저녁에 조탕에서 엄마를 조르고 졸라서 사달랜 뜨는 테를 겨드랑에 걸고, 엄마를 따라 바다에 들었다. 물은 차다. 그러나 한참 있으니까 시원하다. 나는 처음에는 엄마의 손을 잡고 다리를 버둥거리다가, 나중에는 나 혼자 헤어보고 싶었다. 마침내 엄마는 내 소원을 허락해주었다.

"귀에 물이 들어가면 안 돼!"

하고 엄마가 손을 놓으며 말하였다.

"어!"

하고 나는 좋아서 팔을 허우적거리고 다리를 버둥거렸다.

'참 좋다!' 하면서도 조금 무서운 맘도 있었다. 나는 한참 허우적거리다가는 엄마를 돌아보았다. 엄마는 빙그레 웃고 있었다. 또 돌아보았다. 또 엄마는 나만 보고 있었다. 엄마는 이 많은 사람 중에 나 하나밖에는 보고 싶은 사람이 없는가보다.

"코에 물 들어가면 안 돼!"

하는 소리가 가늘게 들렸다.

"어, 코에 물 안 들어가."

하고 나는 인제는 물이 무서운 맘이 없이 반짝반짝하는 물에 비치인 햇빛을 따라 헤어갔다. 물결이 오르락내리락하는 때문에 엄마가 보일락말락했다. 나와 엄마와 사이에는 사내 머리와 여자의 머리 여럿이 오글오글하지만, 내 눈에는 엄마의 모양이 얼른 눈에 띄었다. 엄마가 이 세상에 제일 아름다운 사람이다.

'엄마!' 하고 나는 곧 엄마 곁으로 가고 싶은 생각이 나서, 허겁지겁으로 몸을 앞으로 내밀었다. 그 서슬에 뜨는 테가 내 겨드랑에서 흘러내려서 배로 흘러 내려서 다리로 흘러 내렸다. 내 머리는 자꾸만 물 속으로 들어갔다. '엄마!' 하고 부르려 하였으나, 소리는 나지 아니하고, 두 귀에서는 웅웅웅웅 하는 소리가 나고, 눈앞에는 붉은 것, 푸른 것, 누런 것, 긴 것, 둥근 것, 이상야릇한 것들이 보였다.
　'나는 죽네.'
하는 생각이 났다.
　'엄마도 아빠도 못 보고 나는 죽어.'
하는 생각이 났다. 아무리 팔을 내어둘러도 자꾸만 물 속으로 들어갔
다. 나는 무서웠다. 울고 싶었다. 숨이 막혔다. 얼마 만에 어느 손이 내
발목을 잡는 것을 알았다. 그것은 분명 엄마 손이라고 생각했다. 다음
순간에 나는 엄마 품에 안겼다. 두 귀에는 다시 바닷물 소리와 사람들
의 소리가 들렸다. 내 눈앞에는 엄마의 얼굴이 보였다. 나는 엄마의 목
에 매달려서 목을 놓아 울었다. 얼마나 울었는지 모르게 울었다. 사람
들은 나더러 물을 토하라 하였으나, 나는 토하기가 싫다고 버티었다.
집에 돌아와서 엄마는 나를 안고 울었다. 죽을 뻔했다고 몇 번이나 말
했다. 내 세 살 먹은 동생도 엄마를 따라 울었다. 엄마는 나를 더욱 귀
애해주었다. 비스킷도 다른 날보다 많이 주고 좋아하는 꼬까도 내어 입
혀주었다. 내 동생 수산(壽山)이도 내 덕에 과자를 많이 얻어먹었다.
저녁에 아빠가 돌아와서, 내가 물에 빠졌었다는 말을 듣고,
　"인제는 뜨는 테를 끈으로 모가지에가다 꼭 비끄러매라."
하였다.

　8월 21일. 월요일. 비가 오다.
　아빠는 평양을 다녀온다고 비를 맞으며 떠났다. 나는 유리창에 꼭 붙
어서 아빠의 비 외투 입고 우산 받은 모양이 아니 보이도록 바라보았
다. '아빠!' 하고 몇 번 소리를 내어 불렀으나, 아빠에게는 들리지 아니
하는 모양이었다. 오늘은 비가 와 해수욕을 못 나갔다. 수산이하고 싸
우고 엄마한테 얻어맞았다. 내가 수산이 녀석을 때렸다. 저녁때가 되어
도 아빠가 돌아오지 아니하므로 섭섭했다.

8월 22일. 화요.

바람이 분다. 비도 온다. 유리창이 덜그럭거리고, 나무들이 이리 누
웠다 저리 누웠다 한다. 나는 집에 갇혀 있는데 바닷물은 다른 날과 같
이 들어왔다 나갔다.

8월 23일. 수요.

아빠한테서 그림엽서가 왔다. 강이 있고 집도 있고 나무도 있고 배도
있는 그림이다. 아빠가 내가 보고 싶다고 편지 겉봉에는 내 이름을 썼
다. 나는 그것이 기뻤다. 밤에 어떻게나 바람이 부는지, 나는 엄마 몸
에 꼭 붙어서 잠을 이루지 못하였다. 수산이는 그래도 쿨쿨 잤다. 어쩌
면 이 바람에 잔담, 비가 오는데 —— 좍좍 바람이 비를 몰아다가 유
리창에 뿌려서 밤새도록 쏴쏴 덜그덕덜그덕 천둥을 하고 번개를 하고,
이런 때 아빠가 있으면 작히나 좋을까, 아빠 있으면 무서울 것 있나.

8월 24일. 목요.

비가 개이고 볕이 났다.

"볕 났다!"

하고 나는 일어나는 길로 창을 열고 소리쳤다. 그러나 바람이 어떻게나
센지 나는 숨이 막힐 뻔했다. 생선 장수가 와서 하는 말이, 어젯밤에
배가 깨어지고, 텐트가 날아갔다고 한다.

"에그머니 저 텐트 친 사람 혼났겠네."

하고, 엄마가 걱정하였다. 우리는 아침밥을 먹고 바닷가로 나갔다. 그
바다 물결들이 장난하다가 쫓겨오는 아이들 모양으로 으아 소리를 치
고 흰거품을 물고 월미도로 달려드는 것이 참 좋다.

"엄마, 저 물결이 얼마나 많아요?"

하고 내가 엄마에게 물었다.

"참 많다."

하고 엄마가 대답하였다.

"아니, 물결이 얼마야?"

하고 또 물었다. 나는 그 물결 수효가 알고 싶었다. 병정이 저렇게 많을까 하고 생각도 하였다.

"그것 어떻게 아나."

하고 엄마도 모르는 모양이었다. 어른이 그것도 모르는 것이 이상했지마는, 나는 엄마가 부끄러워할까봐서 더 묻지 아니하였다. 그러나 내 과자통 속에 있는 비스킷보다도 더 많다고 생각했다. 과연 해수욕장에 있던 옷 벗던 텐트가 나가자빠지고, 말뚝만 남고 학생들이랑 아저씨네들이랑 엄마 동무 아주머니들이랑 와서 밥해먹고 있던 텐트들도 몇 집 안 남고 다 자빠져버리고, 그 많던 사람이 다 가버리고 몇이 안 보인다. 해수욕장 밖에 묻어와 앉았던 배 두 척도 아니 보인다.

"엄마 그 배 어디 갔어?"

하고 물어 보았다.

"저의 집에 간 게지."

하는 것이 엄마 대답이다.

"저의 집이 어디야?"

하고 물었다.

"아마 저 강화도인지도 모르지."

하고 엄마도 모르는 모양이었다. 월미도 앞 곳으로 날마다 애들이 오르내렸다. 프프프프프 하는 발동기선 돛단배, 저어 가는 배, 이 배들은 다 집이 어디며 무엇하러 다니는지 알고 싶었다. 나도 그 배를 타고 돌아다니고 싶었다. 그 두 배가 깨어진 것이나 아닐까. 아까 집에 왔던 생선장수 말이, 어젯밤에 배도 깨어졌다는데, 그것이 그 배들이나 아닐까, 그것이 궁금하였다. 춥다.

"인제는 서울로 가야겠다."

하고 엄마가 말하였다.

"왜?"

하고 내가 물었다.

"추워지니깐, 서울 집으로 가야지."

하고 엄마는 나를 업었다.

"엄마, 인제는 내 살이 꺼머졌어요."

하고, 나는 내 꺼멓게 볕에 글은 다리를 보았다. 아빠와 엄마는 나와 내 동생의 살이 볕에 글어서 꺼매지는 것을 바라고 있었다. 감기 잘 들고 약하던 내가 바닷가의 햇볕에 살이 꺼매지면 감기가 아니 든다고. 이날 엄마는 이웃에 와 있는 아주머니와 함께 나와 수산이와 아주머니 아들과를 데리고 자동차를 타고 인천 구경을 갔다.

―― 1932년 4월《三千里》소재

어린 벗에게

사랑하는 벗이여.

전번 평안하다는 편지를 부친 후 사흘 만에 병이 들었다가 오늘이야 겨우 출입하게 되었나이다. 사람의 일이란 참 믿지 못할 것이로소이다. 평안하다고 편지 쓸 때에야 뉘라서 3일 후에 중병이 들 줄을 알았사오리이까. 건강도 믿을 수 없고, 부귀도 믿을 수 없고, 인생만사에 믿을 것이 하나도 없나이다. 생명인들 어찌 믿사오리이까. 이 편지를 쓴 지 3일 후에 내가 죽을는진들 어찌 아오리까.

고인이 인생을 조로(朝露)에 비긴 것이 참 마땅한가 하나이다. 이러한 중에 오직 하나 믿을 것이 정신적으로 동포민족에게 선영향(善影響)을 끼침이니, 그리하면 내 몸은 죽어도 내 정신은 여러 동포의 정신 속에 살아 그 생활을 관섭(管攝)하고 또 그네의 자손에게 전하여 영원히 생명을 보전할 수가 있는 것이로소이다. 공자가 이리하여 영생하고, 예수와 석가가 이리하여 영생하고, 여러 위인과 국사와 학자가 이리하여 영생하고 시인과 도사가 이리하여 영생하는가 하나이다.

나도 지금 병석에서 일어나 사랑하는 그대에게 이 편지를 쓰려 할 제 더욱 이 감상이 깊어지나이다. 어린 그대는 아직 이 뜻을 잘 이해하지 못하려니와 총명한 그대는 근사하게 상상할 수는 있는가 하나이다.

내 병은 중한 한감(寒感)이라 하더이다. 원래 상해란 수토가 건강에 부적하여 이곳 온 지 일주일이 못하여 소화불량증을 얻었사오며, 이번

병도 소화불량에 원인한가 하나이다. 첨 2,3일은 신체가 권태하고 정신이 침울하더니 하루 저녁에는 오한이고 두통이 나며 전신이 떨리어 그 괴로움이 참 형언할 수 없더이다. 어느덧 한잠을 자고 나니 이번에는 전신에 모닥불을 퍼붓는 듯하고 가슴은 바짝바짝 들이타고 조갈증이 나고 뇌는 부글부글 끓는 듯하여 가끔 정신을 잃고 군소리를 하게 되었나이다.

이때에 나는 더욱 간절히 그대를 생각하였나이다. 그때에 내가 병으로 있을 제 그대가 밤낮 내 머리맡에 앉아서 혹 손으로 머리도 짚어주고 다정한 말로 위로도 하여주고——그중에도 언제 내 병이 몹시 중하던 날, 나는 두세 시간 동안이나 정신을 잃었다가 겨우 깨어날 제 그대가 무릎 위에 내머리를 놓고 눈물을 흘리던 생각이 더 간절하게 나나이다. 그때에 내가 겨우 눈을 떠서 그대의 얼굴을 보며 내 여위고 찬 손으로 그대의 따뜻한 손을 잡을 제 내 감사하는 생각이야 얼마나 하였으리이까.

지금 나는 이역 역려(逆旅)에 외로이 병들어 누운 몸이라 간절히 그대를 생각함이 또한 당연할 것이로소이다. 나는 하도 아쉬운 마음에 억지로 그대가 지금 내 곁에 앉았거니, 내 머리를 짚고 내 손을 잡아주거니 하고 상상하려 하나이다. 몽매간에 그대가 내 곁에 있는 듯하여 반겨 깨어본즉 차디찬 전등만 무심히 천장에 달려 있고 유리창 틈으로 찬 바람이 휙휙 들이쏠 뿐이로소이다. 세상에 여러 가지 괴로움이 아무리 많다 한들 이역 역려에 외로이 병든 것보다 더한 괴로움이야 어디 있사오리이까.

몸에 열은 여전하고 두통과 조갈은 점점 심하여가되 주인은 잠들고 냉수 한 잔 주는 이 없나이다. 그때 그대가 냉수 먹는 것이 해롭다 하여 밤에 커다란 무를 얻어다가 깎아주던 생각이 나나이다. 초갈(焦渴)한 중에 시원한 무——, 사랑하는 그대의 손으로 깎은 무 먹는 맛은 선도(仙桃)——만일 있다 하면——먹는 맛이라 하였나이다.

이러한 때에는 여러 가지 공상과 잡념이 많이 생기는 것이라 지금 내 머리에는 과거 일, 미래 일, 있던 일, 없던 일, 기쁘던 일, 섧던 일이 연락도 없고 질서도 없이 짤막짤막 조각조각 쓸어 나오나이다. 한참이나 이 잡념과 공상을 겪고 나서 번히 눈을 뜨면 마치 그 동안에 수십 년이나 지나간 듯하나이다. 혹 '죽음'이라는 생각도 나나이다. 내 병이 점점 중하여져서 명일이나 재명일이나 또는 이 밤이 새기 전에라도 이 목숨이 스러지지 아니하는가, 이렇게 여러 가지 생각을 하고 있다가 비몽사몽간에 이 세상을 버리지나 아니할는가, 혹 지금 내가 죽어서 이런 생각을 하는 것이 아닌가 하여 제 손으로 제 몸을 만져보기도 하였나이다.

죽음! 생명은 무엇이며 죽음은 무엇이뇨. 생명과 죽음은 한데 매어 놓은 빛 다른 노끈과 같으니 붉은 노끈과 검은 노끈은 원래 다른 것이 아니라 같은 노끈의 한 끝을 붉게 들이고 한 끝을 검게 들였을 뿐이니 이 빛과 저 빛의 거리는 영이로소이다. 우리는 광대 모양으로 두 팔을 벌리고 붉은 끝에서 시작하여 시시각각으로 검은 끝을 향하여 가되 어디디까가 붉은 끝이며 어디서부터 검은 끝인지를 알지 못하나니, 다만 가고 가고 가는 동안에 언제 온 지 모르게 검은 끝에 발을 들여놓는 것이로소이다.

나는 지금 어디쯤에나 왔는가. 나 선 곳과 검은 끝과의 거리가 얼마나 되는가. 나는 지금 병이란 것으로 전속력으로 검은 끝을 향하여 달아나지 않는가, 할 때에 알 수 없는 공포가 전신을 둘러싸는 듯하더이다. 오늘날까지 공부한 것은 무엇이며 근고(謹告)하고 일한 것은 무엇이뇨. 사랑과 미움과 국가와 재산과 명망은 무엇이뇨. 희망은 어디 쓰며, 선은 무엇, 악은 무엇이뇨. 사람이란 일생에 얻은 모든 소득과 경험과 기억과 역사를 아끼고 아끼며 지녀오다가 무덤에 들어가는 날, 무덤 해관(海關)에서 말끔 빼앗기고 세상에 나올 때에 발가벗고 온 모양으로 세상을 떠날 때에도 발가벗기어 쫓겨나는 것이로소이다. 다만 변

244

한 것은 고와서 온 것이 미워져 가고, 기운차게 온 것이 가엾게 가고, 축복 받아온 것이 저주받아 감이로소이다.

그러므로 나는 생각하나이다. 이제 죽으면 어떻고 내일 죽으면 어떠며 어제 죽었으면 어떠랴——아주 나지 않았은들 어떠랴. 아무 때 한 번 죽어도 죽기는 죽을 인생이요, 죽은 뒤면 왕공(王公)이나 거지나 사람이나 돼지나 내지 귀뚜라미나 다 같이 스러지기는 마치 일반이니 두려울 것이 무엇이며 아까울 것이 무엇이랴 함이 나의 사생관이로소이다.

그러나 인생이 생을 아끼고 사를 두려워함은 생이 있으므로 얻을 무엇을 잃어버리기를 아껴함이니, 혹 금전을 좋아하는 이가 금전의 쾌락을 아낀다든가, 사랑하는 부모나 처자를 둔 이가 이들과 작별하기를 아낀다든가, 혹 힘써 얻은 명예와 지위를 아낀다든가, 혹 사랑하는 사람과 떠나기를 아낀다든가, 혹 우주 만물의 미를 아낀다든가 함인가 하나이다. 이러한 생각이야말로 인생으로 하여금 생의 욕망과 집착을 생하게 하는 것이니, 이 생각에서 인세의 만사가 발생하는 것인가 하나이다. 내가 지금 사를 생각하고 공포함은 무엇을 아낌이오리이까. 나는 부귀도 없나이다, 명예도 없나이다, 내게 무슨 아까울 것이 있사오리이까, 오직 '사랑'을 아낌이로소이다. 내가 남을 사랑하는 데서 오는 쾌락과 남이 나를 사랑하여주는 데서 오는 쾌락을 아낌이로소이다. 나는 그대의 손을 잡기 위하여, 그대의 다정한 말을 듣기 위하여, 그대의 향기로운 입김을 맡기 위하여 차디차고 쓰디쓴 인세의 광야에 내 몸은 오직 그대를 안고 그대에게 안겼거니 하는 의식의 짜르르하는 묘미를 맛보기 위하여 살고자 함이로소이다. 그대가 만일 평생 내 머리를 짚어주고 내 손을 잡아준다면 나는 즐겨 일생을 병으로 지내리이다. 창공을 바라보매 모두 차디차디한 별인 중에 오직 따뜻한 것은 태양인 것같이, 인사의 만반현상을 돌아보매 모두 차디차디한 중에 오직 따뜻한 것이 인류 상호의 애정의 현상뿐이로소이다.

그러나 나는 저 형식적 종교가, 도덕가가 입버릇으로 말하는 그러한 애정을 이름이 아니라, 생명 있는 애정――펄펄 끓는 애정, 빳빳 마르고 슴슴한 애정 말고, 짜릿짜릿하고 달디달디한 애정을 이름이니, 가령 모자의 애정, 어린 형제자매의 애정, 순결한 청년남녀의 상사하는 애정, 또는 그대와 나와 같은 상사적 우정을 이름이로소이다. 건조냉담한 세상에 천년을 살지 말고 이러한 애정 속에 일일을 살기를 원하나이다. 그러므로 나의 잡을 직업은 아비, 교사, 사랑하는 사람, 병인 간호하는 사람이 될 것이로소이다.

그러나 나는 지금 사랑할 이도 없고 사랑하여줄 이도 없는 외로운 병석에 누웠나이다.

이러하기를 3,4일 하였나이다. 상해 안에는 친구도 없지 아니하오매, 내가 앓는 줄을 알면 찾아오기도 하고 위로도 하고 혹 의원도 데려오고 밤에 간호도 하여줄 것이로소이다. 그러나 나는 내가 앓는다는 말을 아무에게도 전하지 아니하였나이다. 그 뜻은 사랑하지 않는 이의 간호도 받기 싫거니와 내가 저편에 청하여 저편으로 하여금 체면상 나를 위문하게 하고 체면상 나를 위하여 밤을 새우게 하기가 싫은 까닭이로소이다.

나도 지내보니, 제가 사랑하는 사람을 위하여서는 연일 밤을 새워도 곤한 줄도 모르고 설혹 병인이 토하거나 똥을 누어 내 손으로 그것으로 쳐야할 경우를 당하더라도 싫기는커녕, 도리어 내가 사랑하는 이를 위하여 복무하게 된 것을 큰 쾌락으로 알거니와 제가 사랑하지 않는 사람을 위하여서는 한 시간만 앉아도 졸리고 허리가 아프고 그 병인의 살이 내게 닿기만 하여도 싫은 증이 생겨, 혹 억지로 체면으로 그를 안아주고 위로하여주더라도 이는 한 외식에 지나지 못하며 심지어 저것이 죽었더라면 사람 죽는 구경이나 하련마는 하는 수도 있더이다. 그러므로 나는 나를 사랑하지 않는 이의 외식하는 간호를 받으려 하지 아니함이로소이다. 그때에도 여러 사람이 곁에 둘러앉아서 여러 가지로 나를 위

로하고 구원하는 것보다 그대가 혼자 곤하여서 앉은 대로 벽에 기대어
조는 것이 도리어 내게 큰 효력이 되고 위안이 되었나이다.

그러므로 나를 사랑하지 않는 여러 사람의 간호를 받기보다 상상으
로 실컷 사랑하는 그대의 간호를 받는 것이 천층만층 나으리라 하여 아
무에게도 알리지 아니한 것이로소이다.

제오일야에 가장 심하게 고통하고 언제 잠이 들었는지 모르나 정신
을 못 차리고 혼수하였나이다. 하다가 곁에서 사람의 말소리가 들리기
가 들리기로 겨우 눈을 떠본즉 어떤 청복 입은 젊은 부인과 남자학도
하나이 풍로에 조그마한 냄비를 걸어놓고 무엇을 끓이더이다. 희미한
정신으로나마 깜짝 놀랐나이다. 꿈이나 아닌가 하였나이다. 나는 청인
여자에 아는 이가 없거늘 이 어떤 삶이 나를 위하여——외롭게 병든
나를 위하여 무엇을 끓이는고. 나는 다시 눈을 감고 가만히 동정을 보
았나이다.

얼마 있다가 그 소년학생이 내 침대 곁에 와서 가만히 내 어깨를 흔
들더이다. 나는 깨었나이다. 그 소년은 핏기 있고 쾌활하고 상긋상긋
웃는 얼굴로 나의 힘없이 뜬눈을 들여다보더니 청어(淸語)로,

"어떠시오? 좀 나아요?"

나는 무인광야에서 동무를 만난 듯하여 꽉 그 소년을 쓸어안고 싶었
나이다. 나는 힘없는 목소리로,

"네, 관계치 않습니다."

이때에 한 손에 부젓가락 든 부인의 시선이 내 시선과 마주치더이다.
나는 얼른 보고 그네가 오누인 줄을 알았나이다. 그 부인이 나 잠 깬
것을 보고 침대 가까이 와서 영어로,

"약을 달였으니, 우선 잡수시고 조반을 좀 잡수시오."

이때에 내가 무슨 대답을 하오리이까. 다만,

"감사하올시다. 하느님이여, 당신네게 복을 내리시옵소서."
할 따름이로소이다. 나는 억지로 몸을 일으켰나이다. 그 소년은 외투를

불에 쪼여 입혀주고 부인은 냄비에 데운 약을 유리잔에 옮겨 담더이다. 나는 일어앉아 내 이불 위에 보지 못하던 상등 담요가 덮인 것을 발견하였나이다. 나는 참말 꿈인가 하고 고개를 흔들어보았나이다. 나는 차마 이 은인을 더 고생시키지 못하여 억지로 일어나 내 손으로 약도 먹으려 하였나이다. 그러나 이 두 은인은 억지로 나를 붙들어 앉히고 약그릇을 손수 들어 먹이나이다. 나는 그 약을 먹음보다 그네의 애정과 정성을 먹는 줄 알고 단모금에 죽 들이켰나이다. 곁에 섰던 소년은 더 운물을 들고 섰다가 곧 양치하기를 권하더이다. 부인은,

"이제 조반을 만들겠으니 바람 쏘이지 말고 누워 계십시오."

하고 물을 길러 가는지 아래층을 내려가더이다. 나는 그제야 소년을 향하여,

"누구시오?"

하니, 소년은 한참 주저주저하더니,

"나는 이 이웃에 사는 사람올시다."

하고는 내 책상 위에 놓은 그림을 보더이다. 나는 다시 물을 용기가 없었나이다.

부인은 바께스에 물을 길어 들고 올라오더니 소년을 한 번 구석에 불러 무슨 귓속말을 하여 내어보내고 자기는 약 달이던 냄비를 부시어 우유와 쌀을 부어 죽을 쑤더이다. 나는 어떤 사람인지 물어보고 싶은 마음이 간절하기는 하나 미안하기도 하고 어떻게 물을지도 알지 못하여 가만히 베개에 기대어 하는 양만 보고 있었나이다. 그때의 나의 심중은 어떻게 형언할 수가 없었나이다.

부인은 그리 찬란하지 아니한 비단옷에 머리는 유행하는 양식 머리, 분도 바른 듯 만 듯, 자연한 장밋빛 같은 두 보조개가 아침 광선을 받아 더 할 수 없이 아름답더이다. 그뿐더러 매우 정신이 순결하고 교육을 잘 받은 줄은 그 얼굴과 거지(擧止)와 언어를 보아 얼른 알았나이다. 나는 그가 아마 어느 문명한 야소교인의 가정에서 가장 행복하게

자라난 처자인 줄을 얼른 알았나이다. 그리고 그의 부모의 덕을 사모하는 동시에 인류 중에 이러한 정결한 처자 있음을 자랑으로 알며 그를 보게 된 내 눈과 그의 간호를 받게 된 내 몸을 무상한 행복으로 알았나이다. 나는 병고도 좀 덜린 듯하고, 설혹 덜지는 아니하였더라도 청정한 희한한 기쁨이 병고를 잊게 함이라 하였나이다.

실상 작야는 참 고통하였나이다. 하도 괴롭고 하도 외로워 내 손으로 내 목숨을 끊어버리려고까지 하였나이다. 만일 이런 일이 없었더면 오늘 아침에 깨어서도 또 그러한 흉하고 슬픈 생각만 하였을 것이로소이다. 그러나 나는 다시 마음에 기쁨을 얻고 생명의 쾌락과 집착력을 얻었나이다. 나는 죽지 말고 살려 하나이다. 울지 말고 웃으려 하나이다. 이러한 미가 있고 이러한 애정이 있는 세상은 버리기에는 너무 아깝다 하나이다. 하느님은 지옥에 들려는 어린양에게 두 천사를 보내사 다시 당신의 슬하로 부른 것이로소이다. 나는 풍로의 불을 불고 숟가락으로 죽을 젓는 부인의 등을 향하여 은근히 고개를 숙이며 속으로 천사시여 하였나이다. 부인은 우연히 뒤를 돌아보더이다. 나는 부끄러워 고개를 푹 숙였나이다.

이윽고 층층대로 올라오는 소리가 나더니 그 소년이 밀감과 능금 담은 광주리와 우유통을 들고 들어와 그 부인께 주더이다. 부인은 또 무어라고 소곤소곤하더니, 그 소년이 알아들은 듯이 고개를 끄덕끄덕하고 날더러,

"칼 있습니까?"

"네, 저 책상 왼편 서랍에 있습니다."

"열어도 관계치 않습니까?"

"네."

하는 내 대답을 듣고 소년은 발소리도 없이 책상 서랍을 열고 칼을 내어다가 능금을 깎아 백지 위에 쪼개어 내 침상머리에 놓으며,

"잡수세요, 목마르신데."

하고 초췌한 내 얼굴을 걱정스러운 듯이 보더이다. 나는 감사하고 기쁜 마음에,

"참 감사하올시다."

하고 얼른 두어 쪽 집어먹었나이다. 그 맛이여! 빼빼 마르던 가슴이 뚫리는 듯하더이다. 그때에 그대의 손에 무쪽을 받아먹던 맛이로소이다. 알지 못하는 처녀가 알지 못하는 이국 병인을 위하여 정성들여 끓인 죽을 먹고, 알지 못하는 소년이 손수 발가주는 밀감을 먹고 나니 몸이 좀 부드러워지는 듯하더이다. 그제야 나는 부인더러,

"참 감사드릴 말씀이 없습니다. 대체 아씨는 누구시완데 외국 병인에게 이처럼 은혜를 끼치십니까?"

하고 나는 부지불각에 눈물을 흘렸나이다. 부인은 소년의 어깨를 만지며,

"저는 이 이웃의 사람이올시다. 선생은 저를 모르시려니와 저는 여러 번 선생을 뵈었나이다. 여러 날 출입이 없으시기로 주인에게 물은즉 병으로 계시다기에 객지에 얼마나 외로우시랴 하고 제 동생(소년의 어깨를 한 번 더 만지며)을 데리고 약이나 한 첩 달여드릴까 하고 왔습니다."

나는 너무 감격하여 한참이나 말을 못하고 눈물만 흘리다가,

"미안하올시다마는 좀 앉으시지요."

하며 부인이 의자에 앉은 뒤에 나는,

"참 이런 큰 은혜가 없습니다. 평생 잊지 못할 큰 은혜올시다."

부인은 고개를 숙이고 얼굴을 잠깐 붉히며,

"천만의 말씀이올시다."

할 뿐.

이 말을 듣고 나는 갑자기 정신이 아득하여지며 방안이 노랗게 되는 것만 보고는 어찌 된지 몰랐나이다. 아마 쇠약한 몸이 과극(過劇)한 정신적 동요를 견디지 못하여 기절한 것이로소이다. 이윽고 멀리서 나는

사람의 소리를 들으며 깨어본즉, 곁에는 그 부인과 소년이 있고 그 외에 어떤 양복 입은 남자가 내 팔목을 잡고 섰더이다. 일동의 눈치와 얼굴에는 경악한 빛이 보이더이다. 나는 이 여러 은인을 걱정시킨 것이 더욱 미안하여 기써 웃으며,

"잠시 혼미하였었습니다. 이제는 평안하올시다."

그제야 부인과 소년이 웃고 내 손목을 잡은 사람도 부인을 향하여,

"2,3일 내로 낫지요."

하고 아래로 내려가더이다. 부인은 '후 하고 한숨을 쉬며,

"아까 잡수신 조반이 체하셨는가요. 어떻게 놀랐는지. 두 시간이나 되었습니다."

그 후 아무리 사양하여도 3일을 연하여 주야로 약과 음식을 여투어주고 부드러운 말로 위로도 하더이다. 그러나 앓는 몸이요, 또 물을 용기도 없어 성명이 무엇인지, 다만 이웃이라 하나 통호수가 얼마인지도 몰랐나이다. 너무 오래 그네를 수고시키는 것이 좋지 아니하리라 하여 부득이 부인의 대필로 몇몇 친구에게 편지를 띄우고 이제부터 내 친구가 올 터이니 너무 수고 말으소서, 크나큰 은혜는 각골난망(刻骨難忘)하겠나이다 하여 겨우 돌려보내었나이다. 그 동안 이 두 은인에게 받은 은혜는 참 헤아릴 수도 없고 형언할 수도 없나이다.

더욱이 그 추운 밤에 병상에 지켜 앉아 연해 젖은 수건으로 머리를 식혀주며 자리를 덮어주고 심지어 물을 데워 아침마다 수건으로 얼굴을 씻어주고 소년은 책상을 정돈하여주며 심부름을 하여주고——마침 12월 24,5일경이라 학교는 휴업이나——하루 세 번 약을 달이고 먹을 것을 만들어주는 등 친동생과 조금도 다름이 없었나이다. 나는 이 두 은인을 무엇이라 부르리이까. 아우와 누이——우리 언어 중에 여기서 더 친절한 말이 없으니 이 말에 '가장 사랑하고 공경하는'이라는 형용사를 달아 '가장 사랑하는 누이', '가장 사랑하는 아우'라 하려 하나이다. 사랑하는 그대여, 나는 살려 하나이다. 살아서 일하려 하나이다. 그

대와 저와 세 사람을 위하여, 그 세 사람을 가진 복 있는 인생을 위하
여 잘 살면서 잘 일하려 하나이다.

오늘은 12월 27일. 부디 심신이 평안하여 게으리지 말고 정의의 용
사 될 공부하소서.

—— 사랑하시는 벗

제 2 신

전서는 지금 발해(渤海)를 건너갈 듯하여이다. 그러나 다시 사뢸 말
씀 있어 또 끄적이나이다.

오늘 아침에 처음 밖에 나와 우선 은인의 집을 찾아보았나이다. 그러
나 성명도 모르고 통호도 모르매 아무리 하여도 찾을 수 없어 공연히
사린(四隣)을 휘휘 싸매다가 마침내 찾지 못하고 말았나이다. 찾다가
찾지 못하니 더욱 마음이 초조하여 뒤에 인적만 있어도 행여 그 사람인
가 하여 반드시 돌아보고 돌아보면 반드시 모를 사람이더이다. 행여 길
에서나 만날까 하고 아무리 주목하여 보아도 그런 사람은 없더이다. 나
는 무엇을 잃은 듯이 망연히 돌아왔나이다. 돌아와서 그 보지 못하던
담요를 만지고 3,4일 전에 있던 광경을 그려, 없는 곳에 그를 볼 양으
로 철없는 애를 썼나이다.

나는 그가 섰던 자리에 서도 보고 그가 만지던 바를 만져도 보고 그
가 걸어다니던 길을 회상하여 그 방향으로 걷기도 하였나이다. 그가 우
두커니 섰던 자리에 서서 깊이 숨을 들이쉬었나이다. 만일 공기에 대류
작용이 없었던들 그의 깨끗한 폐에서 나온 입김이 그냥 그 자리에 있어
온통으로 내가 들이마실 수 있었을 것이로소이다. 나는 그 동안 문 열
어놓은 것을 한하나이다. 문만 아니 열어놓았던들 그의 입김과 살내가
아직 남았을 것이로소이다.

그러나 나는 조금 남은 김이나 들이마실 양으로 한 번 더 심호흡을
하였나이다. 나는 다시 생각하였나이다. 그러한 향기로운 입김과 깨끗

한 살내는 내 방에만 있을 것이 아니라, 전우주에 퍼져서 전만물로 하여금 조물주의 대걸작의 순미를 맛보게 할 것이라 하였나이다. 나는 다시 한 번 담요를 만지고 만지다가 담요 위에 이마를 대이고 엎더졌나이다. 내 가슴은 자주 뛰나이다. 머리가 훗훗 다나이다. 숨이 차지나이다. 나는 정녕 무슨 변화를 받는가 하였나이다.

"아아 이것이 사랑이로구나!"

하였나이다. 그는 나의 마음에 감사를 주는 동시에 일종 불가사의한 불길을 던졌나이다. 그 불길이 지금 내 속에서 저항치 못할 세력으로 펄펄 타나이다.

나는 조선인이로소이다. 사랑이란 말을 듣고, 맛은 본 못 조선인이로소이다. 조선에 어찌 남녀가 없사오리이까마는 조선 남녀는 아직 사랑으로 만나본 일이 없나이다. 조선인의 흉중에 어찌 애정이 없사오리이까마는 조선인의 애정은 두 잎도 피기 전에 사회의 습관과 도덕이라는 바위에 눌리어 그만 말라 죽고 말았나이다.

조선인은 과연 사랑이라는 것을 모르는 국민이로소이다. 그네는 부부가 될 때에 얼굴도 못 보고 이름도 못 듣던 남남끼리 다만 계약이라는 형식으로 혼인을 맺어 일생을 이 형식에만 속박되어 지내는 것이로소이다. 대체 이따위 계약결혼은 짐승의 자웅을 사람의 마음대로 마주 붙임과 다름이 없을 것이로소이다. 옷을 지어 입을 때에는 제 마음에 드는 바탕과 빛깔이 제 마음에 드는 모양으로 지어 입거늘——담뱃대 하나를 사도 여럿 중에서 고르고 골라 제 마음에 드는 것을 사거늘, 하물며 일생의 반려를 정하는 때를 당하여 어찌 다만 부모의 계약이라는 형식 하나로 하오리까.

이러한 혼인은 오직 두 가지 의의가 있다 하나이다. 하나는 부모가 그 아들과 며느리를 노리갯감으로 앞에 놓고 구경하는 것과 하나는 돼지 장사가 하는 모양으로 새끼를 받으려 함이로소이다. 이에 우리 조선 남녀는 그 부모의 완구와 생식하는 기계가 되고 마는 것이로소이다. 이

러므로 지아비가 그 지어미를 생각할 때에는 곧 육욕의 만족과 자녀의
생식만 연상하고, 남자가 여자를 대할 때에도 곧 열등한 수욕(獸慾)의
만족만 생각하게 되는 것이로소이다. 남녀관계의 구경(究竟)은 무론 육
적 교접과 생식이로소이다.

  그러나 오직 이뿐이오리이까. 다른 짐승과 조금도 다름없이 오직 이
뿐이오리이까. 육적 교접과 생식 외에——또는 그 이상에는 아무 것
도 없을 것이리이까. 어찌 그러리오. 인생은 금수와 달라 정신이라는
것이 있나이다. 인생은 육체를 중히 여기는 동시에 정신을 숭히 여기는
의무가 있으며 육체의 만족을 구하는 동시에 정신의 만족을 구하려는
본능이 있나이다. 그러므로 육체적 행위만이 인생행위의 전체가 아니
요, 정신적 행위가 또한 인생행위의 일반(一半)을 성하나이다.

  그뿐더러 인류가 문명할수록, 개인의 수양이 많을수록 정신행위를 육
체 행위보다 더 중히 여기고, 따라서 정신적 만족을 육체적 만족보다
더 귀히 여기는 것이로소이다. 호의호식이나 만족하기는 범속의 하는
바로되 천지의 미와 선행의 쾌감은 오직 군자라야 능히 하는 바로소이
다.

  이와 같이 남녀관계도 육교를 하여야 비로소 만족을 얻음은 야인의
일이요, 그 용모 거지와 심정의 우미를 탄상하며 그를 정신적으로 사랑
하기를 무상한 만족으로 알기는 문명한 수양 많은 군자라야 능히 할 것
이로소이다. 아름다운 여자를 사랑한다 하면 곧 야합을 상상하고, 아름
다운 소년을 사랑한다 하면 곧 추행을 상상하는 이는 정신생활이 무엇
인지를 모르는 비천한 인격자라 할 것이로소이다. 외나 호박꽃만 사랑
할 줄 알고 국화나 장미를 사랑할 줄 모른다면 그 얼마나 천하오리이
까.

  그러므로 남녀의 관계는 다만 육교에만 있는 것이 아니요, 정신적 애
착과 융합에 있다 하나이다. 더구나 문명한 민족에 대하여 그러한가 하
나이다. 남녀가 서로 육체미와 정신미에 홀리어 서로 전심력을 경주하

여 사랑함이 인류에 특유한 남녀관계니 이는 무슨 방편으로 즉 혼인이라는 형식을 이룬다든가, 생식이라는 목적을 달성한다든가, 육욕의 만족을 구하려는 목적의 방편으로 함이 아니요, '사랑' 그 물건이 인생의 목적이니 마치 나고 자라고 죽음이 사람의 피치 못할 천명임과 같이 남녀의 사랑도 피치 못할 또는 독립한 천명인가 하나이다.

혼인의 형식 같은 것은 사회의 편의상 제정한 한 규범에 지나지 못한 것——즉 인위적이어니와 사랑은 조물이 품부(禀賦)한 천성이라 인위는 거스릴지언정 천의야 어찌 금위(禁違)하오리이까. 무론 사랑 없는 혼인은 불가하거니와 사랑이 혼인의 방편은 아닌 것이로소이다.

오인의 충효의 염과 형우제공(兄友弟恭)의 염이 천성이라 거룩한 것이라 하면 남녀간의 사랑도 무론 그와 같이 천성이라 거룩할 것이로소이다. 그러므로 오인은 결코 이 본능——사랑의 본능을 억제하지 아니할 뿐더러 이를 자연한(즉 적당한) 방면으로 계발시켜 인성의 완전한 발현을 기할 것이로소이다. 충효의 염 없는 이가 비인이라 하면, 사랑의 염 없는 이도 또한 비인일지며 사실상 인류 치고 만물이 다 가진 사랑의 염을 아니 가진 이가 있을 리 없을지나, 혹 나는 없노라 장담하는 이가 있다 하면 그는 사회의 습관에 잡혀 자기의 본성을 억제하거나 또는 사회에 아부하기 위하여 본성을 기망(欺罔)하는 것이라 하나이다.

그러므로 인생이란 남녀를 물론하고 일생 일차는 사랑의 맛을 보게 된 것이니 남자 17,8세, 여자 15,6세의 육체의 미와 심중의 고민은 즉 사랑을 요구하는 절기를 표하는 것이로소이다. 이때를 당하여 그네가 정당한 사랑을 구득하면 그 2년 3년의 사랑기에 심신의 발달이 완전히 되고 남녀 양성이 서로 이해하며 인정의 오묘한 이치를 깨닫나니, 공자께서 학시호(學詩乎)아 하심같이 나는 학애호(學愛乎)아 하려 하나이다.

이렇게 실리를 초절(超絶)하고 육체를 초절한 순애(醇愛)에 취하였다가 만일 경우가 허하거든 세상의 습관과 법률을 따라 혼인함도 가하고 아니하더라도 상관없을 것이로소이다. 진실로 사랑은 인생의 일생행사에 매우 중요한 하나이니, 남녀간 일생에 사랑을 지녀보지 못함은 그 불행함이 마치 사람으로 세상에 나서 의식의 쾌락을 못 보고 죽음과 같을 것이로소이다.

너무 말이 길어지나이다만은 하던 걸음이라 사랑의 실제적 이익에 관하여 한마디 더 하려 하나이다.

사랑의 실제적 이익에 세 가지 있으니,

1. 정조니, 남녀가 각각 일개 이성을 전심으로 사랑하는 동안 결코 다른 이성에 눈을 거는 법이 없나니 남녀간 정조 없음은 다 한 사람에 대한 사랑이 없는 까닭이로소이다. 대저 한 사람을 열애하는 동안에는 주야로 생각하는 것이 그 사람뿐이요, 말을 하여도 그 사람을 위하여, 일을 하여도 그 사람을 위하여 하게 되며, 내 몸이 그 사람의 일부분이요, 그 사람이 내 몸의 일부분이라 내 몸과 그 사람과 합하여 일체가 되거니 하여 그 사람 없이는 내 생명이 없다고 생각할 때에 내 전심전신을 그 사람에게 바쳤거니, 어느 겨를에 남을 생각하오리이까. 고래로 정부(貞婦)를 보건대 다 그 지아비에게 전심전신을 바친 자라, 그렇지 아니하고는 일생의 정조를 지키기 불능한 것이로다. 또 조선인에 왜 음풍(淫風)이 많으뇨. 더구나 남자 치고, 2,3인 여자와 추관계 없는 이가 없음이 전혀 이 사랑 없는 까닭인가 하나이다.

2. 품성의 도야(陶冶)와 사위심(事爲心)의 분발이니, 나의 사랑하는 사람이 내 언행을 감시하는 위권(威權)은 왕보다도 부사(父師)보다도 더한 것이라, 왕이나 부사의 앞에서는 할 좋지 못한 일도 사랑하는 이 앞에서는 감히 못 하며, 왕이나 부사의 앞에서는 능치 못할 어려운 일도 사랑하는 이의 앞에서는 능히 하나니, 이는 첫째 사랑하는 이에게 나의 의기와 미질을 보여 그의 사랑을 끌기 위하여, 둘째 사랑하는 자의 기망(期望)을 만족시키기 위하여 이러함이니, 이러하는 동안 자연히 품성이 고결하여지고 여러 가지 미질을 기르는 것이로소이다.

고래로 영웅열사가 그 애인에게 장려되어 품성을 닦고 대사업을 성취한 이가 수다하나니 애인에게 만족을 주기 위하여 만난을 배하고 소지(所志)를 관철하려는 용기는 실로 막대한 것이로소이다. 그대도 애인이 있었던들 시험에 우등수석을 하려고 애도 더 썼겠고 운동회 원거리 경주에 일등상을 타려고 경주연습도 많이 하였을 것이로소이다.

3. 여러 가지 미질을 배움이니, 첫째 사람을 사랑하는 사랑맛을 배우고, 사랑하는 자를 위하여 헌신하는 헌신맛을 배우고, 역지사지한 동정맛을 배우고, 정신적 요구를 위하여 생명과 명예와 재산까지라도 희생하는 희생맛을 배우고, 정신적 쾌락이라는 고상한 쾌락맛을 배우고 …… 이 밖에도 많이 있거니와 상술한 모든 미질은 수신교과서로도 불능하고 교단의 설교로도 불능하고 오직 사랑으로야만 체득할 고귀한 미질이로소이다. 인류사회에 모든 미덕이 거의 상술한 제질(諸質)에서 아니 나온 것이 없나니 이 의미로 보아 사랑과 민족의 융체(隆替)가 지대한 관계가 있는가 하나이다.

우리 반도에는 사랑이 갇혔었나이다. 사랑이 갇히매 거기 부수한 모든 귀물(貴物)이 같이 갇혔었나이다. 우리는 대성질호(大聲叱呼)하여 갇혔던 사랑을 해방하나이다. 눌리고 속박되었던 우리 정신을 봄풀과 같이 늘이고 봄꽃과 같이 피우게 하나이다.

어찌하여 우리는 아름다운 사람(남자가 여자나)을 보고 사랑하면 못쓰나이까. 우리는 아름다운 경치를 대할 때 그것을 사랑하지 아니하며, 아름다운 꽃을 대할 때 그것을 감상하고 읊조리고 찬미하고 입맞추지 아니하나이까. 초목은 사랑할지라도 사람을 사랑하지 말아라── 그런 배리(背理)가 어디 있사오리이까. 무론 육적으로 사람을 사랑함은 사회의 질서를 문란하는 것이매, 마땅히 배척하려니와 정신적으로 사랑하기야 왜 못하리이까. 다만 그의 양자를 흉중에 그리고 그의 얼굴을 대하고 말소리를 듣고 손을 잡기를 어찌 금하오리이까. 제 형제와 제 자매인들 이 모양으로 사랑함이 무엇이 악하오리이까. 이러한 사랑에 육욕이 짝하는 경우도 없다고 못할지나, 인심에는 자기가 정신상으로 사랑하는 이에게 대하여 육적 만족을 얻으려 함이 죄송한 줄 아는 관념이 있으므로 결코 위험이 많으리라고 생각하지 아니하나이다.

대체 사회의 건조무미하기 우리 나라 같은 데가 다시 어디 있사오리이까. 그리고 품성의 비열하고 정의 추악함이 우리보다 더한 이가 어디 있사오리이까. 그리고 이 원인은 교육의 불량, 사회제도의 불완전——여러 가지 있을지나 그중에 가장 중요한 원인은 남녀의 절연인가 하나이다. 생각하소서. 일가정내에서도 남녀의 친밀한 교제를 불허하며 심지어 부부간에도 육교할 때 외에 접근치 못하는 수가 많으니, 자연히 남녀란 육교하기 위하여서만 접근하는 줄로 더럽게 생각하는 것이로다. 이렇게 인생화락의 근원인 남녀의 교제가 없으매, 사회는 삭풍 불어 지나간 광야같이 되어 쾌락이라든가 망아(忘我)의 웃음을 볼 수 없고 그저 욱적욱적 소소한 실리만 다투게 되니 사회는 항상 서리친 추경이라, 이중에 사는 인생의 정경이 참 가련도 하거니와 이중에서 쌓은 성격이 그 얼마나 조악무미하리이까. 일가족은 물론이어니와 친히 성격을 알아 신용할 만한 남녀가 정당하게 교제함은 인생을 춘풍화향의 쾌락리(快樂裏)에 둘 뿐더러 오인의 정신에 생기와 강한 탄력을 줄 줄을 믿나이다.

이 의미로 보아 내가 그대를 사랑하는 것이나 또는 지금 내 새 은인을 사랑하는 것이 조금도 비난할 여지가 없을 뿐더러 나는 인생이 되어 인생 노릇을 함인가 하나이다.

나는 한참이나 담요에 엎디었다가 하염없이 다시 고개를 들고 책상을 대하여 보다 놓았던 소설을 읽으려 하였나이다. 그러나 눈이 책장에 붙지 아니하여 아무리 읽으려 하여도 문자만 하나씩 둘씩 보일 뿐이요, 다만 한 줄도 연락한 뜻을 알지 못하겠나이다. 부질없이 두어 페이지를 벌떡벌떡 뒤지다가 획 집어내어던지고 의자에서 일어나 뒤숭숭한 머리를 숙이고 왔다갔다 하였나이다.

258

아무리 하여도 가슴에 무엇이 걸린 듯하여 견딜 수 없어 그대에게 이 편지를 쓸 양으로 다시 책상을 대하였나이다. 서간 용전(書簡用箋)을 내려고 책상 서랍을 열어본즉 어떤 서간(書柬) 한 봉이 눈에 띄었나이다. 서양 봉투에 다만 '林輔衡氏'라 썼을 뿐이요, 주소도 없고 발신인도 없나이다. 나는 깜짝 놀랐나이다. 이 어떤 서간일까, 뉘 것일까? 그 은인——그 은인도 나와 같은 생각으로(즉 나를 사랑하는 생각으로)써 둔 것——이라 하는 생각이 일종 형언할 수 없는 기쁨과 부끄러움 섞인 감정과 함께 일어나나이다. 나는 이 생각이 참일 것을 믿으려 하였 나이다. 나는 그 글 속에 '사랑하는 내 보형이여, 나는 그대의 병을 간 호하다가 그대를 사랑하게 되었나이다——사랑하여주소서' 하는 뜻이 있기를 바라고 또 있다고 믿으려 하였나이다. 마치 그 말이 엑스광선 모양으로 봉투를 꿰뚫고 내 뜨거운 머리에 직사하는 듯하더이다. 내 가 슴은 자주 치고 내 숨은 차더이다. 나는 그 서간을 두 손으로 들고 망 연히 앉았었나이다.

그러나 나는 얼른 뜯기를 주저하였나이다. 대개 지금 내가 상상하는 바와 다를까보아 두려워함이로소이다. 만일 이것이 내 상상한 바와 같 이 그의 서간이 아니면——혹 그의 서간이라도 나를 사랑한다는 뜻이 아니면 그때 실망이 얼마나 할까, 그때 부끄러움이 얼마나 할까. 차라 리 이 서간을 뜯지 않고 그냥 두고 내 상상한 바를 참으로 믿고 지낼까 하였나이다. 그러나 마침내 아니 뜯지 못하였나이다. 뜯은 결과는 어떠 하였사오리이까. 내가 기뻐 뛰었사오리까, 낙망하여 울었사오리까. 아니로소이다. 이도 저도 아니요, 나는 또 한 번 깜짝 놀랐나이다.

무엇이 나오려는가 하는 희망도 많거니와 불안도 많은 마음으로 피 봉을 떼니 아름다운 철필 글씨로 하였으되,

"나는 김일련이로소이다. 못 뵈온 지 6년에 아마 나를 잊었으리이 다. 나는 그대가 이곳 계신 줄을 알고 또 그대가 병든 줄을 알고 잠시 그대를 방문하였나이다. 내가 청인인 듯이 그대를 속인 것을 용서하소

서. 그대가 열로 혼수하는 동안에 김일련은 배."
라 하였더이다. 나는 이 서간을 펴 든 대로 한참이나 멍멍하니 앉았었
나이다. 김일련! 김일련! 옳다 듣고 보니, 그 얼굴이 과연 김일련이로
다. 그 좁으레한 얼굴, 눈꼬리가 잠깐 처진 맑고 다정스러운 눈, 좀 숙
는 듯한 머리와 말할 때에 살짝 얼굴 붉히는 양하며 그중에도 귀밑에
있는 조그마한 허물——과연 김일련이러이다. 만일 그가 상해에 있는
줄만 알았더라도 내가 보고 모르지는 아니하였으리이다. 아아 그가 김
일련이런가?

내가 그대에게 대하여서는 아무러한 비밀도 없었나이다. 내 흉저(胸
底) 속속 깊이 있는 비밀까지도 그대에게는 말하면서도 김일련에 관한
일만은 그대에게 알리지 아니하였나이다. 그러나 이제 와서는 말 아니
하고 참을 수 없사오며 또 대면하여 말하기는 수줍기도 하지마는 이렇
게 멀리 떠나서는 말하기도 얼마큼 편하여이다.

내가 일찍 동경서 와세다대학에 있을 제 같은 학교에 다니는 친구 하
나가 있었나이다. 그는 나보다 2년장이로되 학급도 3년이나 떨어지고
마음과 행동과 용모가 도리어 나보다 2,3년쯤 떨어진 듯. 그러나 그와
나와는 처음 만날 때부터 서로 애정이 깊었나이다. 나는 그에게 영어도
가르치고 시나 소설도 읽어주고 산보할 때에도 반드시 손을 꼭 잡고 2,
3일을 작별하게 되더라도 서로 떠나기를 아껴 서양식으로 꽉 쓸어안고
입을 맞추고 하였나이다. 그와 나와 별로 주의의 공통이라든가, 특별히
친하여질 각별한 기회도 없었건마는 다만 피차에 까닭도 모르게 서로
형제같이 애인같이 사귀게 된 것이로소이다.

하루는 그와 함께 어디 놀러 갔던 길에 어느 여학교 문전에 다다랐나
이다. 나는 전부터 그 학교에 김일홍(金一鴻) 군의 매씨가 유학하는 줄
을 알았는 고로 그가 매씨를 방문하기 위하여 나는 먼저 돌아오기를 청
하였나이다. 그러나 그는 '그대도 내 누이를 알아둠이 좋을지라' 하여
소개하려는 뜻으로 나를 데리고 그 기숙사 응접실에 들어가더이다. 거

기서 잠깐 기다린즉, 문이 방싯 열리며 단순한 흑색 양복에 칠 같은 머리를 한편 옆을 갈라 뒤로 치렁치렁 땋아 늘인 처녀가 방금 목욕을 하였는지 홍훈(紅暈)이 도는 빛나는 얼굴로 들어오더이다. 일홍 군은 일어나 나를 가리키며,

"이이는 와세다 정치과 3년급에 있는 임보형인데, 나와는 형제와 같은 사이니, 혹 이후에라도 잊지 말고……."

하고 나를 소개하더이다. 나도 일어나 은근히 절하고 그도 답례하더이다. 그러고는 한 오분간 말없이 마주앉았다가 함께 숙소에 돌아왔나이다. 그후 일홍 군이 감기로 수일 신고할 때에 그 매씨에게서 서적을 몇 가지 사보내라는 기별이 왔더이다. 학기초이라 시일이 급한 모양인 고로 일홍 군의 청대로 내가 대신 가기로 하였나이다. 나는 이때에 아직 일런 아씨에게 대하여 별로 상사의 정도 없었나이다. 다만 아름다운 깨끗한 처자요, 친구의 누이라 하여 정답게 여겼을 뿐이로소이다.

그러나 나는 이러한 처자를 위하여 힘쓰기를 매우 기뻐하기는 하였나이다. 그래 곧 진보쪼(神保町) 책사(冊肆)에 가서 소청한 서적을 사 가지고 곧 그를 기숙사에 찾아가 전과 같이 응접실에서 그 책을 전하고 일홍 군이 감기로 신고하는 말과 그래서 내가 대신 왔노라는 뜻을 고하였나이다. 그때에 나는 자연히 가슴이 설레고 말이 눌함을 깨달았나이다. 저의 얼굴이 빨갛게 됨을 슬쩍 볼 때에 나의 얼굴도 저러려니 하여 차마 얼굴을 들지 못하였나이다. 그는 겨우 가느나마 쾌활한 목소리로,

"분주하신데 수고하셨습니다."

할 뿐이러이다. 나는 어찌할 줄을 모르고 우두커니 섰었나이다. 그도 할 말도 없고 수줍기만 하여 고개를 숙이고 책싸개만 응시하더이다. 그제야 나는 어서 가야 될 사람인 줄을 알고,

"저는 가겠습니다. 안녕히 계십시오."

하고 문밖에 나섰나이다. 그도 문을 열고,

"감사하올시다. 분주하신데."

하더이다. 나는 속보로 4,5보를 대문을 향하여 나가다가 불의에 뒤를 획 돌아보았나이다. 환각인지는 모르나 유리창으로 번듯 보이는 듯하더이다. 나는 다시 부끄러운 마음이 생겨 더한 속보로 대문을 나서서 냉정한 모양으로 또 4,5보를 나왔나이다. 그러나 자연히 몸이 뒤로 끌리는 듯하여 차마 발을 옮기지 못하고 4,5차나 머뭇머뭇하였나이다. 광란노도가 서두는 듯한 가슴을 가지고 전차를 탔나이다. 숙사에 돌아와 일홍 군에게 전후시 말을 이야기할 제도 아직 마음이 가라앉지 못하여 일홍 군이 유심히 나를 보는 듯하여 얼른 고개를 돌렸나이다. 그리고 그날 하루는 아무 생각도 없이 마음만 산란하여 지내고, 그 2,3일이 지나도록 이 풍랑이 자지 아니하더이다. 그 후부터는 하루에 몇 번씩 그를 생각지 아니한 적이 없었나이다.

하루는 일홍 군이 어디 가고 나 혼자 숙소에 있을 제 여전히 그 생각으로 심서가 정치 못하여 하다가 행여나 그의 글씨나 볼 양으로 일홍 군의 책상 서랍을 열었나이다. 그 속에는 그에게서 온 서간이 있는 줄을 알았으므로 엽서와 봉서를 몇 장 뒤적뒤적하다가 다른 서랍을 열었나이다. 거기서 나는 그와 다른 두 사람이 박힌 중판사진 한 장을 얻었나이다. 나는 가슴이 뜨끔하면서 그 사진을 두 손으로 들었나이다. 그 사진에 박힌 모양은 꼭 일전 책 가지고 갔을 때 모양과 같더이다. 한편을 갈라 넘긴 머리하며 방그레 웃는 태도며, 한 손을 그 동무의 어깨에 얹고 고개를 잠깐 기울여 그 동무의 걸앉은 의자에 힘없는 듯 기대고 섰는 양이 참 미묘한 예술품이러이다.

나는 그때 기숙사 응접실에서 그를 대하던 것과 같은 감정으로 한참이나 그 사진을 보았나이다. 그 방그레 웃는 눈이 마치 나물나물 더 웃으려는 듯하며 살짝 마주 붙인 입술이 금시에 살짝 열려 하얀 이빨이 드러나며 낭랑한 웃음소리가 나올 듯. 두 귀밑으로 늘어진 몇 줄기 머리카락이 그 부드럽고 향기로운 콧김에 하느적하느적 날리는 듯하더이

261

다. 아아 이 가슴속에는 지금 무슨 생각을 품었는고. 내가 그를 보니 그도 나를 물끄러미 보는 듯, 그의 그림은 지금 나를 향하여 방그레 웃는다. 그의 가슴속에는 일광이 차고 춘풍이 차고 시가 차고 미와 사랑과 온정이 찼도다.

이에 외롭고 싸늘하게 식은 청년은 그 흘러 넘치는 기쁨과 미와 사랑과 온정의 일적(一滴)을 얻어 마시려고 무릎을 꿇고 두 손을 들고 눈물을 흘리며 그 앞에 엎더졌도다. 그가 한 방울 괴를 흘린다사 무슨 자리가 아니날 모양으로 그가 가슴에 가득찬 사랑의 일적을 흘린다사 무슨 자리가 나랴. 뜨거운 사막길에 먼지 먹고 목마른 사람이 서늘한 샘물을 보고 일국수(一掬水)를 구할 때 그 우물을 지키는 이가 이를 거절한다 하면, 너무 참혹한 일이 아니오리이까.

그러나 내가 아무리 이 사진을 향하여 간청하더라도 그는 들은 체 만체 여전히 방그레 웃고 나를 내려다볼 뿐이로소이다. 그가 마치 '내게 사랑이 있기는 있으나 내가 주고 싶어 줄 것이 아니라, 주지 아니치 못하여 주는 것이니, 네가 나로 하여금 네게 주지 아니치 못하게 할 능력이 있고사 이 단샘을 마시리라' 하는 듯하더이다. 나는 이윽고 사진을 보다가 마침내 정화를 이기지 못하여 그 사진에 내 얼굴을 대고 그 입에 열렬하게 입을 맞추고 그 동무의 어깨 위에 놓은 손에 내 손을 힘껏 대었나이다. 나는 광인같이 그 사진을 품에 품기도 하고, 뺨에 대기도 하고, 물끄러미 쳐다보기도 하고, 뺨도 대고 키스도 하였나이다. 내 얼굴은 수증기가 피어오르도록 열하고 숨소리는 마치 전속력으로 달음질한 사람 같더이다. 나는 한 시간이나 이러다가 대문 열리는 소리에 놀라 그 사진을 처음 있던 곳에 집어 넣고 얼른 일어나 그날 신문을 보는 체하였나이다.

그 후 얼마 동안을 고민중으로 지내다가 나는 마침내 내 심정을 서간으로 그에게 알리려 하였나이다. 어떤 날 밤 남들이 다 잠든 열두시에 일어나 불일 듯하는 생각으로 이러한 서간을 썼나이다.

"사랑하는 누이여. 내가 이 말씀 드림을 용서하소서. 나는 외로운 사람이로소이다. 부모도 없고 동생도 없고 넓은 천하에 오직 한 몸이로소이다. 나는 지금토록 일찍 누구를 사랑하여본 적도 없고 누구에게 사랑함을 받은 적도 없나이다. 사랑이라는 따뜻한 춘풍 속에 자라날 나의 영은 지금껏 삭풍한설 속에 얼어 지내었나이다. 나는 나의 영이 그러한 오랜 겨울에 아주 말라 죽지 아니한 것을 이상히 여기나이다. 그러나 이후도 춘풍을 만나지 못하면 가련한 이 영은 아주 말라 죽고야 말 것이로소이다. 그 동안 봄이 몇 번이나 지났으리이까마는 꽃과 사랑을 실은 동군(東君)의 수레는 늘 나를 찾지 아니하고 말았나이다. 아아 이 어린 영이 한 방울 사랑의 샘물을 얻지 못하여 아주 말라 죽는다 하면 그도 불쌍한 일이 아니오리이까. 나는 외람히 그대에게서 춘풍을 구함이 아니나 그대의 흉중에 사무친 사랑의 일적감천(一滴甘泉)이 능히 말라 죽어가는 나의 영을 살릴 것이로소이다. 그대여, 그대는 내가 그대에게 요구하는 바를 오해하지 말으소서. 내가 장난으로 또 흉악한 마음으로 이러한 말을 한다고 말으소서. 내가 그대에게 요구하는 바는 오직 하나——아주 쉬운 하나이니, 즉 '보형아 내 너를 사랑하노라, 누이가 오라비에게 하는 그대로' 한마디면 그만이로소이다. 만일 그대가 이 한마디만 주시면 나는 그를 나의 호신부(護身符)로 삼아 일생을 그를 의지하고 살며 활동할 것이로소이다. 그 한마디가 나의 재산도 되고 정력도 되고 용기도 되고——아니, 나의 생명이 될 것이로소이다. 나는 결코 그대를 만나보기를 요구 아니하리이다. 도리어 만나보지 아니하기를 요구하리이다. 대개 세월이 흘러가는 동안에 그대는 늙기도 하오리이다. 심신에 여러 가지 변화도 생기리이다. 결코 그런 일이 있을 리도 없거니와 혹 그대가 악인이 되고 병신이 되고 죄인이 된다 하더라도 내 기억에 남아 있는 그대는 영원히 열일곱 살 되는 아름답고 청정한 처녀일 것이로소이다. 후일 내가 노쇠한 노인이 되고 그대가 증조모 소리를 듣게 되더라도, 또는 그대가 이미 죽어 그 아름답던 얼굴과 몸이 다 썩어진 뒤에라도 내 기억에 남아 있는 그대는 영원히 그 처녀일 것이로소이다. 그리하고 그대의 '내 너를 사랑한다' 한마디는 영원히 희망과 환락과 열정을 나에게 줄 것이로소이다. 이러므로 나는 결코 그대를 다시 대하기를 원하지 아니하고 다만 그대의 그 '한마디'만 바라나이다. 만일 그대가 그대의 흉중에 찬 사랑의 일적을 이 메마른 목에 떨어뜨려 죽어가는 이 영을 살려주시면 그 영이 자라서 장차 무엇이 될는지 어찌 아오리이까. 지금은 야반이로소이다. 동지 한풍이 만물을 흔들어 초목과 가옥이 괴로워하는 소리를 발하나이다. 이러한 중에 발가벗은 어린 영은 한 줄기 따뜻한 바람을 바라고 구름 위에 앉으신 천사에게 엎디어 간구하는 바로소이다."

이 편지를 써 놓고 나는 재삼 생각하였나이다. 이것이 죄가 아닐까. 나는 벌써 혼인한 몸이라 다른 여자를 사랑함이 죄가 아닐까. 내 심중에서는 혹은 죄라 하고 혹은 죄가 아니라 자연이라 하나이다. 내가 혼인한 것은 내가 함이 아니요, 나는 남녀가 무엇이며 혼인이 무엇인지를 알기도 전에 부모가 임의로 계약을 맺고 사회가 그를 승인하였을 뿐이니, 이 결혼행위에는 내 자유의사는 일분도 들지 아니한 것이요, 다만 나의 유약함을 이용하여 제삼자가 강제로 행하게 한 것이니, 법률상으로 보든지 윤리상으로 보든지, 내가 이 행위에 대하여 아무 책임이 없을 것이라. 그러므로 내가 그 계약적 행위가 내 의사에 적합한 줄로 여기는 때는 그 행위를 시인함도 임의여니와 그것이 나에게 불이익한 줄을 깨달을진댄 그 계약을 부인함도 자유라 하였나이다. 나와 내 아내는 조금도 우리의 부부계약의 구속을 받을 리가 없을 것이라, 다만 부모의 의사를 존중하고 사회의 질서를 근심하는 호의로 그 계약——내 인격을 유린하고 모욕한 그 계약을 눈물로써 묵인할 따름이어니와 내가 정신적으로 다른 이성을 사랑하여 유린된 권리의 일부를 주장하고 포탈된 향락의 일부를 회복함은 당당한 오인의 권리인가 하나이다. 이 이유로 나는 그를 사랑함이요——더구나 누이와 같이 사랑함이요——또 그에게서 그와 같은 사랑을 받으려 함이 결코 불의가 아니라고 단정하였나이다.

이튿날 학교에 가는 길에 그 서간을 투함하려 하였으나 무엇인지 모를 생각에 제어되어 하지 못하고 그날에 십여 차, 그 후 3일간에 수십여 차를 넣으려다는 말고 넣으려다는 말고 하여 그 피봉이 내 포켓 속에서 닳아지게 되었다가, 한번 모든 명예와 염치를 단번에 도(睹)하는 생각으로 마침내 어느 우편함에 그것을 넣고 한참이나 그 우편함을 보고 섰었나이다. 마치 무슨 절대한 소득을 바라고 큰 모험을 할 때와 같은 웃음이 내 얼굴에 떴더이다.

기다리고 기다리던 3일 만에 학교로서 돌아오니, 안두(案頭)에 일봉서가 놓였더이다. 내 가슴에는 곧 풍랑이 일었나이다. 나는 그 글씨를 보았나이다──과연 그의 글씨로소이다. 나는 그 편지를 집어 포켓에 넣고 선 자리로 발을 돌려 오구보(大久保) 벌판으로 나아갔나이다. 집에서 뜯어보기는 남이 볼 염려도 있고 또 이러한 글을 방안에서 보기는 부적당한 듯하여──깨끗하고 넓은 자연 속, 맑은 하늘과 빛나는 태양 아래서 보는 것이 적당하리라 하여 그러함이로소이다.

나는 내 발이 땅에 닿는지 마는지도 모르면서 오구보 벌판에 나섰나이다. 겨울 날이 뉘엿뉘엿 넘어가고 연습 갔던 기병들이 피곤한 듯이 돌아오더이다. 그러나 나는 혼자 마음속에 수천 가지 수만 가지 상상을 그리면서 방향 없이 마른 풀판으로 향하였나이다. 이 편지 속에 무슨 말이 있을는가──나는 '사랑하나이다 오라비여' 하였기를 바라고 또 그렇기를 믿으려 하였나이다.

나는 그 편지를 내어 피봉을 보았나이다. 그리하고 그가 내 편지를 받았을 때의 그의 모양을 상상하였나이다. 우선 보지 못하던 글씨에 놀라 한참을 읽어보다가 마침내 가슴이 설레고 얼굴이 훗훗했으려니, 그 글을 두번 세번 곱 읽었으려니, 이 세상에 여자로 태어난 후 첫 경험을 하였으려니, 그리고 심서가 산란하여 그 편지를 구겨 쥐고 한참이나 멍멍하니 앉았었으려니, 그러다가 일변 기쁘기도 부끄럽기도 하여 곧 내 모양을 상상하며 내가 자기를 그리워하는 모양으로 자기도 나를 그리워하였으려니, 그리고 곧 이 회답을 썼으렷다, 써가지고 넣을까 말까 주저하다가 오늘에야 부쳤으렷다, 그리고 지금도 나를 생각하며 내가 이 편지 읽는 광경을 상상하고 있으렷다, 어제까지 어린아이같이 평온하던 마음이 오늘부터는 이상하게 설레려든 아무려나 나는 메마르던 목을 축이게 되었다. 말라거던 나의 영은 감천에 젖어 잎 피고 꽃 피게 되었다 하면서 풀판에 펄썩 주저앉아 그 피봉을 떼고도 얼른 그 속을 끄집어내지 못하고 한참이나 주저하며 상상하다가 마침내 속을 뽑았나이다. 아아 그 속에는 무엇이 나왔사오리이까.

나는 격노하였나이다. '흑' 하고 소리를 치고 벌떡 일어나며 그 편지를 조각조각 가루가 되도록 찢어버렸나이다. 그러고도 부족하여 그것에 침을 뱉고 그것을 발로 지르밟았나이다. 그리고 방향 없이 벌판으로 방황하며 그 모욕받은 수치와 이에 대한 분노를 참지 못하여 혼자 주먹을 부르쥐고 이를 갈고 발을 구르며 '흑'. '흑' 소리를 연발하였나이다. 당장 그를 칼로 푹 찔러 죽이고도 싶고, 내 목숨을 끊어버리고도 싶고…… 이 모양으로 거의 한 시간이나 돌아다니다가 어스름에야 얼마큼 마음을 진정하고 돌아왔나이다. 돌아와본즉 일홍 군은 벌써 저녁을 먹고 불을 쪼이며 담배를 피우다가 내가 들어오는 것을 보고 유심히 내 얼굴을 쳐다보더이다. 그에게 대한 분노와 수치는 일홍 군에게까지 옮더이다.

이튿날 나는 감기라는 핑계로 학교를 쉬었나이다. 어제는 다만 일시적으로 격노만 하였거니와 오늘은 수치와 비애의 염만 가슴에 가득하여 그 안타까움이 비길 데 없더이다. 나는 베개 위에 머리를 갈며 이불을 차 던지고 입술을 물어뜯었나이다. 이제 무슨 면목으로 세상을 보며 무슨 희망으로 세상에 살랴. 일홍 군이 만일 이 일을 알면 그 좁은 속에, 그 어린 속에, 얼마나 나를 조롱하랴. 아아 나는 마침내 사랑의 맛을 못 볼 사람인가. 언제까지 고독하고 냉적한 생활을 할 사람인가. 나는 어찌하여 따뜻한 손을 못 쥐어보고, 사랑의 말을 못 들어보고 열렬하고 자릿자릿한 포옹을 못하여 보는고. 사람이 원망되고 세상이 원망되고 내 생명이 원망되어 내 손으로 내 머리털을 몇 번이나 쥐어뜯었사오리까. 그러다가 오냐, 내가 남자가 아니다. 일개 아녀자로 말미암아 이것이 무슨 꼴인고 하고 주먹으로 땅을 치며 결심하려 하나 그것은 제가 저를 속임이러이다. 그의 모양은 여전히 나의 가슴을 밟고 서서 방그레 하는 모양으로 나를 지배하더이다. 나는 하염없이 천장을 바라보고 누웠었나이다.

나는 일봉서를 받았나이다. 그 글에 하였으되.

"사랑하는 이여, 어제 지은 죄는 용서하시옵소서. 그대가 그처럼 나를 사랑하시니 나도 이 몸과 마음을 그대에게 바치나이다. 잠깐 여쭐 말씀 있사오니, 오후 네시쯤 하여 히비야(日比谷) 공원 분수지 가에 오시기를 바라나이다."

이 글을 받은 나는 미친 듯하였나이다. 곧 히비야로 달려갔나이다. 이제야 살았구나, 19년 겨울 세계에 봄이 왔구나, 하면서.

석양이 학분수를 비추어 오색이 영롱한 무지개를 세울 제 나는 등책하 걸상에 걸앉아 자연(紫煙)을 뿜는 분수를 보면서 여러 가지 미래의 공상을 그렸나이다. 이제는 혼자가 아니로다. 슬픈 사람이 아니요, 불행한 사람이 아니로다. 우주의 미와 향락은 내 일신에 집중하였도다. 지금 내 신체를 조직한 모든 세포는 기쁨과 만족에 뛰며 소리하고 열한 혈액은 율려(律呂) 맞추어 순환하는도다. 내 얼굴이 석양에 빛남이여. 천국의 낙을 맛봄이요, 내 영이 춤을 추고 노래함이여. 사막 길에 오아시스를 얻음이로다.

만물이 이제야 생명을 얻었고 인계(人界)가 이제야 웃음을 보이도다 하였나이다. 과연 아까까지도 만물이 죽었더니 저 천사의 구호 한마디에 일제히 소생하여 뛰고 즐기도소이다. 이따금 전차와 자동차 지나가는 소리가 멀리서 들릴 뿐이요, 공원내는 지극히 고요하여이다. 수림 속 와사등은 어느새 반작반작 희미한 빛을 발하나이다.

이때에 분수지 저편 가로 쑥 나서는 이가 누구리이까. 그로소이다, 아아 그로소이다. 그는 지금 내 곁에 섰나이다. 내 눈과 그 눈은 같이 저 분수를 보나이다. 우리는 서로 얼굴을 붉히며 절하였나이다. 그의 빨간 얼굴에는 석양이 반조하여 마치 타는 듯하더이다. 내 가슴이 자주 뛰는 소리는 내 귀에도 들리는 듯, 나는 무슨 말을 할 것인지 어떤 행동을 할 것인지 전혀 모르고 우두커니 분수만 보고 섰었나이다. 하다가 겨우 정신을 차려,

"제가 그따위 편지를 드린 것을 얼마나 괘씸히 보셨습니까. 버릇없는 일인 줄 알면서도……."

그도 한참이나 머뭇머뭇하더니 겨우 눈을 들어 잠깐 나를 보며,

"저는 그 편지를 받자 한끝 기쁘면서도 한끝 무서운 생각이 나서 어찌 할 줄을 모르다가……, 이것이 죄인가보다 하는 생각으로 도로 보내었습니다. 그러나 도로 보내고 다시 생각한즉 어째 도로 보낸 것이 죄도 같고, 또 알 수 없는 힘이 제 등을 밀어……."

하고는 말이 아니 나오더이다. 얼마 침묵하였다가,

"제가 선생의 착하심을 믿으므로 설마 악에 끌어넣지는 아니하시려니 하고요."

나는 다시 내 뜻을 말하였나이다 —— 나는 그에게 다만,

"오라비여 사랑하노라."

한마디면 만족한다는 뜻과 결코 그를 다시 면대하고자 아니하는 뜻을 말하였나이다. 아직 어린 그는 물론 그 의미를 십분 해득할 수는 없을지나 그 마음속에 신기한 변동 —— 아직 경험하여 보지 못한 사랑의 의식이 생긴 것도 물론이로소이다. 그러나 이 밖에 피차 하려는 말이 많은 듯하면서도 나오려는 말은 없는 듯하여 한참이나 묵묵히 섰다가 내가,

"아무려나 그대는 나를 살려주셨습니다. 그대는 나로 하여금 참사람
이 되게 하였고 내게 살 능력과 살아서 즐기며 일할 희망과 기쁨을 주
셨습니다. 나는 그대를 위하여, 그대의 만족을 위하여 공부도 잘하고
큰 사업도 성취하오리다. 나는 시인이니 그대라는 생각이 내게 무한한
시적 자격(刺激)을 줄 것이외다. 그대도 부디 공부 잘 하시고 마음 잘
닦으셔서 조선의 대은인 되는 여자가 되십시오."

나는 이런 말을 하는 것이 내 의무 같기도 하고 또 그 밖에 할 말도
없어, 또는 이런 말을 하여야 그의 내게 대한 신애가 더 깊어질 듯하여
이 말을 하였나이다. 그리고 오래 같이 섰고 싶은 마음이야 간절하나
그럴 수도 없어 둘이 함께 고불고불한 길로 공원을 나오려 하였나이다.
그는 나보다 일보쯤 비스듬히 앞섰나이다. 그의 하얀 목이 이상하게 빛
나더이다.

나는 가만히 그의 손을 잡았나이다. 그는 떨치려고도 아니하고 우뚝
서더이다. 그 손을 꼭 쥐었나이다. 그의 푹 숙인 머리는 내 가슴에 스
적스적하고 그의 머리카락을 내 입김이 날리더이다. 나는 흉부에 그의
체온이 옮아옴을 깨달았다. 나의 꼭 잡은 손은 갑자기 확확 달음을 깨
달았나이다. 내 몸은 경련하듯이 떨리고 내 눈은 몽롱하여졌나이다. 이
윽고 두 얼굴은 서로 입김을 맡으리만큼 가까워지고 눈과 눈은 고정한
듯이 마주보나이다.

나는 그의 새말간 눈에 눈물이 그렁그렁한 것을 보았나이다. 두 입술
은 꼭 마주 붙었나이다. 따뜻한 입김이 내 입술에 감각될 때 나는 나를
잊어버렸나이다. 불같이 뜨거운 그 입술이 바르르 떨리는 것이 내 입술
에 감각되더이다. 이윽고 '내 사랑하는 이여' 하고 우리는 속보로 공원
밖에 나왔나이다.

이 때에 누가 뒤로서 내 어깨를 치더이다. 깨어본즉 이는 한바탕 꿈
이요, 곁에는 일홍 군이 정복을 입은 대로 앉아서 나를 깨우더이다. 일
홍 군은 유심히 웃더이다. 나는 또 수치한 생각이 나서 벌떡 일어나 수

도에 가 세수를 하였나이다. 밖에서는 바람소리와 함께 두부장수의 뚜뚜 소리가 들리더이다. 일홍 군은 간단히,

"그게 무슨 일이오? 내가 그대를 그런 줄 알았더면 내 누이에게 소개 아니하였을 것이오. 만일 그대가 미혼자면 나는 기뻐 그대의 원을 이루게 하겠소. 그러나 기억하시오, 형은 기혼남자인 줄을."

나는 고개를 숙이고 들었을 뿐이로소이다. 과연 옳은 말이로소이다. 누구나 이 말을 다 옳게 여길 것이로소이다. 그러나 세상만사를 다 그렇게 단순하게만 판단할 수가 있사오리이까. 우리가 간단히 '옳다' 하는 일에 어떠한 '옳지 않다'가 숨은 줄을 모르며, 우리가 간단히 '옳지 않다' 하는 속에 어떠한 '옳다'가 있는지 모르나이까. 세인은 제가 당한 일에는 이 진리를 적용하면서도 제삼자로 비평할 때에는 이 진리를 무시하고 다만 표면으로 얼른 보아 '옳다' '옳지 않다' 하나이다.

지금 내 경우도 표면으로 보면 일홍 군의 말이 과연 옳거니와 일보 깊이 들어서면 그렇지 아니한 이유도 깨달을 것이로소이다. 그러나 나는 일홍 군에게 대하여 아무 답변을 하려 하지 아니하고 다만 듣기만 하였을 뿐이로소이다. 그 후에 나는 이유를 알았나이다 —— 그가 내 서간을 받고 일홍 군을 청하여 물어보았고 일홍 군은 내가 기혼남자인 이유로 이를 거절하게 한 것인 줄을 알았나이다.

그 후 나는 매우 실망하였나이다. 술도 먹고 학교를 쉬기도 하고 밤에 잠을 못 이루어 불면증도 얻고(이 불면증은 그 후 4년이나 계속하다), 유울(幽鬱)하여지고 세상에 마음이 붙지 아니하여 성공이라든가 사업의 희망도 없어지고 —— 말하자면 나는 싸늘하게 식은 냉회(冷灰)가 되었나이다. 간혹 나는 철도자살을 하려다가 공부(工夫)에게 붙들리기도 하고, 졸업을 3,4개월 후에 두고 퇴학을 하려고도 하여보며, 이리하여 여러 붕우(朋友)는 나의 급격한 변화를 걱정하여 여러 가지로 충고도 하며 위로도 하더이다.

그러나 원래 고독한 나의 영은 다시 나을 수 없는 큰 상처를 받아 모

든 희망과 정력이 다 스러졌나이다. 나는 이러한 되는 대로 생활, 낙망, 비관적 생활을 일년이나 보내었나이다. 만일 다른 무엇(아래 말하려는)이 나를 구원하지 아니하였던들, 나는 영원히 죽어버리고 말았을 것이로소이다. 그 '다른 무엇'은 다름 아니라, '동족을 위함'이로소이다. 마치 인생에 실망한 다른 사람들이 혹 삭발위승(削髮爲僧)하고, 혹 자선사업에 헌신함같이 인생에 실망한 나는 '동족의 교화'에 내 몸을 바치기로 결심하여 이에 나는 새 희망과 새 정력을 얻은 것이로소이다.

그제부터 나는 음주와 나타(懶惰)를 폐하고 근면과 수양을 힘썼나이다. 가다가다 마음의 상처가 아프지 아니함이 아니나 나는 소년의 교육에서 이 고통을 잊으려 하였으며 혹 이 새 애인에게서 새로운 쾌락을 얻기까지라도 하였나이다. 그렁성하여 나는 지금토록 지내어온 것이로소이다.

이 말씀을 듣고 보시면 내 행동이 혹 해석될 것도 있었으리이다. 아무려나 나는 그 김일련을 위하여 최대한 희망도 붙여보고 최대한 타격과 동란도 받아보고 그 때문에 내가 지금 소유한 여러 가지 미점과 결점과 한숨과 유울과 비애가 생긴 것이로소이다. 말하자면 하느님이 나를 만드신 뒤에 김일련 그가 나를 변형한 모양이로소이다.

이 김일련이, 즉 그 김일련일 줄을 누가 알았사오리이까. 지금껏 때때로 '분주하신데……' 하던 용모와 음성이 일종 억제할 수 없는 비애를 띠고 내 기억에 일어나던 것이 무슨 연분으로 육 년 만에 또 한 번 번뜻 보이고 숨을 것이니이까.

내 심서는 6년 전과 같이 산란하였나이다. 그래서 종일 그를 찾아 돌아다녔나이다. 내가 이 담요에 얼굴에 대고 있을 제 히비야 꿈이 역력히 보이나이다. 그것은 꿈이로소이다. 그러나 나는 그것은 꿈이 아니라 하나이다. 만일 그것이 꿈이면 세상만사 어느 것이 꿈 아닌 것이 있사오리이까. 그 꿈은 참 해명하였나이다. 그뿐더러 이 일순간의 꿈이 내 일생에서 가장 크고 중요한 내용이 되는 것이니 이것이 어찌 꿈이오리까.

편지가 너무 길어졌나이다. 벌써 신년 일월 일일 오전 세시로소이다. 세 잘 쇠시기 바라고 이만 그치나이다.

제 3 신

나는 3일 전에야 해삼위에 표착하였나이다.

갖은 고생과 갖은 위험을 겪고 몇 번 죽을 뻔하다가 내 일생이 원래 고생 많은 일생이언마는 이번같이 죽을 고생하여 본 적은 없었나이다. 나는 상륙한 후로부터 이곳 병원에 누워 이 글도 병상에서 쓰나이다. 이제 그동안 십여 일간에 지내온 이야기를 들으소서.

나는 미국에 가는 길로, 지난 1월 5일에 상해를 떠났나이다. 혼자몸으로 수만리 이역에 향하는 감정은 참 형언할 수 없더이다. 상항(桑港)으로 직항하는 배를 타려다가 기왕 가는 길이니, 구라파를 통과하여 저 인류세계의 주인 노릇하는 민족들의 본국 구경이나 할 차로 노국(露國) 의용함대 프르타와호를 타고 해삼위로 향하여 떠났나이다. 나 탄 선실에는 나 외에 노인 하나이 있을 뿐. 나는 외로이 침상에 누워 이런 생각 저런 생각하다가 원래 쇠약한 몸이라 그만 잠이 들었나이다. 깨어 본즉 전등은 반작반작 하는데 기계 소리만 멀리서 오는 듯이 들리고 자다 깬 몸이 으스스하여 외투 뒤쳐쓰고 갑판에 나섰나이다. 음 십일월 하순달이 바로 장두(檣頭)에 걸리고 늠실늠실하는 파도가 월광을 반사하며 파랗게 맑은 하늘 한편에 계명성이 찬란한 광채를 발하더이다. 나는 외투깃으로 목을 싸고 갑판상으로 왔다갔다 거닐며 웅대한 밤바다 경치에 취하였나이다. 여기는 아마 황해일 듯, 여기서 바로 북으로 날아가면 그대 계신 고향일 것이로소이다. 사고망망(四顧茫茫)하여 한제(限祭)가 아니 보이는데 방향 모르는 청년은 물결을 따라 흘러가는 것이로소이다.

'강천일색무섬진 교교공중고월륜(江天一色無纖塵 皎皎空中孤月輪)'이란 장약허(張若虛)의 시구를 읊조릴 제 내 마음조차 이 시와 같이 된 듯하여 진세명리(塵世名利)와 뒤숭숭한 사려가 씻은 듯 스러지고 다만 월륜 같은 정신이 뚜렷하게 흉중에 좌정한 듯하더이다. 산도 아름답지 아님이 아니로되 곡절과 요철이 있어 아직 사람의 마음을 산란케 함이 있으되 바다에 이르러서는 만경일면(萬頃一面) 지질펀한데 안계를 막는 것도 없고 심정을 자격(刺激)하는 것도 없어 참말 자유로운 심경을 맛보는 것이로소이다. 그러나 이러한 중에도 떨어지지 않는 것은 애인이라, 그대와 일련의 생각은 심중에 잡념이 없어질수록에 더욱 선명하고 더욱 간절하게 되나이다.

만일 이 경치와 이 심경을 저들과 같이 보았으면 어떠랴, 이 달 아래 이 바람과 이 물결에 그네의 손을 잡고 소요하였으면 어떠랴 하는 생각이 차차 더 격렬하게 일어나나이다. 그러나 여기는 만경해중이라 나 혼자 이 천지 속에 깨어 있어 이러한 생각을 하건마는 그네들은 지금 어떠한 꿈을 꾸는가. 아아 그립고 그리운 모국과 애인을 뒤에 두고 수만 리 외로 표박(漂泊)하여 가는 정이 그 얼마나 하오리이까.

나는 신실에 들어와 자리에 누웠나이다. 그러나 정신이 쇄락하여 졸리지는 아니하고 하릴없이 상해를 떠날 적에 사 가진 신문을 꺼내어 뒤적뒤적 읽었나이다.

그러다가 다시 잠이 들었더니 더할 수 없는 공포를 가지고 그 잠을 깨었나이다. 일찍 들어보지 못하던 광연한 폭향이 나며 선체가 공중에 떴다 내려지듯이 동요하더이다. 나는 '수뢰, 침몰' 하는 생각이 번개같이 일어나며 문을 차고 갑판에 뛰어나가다가 소낙비 같은 물바래에 정신을 잃을 뻔하였나이다. 갑판상에는 침의대로 뛰어나온 남녀 선객이 몸을 떨며 부르짖고 선원들은 미친 듯이 좌우로 치구(馳驅)하더이다.

우리 배는 벌써 삼십여 도나 좌현으로 경사하고 기관 소리는 죽어가는 사람의 호흡 모양으로 아직도 통통통통 하더이다. '수뢰, 수뢰' 하는 소리가 절망한 음조로 각 사람의 입으로 지나가더니 상갑판에서 누가,

"선체는 수뢰에 복부가 파쇄되어 구원할 길이 없소. 지금 구조정을 내릴 터이니 각인은 문명한 남자의 최후 체면을 생각하여 여자와 유아를 먼저 살리도록 하시오."

하고 외치는 것은 선장이러이다. 이때에 민활한 수부들은 선상에 배치하였던 개인구조정을 내리고 선객들은 비참한 통곡 속에 여자와 소아를 그리로 올려 태우더이다. 어떤 부인은 그 지아비에게 매달려 말도 못하고 통곡하며, 그러면 그 지아비는 무정한 듯이 그 아내의 가슴을 떠밀어 구조정에 싣고 소리 높이 '하느님이시여 주께 돌아가나이다' 하고, 어떤 이는 미친 듯이 부르짖으며 전후로 왔다갔다하며, 어떤 이는 기력 없이 갑판에 기대어 조상 모양으로 멍멍하니 섰기도 하더이다. 각 구조정에는 수부가 육혈포를 들고 서서 정원 이외에 오르기를 불허하고 어떤 비겁한 남자는 억지로 구조정에 오르려다가 여러 사람의 질책 속에 도로 본선에 끌려 오르기도 하더이다. 구조정은 하나에 이십여 명씩이나 싣고 정처없이 만경에 나뜨더이다. 거기 탄 여자와 소아는 본선에서 시간이 못하여 죽으려 하는 지아비와 아비를 향하여 두 팔을 허우적거리며 우짖고 본선상에 남아 있는 남자 선객과 선원은 도리어 만사 태평인 듯이 침착하더이다.

사람이란 피할 수 없는 위험을 당할 때에는 도리어 태연한 것이러이다. 선체의 전반부는 반 이상이나 물에 들어가고 우리는 잠시나마 생명을 늘일 양으로 후반부로 옮았나이다. 본선을 떠나는 구조정에서는 찬송가가 일어나며 이것을 듣고 우리도 각각 찬송가를 부르며 어떠한 이는 두 팔을 들고 소리를 내어, 어떤 이는 고개를 숙이고 주에게 마지막 기도를 올리더이다. 나는 잠깐 고향과 가족과 동족과 그대와 그의 붕우들과 품었던 장래의 희망을 생각하고 아주 냉정하게 최후의 결심을 하였나이다. 나는 이 세상의 아름다움을 생각할 때에 공포하였나이다. 아껴하였나이다.

그러나 이 세상의 냉혹하고 괴로움을 생각할 때에 하루라도 바삐 이

세상을 벗어남을 기뻐하였나이다. 나는 더러운 병석에서 오줌똥을 싸뭉
개다가 죽지 아니하고 신선한 조일광, 망망한 해양 중에 비장한 경광리
에 죽게됨을 행복으로 여겼나이다. 실상 집에서 죽으려거든 공성명수
(功成名遂)하고 한 명까지 살다가 자녀와 사회의 깊이 애도하는 속에
하거나, 그렇지 아니하거든 혹은 대양 중에 혹은 포탄하에, 혹은 상인
(霜刃)하에, 혹 인류의 문명을 위하여 전기나 화학의 실험중에 죽을 것
인가 하나이다. 나는 저 구차하게 무기력한 생명을 아껴 추한 생활을
이어가는 자를 비소(誹笑)하나이다.

　지금 양양한 바다는 우리를 받아들일 양으로 늠실늠실하고 광휘한
태양은 타계로 가는 우리를 작별하는 듯이 우리에게 따뜻한 빛을 주더
이다. 배가 가라앉음을·좇아 차차 후부로 옮는 선객들은 이제야 몸과
몸이 서로 마주 닿게 되었나이다. 그러다가 우리는 한걸음 한걸음 상갑
판과 장(檣)으로 기어오르나이다. 기관은 벌써 죽었나이다. 이제는 우
리 차례로소이다. 그러나 우리 중에는 이제는 우는 이도 없고 덤비는
이도 없고 다만 비창한 한숨 소리와 기도 소리가 여기저기서 들릴 뿐이
로소이다. 선원은 우리 생명이 이제 사십 분이라 하나이다. 우리 심장
은 일초 일초 뛰나이다. 일분 가나이다. 이분 나이다. 이때에 가끔 물
바래가 우리 열한 얼굴을 적시더이다. 우리는 한걸음 한걸음 위로 위로
올라가나이다. 다만 일순간이라도 할 수 있는 대로는 생명을 늘이려 하
는 인생의 정상은 참 가련도 하여이다. 구조정도 어디 갈 데가 있는 것
이 아니요, 후에 오는 배만 기다리는 고로 그 주위로 슬슬 떠다닐 뿐이
러이다. 가끔 여자의 울음소리가 물결소리와 함께 울려올 뿐이로소이
다.

　십분 지났나이다. 남은 것이 30분. 우리는 부지불각(不知不覺)에 주
먹을 부르쥐고 입을 꼭 다물었나이다. 마치 우리를 향하여 오는 무엇을
저항하려는 듯이. 그러나 우리가 그 운명을 저항할 수 있사오리이까.
아까 구조정에 오르려던 남자는 실신한 듯이 갑판상에 거꾸러지며 거

품을 토하고 경련을 생하더이다. 다른 사람들은 빙그레 웃으면서 그 사람의 파래진 얼굴을 보았나이다.

우리는 그를 구원하려 할 필요가 없고 다만 잠깐 먼저 가거라, 우리도 네가 아직 1리를 앞서기 전에 따라갈 것이로다 할 뿐이로소이다. 이때 우리 심중에야 무슨 욕심이 있으며 무슨 염려가 있으리이까. 만인이 꿈에도 놓지 못하던 명리의 욕이며 쾌락의 욕이며—— 온갖 것을 다 잊어버리고 다만 우리가 세상에 올 때에 가지던 바와 같은 순결한 마음으로 오려는 죽음을 맞을 따름이로소이다. 이때에 우리 이백여 명 사람은 모두 성인이요, 모두 천사로소이다. 만일 누구나 장식(葬式)을 볼 때에 잠깐 이러한 생각을 하였던들 사회의 모든 악하고 무용한 알력이 없어질 것이로다. 이 배에는 혹 금화도 실었으리이다. 그러나 지금 누가 그것을 생각하며, 미인도 있으리이다. 그러나 지금 누가 그를 생각하오리이까. 그뿐더러 우리의 생명까지도 그리 아까운 줄을 모르게 되어 침몰하는 선체의 이상한 불쾌한 음향을 발할 때마다 본능적으로 몸이 흠칫흠칫할 뿐이로소이다. 20분 지내었나이다. 선체는 점점 물 아래로 잠기나이다. 우리는 더 올라갈 곳이 없어 그 자리에 가만히 섰나이다. 이때에 군중 중에서 누가,

"저기 배 보인다!"

하고 외친다. 군중의 시선은 일제히 서편 까만 점으로 쏠리더이다. 선장은 마스트 제이행(第二桁)에 올라가 쌍안경으로 그 이점(異點)을 보더니, 손을 내어두르며,

"코리아호외다. 우리 배보다 두 시간 후에 떠난 코리아호외다. 우리 배 침몰한다는 무선전신을 받고 이리로 옴이외다. 그러나 저 배는 한 시간 후가 아니면 오지 못할 터이니 각각 무엇이나 하나씩 붙들고 저 배 오기를 기다리시오."

우리의 얼굴은 일시에 변하였나이다. 침착하던 마음이 도리어 동란하더이다. 일조의 생도(生道)가 보이매 지금껏 죽으려고 결심하였던 것이

다 허사가 되고 이제는 살려는 희망을 가지고 노력하게 됨이로소이다. 우리는 선원과 함께 널쪽 뜯기를 착수하였나이다. 나도 의접(依接)할 것을 하나 얻을 양으로 잠기다 남은 갑판 위로 뛰어 돌아가다가 이상한 소리에 깜짝 놀라 우뚝 섰나이다. '사람 살리오!' 하는 여자의 소리(영어로)가 들리며 무엇을 두드리는 소리가 나더이다. 나는 곧 그 소리가 서너 치나 이미 물에 잠긴 주장(主檣) 밑 일등실에서 나는 줄을 알아차리고 얼른 뛰어가,

"문을 칠 터이니 물러서시오."

하며 손에 들었던 도끼로 돌쩌귀를 때려부수고 힘껏 그것을 잡아제쳤나이다. 그 속에는 어떤 늙은 서양 부인 하나와 젊은 동양 부인 하나이 있다가 흐트러진 머리와 침의 바람으로 문을 차며 마주 뛰어나오더이다. 나는 그 문을 떼어 생명을 의접할 양으로 도끼로 잡을 손 있는 데를 깨뜨렸나이다. 이때에 뒤로서 누가 내게 매달리기로 돌아본즉 이것이 누구오리까. 내 은인 김일련이로소이다. 나는 다른 말할 새 없이 다만,

"이 문을 잃지 말고 매달리시오. 지금 구조할 배가 옵니다."

하였나이다. 돌아서며 보니 선객과 선원들은 벌써 널쪽을 하나씩 집어 타고 물에 나떴더이다. 갑판에 물이 벌써 무릎을 잠그고 선체는 점점 빠르게 가라앉더이다. 게다가 굽신굽신하는 물결이 몸을 쳐 한 걸음만 걸핏하면 그만 천길 해중으로 쑥 들어갈 것이로소이다.

선상에는 우리 세 사람뿐이로소이다. 내가 도끼로 문을 부수는 동안에 남들은 다 내려간 것이로소이다. 아아 어찌하나, 이 문 한 짝에 세 사람이 붙을 수 없고 그러나 이제 달리 어쩔 수도 없어 그 위급한 중에 얼마를 주저하였나이다.

그러나 나는,

"이 문을 타고 나가시오. 걸핏하면 그만이오. 어서어서."

하고 다시 물속에 든 도끼를 찾아 다른 문을 부수려 하였나이다. 그러

나 이때에 벌써 물이 허리 위로 올라오고 물속에 잠긴 돌쩌귀를 부수지 못하여 한참이나 애를 쓰다가 뒤를 돌아본즉 두 부인은 수상에 조금 남겨 놓인 난간을 붙들고 흑흑 느끼더이다. 나는 이를 보고 허리를 물에 잠그고 겨우 하여 그 문을 뜯어내어놓고 본즉 먼저 뜯어놓은 문이 갑자기 밀어오는 물결에 밀려 달아나더이다. 나는 도끼를 집어내어던지고 그 문을 잡고 헤어나갈 준비를 하였나이다. 그러나 어찌하리오. 문 하나에 셋은 탈 수 없으니 우리 셋 중에 하나는 죽어야 할 것이라, 누가 죽고 누가 살 것이리이까.

이제 우리는 촌각의 여유도 없나이다. 두 부인더러 그 문의 한편 옆에 붙으라 하고 나는 다른 옆에 붙어 아주 우리 몸이 뜨기만 바랐나이다. 침몰하는 본선 주위에는 운명에 생명을 맡긴 인생들이 혹은 널쪽에 혹은 구명대에, 혹은 구조정에 붙어 물결을 따라 오르락내리락하며 말없이 떠다니나이다. 아까 보이던 코리아호는 과연 오는지 마는지.

이윽고 우리 몸은 전혀 그 문에만 매달리게 되었나이다. 두 부인은 기운없이 문설주를 잡고 내 얼굴만 쳐다보더이다. 그러나 세 사람의 중량에 문은 연해 가라앉으려 하고, 그러할 때마다 약한 부인네는 더욱 팔에 힘을 주므로 우리는 몇 번이나 머리까지 물속에 잠겼나이다. 가뜩이나 겨울 물에 사지는 얼어들어오고 팔맥은 풀리고 아무리 하여도 이 모양으로 10분을 지낼 것도 같지 아니하더이다. 이제 우리가 한 가지 오래 갈 묘책은 흥복부에 기대고 팔과 다리로 방향을 잡음이러이다.

그러나 걸핏하면 널쪽이 뒤집히든가 가라앉든가 할 모양이니 어찌하오리까. 그러나 우리는 수분간에 일차씩 물에 잠기어 아무리 하여도 이대로 참을 수는 없더이다. 이때야말로 고식(姑息)을 불허하고 용단이 필요하더이다. 이렁그렁하는 동안에 기력은 차차 모진(耗盡)하더이다.

원래 섬약한 김랑은 벌써 흐뜩흐뜩 느끼며 졸기를 시작하더이다. 아무리 하여도 셋 중에 하나는 죽어야 하리라 하였나이다. 나는 얼른 '살아야 할 사람'은 나와 내 동포인 김랑인가 하였나이다. 인도상으로 보아 두 부인을 살리고 내가 죽음이 마땅하다 하려니와 나는 그때 내 생명을 먼저 버리기에는 너무 약하였나이다. 그러나 저 서양 부인을 떠밀어 내기도 생명이 있는 동안은 못할 일이러니이다. 또 한 번 우리는 물속에 들었다 나왔나이다. 숨이 막히고 정신이 아뜩아뜩하더이다. 나는 다시 생각하였나이다. 아직 국가가 있다, 국가가 있으니 내외국의 별이 있다, 그러니까 다 살지 못할 경우에 내 동포를 살림이 당연하다 하였나이다. 그러나 단행치 못하고 또 한 번 물에 잠겼다 나왔나이다. 나는 이에 결심하였나이다. 차라리 이 널쪽을 뒤쳐 엎었다가 둘 중에 하나 사는 자를 살리리라 하였나이다. 아아 나의 사랑하는 이의 생명이 어찌 될는가.

"하느님이시여, 용서하소서."

하고 나는 널쪽을 턱 놓았나이다. 아아 그때의 심중의 고민이야 무엇으로 형용하리이까. 널쪽이 번쩍 들이며 두 부인은 물 속에 들어갔나이다. 나는 얼른 널쪽을 잡으려 하였으나 널쪽은 물결에 밀려 수보 밖으로 달아나더이다.

이윽고 두 부인도 물을 푸푸 뿜으며 나뜨더이다. 나는 최후의 노력이로구나 하면서 널쪽을 버리고 김랑 있는 데로 헤어가서 한 손으로 그의 겨드랑을 붙들고 널쪽을 향하여 헤었나이다. 널쪽은 잡힐 듯 잡힐 듯하면서 우리보다 앞서 가더이다.

나는 사력을 다하여 헤었나이다. 우리 두 몸은 이제야 겨우 코 이상이 물위에 떴을 따름이로소이다. 나는 '이제는 죽었구나' 하며 남은 힘을 다 하였나이다. 그러나 시체나 다름없는 여자를 한 손에 들었으니 어찌 하오리이까. 그렇다고 차마 그는 놓지 못했나이다. 나는 부지불각에 '아이구' 하였나이다. 그러나 내 생명은 아직 끊기지 아니하였으므로 그래도 허우적허우적 널쪽을 향하여 헤었나이다. 거의 기운이 다하려 할 제 널쪽이 손에 잡혔나이다. 나는 새 기운을 내어 김랑을 널쪽에 올려 싣고 나도 가슴을 널쪽에 대었나이다. 그러고는 다리를 흔들어 널쪽의 방향을 돌렸나이다. 서양 부인이 아직도 떴다 잠겼다 함을 보고 나는 그리로 향하여 저어 가려 하였나이다. 그러나 내 사지는 이미 굳었나이다. 그러고는 정신을 잃었나이다.

깨어본즉 나는 어느 선실에 누웠고 곁에는 김랑과 다른 사람들이 혼미하여 누웠더이다. 나는 몸을 움직일 수도 없고 말도 잘 나가지 아니하더이다. 이 모양으로 20분이나 누웠다가 겨우 정신을 차려 나는 어느 배의 구원을 받아 다시 살아난 줄을 알았나이다. 그리고 겨우 몸을 일혀 곁에 누운 김랑을 보니 아직도 혼미한 모양이러이다. 뒤에 들은즉 이 배는 우리가 기다리던 코리아호요, 그 선객들이 의복을 내어 갈아입히고 우리를 자기네 침대에 누인 게라 하더이다.

저녁때쯤 하여 김랑도 일어나고 다른 조난객도 일어나더이다. 삼백여 명에 생존한 자가 겨우 일백이십기인. 나도 그 틈에 끼인 것이 참 신기하더이다. 아아 인생의 운명이란 과연 알 수 없더이다. 선장도 죽고 나와 같은 방에 들었던 이도 죽고 무론 그 서양 부인도 죽고——그러나 그때 구조정에 뛰어오르려다가 도로 끌려 내린 자는 살아남아서 바로 내 맞은편 침상에 누워 앓는 소리를 하더이다. 여러 선객은 여러 가지로 위문하여 주며 어떤 서양 부인네는 눈물을 흘리며 위문하더이다. 나는 그네에게 대하여 나의 목도한 자초지종을 말하였나이다.

그네는 혹 놀라기도 하고 울기도 하며 그 말을 듣더이다. 그 수뢰는 부설수뢰인가 독일수뢰정이 발사한 것인가 하고 의논이 백출하였으나 무론 귀결되지 못하였나이다. 우리도 국과 우유를 마시고 다시 잠이 들어 익조 나가사끼에 정박할 때까지 세상 모르고 잤나이다.

나가사끼서 이틀을 유하여 단번 의용함대 배로 이곳에 도착한 것이 재재작일 오전 아홉시로소이다. 그러나 물에서 몸이 지쳐 우리는 그냥 병원에 들어와 지금까지 누웠으나 오늘부터는 심신이 자못 경쾌하여감을 느끼오니 과려(過慮) 말으소서.

제 4 신

나는 지금 소백산중을 통과하나이다. 정히 오전 네시. 겹유리창으로 가만히 내다보면 희미하게나마 백설을 지고 인 침침한 삼림이 보이나이다. 우리 열차는 영하 25,6도 되는 천지 개벽 이래로 일찍 인적 못 들어본 대삼림의 밤공기를 헤치고 헐럭헐럭 달아가나이다. 들리는 것이 오직 둥둥둥둥한 차륜소리와 기관차의 헐떡거리는 소리뿐이로소이다. 우리 차실은 침대 네 개 중에 이층 두 개는 비고 나와 김랑이 하층 두 개를 점령하였나이다. 증기철관으로 실내는 우리 온돌이나 다름없이 훗훗하여이다. 나는 김랑의 자는 얼굴을 보았나이다. 담요를 가슴까지만 덮고 입술을 반쯤 열고 부드러운 숨소리가 무슨 미묘한 음악같이 들리더이다. 그 가는 붓으로 싹 그은 듯한 눈썹하며 방그레 웃는 듯한 두 눈하며 여러 날 위험과 노곤으로 좀 해쓱하게 된 두 뺨하며 입술이 약간 가뭇가뭇하게 탄 것이 도리어 풍정 있더이다. 나는 이 사람을 사랑한 지 오래거니와 아직 이 사람의 그간의 변천과 경과를 자세히 들어볼 기회가 없었나이다. 상해서 정성된 간호를 받을 때 그의 마음이 여전히 천사 같거니 하기는 하였으나 그 진위를 판정할 기회는 없었나이다. 나는 이제야 좋은 기회라 하였나이다. 대개 아무리 외식에 익숙한 자라도 잘 때의 용모와 태도는 숨기지 못하는 것이로소이다. 그러므로 어떤 사람의 자는 얼굴을 보면 그 사람의 성정을 대개는 정확하게 판단하는 것이로소이다. 죽은 얼굴은 더욱 그의 성격을 잘 발표한다 하나이다. 그러나 가족 외에는 남의 자는 얼굴을 보기 어려운 것이니 이러한 연구의 최호(最好)한 기회는 차중이나 선중인가 하나이다. 나는 그대의 자는 얼굴을 여러 번 보았나이다. 그리고 그 얼굴로 그대의 성정을 많이 판단하였나이다. 이제 그 솜씨를 가지고 김랑의 자는 얼굴을 연구하려 하였나이다.

맨 처음 그의 얼굴과 숨소리가 소아의 그것과 같이 화평함은 그의 심정이 선하고 쾌창함을 보임이요, 그의 방그레한 웃음을 띠움은 어떤 처지 어떤 사건을 당하거나 절망하고 비통하지 아니하고 항상 주재(主宰)의 섭리를 의지하여 마음을 화락하게 가짐을 보임이니, 만일 그렇지 아니하면 그렇게 큰 곤란을 겪은 뒤에는 반드시 얼굴에 고민불평한 빛이 보일 것으로소이다. 그의 숨소리가 순하고 장단(長短) 같음은 그의 육체와 심정의 완전히 조화함을 보임이니 숨소리의 부제(不齊)함은 무슨 부조화가 있음이로소이다.

그는 어젯밤에 누운 대로 단정한 자세를 유지하였으니 이는 그의 심정의 단아하고 침착함을 보임이로소이다. 혹 베개를 목에 걸고 고개를 번쩍 젖힌다든가 입으로 침을 질질 흘린다든가 팔과 다리를 모양 없이 내어던지는 사람은 반드시 마음의 줏대 없고 난잡함을 보임이로소이다. 입을 꼭 다물지 아니함은 의지가 약하다든가 남에게 의뢰하려는 성정을 표함이어니와 조금 방싯하게 입을 연 것은 도리어 미를 더하는 점이로소이다. 지금 우리 김랑은 마치 아기가 그 자모의 품에 안긴 듯이 마음을 푹 놓고 극히 안온하게 자는 것이로소이다. 나는 한참이나 이 순결한 여성의 얼굴을 응시하다가 눈을 감고 벽에 기대어 생각하였나이다. 과연 아름답도소이다. 이 아름다움을 보고 탄미하고 애착하는 정이 아니 날 사람이 있사오리이까. 조물은 탄미하기 위하여 이런 미를 짓고 이런 미를 감상하는 힘을 인생에게 준 것이로소이다. 그 동안 여러 위험과 곤란에 여유 없는 흉중은 다시 구(舊)에 복(復)하여 산란하기 시작하였나이다.

나는 6년 전 모 여학교 기숙사에서 '분주하신데' 하고 살짝 낯을 붉히던 그를 회상하고, 히비야의 일몽장을 회상하고, 그때 나의 동경과 고민을 생각하고, 또 내가 지난 4,5년간에 겪은 모든 정신적 변천과 고민이 태반이나 지금 내 앞에 누워 자는 일반구에 원인함을 생각하였나이다. 아마 그는 내가 자기를 위하여 겪은 모든 것을 모를 것이로소이다. 그래서 같이 사생간에 출입하면서도 또는 같이 무인한 차실내에 있으면서도 피차의 심중은 대단히 현수(懸殊)한 것이로소이다. 흉벽 하나를 격한 사람과 사람 사이의 심중은 마치 차계와 타계와 같아서 그간에 교통이 생기기 전에는 결코 접촉하지 못하는 것이로소이다. 그 교통기관은 언어와 감정이니 이 기관으로 피차의 내정을 사실(査悉)한 후에야 화친도 생기고 배척도 생기는 것이로소이다. 그러므로 붕우라 함은 서로 이해하여 각기 타인에게 자기와의 공통점을 발견함으로 생기는 관계라 할 수 있는 것이로소이다.

그러나 사랑은 이와는 딴 문제니 그의 성정이며 사상언행이 혹 사랑의 원인도 되며, 혹 이미 성립한 사랑을 강하게 하는 효력은 있으되 그것을 이해한 후에야 비로소 사랑이 성립되는 것은 아니로소이다. 말이 너무 곁길로 들었나이다. 나는 내 심정을 투설함이 김랑에게 어떠한 생각을 줄까 하였나이다. 내가 자기를 위하여 전인격의 변동과 고민을 받은 줄을 말하면 그의 감상이 어떠할까. 자기를 위하여 5,6년을 고민 중으로 지낸 남자인 줄을 알 때에 과연 어떠한 감상이 생길는가.

무론 그 사정을 듣는다고 없는 사랑이 생길 리는 없으련마는 자기를 위한 희생을 가련하게는 여기리라 하였나이다. 설혹 그가 내 진정을 듣고 도리어 성내어 나를 배척하리라 하더라도 희미한 원망과 함께 오래 품어 오던 정을 바로 그 당자를 향하여 토로하기만 하여도 훨씬 속이 시원하고 달콤한 맛이 있을 듯더이다. 그래 나는 제가 잠을 깨기만 하면 곧 그러한 말을 하리라 하였나이다. 그리고 다시 눈을 떠 그의 얼굴을 보매 여전히 안온히 자더이다. 나는 다시 생각하였나이다. 설혹 저편이 나를 사랑한다 한들 내가 저를 사랑할 권리가 있을까. 나는 기혼남자라, 기혼남자가 다른 여성을 사랑함은 도덕과 법률이 금하는 바라.

그러나 내 아내에게는 어찌하여 사랑이 없고 도리어 법률과 도덕이 사랑하기를 금하는 감랑에게 사랑이 가나이까. 법률과 도덕이 인생의 의지와 정을 거스르기 위하여 생겼는가. 인생의 의지와 정이 소위 악마의 유혹을 받아 도덕과 법률을 위반하려 하는가. 이에 나는 도덕·법률

과 인생의 의지와 어느 것이 원시적이며 어느 것이 더욱 권위가 있는가
를 생각하여야 하겠나이다.

인생의 의지는 천성이니 천지 개벽 때부터 창조된 것이요, 도덕이나
법률은 인류가 사회생활을 시작함으로부터 사회의 질서를 유지하기 위
하여 생긴 것이라. 즉 인생의 의지는 자연이요, 도덕 법률은 가변이요,
상대적이라. 그러므로 오인의 의지가 항상 도덕과 법률에 대하여 우월
권이 있을 것이니 그러므로 내 의지가 현재 김랑을 사랑하는 이상 도덕
과 법률을 위반할 권리가 있다 하나이다. 내가 이를 위반하면 도덕과
법률은 반드시 나를 제재하리이다. 혹 나를 간음자라고 하고 혹 중혼자
라 하여 사회는 나를 배척하고 법률은 나를 처벌하리이다.

그러나 내가 만일 김랑을 사랑함이 사회와 법률의 제재보다 중타고
인정할 때에는 나는 그 제재를 감수하고도 김랑을 사랑할지니 대개 영
의 요구가 유형한 온갖 것보다도──천하보다도 우주보다도 더 중함
이로소이다. 현대인은 너무 도덕과 법률에 영성이 마비하여 영의 권위
를 인정 못 하나니, 이는 생명 있는 인생으로서 생명 없는 기계가 되어
버림과 다름이 없나이다. 예수가 십자가에 박힘도 당시의 도덕과 법률
에 위반하였음이요, 모든 국사(國士)와 혁명가가 중죄인으로 혹은 천역
을 하며 혹은 생명을 잃음도 영의 요구를 귀중하게 여기어 현시의 제도
를 위반함이로소이다.

대개 도덕과 법률을 위반함에는 두 가지가 있으니, 하나는 사욕, 물
욕, 정욕을 만족하기 위하여 위반함이니, 이때에는 반드시 양심의 가책
을 겸수하는 것이요, 또 하나는 양심이 허하고, 허할 뿐더러 장려하여
현사회를 위반케 하는 것이니, 이는 법률상으로 죄인이라 할지나 타일
그의 위하여 싸우던 이상이 실현되는 날에 그는 교조가 되고 국조가 되
고 선각자가 되어 사회의 추숭을 받는 것이니, 역사상에 모든 위인걸사
는 대개 이러한 인물이로소이다. 나는 불행히 범인이 되어 정치상 또는
종교상 이러한 혁명자가 되지 못하나 인도상 한 혁명자나 되어보려 하

나이다. 내가 김랑을 사랑함이 과연 이만한 고상한 의의가 있는지 없는지는 모르나 이미 내 전령이 그를 사랑하는 이상 나는 결코 사회를 두려 내 영의 요구를 억제하지 아니하려 하나이다. 혹 사회가 나를 악인으로 여겨 다시 나서지 못하게 한다 하더라도 나는 내 영의 신성한 자유를 죽여서까지 육체와 명예의 안전을 도모하려 아니하나이다.

나는 일본인의 정사(情死)를 부러워하나니 대개 제가 사랑하는 자를 위하여 목숨을 버리기조차 사양치 아니하는 그 정신은 과연 아름답소이다. 저 혹은 명예를 위하여, 혹은 신체나 재산을 위하여 사랑하던 자 버리기를 식은밥 먹듯하는 종족을 나는 미워하나이다. 나도 그러한 나약(懦弱)하고 냉담한 피를 받았으니 과연 저 외국인 모양으로 사랑하는 자를 위하여 생명까지라도 아끼지 않게 될는지는 알 수 없으나 나는 이제 김랑을 대하여 이 실험을 하여보려 하나이다.

내가 일전 과선하였을 때에 한 행동도 이 방면의 소식을 전함인가 하나이다. 인생의 일생이 과연 우습지 아니하리이까. 오래 살아야 칠십 년에 구태여 사회 앞에 꿇어 엎디어 온갖 복종과 온갖 아부를 하여가면서까지 노예적 안전과 쾌락에 연연할 것이야 무엇이니이까. 제가 정의로 생각하는 바를 따라 용왕매진(勇往邁進)하다가 성하면 좋고 패하면 폭풍에 떨어지는 꽃모양으로 훌쩍 날아가면 그만이로소이다. 나는 벌떡 일어섰나이다. 두 주먹을 불끈 부르쥐고,

'옳다 겁을 버려라. 내 사랑하는 김랑을 위하여 전심신을 바치리라.'
하였나이다. 내 발소리에 깨었는지 김랑이 눈을 뜨며,

"추우십니까?"

"아니올시다. 너무 오래 잤기로 좀 하노라고 그럽니다."

"지금 몇시야요?"
하면서 일어앉는다.

"다섯시 오분이올시다, 좀더 주무시지요. 아직 이른데."
하고 나는 이상하게 수줍은 마음이 생겨 김랑을 정면으로 보지 못하고

창도 내다보며 전등도 보며 하였나이다.

"여기가 어딥니까?"

"소백산 삼림 속이올시다. 아직까지 두 발 달린 짐승 들어보지 못한 성전인데 지금은 철도가 생겨 차차 삼림도 채벌하고 아담과 말하던 새와 사람들도 가끔 두 발 달린 짐승의 총소리에 놀랍니다. 지구상에는 이 두 발 달린 짐승이 과히 번성하여서 모처럼 하느님이 수십만 년 품 들여서 만들고 새겨 놓은 지구를 말 못되게 보기 숭하게 만듭니다. 자연을 이렇게 버려놓는 모양으로 사람의 영성에도 붉은 물도 들이고 푸른 물도 들이고 깎기도 하고 새기기도 하여 모양 없이 만들어놓습니다. 보시오. 우리 신체도 그러합니다. 모두 무슨 흉물스러운 헝겊으로 뒤싸고 예의니 습관이니 하는 오랏줄로 꽁꽁 동여매고……."

나는 나오는 대로 한참이나 지껄이다가 과히 용장(冗長)한 듯하여 말을 뚝 끊고 김랑의 얼굴을 보았나이다. 김랑은 빙그레 웃으면서,

"그래도 의복도 없고 문명도 없으면 이 추운 땅에서야 어떻게 삽니까?"

"못 살지요. 원래로 말하면 지구가 이렇게 식어서 눈이 오고 얼음이 얼게 되면 차차차차 적도지방으로 몰려가 살 터이지요. 말하자면 적도지방에 사는 사람들이 짜장 살 권리 있는 사람이요, 온대나 한대에 사는 사람들은 천명을 거역하여 사는 것이외다그려. 그러니까 적도지방에 사는 사람들은 천명대로 자연스럽게 살아가지마는 온대나 한대에 사는 사람들은 소위 '자연을 정복'한다 하여 꼭 천명에 거슬리는 생활을 합니다그려. 그네의 소위 문학이라는 것이 즉 천명을 거역하는 것이외다. 우선 우리로 보아도 한 시간에 십리씩 걸어야 옳게 만든 것을 꾀를 부려 백여 리씩이나 걷지요. 눈이 오면 추워야 옳을 텐데 우리는 지금 따뜻하게 앉았지요……. 그러니까 문명 속에 있어서는 하느님을 섬길 수 없어요."

"아 그러면 선생님께서는 문명을 저주하십니다그려. 그러나 우리 인

생치고 문명 없이 살아갈까요? 톨스토이가 제 아무리 문명을 저주한다 하더라도 그 역시 '가옥' 속에서 '요리'한 음식 먹고 '기계'로 된 의복 입고 지내다가 마침내는 철도를 타다가 정거장에서 '의사'의 치료를 받다가 죽지 아니하였습니까."

나는 이 말에는 대답하려 아니하고 단도직입으로 김랑의 사정을 탐지하려 하였나이다. 김랑의 술회는 아래와 같더이다.

내가 동경을 떠난 후 일년에 김랑도 모 고등여학교 졸업하고 잉(仍)하여 여자대학교 영문학과에 입학하였나이다. 원래 재질이 초월한 자라 입학 이후로 학업이 일진하여 교문에 조선재원의 명성이 혁혁하였나이다. 그러나 꽃과 같이 날로 피어가는 그의 아름다운 얼굴에 취하여 모여드는 호접(蝴蝶)이 한둘이 아니런 듯하더이다. 그중에 한 사람은 성명은 말할 필요가 없으나 당시 조선유학생계에 수재이던 모씨러이다. 씨는 제대(帝大) 문학과에 재하여 재명이 융융하던 중, 그중에도 독일문학에 정상(精詳)하고 또 천품의 시재(詩才)가 있어 입을 열면 노래가 흐르고 붓을 들면 시가 솟아나는 자러이다.

조선학생으로 더구나 아직 청년학생으로 일본문단의 일방에 명성의 예(譽)를 득한 자는 아직껏 아마 씨밖에 없었으리이다. 씨의 시문이 어떻게 미려하여 사람들을 뇌살하였음은 일찍 씨의 소녀에게라 하는 시집이 출판되매 그 후 일개월이 못하여 무명한 청년여자의 열정이 횡일(橫溢)하는 서한을 무수히 받은 것을 보아도 알 것이로소이다. 말하자면 김랑의 만인을 뇌살하는 미모를 모씨는 그 필단(筆端)에 가진 것이라 할 것이로소이다.

김랑과 모씨와는 시문의 소개로 부지불식간에 상사하는 애인이 되었나이다. 그리하여 우선 쌍방의 흉중에 화염이 일어나고 다음에 시와 글이 되고 다음에 열렬한 서한이 되고, 또 다음에 우연한 대면이 되고 마침내 핑계 있는 방문이 되어 드디어 떼려도 뗄 수 없는 사랑의 융합이 된 것이로소이다. 혹 신춘의 가절에 손을 잡고 교외의 춘경을 찾아 난

만한 백화 열렬한 정염(精焰)을 돋우며 낭랑한 종달의 소리에 청춘의 생명의 희열을 노래하고, 혹 다끼가와(瀧川) 다까오(高尾)에 만추의 색을 상(賞)하여 표요(飄颻)하는 낙엽에 인생의 무상을 탄(歎)하고 냉랭한 추수에 뜨거운 청춘의 홍루를 뿌리기도 하여 춘거추래(春去秋來) 삼개의 성상을 꿀같이 달고 꿈같이 몽롱하게 지내었나이다.

그러나 모씨는 천재의 흔히 있는 폐병이 있어 몸은 날로 쇠약하고 시정은 날로 청순하여 가다가 거년 춘삼월 피는 꽃 우는 새의 아까운 인생을 버리고 구름 위 백옥루(白玉樓)의 영원한 졸음에 들었나이다. 그 후 김랑은 파경의 홍루에 속절없이 나금(羅衿)을 적시다가 단연히 지(志)를 결하고 일생을 독신으로 문학과 음악에 보내리라 하여 어떤 독일 선교사의 소개로 백림(伯林)으로 향하던 길에, 이번의 난을 만난 것이로소이다.

황해 중에서 불귀의 객이 된 그 서양 부인은 즉 김랑이 의탁하려던 독일부인인 줄을 이제야 알았나이다. 낭은 언필(言畢)에 참연히 눈물을 흘리고 오열을 금치 못하며 나는 고개를 돌려 주먹으로 눈물을 씻었나이다.

슬프다 모씨여, 조선 사람은 모씨의 요서(夭逝)를 위하여 통곡할지어다.

근화반도(槿花半島)의 고려(高麗)한 강산을 누가 있어 영탄하며 사천년 묵은 민족의 흉중을 누가 있어 읊으리이까. 산곡의 백합을 보는 이 없으니 속절없이 바람에 날림이 될지요, 유간(柳間)의 황앵(黃鶯)을 듣는 이 없으니 무심한 공곡(空谷)이 반향할 따름이로소이다. 우리는 이러한 천재 시인을 잃었으니 이 또한 하늘의 뜻이라 한탄한들 미치지 못하거니와, 행여나 마음 있는 누가 그의 무덤 위에 한 줌의 꽃을 공(供)하고 한 방울 눈물이나 뿌렸기를 바라나이다.

서색(曙色)이 창에 비치었나이다. 하늘과 땅이 온통 설백한 중에 영원의 침묵을 깨뜨리고 우리 열차는 수백 명 각종인을 싣고 헐떡헐떡 달아나나이다. 이 열차는 무슨 뜻으로 달아나고 차중의 사람은 무슨 뜻으로 어디를 향하고 달아나나이까. 봄이 가고 겨울이 오니 꽃이 피고 꽃이 지며, 밤이 가고 낮이 오니 해가 뜨고 달이 지도다. 꽃은 왜 피고 지며 해와 달은 왜 뜨고 지나이까. 쉬임 없이 천축(天軸)이 돌아가니 만천의 성신(星辰)이 영원히 맴돌이를 하도다. 저 별은 왜 반짝반짝 창궁(蒼穹)에 빛나고 우리 지구는 왜 해바퀴를 싸고 빙글빙글 돌아가나이까. 나라와 나라이 왜 작았다 컸다가 있다가 없어지며 인생이 어이하여 났다가 자라다가 앓다가 죽나이까. 나는 어이하여 났으며 김랑은 어이하여 났으며 그대는 어이하여 났으며 나는 무엇하러 소백산중으로 달아나고 그대는 무엇하러 한강가에 머무나이까. 나는 모르나이까, 모르나이다.

　그러나 하고많은 나라에 나와 그대와 어찌하여 한나라에 나고, 하고많은 시기에 나와 그대와가 어찌하여 동시에 나고, 하고 많은 사람에 나와 그대와가 어찌하여 사랑하게 되었나이까. 나와 김랑이 어찌하여 6년 전에 만났다가 헤어지고 황해에서 같이 죽다가 살아나고 이제 동일한 차실에서 마주보고 담화하게 되었나이까. 나는 모르나이다, 모르나이다. 그대를 복중에 둔 그대의 모친과 나를 복중에 둔 나의 모친과는 서로 그대와 나와의 관계를 생각하였으리이까. 복중에 있는 그대와 나와는 서로 나와 그대를 생각하였으리이까. 그대와 나와 초대면하기 전일에 그대와 나와는 익일의 상면을 기하였으리이까. 그대와 나와 초대면하는 날에 그대와 나와의 익일의 애정을 상상하였으리이까. 서로 생각도 못하던 사람과 사람을 만나게 하는 자——그 무엇이며, 서로 제 각각 제 경우에 자라던 사람과 사람의 마음을 서로 교통케 하는 자——그 무엇이리이까. 나는 모르나이다, 모르나이다.

　알지 못케라. 우리가 가장 멀게 생각하는 아프리카의 내지나 남미의 남단에 휘파람하는 청년이 나의 친구가 아닐는지. 뽕 따고 나물 캐는 아리따운 처녀가 나의 애인이 아닐는지. 나는 모르나이다, 모르나이다.

　이제 김랑과 나와 서로 대좌하였으니 둘의 영혼이 제 마음대로 고동하나이다. 그러나 눈에 보이지 아니하는 미묘한 줄이 만인의 마음과 마음에 왕래하니 이 줄이 명일에 갑과 을과를 어떠한 관계로 맺어놓고 병정(丙丁)과 무기(戊己)와를 어떠한 관계로 맺어놓으리이까. 나는 모르나이다, 모르나이다. 김랑과 내가 장차 어떠한 관계로 웃을는지 울는지도 나는 모르나이다, 모르나이다.

　나는 이제는 명일 일을 상상할 수 없고 순간 일을 상상할 수 없나이다. 다만 만사를 조물의 뜻에 맡기고 이 열차가 우리를 실어가는 데까지 우리 몸을 가져가고 이 영혼을 끌어가는 데까지 우리는 끌려가려 하나이다.

── 1917년 11월 《青春》 제 9~11호 소재

방 황

　나는 감기로 삼일 전부터 누웠다. 그러나 지금은 열도 식고 두통도 나지 아니한다. 오늘 아침에도 학교에 가려면 갈 수도 있었다. 그러나 여진히 자리에 누웠다. 유학생 기숙사의 24첩방은 휑하게 비었다. 남향한 유리창으로는 회색 구름이 덮인 하늘이 보인다. 그 하늘이 근심 있는 사람의 눈 모양으로 자리에 누운 나를 들여다본다. 큰 눈이 부실부실 떨어지더니 그것도 얼마 아니하여 그치고 그 차디찬 하늘만 물끄러미 나를 들여다본다. 나는 '기모노'로 머리와 이마를 가리우고 눈만 반작반작하면서 그 차디찬 하늘을 바라본다. 이렇게 한참 바라보노라면 그 차디찬 하늘이 마치 커다란 새의 날개 모양으로 점점 가까이 내려와서 유리창을 뚫고 이 휑한 방에 들어와서 나를 통으로 집어삼킬 듯하다. 나는 불현듯 무서운 생각이 나서 눈을 한번 깜박한다. 그러나 하늘은 도로 아까 있던 자리에 물러가 그 차디찬 눈으로 물끄러미 나를 본다.

　내 몸의 따뜻한 것이 내게 감각된다. 그러나 나는 지금 저 하늘을 쳐다보고 또 지금 하늘이 나를 삼키려 할 때에 무섭다는 감정을 가졌다. 나는 살았다. 확실히 내게는 생명이 있다. 지금 이 이불 속에 가만히 누워 있는 이 몸뚱이에는 확실히 생명이 있다. 이렇게 생각하고 나는 이불 속에 가만히 다리도 흔들어보고 손가락도 움직여보았다. 움직이리라 하는 의지를 따라다니며 손가락이 움직이는 것과 또 그것들이 움직일 때에 '움직이네'하는 근육감각이 생길 때에 '아아 이것이 생명이구나'하고 나는 빙그레 웃었다. 그리고 여전히 저 차디찬 회색구름 끼인 하늘이 유리창을 통하여 물끄러미 나를 보고 있는 것을 본다.

사생(舍生)들은 다 학교에 가고 사내(舍內)는 정적(靜寂)하다. 이 커다란 기숙사내에 생명 있는 자라고는 나 하나밖에 없다. 그리고 하층 자습실 네모난 시멘트 화로에 꺼지다 남은 숯불이 아직 내 몸 모양으로 따스한 기운을 가지고 다 사라진 잿속에서 반작반작할 것을 생각한다. 나는 그 불덩어리가 보고 싶어서 곧 뛰어내려 가려다가 중지하였다. 그러고 내 친구 C군이 일전에,

"나는 밤에 화로에 숯불을 피워놓고 전등을 끄고 캄캄한 속에 혼자 앉아서 그 숯불을 들여다보고 앉았는 것이 제일 즐거워."

하던 것을 생각하고 그 숯불을 우두커니 보고 앉았는 C군이 마음이 어째 내 마음과 같은 듯하다 하였다.

평생에 불김을 보지 못하는 침실은 춥다. 게다가 누가 저편 유리창을 반쯤 열어놓아서 콧마루로 찬바람이 획획 지나간다. 그 유리창을 닫고 싶으면서도 일어나기가 싫어서 콧마루로 찬바람이 지나갈 때마다 물끄러미 그 유리창을 보기만 한다. 어떤 친구가 아침에,

"이불이 엷지요. 추우실 듯하구려."

하고 벽장에 넣으려던 자기의 이불을 덮어주려 하는 것을 나는,

"아니오."

하고 거절하였다. 내 이불이 엷기는 엷어도 결코 춥지는 아니하였다. 내몸은 지극히 따뜻하였다. 그러나 내 생명은 무론 추웠다. 마치 지금 이 대한(大寒)철인 것과 같이 내 생명은 추웠다. 그러나 이불을 암만 많이 덮고 방을 아무리 덥게 하여 내 전신에서 땀이 흐른다 하더라도 추워하는 내 생명은 결코 따뜻한 맛을 보지 못할 것이라.

가만히 자리에 누워 유리창으로 물끄러미 들여다보는 회색 구름 덮인 겨울 하늘을 보면 그 하늘의 차디찬 손이 내 조그마한 발발 떠는 생명을 주물럭주물럭하는 듯하여 몸에 소름이 쪽쪽 끼친다. 나는 차마 더

하늘을 바라보지 못하여 '기모노'로 낯을 가리었다가 그래도 안전치 못한 듯하여 일어나 휘장으로 유리창을 가리웠다.

실내의 공기는 참 차다. 마치 죽은 사람의 살 모양으로 심하게도 싸늘하다. 사벽(四壁)에 걸린 '기모노'의 소매로서 차디찬 안개를 토하는 듯하고 지금껏 나를 들여다보던 차디찬 회색 구름 덮인 하늘이 눈가루 모양으로 가루가 되어 유리창 틈과 다다미 틈과 벽 틈으로 훌훌 날아들어와 내 이불 속으로 모여 들어오는 듯하다. 마치 내 살과 피의 모든 세포에 그 차디찬 하늘 가루가 달라붙어서 그 세포들을 얼게 하려는 듯하다. 나는 이불을 푹 막 쓰고 눈을 감았다. 그리고 잠이 들기를 바라는 사람 모양으로 가만히 있었다. 내 심장의 똑똑 뛰는 소리가 이불에 반향하여 역력히 들린다.

나는 한참이나 그 소리를 듣다가 차마 더 듣지 못하여 얼굴을 내어놓고 눈을 번쩍 떴다.

'그것이 내 생명의 소리로구나.'

하고 가만히 천장을 바라보았다.

'그것이 왜 무엇하러 똑똑 뛰는가. 또는 언제까지나 뛰려는가.'

하였다. 그러나 이런 생각은 벌써부터 하던 생각이요, 생각할 때마다 그 대답은 '나는 몰라'하던 것이라. 그러나 이 심장이 언제까지나 이렇게 똑똑 뛰려는가. 지금 내가 이렇게 똑똑 뛰는 소리를 듣는 이 귀로 조만간 이 똑똑 뛰는 소리가 끊어지는 것을 들으렷다. 그때에 나는,

'아뿔싸 똑똑하는 소리가 없어졌구나.'

하고 이제는 몸이 식어가는 양을 볼 양으로 이 따뜻하던 몸을 만져볼 여유가 있을까. 그리고,

'무엇하러 이 심장이 똑똑똑똑 뛰다가 왜 똑똑똑똑 뛰기를 그쳤는고?'

하고 생각할 여유가 있을까.

그리고 나는 이러한 생각을 하였다. 만일 내가 지금 앓는 병이 차차

중하여져서 마침내 죽게 되면 어찌할꼬. 그러나 내게는 슬픈 생각도 없고 무서운 생각도 없다. 아무리 하여도 이 세상이 아까운 것 같지도 아니하고 이 생명이 아까운 것 같지도 아니하다. 이것이 보고 싶으니, 또는 이것을 하고 싶으니, 살아야 하겠다 하는 아무 것도 내게는 없다. 도리어 세상은 마치 보기 역정나는 서적이나 연극과 같다. 조금 더 보았으면 하는 생각은커녕, 어서 이 역정나는 경우에서 벗어났으면 하는 생각이 날 뿐이다. 생명은 내게는 무서운 의무로다. 나는 생명이라는 의무를 다함으로 아무 소득이 없다. 나는 그 동안 울기도 하고 혹 웃기도 하였다. 그러나 그것은 내게 아무 가치도 없는 것이다. 그따위 웃음과 울음을 보수로 받는 내 생명의 의무는 내게는 무서운 괴로운 짐에 지나지 못한다. 나는 조금도 세상이 그립지도 아니하고 생명이 아깝자도 아니하다. 내 금시에 '사(死)'를 만나더라도 무서워하기는커녕, '왜 이제야 오시오'하고 반갑게 손을 잡고 싶으다. 이러한 생각을 한 것은 오늘이 처음이 아니로다. '에그 적막해라' '에그 춥기도 추워라' '에그 괴로워라' 할 때마다 나는 늘 이러한 생각을 하였다. 그리고 현해탄과 모르히네, 철도선로를 생각하였다. 그러나 오직 타성으로—— 생명의 타성으로 하루 이틀 독서도 하고 상학(上學)도 하고 글도 짓고 담화도 하였다. 그러나 혼자 외딴 데 있어 반성력이 자유로 활동하여 분명히 자기를 관조할 때에는 늘 이 생각이 일어난다. 세상이 제 아무리 여러 가지 빛과 소리로 내 눈과 귀를 현혹하려 하더라도 그것은 저 회색 구름 끼인 차디찬 겨울 하늘에 지나지 못한다. 나는 이 병이 와싹 중하여져서 체온이 45,6에나 올라가 몸이 불덩어리와 같이 달아서 살과 피의 세포와 섬유가 활활 불길을 내며 타다가 죽어지고 싶고, 전신의 세포가 불길이 일도록 타노라면 내 생명도 비록 일순간이나마 따끔하는 맛을 볼 것 같다. 그 따끔하는 일순간이 이따위 싸늘한 생활의 천년보다 나을 듯하다. 이렇게 생각하면서 나는 이불을 푹 쓰고 잠이 들었다. 내 몸에 열이 높아서 병원 침상 위에 누웠던 꿈을 꾸다가 번하게 잠을 깨

니 뉘 따뜻한 손이 내 이마 위에 있다. 학교에 갔던 K군인 줄은 눈을
떠보지 아니하여도 알았다. 나는 추운 이 세상에 그러한 따뜻한 손이
있어서 내 머리를 짚어주는 것을 이상하게 여겼다. 감사하게도 여겼다.
그 손을 내 두 손으로 꼭 잡아다가 입을 맞추고 가슴에 품고 싶었다.
그리고 어제 아침부터 누가 하루 세 때씩 우유를 보내주던 것을 생각하
였다. 어제 아침에 자리에 누운 대로 빳빳 마른 면보를 먹을 때 어떤
일인(日人)이,

"이상(李樣)卜云フノハ貴方デス力?"
하고 실내에 내가 혼자 있는 것을 보고 의심 없는 듯이 우유 두 병을
내 앞에 놓으며,

"식기 전에 잡수시오"
하고 나가려 한다. 나는 아마 그가 사람을 잘못 알았는가 하였다. 기숙
사에는 나 밖에도 '이상(李樣)'이 많다. 내게 우유를 전할 사람이 누굴
까 하였다. 그래서 나가려는 그 일인을 도로 불러,

"어떤 사람이 보냅디까?"
하였다. 그 일인은 수상한 듯이 우두커니 나를 보고 섰더니,

"모르겠어요. 그저 다른 말은 없이 하루 세 때씩 이상께 우유를 가져
다 드리라서요."
하고 문을 닫고 나선다. 나는 한참이나,

'그게 누굴까?'
하고 생각하다가 마침내,

'내가 그 누구인지를 알 필요가 없다. 다만 나와 같은 인류 중에 한
사람이 내가 병으로 식음을 폐한 것을 불쌍히 여겨 보낸 것으로 알자.'
하고 반갑게 기쁘게 그 우유 두 병을 마셨다. 그리고 이것이 어머니의
품에 안겨 그 젖을 빠는 것과 같이 생각되어 인정에 따뜻함이 있는 것
을 감각하였다. 이러한 생각을 하면서 나는 눈을 뜨고 한 팔로 K군의
허리를 안았다. K군은 내 이마를 짚었던 손을 떼면서 걱정스러운 눈으

296

로,

"좀 나으셔요?"

"네, 관계치 않습니다."

하고 나는 빙긋이 웃었다. 병이 더쳐서 죽어지기를 바라는 놈더러, '좀 나으셔요?'하고 묻는 것이 우스워서 내가 웃는 것이언마는 K군은 그런 줄은 모르고서 역시 빙긋이 웃는다. K군은 나를 미워하지 아니하는 줄을 내가 안다. 그가 진정으로 나의 '좀 낫기'를 바라는 줄도 내가 안다. 또 K군 밖에도 내가 오래 세상에 살아 있기와, 세상을 위하여 일하기와, 또 내가 세상에서 성공하기를 바라는 자가 있는 줄을 안다. 내가 만일 죽었다는 말을 들으면 '아깝다'하며 '불쌍하다'하여 혹 추도회를 하며 탄식도 하고 혹 극소수의 눈물을 흘릴 자가 있을 줄도 내가 안다. 적어도 내 아내는 슬퍼 눈물을 흘릴 줄을 내가 안다. 나 같은 것을 유망한 청년이라고 학비를 주는 은인도 있고 세상에 좋도록 소개하여주는 은인도 있고 면대하여 나를 칭찬하며 격려하는 은인도 있다. 그렇다, 그 친구들은 다 나의 은인이로다. 혹 글 같지도 아니한 내 글을 보내라고도 두세 번 연하여 전보를 놓는 신문사도 있다. 이만하면 나는 세상에서 매우 융숭한 대우와 사랑을 받는 것이다. 세상에는 나만큼도 사랑을 받지 못하는 사람이 얼마나 많으랴. 나는 과연 복이 많은 사람이로다.

그러나 나는 늘 적막하다. 늘 춥고 늘 괴롭다. 사방에서 고마운 친구들이 내 몸을 덥게 하려고 입김을 불어주건마는 대한에 벌거벗고 선 나의 몸은 점점 더 추워갈 뿐이다. 여러 고마운 친구들의 훗훗한 입김이 도리어 내 몸에 와서 이슬이 되고 서리가 되고 얼음이 되어 더욱 내 몸을 얼게 할 뿐이다. 차라리 이렇게 고마운 친구들까지 없어서 나로 하여금 '세상이 춥구나'하고 원한의 장태식(長太息)을 하면서 곧 얼어 죽게 하였으면 좋겠다. 이러한 애정이 있으므로 나로 하여금 세상에 대하여 의무의 감을 생하게 하고 집착의 염(念)을 가지고 하는 것이 도리어 원망스럽다. 세상이 나에게 이러한 애정을 주는 것은 마치 임종의 병인에게 캄프르주사를 시(施)하는 것과 같다. 간호인들은 그 병인의 생명을 일순간이라도 더 늘이려 하는 호의로 함이언마는 병인 당자에게는 다만 고통의 시간을 길게 할 뿐이다. 나는 실로 캄프르주사의 힘으로 지금까지 살아왔다. 그러나 캄프르주사의 효력이 그 도수(度數)를 따라 감(減)하는 모양으로 세상의 애정이 내게 주던 효력도 점차 감하였다. 마침내 병인이 주사에 반응치 못하도록 쇠약하는 모양으로 나도 그렇게 쇠약하였다. 고마운 친구가 익명으로 전하여 주는 따뜻한 우유와 K군의 손을 볼 때에 나는 빙긋이 웃었다. 그러나 그는 주사의 반응이 아니요, 근육의 미미한 경련에 지나지 못한다. 이제는 아무러한 주사도 내게 효력이 없을 것이다. 만일 무슨 효력이 있을 법방(法方)이 있다 하면 인혈(人血)주사나 될는지. 어떤 사람이 자기의 동맥을 절단하여 그것을 내 정맥에 접하고 생기 있고 펄펄 끓는 선혈을 싸늘하게 쇠약한 나의 몸에 주입하면 혹 내 몸에 붉은 빛이 나고 따뜻한 기운이 돌는지도 모르거니와 그러하기 전에는 내 앞에 있는 것은 사(死)밖에 없다. 그러나 이 인혈 주사! 이것이 가능한 일인가. 아니! 아니! 가능할 리가 없다. 나는 죽을 뿐이다.

그러나 나는 아무 것도 아까운 것이 없고 따라서 슬픈 것이나 무서운 것도 없다. 고마운 친구들의 따뜻한 애정에 대한 의무의 압박이 미상불 없지 아니하건마는, 또는 나를 위하여 눈물을 흘릴 자에 대하여 서어하고 미안한 생각이 없지 아니하건마는……그러나 그런 것들은 나로 하여금 생의 집착을 감(感)하게 하기에 너무 박약하다.

K군은 말없이 우두커니 내 얼굴을 보고 앉았더니 슬그머니 일어서서 밖으로 나간다. 나는 그의 그림자가 문에서 없어지고 초이(草履)를 끌고 층층대로 내려가는 소리를 들으면서 불식부지(不識不知)하고 눈물을 흘렸다. 그리고 아까 K가,

"노형의 몸은 이미 노형 혼자의 몸이 아닌 줄을 기억하시오. 조선인

전체가 노형에게 기대하는 바가 있음을 기억하시오"

하던 것을 생각하였다. 이는 내가,

"나는 어째 세상에 아무 자미(滋味)가 없어지고 자살이라도 하고 싶으오."

하는 내 말을 반박하는 말이었다. 과연 나는 조선사람이다. 조선사람은 가르치는 자와 인도하는 자를 요구한다. 과연 조선사람은 불쌍하다. 나도 조선사람을 위하여 여러 번 눈물을 흘렸고 조선사람을 위하여 이 조그마한 몸을 바치리라고 결심하고 기도하기도 여러 번 하였다. 과연 지금토록 내가 노력하여온 것이 조금이라도 있다 하면 그는 조선사람의 행복을 위하여서 하였다. 나는 지나간 6년간에 보리밥 된장찌개로 매일 6,7시간씩이나 조선사람의 청년을 가르치노라 하였고, 틈틈이 되지도 않는 글도 지어 신문이나 잡지에 내기도 하였다. 그리고 그러할 때에 나는 일찍 거기서 무슨 보수를 받으려 한 생각이 없었고 오직 행여나 이러하는 것이 불쌍한 조선인에게 무슨 이익을 줄까 하는 애정(哀情)으로서 하였다. 무론 나는 몇 친구에게 '너는 글을 잘 짓는다'는 칭찬도 들었고, 혹 '너는 매우 조선인을 사랑한다'는 치하도 들었다. 그리고 어린 생각에 기뻐하기도 하였고 그 때문에 장려함도 많이 받았다. 그러나 나는 결코 이것을 바라고 매일 6,7시간 분필가루를 먹으며 붓을 잡은 것은 아니었다. 설혹 내 능력과 정성이 부족하여 나의 노력이 아무러한 큰 효력도 생(生)하지 못하였다 하더라도 나는 실로 내 진정으로 조선사람을 위하여 한 것이었다. 그러나 나는 저 큰 애국자들이 하는 모양으로 '조선과 혼인'하지는 못하였다. 나는 조선을 유일한 애인으로 삼아 일생을 바치기로 작정하기에 이르지 못하였다. '적막도 해라' '춥기도 해라' 할 적마다 '조선이 내 애인'이라도 생각하려고 애도 썼다. 그러나 나의 조선에 대한 사랑은 그렇게 작열하지도 아니하고 조선도 나의 사랑에 대답하는 듯하지 아니하였다. 그래서 아까도 김군께 다만,

"아니 나는 오직 혼자요."

하고 대답할 뿐이었다. 과연 나는 혼자로다. 이 24첩이나 되는 휑하게 비인 침실, 싸늘한 공기 중에 회색 구름 덮인 차디찬 겨울 하늘을 바라보며 혼자 발발 떨고 누워 있는 모양으로 나는 혼자로다.

나는 벌떡 일어나서 아까 유리창을 가리웠던 휘장을 젖혔다. 그리고 하늘을 바라보았다. 여전히 회색 구름이 덮이고 여전히 물끄러미 나를 내려다본다. 나는 그 차디찬 하늘이 반갑고 다정함을 깨달았다. 나는 조금이라도 하늘을 가까이 볼 양으로 유리창을 열었다. 굵은 빗방울이 부스럭 눈에 섞여 내 여윈 얼굴을 때린다. 저 하늘의 입김인 듯한 차디찬 바람이 내 품 속으로 기어들어오고 흐트러진 내 머리카락을 날린다. 나는 오싹 소름이 끼치면서도 정신이 쇄락하여짐을 깨달았다. 마당에 홀로 섰는 잎 떨린 벽오동나무가 무슨 생각을 하는 듯이 우두커니 섰다. 나는 정신 잃은 사람 모양으로 하늘을 바라보다가 유리창을 도로 닫고 이불을 푹 막썼다. 학교에 갔던 사생들이 돌아왔는지 아래층에서 신 끄는 소리도 나고 말소리도 들린다. 어떤 사람이 일본 속요(俗謠)를 부르면서 식당께로 퉁퉁 뛰어가는 소리도 들린다. 기숙사 속은 다시 살았다. 또 사람들이 욱적욱적하는 세상이 되었다. 나는 여러 사생들의 모양을 생각하고 불결한 마음이 생겼다. '중이 되고 싶다'하였다. 연전에 어떤 관상자(觀相者)가 나를 보고 '그대로 승려(僧侶)의 상이 있다' 하던 것을 생각하였다. 그때에는 우습게 듣고 지내었거니와 지금은 그 말에 깊은 뜻이 있는 듯하다. 내 운명의 예시가 있는 듯하다. 아아 깊은 산곡간(山谷間) 폭포 있고 청천(淸泉) 있는 조그마한 암자에서 아침저녁 목어를 두드리고 송경(誦經)하는 장삼 입은 중의 모양! 연전 어느 가을에 도봉(道峰)서 밤을 지낼 새 새벽에 꿍꿍 울려 오는 종소리와 그 종을 치던 노승을 생각한다. 세상의 쓰고 달고 덥고 추운 것을 잊어버리고 일생을 심산(深山)의 조그마한 암자에서 보내는 것이 나에게 적합한 생활인 듯하다. 그리고 나는 저 중 된 사람들이 무슨 동기로 출가하였는가를 생각하였다. 그리고 그네도 대개 나와 같은 동기로 그리하였으리라 하였다. 나는 나의 어떤 고모를 생각한다. 그는 17세에 출가하여 18세에 과부가 되었다. 그의 남편은 13세에 죽었다. 하니까 그는 무론 처녀일 것이다. 그 후에 고모는 십년 동안 수절하였다. 그러다가 금강산의 어떤 여승을 만나 승니(僧尼) 생활에 관한 이야기 듣고 그 여승을 따라 금강산 구경을 갔다. 두 달 만에 고모는 돌아왔다. 그러나,

"그 하얀 옷을 입고 하얀 고깔을 쓰고 새벽에 염불하는 양을 보고는 차마 이 세상에 더 있을 수가 없어요."
하고 금강산 유점사의 T암이란 데서 중이 되었다. 나는 그 고모를 보지는 못하였다. 그러나 이러한 말을 그 고모의 당질되는 내 족제 K에게 들었다. 전에도 두 번 들은 적이 있으나 오늘 아침에 특별히 자세히 들었다. 나는 그 고모가 정다운 듯도 하고 나의 선각자인 듯도 하다. 나는 내가 머리를 박박 밀고 하얀 고깔에다 칡베 장삼을 입고 그 고모께 뵈는 모양을 상상하였다.

싸늘한 생활! 옳지 그것은 싸늘한 생활이로다. 그러나 세상의 의무의 압박과 애정의 기반(羈絆) 없는 싸늘하고 외로운 생활! 옳다 나는 그를 취한다.

이렇게 생각하고 나는 눈을 떠서 실내를 둘러보았다. 횅하게 비인 방에는 찬바람이 획 돌아간다. 나는 금강산 어느 암자 속에 누운 듯하다. 유리창으로는 여전히 회색 구름 덮인 차디찬 하늘이 물끄러미 나를 들여다본다.

식당에서 석반종(夕飯鍾)이 울고 사생들이 신을 끌며 식당으로 뒤어가는 소리가 들린다. 오촉 전등이 혼자서 반작반작한다.

1918년 3월 《靑春》 제12호 소재

육 장 기

○○군.

나는 이 집을 팔았소. 북한산 밑에 6년 전에 지은 그 집 말이오. 오늘이 집값 끝전을 받는 날이오. 뻐꾸기가 잔지러지게 우오. 날은 좀 흐렸는데도 무성한 감잎사귀들은 솔솔 부는 하지 바람에 번뜩이고 있소. 오늘이 음력으로 오월 삼일, 모레면 수리(단오)라고 이웃집 계집애들이 아카시아 나무에 그네를 매고 재깔대고 있소. 모레가 하지. 벌써 금년도 반이 되고 양기는 고개에 올랐소. 잠자리가 난 지는——벌써 오래지마는 수일 내로는 메뚜기들이 칠칠 날고, 밤이면 풀 속에 벌레 소리들이 들리오. 아이들이 여치를 잡으러 다니오.

이 편지를 쓰고 앉았을 때에 어디서 청개구리가 개굴개굴 소리를 지르오. 저것이 울면 비가 온다고 하니 한 소나기 흠씬 쏟아졌으면 좋겠소. 모두들 모를 못 내어서 걱정이라는데, 뜰에 화초 포기들도 수분이 부족하여서 축축 늘어진 꼴이 가엾소.

지금이 오전 아홉시, 아마 이 집을 산 사람이 돈을 가지고 조금만 더 있으면 올 것이오. 내가 그 돈을 받고 나면 이 집은 아주 그 사람의 집이 되고 마는 것이오.

엿장수 가윗소리가 뻐꾸기 소리에 반주를 하는 모양으로 들려오오. 내가 이 집에 있으면서 엿을 잘 사먹기 때문에 엿장수들이 나 들으라고 저렇게 가위를 딱딱거리는 것이오.

엿장수가 지금 우리 대문 밖에 와서 자꾸 가윗소리를 내이오. 아마 내가 낮잠이 들었다 하더라도 깨라는 뜻인가보오. 그러나 나는 오늘 엿을 살 생각이 없소. 흥이 나지 아니하오. 엿장수는 최후로 서너 번 크게 가윗소리를 내이고는 가버리고 말았소.

어디서 닭이 우는 소리가 들리오. 앞 개천에 빨랫방망이 소리도 들리오. 담 밖에 밤꽃 냄새가 풍기오.

내가 이 집을 지은 것이 금년까지 6년째요. 6년이 잠깐이지마는 내 지나간 48년의 육분지 일이라고 하면 결코 짧은 동안은 아니오. 게다가 마흔세살부터 마흔여덟 살 되는 여름까지라면, 내 일생의 상당히 중요한 시기를 이 집에서 보낸 셈이오. 그 동안 줄곧 이 집에 산 것을 물론 아니오. 일년동안 문안에서 살았고, 또 일년 남짓은 감옥과 병원에서 살았으니, 실상 이 집에 내 몸을 담아서 산 것은 4년밖에 안 되는 것이오. 그러나 평생 집이라고 가져본 뒤로부터 이 집이 가장 내가 사랑하는 집이었다 할 수 있는 곳에, 이 집에 대한 특별한 인연이 있는 것이오.

내가 이 집을 짓던 해는 내 평생에 가장 암흑한 시기 중에 하나였소. 내 어린것이 불행하게 세상을 떠난 것이나, 내가 평생을 바쳐보려던 사업이 모두 실패에 돌아간 것이 이해였소. 그뿐 아니라, 나는 정신적으로 모든 희망을 잃어버려서 이제 내가 인생에 아무 것도 바라는 것도 없고, 할 것도 없으니, 이것이 내가 죽을 때가 된 것이 아닌가 하도록 나는 막막한 심경에 빠져 있었소. 내가 사랑하고 믿던 이들까지 다 나를 뿌리치고 가버린 듯하여서 나는 음침한 죽음의 근로에 혼자 버림이 된 혼령과 같이 붙일 곳이 없었소.

이런 심경에서 나는 아주 세상을 떠나버릴 생각을 하였던 것은 그대도 잘 아는 일이 아니오? 나는 아무도 모르게 산에 들어 일생을 마칠 결심으로 금강산으로 달아났던 것 아니오? 나는 거기서 며칠 지나서는 오대산으로 가려 하였었소. 오대산에를 간다고 방한암 같은 이를 찾아서 도를 배우자는 것이 아니라, 그저 깊이깊이 산을 들어가서 세상을 잊고 또 세상에서 잊어버림이 되자는 것이오. 그때 한 가지 희망이 있었다 하면 제 죄를 뉘우치는 생활을 하여서 내가 평생에 해를 끼친 여러 중생, 은혜를 진 여러 중생을 위하여서 복을 빌자는 것뿐이었소.

그러나 내 인연은 아내와 어린것들의 손을 빌려서 나를 도로 이 세상으로 끌어오게 하였소. 이 모양으로 끌려와서 시작을 한 것이 이 집을 짓는 일이었소.

이 집 역사를 할 때에 내 생각은 여기서 평생을 보내리라 하는 것이었소. 변변치 못하나마 문필로 먹을 것을 벌어서 이 집에서 죽는 날까지 살자 하는 것이었소. 그래서 나는 애초에 초가집을 짓고, 감밭을 장만하려 하였소. 내 원고가 밥이 안 되는 경우면 감 농사로 살아가자는 것이오. 그리고 내 아내는 닭을 치기로 하여 양계하는 책을 두서너 권이나 사들여서 열심으로 양계공부를 하였습니다. 이 모양으로 세상에 나가 다닐 생각을 끊고 숨어서 살자 하는 것이 이 집을 지으려는 동기였었소.

그랬던 것이 어떤 협잡꾼 청부업자를 만나서 싸게 지어준다는 바람에 초가집 계획을 버리고 기와집을 짓게 된 것인데, 이것이 잘못이야. 예산이 엄청나게 많이 들어서, 감밭을 사고 양계장을 마련할 돈이 없어졌을 뿐더러, 이 집이 기와집이기 때문에 탐내는 이가 많아서 마침내 이 집을 팔게 되었단 말이오. 만일 이 집이 조그마한 초가집이더면 이번에 이 집을 산 이도 살 생각을 아니 내었을 것이니, 작자 없는 동안 이 집은 내 집으로 남았을 것이 아니오? 우스운 말 같으나 이것은 농담이 아니라 진정이고 사실이오.

어찌하였으나 나는 이제 기껏 버티어야 앞으로 이 주일밖에는 이 집에서 살 수는 없이 되었소.

6년간 추억 많은 이 집을 떠나게 되매 지나간 동안이 새로워져서 그대에게 이 편지를 쓰게 된 것이오.

이 집 역사가 아직 다 끝나기 전에 올연선사(兀然禪師)가 나를 찾아왔소. 그는 일주일간이나 소림사(少林寺)에 유숙하면서 나를 위하여서 날마다 법을 설하였소.

이보다 전에 아직 이 집터를 만들 때에 운허법사(耘虛法師)가 법화경(法華經) 한 질을 몸소 져다 주셨는데, 이 법화경을 날마다 읽기를 두어 달이나 한 뒤에 올연선사가 오신 것이오.

운허, 올연 두 분은 물론 서로 아는 이이지마는 내게 온 것은 서로 의논이 있어서 오신 것은 아니오. 그야말로 다생의 인연으로, 부처님의 위신력, 자비력으로 내게 오신 것만을 나는 믿소.

또 이보다 수개월 전에 나는 금강산에서 백성욱사(白性郁師)를 만나서 3,4일간 설법을 들을 기회를 얻었소.

또 이보다 12,3년 전에 영허당(映虛堂) 석감노사(石嵌老師)와 금강산 구경을 갔다가 신계사 보광암(神溪寺 普光菴)에서 비를 만나 5,6일 유련하는 동안에 불탁에 놓인 법화경을 한 벌 읽은 일이 있는데, 이것이 법화경에 대한 이생에서의 나의 첫 인연이었고, 또 그 전해에 아내와 같이 춘해(春海) 부처와 같이 석왕사(釋王寺)에서 여름을 날 때에 화엄경을 읽은 일이 있었소. 또 우연하게 금강경(金剛經), 원각경(圓覺經)을 한 질씩을 사둔 일이 있었는데, 이 집을 짓던 해 봄에 그것을 통독하였소.

이 모양으로 이 집에 와서부터 법화경을 주로 해서 불경을 읽게 되었소. 여덟 살 먹은 어린 아들의 참혹한 죽음이 더욱 나로 하여금 사람이 무엇인가? 어찌하여서 나는가? 죽음이란 무엇이며, 죽어서는 어찌 되는가? 하는 문제를 아니 생각할 수 없이 하였소. 그러므로 나는 내 죽은 아들 봉근(鳳根)도 나를 불도에 끌어들이기 위하여서 다녀간 것이라고 믿소.

관세음보살이, 혹은 비가 되시와 나로 하여금 보광암에 5,6일 유련하게 하시고, 혹은 아들이 되어, 혹은 운허법사, 올연선사가 되시와 길 잃은 나를 인도하신 것이라고 믿소.

또 예수께서도 그러하시었다고 믿소.

내가 신약전서를 처음 보기는 열일곱 살 적 동경 명치학원(明治學院) 중학부 3년생으로 있을 때인데, 그 후 삼십여 년간 날마다 다 읽었다고 는 못하여도 내 책상머리나 행리에 성경이 떠난 적은 없었거니와, 이것 이 나를 불도로 끌어넣으려는 방편이었다고 믿소.

아무려나 나는 이 집을 지은 6년 동안에 법화행자가 되려고 애를 썼 소. 나는 민족주의 운동이라는 것이 어떻게 피상적인 것도 알았고, 십 수 년 계속하여 왔다는 도덕적 인격 개조운동이란 것이 어떻게 무력한 것임을 깨달았소. 조선사람을 살릴 길이 정치 운동에 있지 아니하고 도 덕적 인격 개조 운동에 있다고 인식하게 된 것이 일단의 진보가 아닐 수 없지마는, 나 스스로의 경험에 비추어서 신앙을 떠난 도덕적 수양이 란 것이 헛것임을 깨달은 것이오. 내 혼이 죄에서 벗어나기 전에 겉으 로 아무리 고친다 하더라도 그것은 의식에 불과하다고 나는 깨달았소.

스물여덟 살 되는 겨울에 나는 도덕적으로 내 인격을 개조하리라는 결심을 하고 마흔세 살 되는 봄, 내 어린 아들이 죽을 때까지 15년간 나는 이 개조생활을 계속하노라 하여 거짓말을 삼가고, 약속을 지키고, 내 책임을 중히 여기고, 나 개인을 위하여서 희생하고, 남을 사랑하고, 존중하고, 몸가짐을 똑바로 하고, 이러한 공부들을 계속하노라고 하였 으나, 스스로 돌아보건대, 제 마음속은 여전히 탐욕의 소굴이어서 15 년 전의 내가 그 더러움에 있어서, 그 번뇌에 있어서 조금도 다름이 없 음을 발견하였고, 앞으로 살아나아갈 인생에 대하여 아무 자신도 광명 도 없음을 스스로 의식할 때에 나는 자신에 대하여 역정이 나고 말았 소.

문학을 하노라 하여서 소설 권이나 썼소. 사상가 자처하고 논문 편도 썼고, 지도자를 자처하고 나보다 젊은 남녀들에게 훈계 같은 말까지도 수천만 어를 하였소. 그러나 홀로 저를 볼 때에,

"이놈아, 네 발뿌리를 좀 보아!"

하는 탄식이 아니 날 수가 없었소.

이러다가 나는 법화경을 읽는 자가 된 것이오.

이 집에 온 후로 6년간 날마다 법화경을 읽는 자가 된 것이오.

그러면 지나간 6년 동안에 얼마나 마음이 깨끗하여졌느냐, 그대는 그렇게 물으시겠지요. 지금 너는 전보다 얼마나 나은 네가 되었느냐, 이렇게 물으실 때에, 그대는 아마 내게 대하여 일종의 경멸과 비웃음을 느끼시리라.

글쎄, 별것 없지요. 별로 달라진 것 없지요. 나는 6년 전이나 지금이나 마찬가지 더러운 중생이겠지요. 예와 같은 탐욕과 예와 같은 질투와.

그러나 사랑하는 그대여! 하나 달라진 것은 있소. 지금 나는 부처를 향하고 걸어가느니라 하는 믿음 말이오. 못나고 추악한 범부이기는 6년 전이나 지금이나 마찬가지이지마는, 전에는 나는 언제까지나 이런 사람이고 마느니라 하던 것이 지금에는, 나는 장차 완전한 성인이 되느니라 하고 스스로 꽉 믿게 된 것이오.

"네가 어떻게 성인이 되느냐? 너 같은 것이 어떻게 부처님이 되느냐?"

하고 그대가 물으시면 나는 이렇게 대답하겠소.

"부처님 말씀이 나도 성인이 된다고 하셨다. 법화경을 읽노라면 언제 한 번은 성인이 된다 하셨다. 나는 이 말씀을 믿고 그저 법화경을 읽을란다."

그러나 그대가,

"나 보기에는 네가 6년 전보다 성인에 가까워진 것 같지 않다."

그러시겠지.

내가 보아도 그러하긴 그렇소. 그러나 나는 믿소. 나는 이렇게 평생에 법화경을 읽는 동안에 얼굴과 음성도 아름다워지고, 몸에 빛이 나서 '衆生樂見, 如慕賢聖' 하게 되고, 몸에 병도 없어지고, 마침내는 나고 살

고 죽고 하는 것을 마음대로 하여서 삼십이 응신, 백천만억 하신을 나
토아 중생을 건지는 대보살이 되고, 마침내는 십호구족한 부처님이 되
어서 삼계 사생의 모든 중생의 자부가 되느니라고.

그날이 언제냐고? 오늘부터지요. 또는 무량겁 되겠지요.

집값을 다 받았소. 닷새 뒤면 내가 이 집을 아주 떠나기로 되었소.
동네 사람들이 왜 이 집을 팔았느냐고, 아깝지 아니하냐고 그러오. 그
렇게 애를 써서 지은 집을 왜 팔았느냐고, 그렇게 사랑하던 집을 왜 팔
았느냐고. 게다가 너무 값을 적게 받았다고, 또 서로 정이 들었는데,
또 떠나게 되니 섭섭하다고 그러오. 다들 고마운 사람들이오.

"집보다 더한 몸뚱이도 때가 되면 버리고 가는걸요."

나는 웃고 이렇게 대답하였소.

실상 한집에 한평생 사는 사람은 심히 팔자가 좋은 사람이오. 한 번
이사하는 것이 한 번 화재 당하는 것과 같다고 하는데, 그것은 다만 경
제적 손해만을 가리킨 것이 아니라고 생각하오. 마음이 설렁하게 들뜨
는 것이 큰 타격인가 하오.

더구나 떠나갈 데를 미리 장만해놓지 아니하고, 있던 집을 먼저 팔아
버린 때에 마음이 괴로움은 여간이 아니오. 게다가 제 집 한 간 없이
셋집 셋방으로 돌아다녀서 여기서 쫓겨나고, 저기서 쫓겨나고 하는 심
사는 실로 비길 데 없이 괴로울 것이오. 한층 더 떨어져서 셋방을 얻을
힘이 없어서 남의 집 행랑, 곁방으로 식구들과 누더기 보퉁이를 끌고
다니지 아니하면 아니 될 신세야 말해서 무엇 하겠소? 그것은 차라리
천지로 집을 삼고 홀몸으로 돌아다니는 거지 신세보다도 애터질 노릇
일 것이오.

한곳에 떡 자리를 잡고 일평생 사는 것이 어떻게나 상팔자이겠소?
게다가 그 자리가 대단히 좋은 자리일 때에 그것은 인생에 최고 행복일
것이오. 대대로 한집에 사는 집을 명당이라고 하는 것이 이 때문이겠지
요.

　나는 지금까지에 한집에서 십년을 살아본 일이 없는 사람이오. 한집
은커녕 한고장에서 십년을 살아본 일도 없소. 내가 처음 나서부터 우리
아버지가 나를 끌고 내가 열한 살 되기까지에 네 번이나 이사를 하셨
고, 열한 살에 부모를 여읜 뒤로는 나는 금일 동 명일 서로 표랑생활을
한 것이오. 서울에 엉덩이를 붙이고 사는 지 우금 19년에도 집을 옮기
기 무려 열 번이나 되오. 그 동안에 여기서 일평생을 살자 하고 집을
짓기가 세 번인데, 이제 둘째 집을 파는 것이오.

　발등에 핏줄이 호형으로 돌아가면 한자리에 오래 붙어 살지 못한다
는 말이 있지 않소? 내 발등이 그래. 그리고 사주를 보이거나 손금을
보이거나 고향에 붙어 있지는 못할 팔자래.

　그러고 보니 이것이 모두 전생의 업보요.

　사람으로 집을 옮기는 것이 대개는 두 가지 이유가 있는가 하오. 빚
을 지거나 기타 밖에서 오는 이유로 부득이 떠나게 되는 것이 첫째, 그
리고 더 좋은 데를 찾아서 떠나는 것이 둘째, 부득이한 이유로 떠나는
것은 말할 것도 없지마는, 더 좋은 데를 찾아서 떠난다는 것도 벌써 그
사람의 팔자가 상팔자는 못 되는 표이오. 나는 두 가지 이유를 다 가지
고 집 떠나기를 하여온 것이오.

　한 번은 내가 병이 중하여서 피접 나는 모양으로 집을 떠났고, 한 번
은 일평생 살아갈 집이라고 지어놓고 옮아갔으니, 이것이 이를테면 내
게는 가장 행복된 이사였고, 또 한 번은 아들을 좋은 소학교에 넣기 위
하여서 그 일평생을 산다던 집을 팔고 떠났으니, 이것은 좋은 편이고,
한 번은 아들이 좋은 학교에 입학하려다가 죽어서 차마 그 집에 살 수
없다고 하여서 집을 떠났고, 한 번은 이제는 세상에서 숨어서 일평생을
산다 하여 새로 집을 지었으니, 그것이 바로 어저께 집값 끝전을 받은
이 집이오.

　그러고는 아내가 의학공부를 더 한다고 하여서 동경으로 집을 옮겼
으니 이것도 상당히 칭찬할 만한 일이었고, 그러고는 아내의 병원을 짓

고 큰 사업을 하자고 큰집을 지었으니, 이것은 제법 사회봉사의 의미를 가진 매우 중요성 있는 이사였소. 나는 이 이사가 크게 축복을 받아서 아내의 사업이 크게 흥왕하기를 바라오.

그런데 지금 팔려 넘어간 북한산 밑에 있는 집은 내가 홀로 숨어 있어서 일생을 보내리라는 생각을 바로 한 달 전까지도 가지고 있었으나, 행인지 불행인지 사자는 사람이 나서서 이것을 팔아버리게 된 것이오.

"그저 작자 없는 동안이 내 것이야."

하던 어떤 친구의 말이 명담이오.

나는 이제 와서는 이런 핑계를 하오. 이 집이 내 별장으로 너무 과해. 육천원짜리 별장이 내게 당한가. 한 오륙백원으로 초가집을 꼭 산간만 짓고 살리라——이렇게.

아직도 나는 더 나은 데, 더 좋은 데 하고 찾는 마음을 버리지 못하니 딱한 사람이오.

'吉人住處是明堂' 좋은 사람 사는 곳은 다 명당이오. 그것이 산골짜기거나 벌판이거나 시의 빈민굴이거나 움막이거나, 저만 도를 얻어 덕이 있는 사람이면 그 사람 사는 곳은 다 명당이란 말이오. 이것은 내가 이집을 팔고 어디로 가나 하고, 생각하다가 문득 얻은 글귀요.

'天地皆向我, 無事不太平' 이것은 일전 꿈에 얻은 글인데, 천지도 다 나로 말미암아 있으니 무엇은 태평이 아니랴, 그런 소리인가보오. 두 글귀가 다 내게는 큰 교훈이 되오. 하필 경치 좋은 곳을 찾을 것은 있느냐? 하필 새로 집을 지을 것은 있느냐? 어디든지 내 분에 오는 대로 이 몸을 담아두면 그만이 아니냐——이 뜻이겠으나, 진실로 이런 심경을 가지고 살게 된다면야 제법이지요. 닥치는 대로 먹고, 닥치는 대로 입고, 닥치는 대로 자고, 그리고 마음이 늘 화평하여서 아무 근심이 없다면야 벌써 성인지경 아니오? 그러나, 그것은 내 따위로는 엄두도 못 낼 일이오. 어떤 중의 글에,

'오랜 옛날부터 육도 두루 돌았으나, 좋은 것 하나 없고, 걱정 소리

뿐일러라' 하는 말이 있소.

이것은 내 생명이 나고 죽고 하는 동안에 천상, 인간, 아수라, 지옥, 아귀, 축생 여섯 가지 세계에 아니 가본 데가 없지마는 어디를 가보아도 모두 근심 걱정뿐이요, 살기 좋은 데는 없더라 하여 중생에게 염불을 권하는 글이오. 네 이 세상에서 아무리 좋은 데를 찾기로니 좋은 데라는 것이 어디 있느냐, 아미타불의 극락 세계에나 가야 비로소 좋은 데를 보리라는 뜻이오.

그대여, 이 세상 한세상 살아가기가 그렇게 어렵구나. 아침에 나왔다가 저녁에 죽는다는 하루살이도 그 하루 생명을 부지하여 가기가 매우 어려운 모양이오. 요새 이 집에도 모기가 많이 나왔는데, 내가 모기장을 치고 자니, 여러 십 마리가 모기장 가으로 앵앵하고 돌다가 돌다가 벽에 붙어서 자니, 필시 굶어서 자는 것 아니오? 이것을 사람의 말로 번역하면 생활난이야. 그들의 대부분은 그 조그마한 배도 채울 수가 없어서 굶주리다가 굶주리다가 죽는 모양이야. 그들이 앵앵거리는 것은 과연 비명이 아닐 수가 없소. 내 집 창 앞에 와서 우는 참새들도 산새들도 까치들도 또 아마 창경원에 집을 잡고 있는가 싶은 따오기 왁새들이 내 집 위로 아침저녁으로 날아다니는데, 그들도 무척 생활난이 아닌가 하오. 아마 요새에 어린 자식들을 두고 먹이를 찾느라고 수색, 일산 등지의 논으로 돌아다니는 모양이오.

그들이 인왕산 뒤를 넘어서 북악을 넘으려 할 때는, 더구나 다 저녁 때에 너풀너풀 날아 돌아올 때에는 무척 지친 모양이오. 그러다간 황혼이 다 된 때에 또 다시 서쪽으로 날아가는 것은 아마 밤 사냥을 나가는 모양이오. 카페 색시들이 밤에 벌이를 나가는 모양이겠지요.

또 뻐꾸기가 우오. 응, 그 꾀꼬리도 우오.

"뻐꾹 뻐꾹."

"비조비 비지오비, 지오리 지오리비."

이 모양으로 울고 있소.

밤이면 또 쑥덕새가 우오.

"쑥덕 쑥덕 쑥덕 쑥덕, 딱딱딱딱."

그들은 암컷을 부르는 것이라오. 하루 종일 부르고 날마다 불러도 좀
체로 짝을 만나지 못하는 모양이오. 요사이에는 밤이면 청개구리가,

"개굴 개굴 개굴, 개굴 개굴 개굴."

하고 세검정 개천 버드나무 밑에서 밤 늦도록 우오. 아마 밤새도록 울
겠지. 그들도 암컷을 찾는 것이라오.

수일 전부터 반딧불들이 셋, 넷, 감나무 밭 위로 오르락내리락, 조그
마한 번뇌의 푸른 등을 깜박깜박하면서 헤매오. 그들도 짝을 찾는 것이
라 하오. 그래도 섭시리 못 만니는 모양이오.

우리 집 이웃에는 스물다섯 살이나 난 총각이 얼굴에 여드름이 잔뜩
나가지고, 날마다 지게를 지고는 벌이하러 문안으로 들어가거니, 해 지
게 돌아와서는 밥을 먹고는 새 고의적삼을 입고 옥색 조끼를 입고는 세
검정 네거리 쪽으로 내려가오.

"어디 가나?"

"말 가요."

하고 그는 웃소. 세검정쪽으로 내려가면 술집 갈보가 있소. 그는 일찍
갈보 하나를 데려다가 한 4,5일 동안 놀이를 한 일이 있었는데, 그때
장가들 밑천이라고 모아두었던 돈 일백팔십원을 몽땅 써버렸다고 하오.
그 돈을 다 빨아먹고는 그 갈보는 마치 피 빨아먹은 모기 모양으로 다
른 데로 가버리고 말았소. 요새에는 그 총각은 하루에 기껏 일원 남짓
버는 터이니, 갈보 팔목 한 번 잡아볼 재력도 없을 것이오. 그가 밤에
세검정 네거리로 내려가더라도, 유리창을 통하여 그 뚱뚱한 갈보를 우
두커니 바라보다가 오거나, 기껏해야 막걸리 한 잔 사먹고 농담 한마디
나 붙여보고 올까?

이 동네 처녀들은 모두들 공장으로 갔소. 열댓 살 먹어서 동네 총각
들의 눈에 들만큼 되면 공장으로 달아나버리고, 동네에 남아 있는 계집

애라고는 코 흘리는 어린 것들뿐이오.

모두들 생활난이오. 벌레나 새들이나 사람들이나, 먹을 것 없어 생활난, 시집 장가 못 가서 생활난, 그런데 대관절 무엇하러 이렇게 살기 어려운 세상에 살고 싶어하는 것이오? 그나 그뿐인가. 저도 살기 어려운 세상에 애써서 왜 새끼를 치자는 것이오? 그것이 생명의 신비지요. 아마 생물 자신들은 의식 못하면서도 그 속에 우주의 목적이 ── 어떤 방향을 가게 하려는 목적이 있나보지요.

'到處無餘樂. 唯聞愁嘆聲'

그래서 옛날 중이 이러한 한탄을 한 것이오.

그렇다 하면, 이 사바세계에서 어디를 가기로 편안한 고장이 있겠소? 사바세계란 말이 본디 참는 세계라는 뜻입니다. 참고 견디고 살아갈 만한 세계란 말인데, 그렇다 하면 잘 참는 사람이 오직 행복된 사람이 되는 것이오. 행복은 추구함으로 얻을 것이 아니라, 제 번뇌 ── 모든 욕심 말이지요 ── 를 뿌리째 뽑아버린 때에 비로소 사바세계에 행복이 있단 말이지요.

'願人涅槃城'

그 중은 이 말로 끝을 막았소. 원컨대 열반성에 들어지이다 ── 삼계 육도를 두루 돌아도,

'到處無餘樂. 唯聞愁嘆聲'이니까 다른 데 좋은 데를 찾을 것 없이 내 번뇌를 다 불살라버리자는 말이오. 열반이란 욕심을 떠난 경계라니까.

그런데 그대도 저번 편지에,

"여보시오. 나는 도저히 이 생활을 더 견딜 수 없소. 나는 이 자리에서 뛰어날 수밖에 없소. 나는 더 나를 속이기를 원치 아니하오. 이런 생활을 계속할 바에는 차라리 죽어버리고 싶소. 여보시오. 내가 어떻게 하면 좋소?"

이러한 말씀을 하셨거니와, 나는 그 편지에 여태껏 답장을 아니하고 있거니와, (무슨 말로 답장을 하겠소? 할 말이 없지 않소?) 그것은 그

대가 지금 어디 있는지를 잊어버린 까닭이오. 그대 있는 곳이 어딘고
하니 사바세계요. 그대의 생활이 뜻대로 아니 되고 괴로움이 많은 것은
사바세계 중생으로 태어날 때에 벌써 그럴 줄 알고 온 것 아니오? 그
대가 그 중의 말과 같이 열반성에 들거나 그까지는 못한다 하더라도,
아미타불님께 매달려서 극락세계에라도 가기 전에는 그대는 괴로움을
벗어날 수가 없는 것이 아니오? 그대가 이 자리에서 벗어나다니 어디
로 벗어난다는 말요? 손오공이 모양으로 힘껏 재주껏 달아난대야 다
가고 보면 또 거기가 거기요. 죽어? 죽으면 어디로 가오. 죽어도 또 거
기가 거기요. 사람이 죽어서 모든 괴로움을 벗어날 확신만 있다고 하
면, 금시에 자살할 사람이 무척 많을 것이오. 그렇지마는 죽어라 하고
보면 죽음의 저편이 도무지 마음이 아니 놓여. 죽어서 지금보다 더 괴
로운 데로 간다면 차라리 이 자리에서 참고 있는 것만도 못하거든. 그
게 걱정이란 말이오.

또 까치가 깍깍거리오. 여러 놈이 함께 깍깍거리는 품이 어디 뱀이
나왔나보오. 뱀들이 요새에 새새끼들을 노리고 돌아다니는데, 아마 어
떤 뱀이 까치집을 노리는 모양이오. 그 뱀이 까치집 있는 나무를 찾아
기어올라가서 아직 날지도 못하는 까치새끼를 잡아먹는 것이오. 그러나
뱀편으로 보면 까치집 하나 얻어 만나기가 아마 극히 어려우리다. 그럴
것이, 이 동네에도 까치집이 모두 열이 될락말락하는데, 뱀은 아마 수
만 마리가 있을 모양요. 또 땅에 붙어 기어다니는 놈이 멀리서 까치집
있는 데를 바라보고 달려갈 수도 없는 노릇 아니오?

아무려나 까치들은 선천적으로 뱀을 무서워하는 모양이오. 반드시 한
번 혼난 경험이 있어서만 까치들이 뱀을 무서워하는 것은 아닌 성싶소.
그러나 까치들은 뱀 안 사는 곳에 집을 지을 수가 없구려. 뱀이 살 수
없는 곳이면 까치 살 수도 없는 곳이란 말요. 그러니까 까치는 될 수
있는 대로 뱀이 없을 듯한 데다가 집을 지어놓고,

"제발 뱀이 오지 말게 합소사."

314

하고 비는 수밖에 없을 것이오.

내 이 집을 사가지고 오실 부인이 나를 보고,

"여기 뱀 없어요? 지네 같은 것?"

이렇게 물읍디다.

그래 나는 빙그레 웃었소. 왜 웃었는고 하니, 바로 일전에도 아마 지붕 기왓장 밑에 친 참새 새끼를 먹으러 왔던 게지요. 젊은 뱀 내외가 대낮에 담을 넘어 들어오는 것을 우영이랑 환이랑 나랑 셋이서 우리 면이 다니는 소학교에 표본으로 보냈거든요. 그 아내 뱀이 태중이더라오. 남편이 먼저 들어와서 잡혔는데, 아마 아내가 혼자서 기다리다가 걱정이 되었던지, 무거운 배를 안고 따라와서 같은 유리병에 들어간 거요. 근래에는 사람에도 드문 열녀야.

또 우리 사랑 아궁이 옆에도 분명히 살무사 한쌍이 산대. 환이 보았노라니 정말이겠지요. 둘이 가지런히 대가리를 내어밀고 혀를 날름날름하고 있는 것을 환이가 보았다오. 이런 것을 생각하니 그 부인이 묻는 말이 우습지 않소? 그래서 내가,

"세상에 뱀 없는 데가 어디 있어요? 지네, 그리마, 노래기 이런 것도 바위 있는 산에는 없는 데가 없습니다."

그랬더니 이 부인은 대단히 입맛이 쓴 모양입니다.

"난 뱀, 지네, 그런 것 싫어하는데."

그리고 양미간을 찡깁니다.

뱀, 지네, 그리마, 노래기, 쥐며느리, 거미, 송충이, 이런 것 좋아하는 사람이 어디 있겠소. 빈대, 바퀴, 벼룩, 모기, 파리 이런 것 다 싫은 것 아니오? 길가다가 하루살이 그런 것 다 싫지요. 또 우리 몸을 파먹는 모든 벌레와 미생물들, 회충, 촌백충이 십이지장충, 요충, 결핵균, 임질균, 매독균, 기타 파상풍 일으키는 균, 폐결핵 일으키는 균, 트라홈, 옴, 무좀, 이런 것 다 좋아하는 사람이 어디 있어요?

내 밥을 지어주는 집에서 닭을 서너 마리 쳤소. 숫놈 한 놈, 암놈 세

마리. 그놈들이 풀숲으로 돌아다니고 울고 하는 것도 재미있으려니와,
하루에 두세 알씩 알을 낳는 거요. 이게 재미야. 그런데 이놈들이 부엌
이나 마루에 똥질을 하고 화초와 채마를 녹이고 한다고 그 집에서 성화
를 하더니, 그놈들이 이가 끓어서 그것이 방에까지 들어와서 견디다 못
하여서 다 잡아 없애고 말았는데, 그 닭이 깔고 있던 섬거적에도 이가
있다고, 이 이는 3년이 가도 아니 없어진다고 하여서 솥에다가 물 한솥
을 끓여서 그 섬거적에 붓고는 그래도 끓는 물에도 아니 죽는 놈이 있
을까보아서, 마치 염병 앓다가 죽은 사람의 이부자리 모양으로 그 섬거
적들을 길가 풀숲에 내어버렸는데, 올적 갈적 그 섬거적을 보면, 번번
이 마음에 섬뜩한 것이 생긴단 말요. 한 중생 세계가 그 모든 욕심과
기쁨과 괴로움 속에서 살다가 망해 나간 폐허를 보는 것 같아서.
    닭 주인은 다시는 닭은 아니 친다는 거요. 차차 닭 백 마리나 쳐서
양계를 해보려고 희망이 가득하더니, 아주 닭의 이 통에 진절머리가 난
모양이오.
    '풍파에 놀란 사공 배 팔아 말을 사니,
    구절양장이 물 두곤 어려워라
    이후란 배도 말도 말고
    밭갈기나 하리라'
하는 옛 노래가 있지 않소? 그러나, 밭갈기는 쉬운가? 그 사람이 만일
말을 팔아서 밭을 샀다면,
    '밭 갈아 기음매기 풀뽑기와 벌레잡기,
    가물면 가물어서, 비 오면은 물이 날까,
    가을 밤 우뢰 번개에 잠 못 이뤄' 할 것이오.
    꽃 한 송이를 보자면 벌레 백 마리를 죽여야 하오.
    이 글을 쓰고 있노라니 삼철이라는 영등포 방직공장에 다니는 이웃
집 계집애가 찾아왔소.
    "너 어째 왔니? 공일도 아닌데."

"몸이 고단해서 하루 말미를 얻었어요."

"어디가 아프냐?"

"그저 몸이 나른해요. 팔다리가 쑤시고."

하며 그는 눈을 뜨기도 힘이 드는 듯이 나를 쳐다보오.

이애는 열여섯 살에 공장에를 들어가서 금년이 열아홉 살이오. 지금
은 감독이 되었노라고. 그래서 일은 좀 헐하지마는, 그 대신 다른 아이
들한테 미움을 받노라고.

"여섯시부터 여섯시까지 줄창 섰는걸요. 피가 모두 다리로만 내려가
서 발들이 소복소복 부어요."

"노는 시간이면 모두들 잔디밭에 모여 앉아서 눈물을 떨구기가 일이
죠."

"그래도 소박데기나 과부나 그런 이들은 우리 같은 계집애를 부러워
들 해요——우리도 처녀 같으면 한 번 다시 시집가서 재미있게 살아
보련만——이러구요."

삼철이는 뽀얗게 화장을 하고, 하얀 모시 적삼에 누르스름한 교직 치
마를 입고 앞치마를 두르고, 머리에 핀들을 여기저기 꽂았소.

"그럼 무엇해요? 암만 있으니 여기 월급이 몇 푼이나 돼요? 옷 해입
고 화장품 사고, 먹고 싶은 것 잘 사먹지도 못하지요."

"모두들 화장들 하니?"

"그럼요. 자고 나면 모두들 화장들 하지요. 화장하는 게나 재미지,
또 무슨 재미가 있어요?"

나도 한숨을 지었소. 보아줄 남자들도 없는 여자만의 나라에서들 화
장들을 하는 과년한 계집애들의 모양이 눈에 뜨이오. 그들은 화장하고
작업복 입고 공장으로 들어가는 것이오.

"잘 때에는 모두들 곯아떨어져서 이를 갈아요, 잠꼬대도 하고, 이를
가는 것이 참 못 견디겠어요. 그리고 다리들을 남의 배 위에 척척 올려
놓지요. 열두 시간이나 내려서니깐 다리가 저리거든요. 좀 올려놓으면

참 편안해요, 그래도 남의 다리가 내 위에 와 얹히면 참 싫어요. 그래서들 싸우지요."

"회사에서는 돈이 막 남는대요. 그래도 월급은 영 안 올라요. 먹을 거나 좀 낫게 해주어도 좋으련만."

"아버지도 인제는 늙으셨어요. 오늘도 허리가 아프시다고 누워 계셔요. 어머니도 늙으시고요. 통 눈이 안 보인대요."

"오라버니는 마음은 착하건만 술 때문에 걱정야요. 언니는 병으로 그저 그 모양이고요."

삼철이는 이런 이야기를 하다가 갔소. 소학교에도 못 다녀온 그 연마는, 공장에 가 있는 동안에 지식이랑 말이랑 늘었소. 그의 말은 모두 한 번 들으면 아니 잊히는 말이오. 그것은 인생의 시가 아니오? 슬픈 시가 아니오?

삼철이도 제 장래를 그리고 있겠지요. 그대나 내가 수십 년 전에 그리하였던 것같이 그는 지금의 가난한 신세를 한탄하면서도 좋은 남편과 깨끗한 집과 이러한 모든 좋은 것을 상상할 것이오. 그러길래 그가,

"집이나 하나 깨끗하게 짓고 살았으면 좋겠어요 —— 초가집을요."
한 것이오.

이제는 시집도 가고 싶을 때 아니오? 아이도 낳고 싶을 때 아니오? 그러나 그렇게 알맞게 술 안 먹고 노름 안 하고, 일 잘 하고, 또 될 수 있으면 돈도 좀 있고, 또 될 수 있으면 얼굴도 잘나고, 또 될 수 있으면 마음도 착해서 처가족을 소중히 여기고, 첩을 얻는다든지 도박을 한다든지 그러지 아니하고, 그러한 안성맞춤 신랑이 나서 줄는지. 그리고 그가 그렇게도 소원하는 깨끗한 초가집 한 채가 그의 몫이 되어줄는지. 이것은 물론 이 아이의 몫에 오는 제비를 펴보아야 알겠지요. 그러나 한 가지만은 확실하지 아니하오? 괴로움 없는 생활은 없다는 것은. 그러니까 이 아이도 사바세계의 뜻을 알아서 참는 공부를 하여야 할 것이겠지요.

"어려서 좀 고생을 해보아야 해요."

삼철이는 어른스럽게 이러한 말을 하였소. 그것은 대단히 기특한 말이지마는,

"사람이란 일생에 고생할 것을 깨달아야 해요."

하는 말은 아직 이애 입에서는 나올 때가 아니겠지요. 왜 그런고 하면, 열아홉 살 난 처녀의 생각으로는 필시,

"내가 고생할 날도 며칠 안 남았다. 며칠만 더 지나면 나는 고생을 떠나서 재미만 쏟아지는 살림을 하게 될 것이다."

이렇게 생각할 것이오.

그러나 그대는 이미,

'인생이란 고생이다.'

하는 진리를 깨달을 날도 되지 아니하였소? 이 세상에서 아무 데를 가더라도, 무엇을 하더라도, 거기가 거기요, 그것이 그것이라고 깨달을 때가 되지 아니하였소?

'내가 태어난 곳은 사바세계다. 참고 견디는 세계다. 내가 받은 것은 모두 다 내가 받을 것을 받는 것이다. 이것을 안 받으려고 앙탈하는 것은 마치 나이를 아니 먹으려고 뻗대는 것과 같다. 그것은 어리석음이오. 그뿐 아니라 앞날의 악업을 더 저지르는 것이다.'

그대는 이렇게 생각하지 못하오?

이런 소리를 하는 나도 실상은 이 집보다 더 나은 집을 가지고 싶어하오. 이보다 더 경치 좋은 곳을, 그러면서도 이보다 더 교통이 편한 곳에, 산색뿐 아니라 야색까지도 볼 수 있는 곳에, 이 집보다도 더 내 취미에 맞는 집을 지어볼까 하는 어리석은 욕심이 있어서 벌써 거간한테 터 하나를 골라달라고 말까지 하여놓았소.

그렇지마는, 이것은 물론 헛된 공상이오. 첫째로 이 집을 팔아서 빚을 갚아버리면은, 새 터를 사고 새집을 지을 돈이 남을 것이 없는 것이오. 그러면서도 집을 하나 지을 필요가 있다, 꼭 하나 지어보자 하는

어리석은 생각을 버리지 못하고 있으니, 진실로 내가 가련하고 우둔한
중생이 아니오?

또 설사 내게 돈이 넉넉히 있기로니, 뱀도 지네도 없는 집터는 어디
있으며, 꼭 마음에 들어서 언제까지나 마음에 들 집은 어디 있소? 있을
수 없는 것 아니오? 죽자 살자 하고 서로 사랑하여서 만난 내외도 몇
해 함께 살아보면 시들해지는데, 천하에 어디 암만 오래 살아도 마음에
드는 집터나 집이 있겠소? 그러니까,

'吉人住處是明堂'이라는 생각을 하게 되는 것이오.

하필 집만이랴, 만사가 다 그렇겠지요. 내외간도 그럴 것이오. 사람
의 욕심이란 제풀로 내버려두면 대추나무 뿌리 같아서 한없이 뻗어가
는 것이오. 이 여자를 아내를 삼으면 저 여자가 더 좋은 것 같고, 이
남자를 남편으로 삼으면 저 남자가 더 잘난 것 같단 말요. 그러고 보면
결국 제게 태인 남편을 가장 좋은 남편으로 알고, 제 아내가 된 여자를
가장 으뜸가는 여자로 알아서 그로써 만족하는 것이 상책일 수밖에 없
는 것인데, 욕심이라는 심술궂은 마귀가 사람의 눈을 가리워서 이 분명
한 진리를 못 보게 하고서리, 자꾸만 더 나은 것을 찾아서 헤매게 하는
것이오. 이래서 저로는 번뇌가 끝이 없고, 세상으로는 죄악이 그칠 줄
을 모른단 말요.

'不求大勢佛. 及與斷苦法. 深入諸邪見. 以苦欲捨苦. 爲是衆生故. 而起大悲
心.'

석가여래께서 수도하신 동기가 여기 있노라고 하셨소. 인생의 괴로움
을 벗어나는 길이 힘이 많으신 부처님의 가르치심을 따르는 길밖에 없
는데 ── 다시 말하면 제 욕심을 따르는 이기욕을 버리고 자비의 생활
을 하는 길밖에 없는데 ── 이 길이야말로 진리의 길인데, 이 길을 찾
지 아니하고 사특한(잘못된, 그릇된, 진리 아닌) 길을 걸어서 괴로움을
버리려고 하니, 그것은 도리어 점점 더 괴로움을 걸머지는 것이란 말
요.

세상을 둘러보면 모두 괴로운 사람들 아니오? 얼른 보기에 행복된 듯한 부자들이나, 권세 있는 자들도 그 속을 들어보면 모두 걱정 근심이여. 그런데 나이가 많은 사람일수록 더욱 고생이 심하고 걱정 근심이 많은 모양이오. 그 사람들은 일부러 걱정 근심을 찾아서 걱정 근심을 하는 것은 아니겠지요. 다들 평생에 자고 나면 걱정 근심을 면하고 행복을 찾으려고 애써온 사람들이언마는, 한 살 두 살 나이가 먹을수록 찾는 행복은 점점 멀어가고, 면하려는 고생만 지긋지긋이도 따라오는 거야. 이것이 인생의 진상이 아니오?

하룻밤 자고 나서 이 편지를 계속하오.

날이 밝고 바람도 없소.

"찌배, 찌배, 찌배, 찌배, 찌배."

솔새 소리가 나오. 두 뺨이 하얀 새요. 솔밭에 산다고 솔새라 하고 두 볼이 희다고 하는 놈이오. 아침저녁 솔새가 내 창 앞에 와서 우오.

어제는 비가 올 것 같더니, 제법 오기 시작까지 하더니, 무슨 생각이 났는지 씻은 듯 부신 듯이 희오. 뜰에 심은 화초 포기도 축축 늘어졌소. 며칠 지나면 나는 이 집을 떠난다 하면 화초에 물을 주자는 정성도 떨어지오. 부끄러운 일이지요. 그래서 억지로 제 마음에 채찍질을 하여서 물을 주지마는, 워낙 가무니까 이로 당할 나위가 없소. 감들도 모처럼 많이 열린 것이 수분이 부족해서 떨어지기를 시작하오. 삼남 지방에는 기우제를 드린다는데, 어제가 단오, 오늘이 하지건마는, 모들을 못 내었으니 큰일나지 않았소? 만주서 온 편지에도 가물어서 금년 농사가 걱정이란 말이 있소. 어떤 수리조합에는 저수지까지 말랐다니, 큰 걱정이 아니오?

"공전은 안 오르는데 쌀값만 껑충껑충 뛰니, 이런 제길."

하고 돌산에서 일하는 사람들이 게두덜거리오. 그렇지만 하느님이 다 알아서 작히나 잘 하시겠소?

하지만 내가 지은 이 집에 결점이 많아서 늘 불만하던 모양으로, 또 내몸이 늘 병이 있고 아름답지를 못하고 또 내 마음이 지저분하고 의지력이 약하고 도무지 마땅치 아니한 모양으로 이 사바세계란 것이 결코 최상 최성(Best Possible)은 아닌 모양이오.

그래서 예로부터 이 세상은 안전한 이데아의 세계의 그림자라고 한 이(플라톤)도 있고, 이 세상은 본디는 완전무결하였지마는 사람이 죄를 짓기 때문에 이렇게 껄렁껄렁이 되었다는 이(예수)도 있고, 애초부터 하늘 나라 보다 못하게 만들어진 것이라(희랍신화)고 한 데도 있고, 또 이 세상이란 아무렇게나 되는 대로 되어 먹은 것이라고 한 이(쇼펜하우어)도 있고, 또 이 세상은 점점 완전을 향하고 걸어가는 생성(Becoming)의 도중에 있다는 이(진화론적 우주관을 가진 이들)도 있고, 또 이 우주 간에는 우리 세상같이 껄렁이도 있지마는, 이보다 좀 나은 세상, 더 나은 세상, 좀더 나은 세상, 더 더 나은 세상, 더 더 더 나은 세상, 그러다가 마침내는 고작 나은 세상이 있고, 또 그와 반대로는 우리가 사는 세상보다 더 껄렁이, 더 더 껄렁이, 이 모양으로 수없는 계단을 내려가서 말할 수 없이 흉악한 껄렁이 세상이 있으니, 그것은 다 그 속에 사는 중생의 인연 업보와, 원력과 불, 보살의 원력으로 이루어진 것이니라, 이렇게 가르치는 이(불교)도 있지 아니하오?

그러기도 할 게요. 지금 이 편지를 쓰고 앉았는 이 동네로 보더라도, 불과 5,60호 되지마는 집마다 다르거든, 이중에서는 고작 나은 집, 좀 못한 집, 움집. 나라들로 보아도 그렇고 그런데, 이러한 집들이 다 그 집에 사는 사람들의 업보인 것이야 틀림없지 아니하오? 다시 말하면 다 제가 들어있을 만한 집에 들어 사는 거야. 그러다가 나 모양으로 그 만한 집도 지닐 형편이 못 되면 남의 손에 넘기고, 또 지금보다 형편이 펴이면 지금보다 나은 집을 옮아갈 수 있고.

아무려나 이 세상이 그렇게 가장 좋은 세상이 못 된다고 보셨기 때문에, 법장비구(아미타불 전신)가 괴로움 없는 가장 좋은 세계를 건설할 원을 세우시고 조재 영겁에 수행을 하신 결과로 우리 사바세계에서 십

만 억 세계를 지난 서쪽에 서방정토 극락세계를 이룩하신 것이 아니겠소. 거기는 악이란 하나도 없고,

'諸上善人具會一處.'

하여서 오직 즐거움만을 누리게 되었다 하오. 우리 사바중생들도 아미타불 부처님의 이름을 부를, 그 세계에 나기만 원하면 반드시 다음 생에 거기 태어날 수가 있다고 하오. 거기는 꽃도 좋은 꽃이 많이 피고, 앓는 것도 없고, 죽는 것도 없고, 얼굴들은 다 잘나고, 마음들은 다 착하여서 오직 사랑만이 있을 뿐이라 하오. 거기는 내 집을 사는 분이 걱정하시는 뱀이나 지네도 없고, 내가 제일 좋아 않는 파리나 모기나 송충이도 없고, 또 집을 팔 것도 없고, 집이 없어서 걱정도 없고, 물론 남편을 불안히 여겨서 다른 남자를 탐내는 여자도 없고, 아내가 싫어져서 다른 여자를 가지고 싶어하는 남자도 없고, 아무려나 현재에 이 우주 간에 있는 세계 중에는 가장 잘 된 세계라고 하오.

인도에 용수(龍樹)라고 대단히 큰 학자로서 또 대단히 큰 불교의 중흥자가 되어서, 보살이라는 칭호까지 받은 어른이 일생에 생각다 생각다 못하여서 마침내,

'世尊我一心. 歸命盡十方. 無礙光如來. 願生安樂國.'

이라고 부르짖었소. 무애광여래란 아미타불이시오. 안락국이란 극락세계란 말요.

그러므로 적어도 법장비구의 사십팔 본원 속에 안겨서 극락세계에나 가기 전에는 괴로움 않는 인생이란 없는 것이오.

그러면 어찌 할까? 제게 태운 집에 만족하는 것이야. 쓰러져가는 초가집 한 칸이라도 내 집이라고 있는 것만 고맙게 생각하는 거야. 빈 땅이 있거든 꽃포기나 심읍시다그려. 아침저녁 물 뿌리고 깨끗이 소제나 합시다그려. 종잇장도 바르고, 그림장도 걸고, 내 힘에 미치는 데까지 깨끗하게 아름답게 꾸밉시다그려.

"아이고, 이런 집에 어떻게 살아."

하고 낯을 찡기고 앙탈하는 것은 손복할 일야. 내가 과거에 한 일이나
현재에 먹는 생각을 살펴보면 이런 집도 황송해, 이렇게 생각하여야 옳
지 않소? 그러다가 내 값이 높아지면 저절로 나은 집에 가게 되는 거
아니겠소? 집만 그런가? 남편이나 아내에 대하여서도 마찬가지 아니
오?

어리석은 사람들은 제 낯바닥이 잘생겼거니 합니다. 제 낯바닥이 남
만 못하거나 하는 사람은 대단히 지혜로운 사람이요, 또 성인에 가까운
사람이오. 그러길래 사진사는 사진을 수정할 때에 본 얼굴보다 낫게 해
주어도 속인들은 불평을 하오.

"이게 무엇이야? 아이고 숭해라."

사진관에 사진을 찾으러 오는 사람들은 다 이렇게 불평하는 것이오.
이때에 사진사는 그 본 얼굴을 바라보고 웃지 않겠소? 본 얼굴은 사진
얼굴보다도 훨씬 못하거든.

사람들은 석경에 제 얼굴을 비추어 보고 스스로 수정을 하고 변호를
하오. 코가 작은 사람은 코가 자그마한 것이 예쁘다고 보고, 얼굴 긴
사람은 얼굴 기름한 것이 으젓하다고 보오. 그러나 제삼자의 냉정한 눈
으로 보면 코는 돋다가 말고, 상판대기는 궁상스럽게도 길다, 그럴 것
이 아니오?

그렇지만 어떡하오? 전생 업보로 그렇게 생겨 먹은 낯바닥은 이생에
서는 고칠 도리가 없지 않소? 그나 그뿐인가, 제가 이렇게 못생긴 것을
누구를 원망하오? 부모인들 못난 자식 낳고 싶어서 낳았겠소? 천하에
제일 잘난 자식을 낳고 싶은 것이 부모의 마음 아니겠소. 결국 제 업보
로 그만큼 밖에 못 타고난 것을 누구를 원망하오? 또 사실 제 소갈머
리를 들여다보면 그 낯바닥도 과해.

그러니 타고난 이 낯바닥은 죽는 날까지 세상 사람들 눈앞에 들고 다
닐 수밖에 없소그려. 나는 이렇게 못난이요, 이렇게 전생에 악업이 많
아 덕은 엷고 복은 적은 이요 하는 것을 모가지 위에 높이 들고 다니지

아니하면 아니 되니, 참 냉혹한 벌이라고 아니할 수 없지요. 만일 사람이 이런 줄을 깨닫는다면 어디 사람 없는 곳에 꼭 숨어서 나오지를 못할 것이오.

그렇지마는 어떡하오? 아무리 흉한 얼굴이라도 들고 나와 다니지 아니할 수 없으니. 그러니까 언제나 소곳하고 조심성스럽고 겸손하지 아니할 수 없지요. 아무쪼록 남의 눈에 아니 뜨이도록, 더 흉하게나 보이지 아니하도록 조심조심 할 것 아니오? '이것 보시오들!' 하는 듯이 그 못생긴 낯바닥을 내두르는 것을 차마 못 볼 일이 아니오?

하니까 여자면 분도 좀 바르고, 사내면 이발이나 자주하고, 게다가 냄새나 아니 나게시리 목욕과 빨래나 자주하고, 또 '얌전'이나 좀 바르고, 이렇게 될 수 있는 대로는 남에게 불쾌감이나 아니 주도록 닦을 수밖에 없지 아니하오?

쓰러져가는 초가집에도 꽃나무 하나가 있으면 운치가 있어서 그림쟁이들이 그림이라도 그리고 싶어합니다. 하물며 그 집에 덕이 높은 사람이 살면 여러 사람이 그 집을 찾아오고, 신문사 사진반도 그 집을 사진 박습니다. 그 모양으로 얼굴이 흉해도 덕이 높거나 무슨 좋은 재주가 있거나 돈이 많거나 벼슬이 높거나 하면 사람들이 그를 우러러봅니다. 같은 애꾸라도 도둑질이나 하면 '그놈 애꾸놈이' 그러지마는, 나라를 위하여서 큰 전공이라도 세우면 '독안룡'이라고 하여서, 눈 둘 가진 사람보다도 더 존경하지 않아요? 이것이 정말 화장술이 아니오? 이것이 우리가 이 세상 한세상 살아가는 길 아니겠어요.

저 못난 줄을 진정으로 깨달은 사람일 것 같으면, 사람에게 대하여서나 물건에 관하여서나 제 팔자에 대하여서나 불평 불만은 없을 것 아니오? 나는 이것만은 믿게 되었소. 이것이 내가 이 집에 온 지 6년 동안의 소득이지요.

"그 아까운 집을, 그렇게 애써 지은 집을 왜 파우?"
하고 이웃 사람이나 친구들이 다 말하지마는, 인제는 팔 때가 되니까

파는 것이다, 나는 이렇게 믿소. 그리고 이 집에 그렇게 애착도 가지지 아니하오. 만나는 자는 떠날 자가 아니오? 떠날 때에 애착을 가지면 무엇하오? 가는 구름같이 흐르는 물과 같이, 구름 가듯이 물 흐르듯이 걸리는 데 없이 슬슬 살아가는 것이 인생의 바른길이라고 나는 믿소.

이 집을 팔고 나서 앞으로 어떠한 집을 몇 번 가지게 되는지 내가 아오? 누구는 아오? 몰라! 내일 일도, 다음 순간 일도 나는 몰라! 다만 이것만은 확실하오——내가 게으르거나 허랑방탕만 아니하면 죽을 때까지 방 한 칸 차지는 되리라, 또 내가 양심에 어그러지는 일만 아니하면 죽어서 다시 태어나더라도 이 신세 이하로는 아니 되리라, 내가 만나는 사람마다에게 정성껏 대접하면 나도 남의 괄시는 받지 아니하리라——이것만은 확실하지마는, 그 이상은 도저히 내가 알 바가 아니오.

앞 개천에서 빨래질 소리가 들리오. 세검정 빨래란 자고로 유명하다고 하오. 날이나 밝은 아침이면 밥솥과 장작과 빨래 보퉁이와 빨래 삶을 양철통과를 사내가 걸머지고, 여편네는 잔뜩 한 임 이고 코 흘리는 아이를 데리고 자하문으로 주렁주렁 넘어오는 것이 봄부터 가을에 걸쳐서 이 고장의 한 풍경이오. 그들은 개천가 빨래하기 좋은 목에다가 진을 치고 점심을 지어 먹어가며 빨래질을 하는 것이오. 저 보시오. 개천가에는 홑이불, 욧잇, 치마, 모두 널어 말리고 있소. 남편은 아내를 도와서 방망이질을 하다가 버드나무 그늘에서 젖먹이를 안아 재우고 있소.

그들은 다 문안 잘사는 집들의 행랑사람들이오. 그들이 빠는 것은 물론 제 것은 별로 없고, 주인 나리, 아씨, 도련님, 아가씨네의 의복들이오, 좋지야 않소? 그들이 남이 입어서 더럽힌 옷을 빨아줌으로써 내생의 공덕을 쌓고 있는 것이오. 아마 다음 생에는 더러는 지위가 바뀌어서 지금 빨래하고 있는 '행랑것'이 주인 아씨나 서방님이 되고, 지금 빨래를 시키고 놀고 앉았는 서방님이나 아씨가 무거운 빨래는 지고 자

하문 턱을 넘게 되겠지요. 한편은 전에 하여놓은 저금을 찾아먹는 패, 한편은 새로 저금을 하는 패가 아니겠소? 요새에 저 자고난 자리도, 저 밥 먹은 상도 아니 치우려는 신여성들은 필시 다음 세상에는 행랑 어멈이나 애보개로 태어날 것이오. 그래서 온 집안 식구가 먹은 밥상을 혼자 서릇고, 남이 낳은 아이를 잔등이 물도록 업고 다닐 것이오. 그래야 공평한 것이 아니오?

나는 이 세상이 지극히 공평하다고 믿소. 천지의 법칙이 어디 사람의 법률에만 대일거요? 추호불차라고 믿소. 빈부 귀천이 없는 것이 공평이 아니라, 있는 것이 공평이란 말요. 공덕 있는 사람과 없는 사람이 똑같이 잘나고 똑같이 잘산대서야 그야말로 불공평이 아니오? 이런 말을 다른 사람들은 아니 믿더라도 그대야 믿어줄 것 아니오.

저 빨래하는 행랑 사람들이 아마 금생에는 도저히 안댁 서방님 아씨와 지위를 바꾸기는 어려우리라. 아마 안댁 서방님 아씨가 남의 빨래짐을 지고 자하문 턱을 넘을 날은 있기도 하지마는, 저 아범과 어멈이 서방님 아씨가 되기는 졸연치 아니하리다. 굴러 떨어지기는 쉬워도 기어오르기는 어려운 이치 아니오?

그대나 내나 다 행복된 사람은 아니지요. 첫째 건강이 없고, 둘째 돈이 없고, 셋째 얼굴이 잘나지를 못하고, 넷째 마음에 번뇌가 많고, 늘 불평 불안을 가지고 있고, 게다가 그런 주제에 눈은 높고 뜻은 하늘 위에 있단 말요. 그러나 그대여, 그것이 다 공평입니다. 아니 공평보다 한층 더 나아가서 우리는 우리 값 이상의 삶을 받고 있습니다.

그대여, 내가 이 집을 판다고 아깝다고 그러지 마시오. 그것은 대단히 황송한 생각이오. 어떻게 생각해야 옳은고 하니, 이만한 풍경 이만한 집에 6년이나 살게 된 것이 고마워라, 또 그것을 육천원이나 되는 큰돈을 받고 팔게 된 것이 고마워라, 그 돈으로 오래 못 갚던 빚을 갚게 된 것이 고마워라, 이 집을 팔고도 내가 몸담아 살 집이 있으니 고마워라, 크신 은혜 고마우셔라——이렇게 생각하는 것이 옳겠지요.

나는 아까 마당에 풀을 뽑고 화초에 물을 주었소. 모레 글피면 떠날 집인지라 그리하였소. 나는 새 주인의 손에 이 집을 내어맡길 때까지 이 집을 사랑하고 잘 거누지 아니하면 아니 될 것이오. 아니, 어디 그런 법이 있단 말이 아니라, 내 마음이 허하지를 아니한단 말요.

조선 풍속에서(지나 풍속도 그럽디다) 떠나는 집을 반자와 창과 도배를 모두 찢어놓고 어지러놓는 대로 치우지도 아니하고 간다는데, 이것은 복이 따라오지 않고, 그 집에 떨어져 있는가 보아서 그러는 것이라오. 그러나 그 복이란 어떻게 생긴 것인지 모르나, 만일 내가 복일 양이면 그렇게 뒤에 올 사람의 생각을 할 줄 모르는 위인은 따라가려다가도 고만두겠소.

이 집 뜰에 심은 화초를 파갈 생각을 하였으나, 새로 오는 주인이 적막할 것을 생각하매 차마 못 하여서, 여러 포기 있는 것만 한 포기씩 몇 가지를 뽑아서 분에 담아놓았는데, 그것도 탐욕 같고, 내 뒤에 오는 이에게 대한 무정 같아서 부끄러웠소.

어저께는 손님들이 찾아오셔서 더 못 썼소. 화성이 벌겋게 북악 가슴패기로서 올라오는 것을 보고 잤소. 직녀성이 파란빛을 발하고 있는 것도 보았소. 스콜피온의 염통 별이 더 붉다 하는 생각도 하였소. 아침에 일어나니 날은 흐리고 바람이 부오. 양자강의 저기압이 오나보오. 천기예보에 말하기를, 일간 한 장마가 오리라고, 와야 아니하겠소?

마루에 전등을 켜놓고 잤더니, 나는 벌레들이 많이 들어와서 더러는 벽에 붙어서 자고, 더러는 마루에 떨어져서 죽었소. 조그만 놈, 큰 놈, 동글한 놈, 길죽한 놈, 옥색, 비췻빛, 노랑이, 알룩이, 참말 가지각색이어서 두 놈도 같은 것은 없는 것 같소. 그중에서도 비췻빛, 나는 나비가 참 가련하오. 손을 대면 깜짝 놀라서 그 보드라운 날개를 팔락거리고 서너 걸음 날아가오. 그러나 밤새 번뇌에, 애욕의 기쁨과 설움에 지쳐서 기운들이 없는 모양이오.

마루에 죽어 떨어진 시체들은 비로 쓸어도 가만히 있는데, 그중에 어떤 나비는 아직도 생명이 조금 남아서 파딱파딱하다가 도로 쓰러지고, 어떤 놈은 기운을 내어서 날아가오. 그러나, 그들은 다 제가 할일을 하고 이 몸을 벗어버리고 간 것이오.

나는 전장을 생각하였소. 그저께 수와토우(汕頭)가 점령이 되었는데, 적국이 내어버린 시체가 육백, 우리 군사 죽은 이가 스물둘, 상한 이가 사십 명이라오. 내 눈앞에는 피 흐르는 시체가 보이고, 붕대 동인 군사가 보이오. 나는 머리를 숙이고 눈을 감고 그네를 위하여서 빌었소.

백합이 오늘 아침에 한 송이 피었소. 호박빛 백합이야. 꽃에 코를 대어 보았더니, 벌서 향기는 다 나갔어. 아마 해 뜨기 전에 피어서 벌써 그 향기를 바치는 아침 공양이 끝났나보오. 나는 이 한 송이 꽃을 멀리 전장에서 죽은 병사들의 혼령께 바치노라 하였소.

백합이 또 한 송이는 아마 내일 아침에는 필 것 같소. 내일은 내가 이 집을 떠나는 날야. 백합——내가 여름내 물 주어 가꾼 백합이 내가 이 집을 떠나기 전에 피어준 것이 고맙소. 장미는 거진 다 졌어.

금잔화가 아마 내일 아침에는 서너 송이 필 것 같소. 그것이 알맞이 내일 아침에 피거든, 백합과 아울러서 아침 공양을 하고, 이 집을 떠나게 되겠소. 부처님께와 여러 신님께와 전장에서 죽은 여러 용사님께와, 이 집에 나와 함께 살았으리라고 생각히는 여러 중생들께와.

분에 심은 봉숭아 두 나무, 빨강이 하나, 흰 것 하나가 웬일인지 어제 오후로부터 시들기 시작하여서 오늘 아침에도 깨어나지 못하고 아주 죽어버렸소. 대단히 싱싱하였는데, 웬일일까. 잎사귀 겨드랑이마다 꽃봉오리를 달고 날마다 모락모락 자라더니, 고만 그 꽃을 못 피우고 말았소.

내가 아침마다 지광이를 집고 세검정 가게에 우유를 가지러 가는 것이 가엾던지, 어제부터 그 동네 아이가 우유를 갖다 주오. 고마운 일이오. 오늘 아침에 내가 세수하는 동안에 갖다가 놓고도 말도 없이 가버렸는데, 아마 그 아이겠지요. 말도 없이 가버린 것이 더욱 고맙소.

그저께는 개천가집 영감님이 앵두 한 목판을 손수 들어다가 주셨소. 나는 여태껏 그 어른께 아무 것도 드린 것이 없는데.

또 그 전날은 앞집 황이 아버지가 빈대떡을 부치고, 되비지(두부 빼지 아니한 비지)를 만들고, 술 한 병을 사가지고 와서 말없이 나를 대접하였소. 아마 송별의 뜻이겠지요.

또 어저께는 삼철이 아버지가 일부러 오셔서,

"떠나시는 날, 짐 한 짐 져다드리겠어요."

하고 가셨소. 허리가 아파서 요새에는 일도 잘 못 간다는 노인이. 나는 거절도 못하고 받지도 못하고 황혼에 어리둥절하였소. 또 지난 공일날 밤에는 뒷집 숙희 아버지가 맥주 두 병을 사가지고 와서 나를 대접하였소. 그는 날마다 아침 여섯시에 나가서 저녁 일곱시에야 돌아오는 이인데, 앞뒷집에 살면서도 한 달에 한 번 면대하기 어려운 이오. 섭섭하다고, 내가 떠나는 것이 섭섭하다고 수없이 섭섭하다는 말을 하였소.

나는 아무리 하여서라도 뜰에 섰는 나무 세 포기는 파가지고 가야 하겠소. 오늘 비가 오면 파내려오. 한 포기는 자형화(紫荊花)라는 것인데, 이것은 봉선사 운허대사가 지난 청명날 철쭉, 진달래, 정향, 무궁화와 함께 위해 보내어주신 것이요, 또 하나는 사철나무인데, 이것은 앞집 영감님(그는 벌써 4년 전에 돌아가셨소)이 갖다가 심어주신 것이요, 또 하나는 월계와 해당인데, 이것은 뒷집 숙희 할아버지가 갖다가 심어주신 것이오. 돈 값을 말하면 등 네 포기, 목련 두 포기가 많겠지만, 이것은 새로 오는 이에게 선물로 드리고 가려오. 그렇지마는, 남이 정성으로 내게 준 기념물만은 아니 가지고 가는 것이 죄송한 듯하오.

또 가지고 가야만 할 것이 돌옷 입은 돌멩이 몇 갠데, 이것은 황이네 삼형제가 그 더운 날 땀을 뻘뻘 흘리며 져다준 것이오. 열여덟, 열다섯, 열세살 먹은 삼형제. 그들을 다 가지고 가자면 세 마차는 될 것인데, 다는 못하여도 예닐곱 개는 가지고 가지 아니하면 그 세 소년에게 대하여서 미안한 것만 같소.

끝으로 크게 감사하지 아니하면 아니 될 집이 하나 있소. 그 집은 점숙이네 집인데, 점숙이란 그 집 여덟 살 먹은 계집애 이름이오. 지난 팔월에 내가 병원에서 이 집으로 나와서 지금까지 있는 동안에 두어 달을 빼고는 그 집에서 내 식절을 맡아 하여주셨소. 양식 값 반찬값은 드렸지마는 하루 삼시 지성으로 나를 공궤(供饋)하여 주신 후의는 참으로 뼈에 새겨져 잊을 수가 없는 일이오. 무엇 한가지라도 맛나게 먹어지라 하고 정성을 들인 것이 분명히 보이지 아니하오?

이것저것 모두 생각하니, 모두 고마운 이들이오.

응, 또 하나 춘네 집이라고 있소. 내 집에서는 한참 떨어져 있는 집인데, 내가 이 동네에 와서부터 춘이 아버지, 춘이 언니, 춘이 누나, 모두들 나를 일가같이 대접하여 주셨소. 어린애 돌날이라고 떡도 가져오고, 과일철이면 과일도 가져오고, 내가 병원에서 나왔다고 모두들 위문하고.

나는 이 동네에서 많은 신세를 지고 떠나오.

내가 지팡이를 끌고 어디 나가는 것을 보면,

"면이 아버지. 어디 가셔요?"

하고 불러주고 싱그레 웃어주고 따라와주던 경희, 정희, 대복이, 명순이, 이러한 모든 어린아이들.

"진지 잡수셔겝시오?"

이 모양으로 만나면 읍하고 인사하여주던 이름도 잘 모르는 동네 젊은이들.

그네들은 모두 나를 위해주고 기쁘게 하여주었소. 나는 그이들에게 아무 것도 하여드린 것이 없는데. 허기야 모두 형제들이 아니오? 자매들이 아니오? 한등불 밑에 한집에 한젖을 먹는 식구들이 아니오. 한등불이란 해 말요. 한집이란 이 지구 말요. 한젖이란 땅에서 나오는 물과 모든 곡식말요. 내 코에서 나온 공기가 그대 코로 들어가고, 그대의 살 냄새가 내 코에 들어오지 않소?

지구라야 조그마한 티끌 하나 아니오? 이를테면 이 무궁한 우주라는 큰 집의 조그마한 방 한 칸 아니오? 우리 지구상에 사는 인류란 이 단칸방에 모여 사는 한식구야. 그러니 얼마나 정답겠소? 얼마나 서로 불쌍히 여기고 서로 도와야 하겠소.

짐승도 그렇지요. 새도, 벌레도, 나무, 풀도 그렇소. 다 마찬가지야. 나와 한집 식구야. 나와 같은 마음을 가지고 있소, 기뻐하고 슬퍼하고, 나고 죽고. 그의 살이던 것이 내 살 되고, 내 살이던 것이 그의 살 되고, 이것은 범망경(梵網經)까지 아니보더라도 얼른 알아지는 것 아니오?

내 창 밖에 와서 울고 간 새가 어느 생에 내 아버지였는가 내 어머니였는가?

밥상에 파리가 덤비면 나는 날리오. 날리다가 화가 나면 파리채로 때려죽이오. 얻어 맞은 파리는 바르르 떨다가 죽어버리고 마오. 나는 파리하고 같은 음식을 다툰 것이오. 내가 먹으려는 것을 파리도 먹으려는 것이오. 같은 것을 먹고 사는구려. 한어머니 젖을 먹고 사는구려 —— 파리와 나와.

내 밥상에 놓인 푸성귀는 벌레를 좋아하는 음식이 아니오? 오이 호박은 두더지가 좋아하는 것이오. 하필 송아지 젖을 얻어먹는 것만 가리켜 말할 것 없지요. 내가 먹는 물, 내가 받는 햇빛을 받아서 저 한련과 백합이 피지 아니하였소? 그런데도 한련은 한련이요, 백합은 백합이오. 나는 나란 말요. 같은 살로 되고 같은 것을 먹고 살지마는, 네요, 내요 다른 것이 있단 말야. 이것이 하나 속에 여럿이 있고, 여럿 속에 하나가 있다는 것이오. 무차별 속에 차별이 있고 차별 속에 무차별이 있단 말요. 색즉시공 공즉시색, 색불이공 공불이색(色卽是空, 空卽是色, 色不異空, 空不異色)이라는 것이겠지요.

우리가 이렇게 차별 세계에서 생각하면 파리나 모기는 하나 죽일 수 없단 말요. 내 나라를 침범하는 적국과는 아니 싸울 수가 없단 말요.

신문에서 보는 바와 같이, 우리 군사가 적군의 시체를 향하여서 합장하고 나무아미타불을 부른다는 것이 차별 세계에서 무차별 세계에 올라간 경지야. 차별 세계에서 적이요, 내 편이어서 서로 싸우고 서로 죽이지마는, 한 번 마음을 무차별 세계에 달릴 때에 우리는 오직 동포감으로 연민을 느끼는 것이오. 싸울 때에는 죽여야지, 그러나 죽이고 난 뒤에는 불쌍히 여기는 거야. 이것이 모순이지. 모순이지마는 오늘날 사바세계의 생활로는 면할 수 없는 일이란 말요. 전쟁이 없기를 바라지마는, 동시에 전쟁을 아니할 수 없단 말요. 만물이 다 내 살이지마는, 인류를 더 사랑하게 되고, 인류가 다 내 형제요, 자매이지마는 내 국민을 더 사랑하게 되니, 더 사랑하는 이를 위하여서 인연이 먼 이를 희생할 경우도 없지 아니하단 말요. 그것이 불완전 사바세계의 슬픔이겠지마는 실로 숙명적이오. 다만 무차별 세계를 잊지 아니하고 가끔 그것을 생각하고 그리워하고 그 속에 들어가면서 이 차별의 아픔을 죽이려고 힘쓰는 것이 우리가 하여야 할 일이겠지요.

이런 생각들은 하면 무척 마음이 괴롭소. 이 세계가 왜 극락세계가 못될까 하고 한탄이 나오. 그러나 검은 흙만인 듯한 땅도 자세히 찾아보면, 금가루 없는 데가 없는 모양으로, 얼른 보기에 생존 경쟁만 하고 있는 듯한 중생세계에서도 자세히 살펴보면 샅샅이 따뜻한 사랑의 불똥이 숨어 있어. 이 지구가 온통 금덩이가 될 수가 없는 줄 아시오? 금이나 흙이나 다 같은 피요, 같은 살야. 이 중생 세계가 온통 사랑의 세계가 못될 줄 아시오? 일순간에 변화할 수 있는 것이오.

나는 이것을 믿소. 이 중생 세계가 사랑의 세계가 될 날을 믿소. 내가 법화경을 날마다 읽는 동안 이 날이 올 것을 믿소. 이 지구가 온통 금으로 변하고 지구상의 모든 중생들이 온통 사랑으로 변할 날이 올 것을 믿소. 그러니 기쁘지 않소?

내가 이 집을 팔고 떠나는 따위, 그대가 여러 가지 괴로움이 있다는 따위, 그까짓 것이 다 무엇이오? 이 몸과 이 나라와 이 사바세계와 이

온 우주를(온 우주는 사바세계 따위를 수억 억만 헤아릴 수 없이 가지
고 있었고 있고 있을 것이오) 사랑의 것으로 만드는 일이야말로 그대
나 내나가 할 일이 아니오? 저 뱀과 모기와 파리와 송충이, 지네, 그리
마, 거미, 참새, 물, 나무, 결핵균, 이런 것들이 모두 상극이 되지 말고,
총친화(總親和)가 될 날을 위하여서 준비하는 것이 우리 일이 아니오?
이 성전(聖戰)에 참예하는 용사가 되지 못하면 생명을 가지고 났던 보
람이 없지 아니하오?

오정이 지났는데 아직도 비가 오지 않소. 흐리기는 흐렸는데 바람만
부오. 그러나 올 때가 되면 비가 오겠지요. 성화하지 마시오. 이 천지
는 사랑의 천지요, 공평한 법적의 천지가 아니오?

우물 앞 그 화단에 봉숭아가 두 송이가 피었소. 볼그스레한 것이 갓
난이 모양으로 잎사귀 겨드랑에 안겨서 피었소. 봉숭아는 조선 가정 꽃
의 대표가 아닐까요? 뒤꼍 장독대에 핀 봉숭아는 계집아이들이 가장
사랑하는 꽃이오. 그 순박하고도 어리석은 모양이 좋은 게지요. 그 꽃
이 처음 필 때에는 너무도 반갑고 소중하여서 감히 손도 대지 아니하지
마는, 가지마다 축축 피어서 늘어진 때에는 계집애들은 그중 빨간 것을
골라서 고양이밥이라는 신 풀 잎사귀와 섞어서 으깨어서 새끼손가락과
무명지의 손톱에 싸매고, 하얀 헝겊으로 감고 밤을 자고 나서 아침에
끌러보면 손톱이 빨갛게 물이 들지 않았소? 그것이 금강석이나 홍옥보
다도 아름다운 것이 아니었소? 그렇게 빨갛게 물든 손톱을 보며,

'구름 간다, 구름 간다
구름 속에 선녀 간다.
선녀 적삼 안 고름에
울금대정 향을 찼다.
꽃밭에서 말을 타니
말발굽에 향내 난다'

하는 노래를 부르지 않았소? 그 고름에 향을 찬 것은 처녀 자신이겠지

334

요. 꽃밭에서 말을 타는 이는 그의 짝이 될 남자겠지요.

시편 백 편을 적어서 이 편지를 끝냅시다.

'모든 나라들아, 기쁜 소리로 임을 찬송하라.

기쁨으로 임을 섬기고 노래하여 임의 앞에 나올지어다.

임은 하느님이시니, 임 아니시면 뉘 우리를 지으셨으리?

우리는 임의 백성이요, 그의 목장에 길 되는 양이로다.

감사하면서 임의 문에 들고, 찬양하면서 임의 뜰에 들어갈지어다. 임을 고맙게 생각하고, 그 이름을 칭송할지어다.

대개 임은 자비하시고, 임의 은혜는 영원하며, 임의 진리는 만대에 변함이 없으실새라.'

그대여, 인생을 이렇게 볼 때에 기쁨과 노래밖에 또 무엇이 있겠소? 무슨 근심 걱정이 있겠소.

나는 기쁨으로 이삿짐을 싸려 하오.

─── 발표지 미상

무명씨전

―― A의 약력

1

무명씨. 그에게도 명씨가 없을 리는 없다. 여러 가지 사정으로 그의 이름을 내놓기가 어려운 것뿐이다.

이미 이름을 말하지 아니하니, 그의 고향을 말할 필요도 없을 것이다. 다만 그가 조선사람이었던 것만 알면 그만이다.

그―― 무명씨인 그를 편의상 A라고 부르자.

A가 열일곱 살 되던 해에 그의 고향을 뛰어난 것은 까닭이 있다 ―― . 아버지가 애매한 죄에 몰려서 감사 모에게 갖은 악형을 당하고, 수천 석 타작하던 재산의 대부분을 빼앗긴 것을 알게 되매, 분을 참지 못한 것이었다.

그때에는 나라 정사가 어지러워서 당시 정권을 잡았던 M씨 일족이 감사요, 목사요 하고 전국에 좋은 벼슬을 다 차지해가지고 양민을 잡아들여서는 재물을 빼앗기를 업을 삼을 때다. 서울에 큼직큼직한 집의 기왓장이 이렇게 빼앗아 올린 양민의 피 아닌 것이 얼마나 되나.

A는 일본으로 뛰어가서 얼마 동안 준비를 해가지고 동경의 육군사관학교에 입학하였다.

그때 육군 사관학교에는 A 밖에 B, C, D, E, F의 무명씨들이 십여

인이나 유학을 하고 있었다. 그들은 대개 나이가 비등하고 또 일본에
온 동기도 대동소이하였다. 지금은 비록 천하를 말하고 국가를 논하지
마는, 애초에 집을 떠난 동기는 대개는 권문세가에 원통한 일을 당한
집 자제로서, 한번 톡톡히 원수를 갚고 설치를 하자는 것이었다.

B는 양반에게 선산을 빼앗겼고, C는 그 아버지가 양반에게 수모를
당하였고, D는 그 아버지가 양반에게 재산을 빼앗겼고 등등.

그러나 그들이 육군 사관학교에 다니는 동안에 일본 군인의 의기와
애국심을 보고는 처음 오던 조그마한 동기를 버리고 천하, 국가를 경륜
하고 큰뜻을 품게 되었다.

2

노일전쟁이 터지었다. 때는 마침 A씨 등이 사관학교를 마치고 견습
사관으로 일본 군대에 있을 때다. 하루는 A가 있는 연대의 연대장이
A를 불러,

"A군. 오늘 아침 우리 연대는 출정 명령을 받아서 24시간 내로 만
주를 향하여 떠나게 되었소. 그대는 외국사람이니 출정할 의무도 있지
아니한즉, 행동을 자유로 할 것이오."

하였다. A는 서슴지 아니하고,

"연대장. 될 수만 있거든, 나를 전지로 데리고 가주시오. 일본군이
어떻게 충용하게 나라를 위해서 목숨을 버리는 양을 보고 배우려 합니
다. 소관도 종군한 이상에는 귀국 군인과 꼭같은 충성으로 귀국을 도우
려 합니다. 이번 기회에 귀국에서 우리를 교육해주신 은혜를 갚으려 합
니다."

하였다. 연대장은 곧 그 용기를 칭찬하고 A의 출정을 허락하였다.

3

노일전쟁에 일본군을 따라서 만주에 출정한 이는 A밖에 4,5인 있다. 그들은 A와 꼭 같은 정신으로 군대에 복무하였다. A와 B와 C 같은 이는 제일선에서 한 부대를 지휘한 일조차 있었다. 그래서 전쟁이 끝이 나고 일본군이 개선할 때에 A씨 등도 같이 개선하여서 훈장까지도 탔다. 그리고 A, B, C 등 몇 사람은 서울에 머물러서 한국주차 일본군 사령부(韓國駐 箚日本軍司令部)에 근무하였다. 그들이 공부를 한 목적이 일본 군대에서 사관 노릇하려 함이 아니었던 것은 말할 것도 없다. 그러나 그때에 한국에는 그네를 써줄 만한 군대가 없었다.

군대는 없는 것이 아니었으나, 그때 군대에 장관이니 영관이 위관이니 하는 것은 대개 양반집 도련님들이어서, '차렷', '우로 나란히'도 모르는 화초 장교들이었다.

군대란 치안을 유지하거나 외모를 막으려고 있는 것이 아니라, 상감님의 구경거리나 되고 양반집 일 없는 자식들의 밥벌이 판이 될 뿐이었다. 그 중에 한두 개 군인다운 군인이 없지 아니하였으나 그런 이들은 도리어 천대를 받아서 마음을 펼 수가 없었다.

더구나 일본 다녀온 '생도'들은 다 김옥균, 박영효 일파의 혁명 사상을 가진 자로 여겨서 요로 대관이며 양반네들이 밉게 보고 의심할 때다. 이런 때니깐 좋은 무관 공부를 해가지고 왔건만도 원체 시골 상놈인 A, B, C 등은 써주는 데가 없어서 일본 군대에서 견습 사관 노릇을 하고 있었던 것이다.

4

A가 본국이라고 돌아와보니, 나라 일이라고 엉망이었다. 바깥 세력은 조수와 같이 밀어 들어오는데 정부에 권력을 잡은 양반들은 서로 물

고 뜯고 세력 다툼에 다른 생각을 할 겨를이 없었다.

A는 B, C, D, E, F 등 동지로 더불어 가끔 청루주사에 모여 밤이 새도록 술을 먹고 통곡하여 가슴에 찬 불평을 잊으려 하였다.

이때다. A는 몸에 육혈포를 지니고 × 보국 집을 찾았다.

× 보국은 세돗집이요 또 조선 일부로서 그야말로 부귀가 쌍전하였다.

뜻밖에 찾아온 청년 사관, × 보국은 이 일본 사관을 거절할 수가 없었다. 왜 그런고 하면 노일전쟁이 끝난 뒤에는 일본 군인이라면 당시 한국의 대신들도 쩔쩔매었기 때문이다.

A는 × 보국을 보고 공손히 절하여 어른에게 대한 예를 표하였다. × 보국은 이 까닭 모를 청년 사관을 붙들어 일으키었다. × 보국의 늙은 낯에는 불안이 가득하였다.

"대감 나를 아시겠소?"

하고 청년 사관 A는 입을 열었다.

"내가 영감을 알 수가 있소?"

하고 × 보국은 A를 유심히 보았다.

이윽고 × 보국의 낯빛은 흙빛이 되었다. 왜 그런고 하면 × 보국은 A의 얼굴에서 자기가 갖은 악형을 다해서 반생 반사를 만들어놓은 A의 아버지의 모습을 보았기 때문이다.

× 보국의 낯빛이 흙빛이 되는 것을 보고 A는,

"인제 대감은 내가 누군지를 알겠소? 대감이 갖은 악형을 다해서 폐인이 되었던 내 아버지는 그 후 일년이 못 해서 세상을 버렸소. 그가 마지막으로 유언한 말이 원수를 갚아달란 것이오. 내가 이래 16여 년간 공부를 한 것도 내 아버지 원수를 갚으란 것이오. 오늘 내가 대감을 만났으니 대감의 운수도 오늘이 끝인 줄 아시오."

하고 군복 바지 포켓에서 번쩍번쩍하는 육혈포를 꺼내어 × 보국의 가슴에 겨누었다.

불의에 이 일을 당하고 × 보국은 염불하는 중 모양으로 두 손뼉을

마주 붙이고 A의 날카로운 눈을 우러러보며,

"영감! 영감! 잠깐만 참으시오. 내가 선대감께서 가져온 재산을 이식을 길러서 조수히 영감께 드릴 테니, 이 늙은 것의 목숨만 살려주시오."

하고 오동지달 설한풍에 벌겨벗고 한데에 선 사람 모양으로 덜덜덜덜 떨었다.

"과연 전에 잘못한 것을 뉘우치시오?"

하고 A는 × 보국을 노려보았다.

"뉘우친 지는 오래외다."

"그러면 대감이 뉘우친 표를 내가 하라는 대로 할 테요?"

"하다뿐이오. 목숨만 살려주시면 무엇이나 하오리이다."

A는 육혈포를 다시 집어넣고,

"내가 인제 대감에게서 돈을 받아간다면 그것은 내 사욕을 위하는 것이니까, 대장부 할일이 아니오. 대감의 재산은 모두 백성의 재산이니, 이것을 풀어서 첫째로 학교를 세워 교육을 일으키고, 둘째로 가난한 지사들을 도와 맘놓고 나라 일을 하게 하고, 셋째로 총준 자제를 뽑아 외국에 유학을 시켜서 나라 일할 인재를 양성하도록 하실 테요?"

"그저 영감이 하라시는 대로 하오리다. 학교는 내일부터라도 곧 세울 것이오. 가난한 지사로 말하면 내가 아는 이가 없으니, 영감이 소개하시면 얼마든지 신수를 돌보아드릴 것이요, 또 유학생도 영감이 천하는 사람이면 보내오리다."

"우리 단둘이 말한 것을 후일에 증거할 사람이 없으니, 대감이 친필로 지금 그 말씀을 종이에 쓰시고 대감이 서명 날인하시고, 또 대감 자제의 서명 날인을 하여주시오."

× 보국은 지필묵을 잡아당기어,

光武 ○○년 ○○月 아日 A씨 處爲考音事

一, 設立學校事
一, 補助志士薪水事
一, 派遣總俊出洋留學事

× ○ ○ 印
子 名 印

A는 이 다짐을 집어넣고,

"대감이 이 다짐대로만 하시면, 반드시 전국 백성의 숭앙을 받을 것이오. 그렇지 않고 이 다짐을 어기시면 A의 칼과 육혈포가 언제든지 대감의 머리 위에 있는 줄 아시오."

하고 × 보국의 집에서 나왔다.

그 후에 A는 한 번도 × 보국의 집에 간 일이 없었으나, × 보국은 A에게 약속한 대로 우선 학교 하나를 세웠다.

그리고 이것은 몇해 후에 일이지마는, A가 벼슬을 버리고 나와서 정당운동을 할 때에 많은 궁한 지사들이 A의 손에 먹고 살았거니와, 그 돈 중에 얼마는 × 보국의 손에서 나온 것이란 말이 있고 또 누구누구 하는 유학생도 × 보국의 이름으로 일본과 미국과 구라파로 파견되었다.

그 후 십년간 파란 많은 A의 생활의 제일 삽화가 이 × 보국 사건이다.

5

나는 A씨의 이야기를 있는 대로 다 쓸 수는 없다. 첫째는 지면 관계와 시간 관계어니와, 둘째는 도저히 쓸 수 없는 사정을 가진 것도 있는 것이다. 그러므로 나는 띄엄띄엄 큼직큼직한 사실만을 지면과 검열이 허하는 대로 쓰는 줄 알아주기를 바란다.

6

A씨는 그 후에 일본군 사령부를 나와서 한국의 육군 부위로 임명되어서 무관학교 교관, 시위대 중대장 등을 지나서 불과 2년간에 육군 참령, 일명 대대장에 올랐다.

그때는 한국의 모든 것이 초창 시대이니까, 벼슬자리 올라가는 것도 대중이 없었다.

'우로 나란히', '앞으로 가'도 부를 줄 모르는 민 보국이니 조 판서니 하는 사람의 자질들이 17,8세에 벌써 육군 참위시오 하다가 일년 이태 사이에 참령입시오, 부령입시오, 원수부 부관입시오 하는 판이니까, A씨 같은 이가 이태 안에 부위에서 참령으로 올라갔다고 놀랄 것은 없을 것이었다.

7

전에도 잠깐 말한 바와 같이 동경 육군사관학교 동기생, 또는 한두 해 전후 출신으로서 동지라고 할 만한 사람이 A씨 외에도 B씨, C씨, D씨, E씨, F씨 이 모양으로 6,7인은 되었다. 이 6,7인은 당시 한국 육군의 신지식으로서 벼슬자리는 낮을망정, 위로 황제 이하로 정부 대관에게까지 일종의 존경과 두려워함을 받았다. 그들은 효충회(效忠會)라는 일종의 동창회적 성질을 띤 구락부를 조직하여가지고 때때로 처소를 정하고 모여서 크게는 동양 대세와 군국 대사를 의논하고, 적게는 각 개인의 출처 진퇴를 상의하였다.

그들 중에 가장 선배인 B씨는 육군 정령으로 무관학교의 교장이었다. 이 사람은 키가 작고 몸이 뚱뚱하고 눈이 작아 겁이 없기로는 A씨와 같고, 살이 희고 얼굴이 동탕하고 호협하기로는 A씨보다 승하였다.

그는 술을 무량으로 먹고, 술값이 없으면 군복을 벗어 전당으로 잡혔다. 한 번은 기생집에서 자고 화채가 없어서 군복을 벗어주고 내복에 군도를 차고 외투를 입고 사진을 하였다는 말까지 있는 사람이다. 군대 해산을 의논하는 모회석에서 꽁무니를 까고 똥을 갈긴 것도 그요, 말을 타고 영문으로 들어오다가 군대 해산의 조서가 내렸다는 말을 듣고 칼을 뽑아 말의 목을 베어 안고 앙천통곡한 이도 그다.

그 담에는 C씨. C씨는 사관학교 출신은 아니다. 그는 일개 병정으로 올라온 무관이다. C씨는 한문책 한 권도 잘 보지 못하는 지식이지마는, 기골이 장대하고 눈초리가 관우 모양으로 위로 치찢어지고 목소리가 크고, 수염을 나는 대로 내어버려서 얼굴의 삼분지 일이나 가리우고, 찢어진 옷을 입고, 병정이 신는 구두를 신고, 병정과 함께 자고 먹고, 참으로 병정의 부스럼을 입으로 빨아주고, 나라를 사랑하기를 제 목숨보다 더하고,

"내가 무식하게 무얼 아오? 그저 동지네가 옳다고 하라면 무슨 일이라도 하지요."

하는 인물이다. 이는 어느 진위대장.

D씨는 시위 2대대장으로 맵시가 호초알과 같은 이. 몸이 강강하고 근엄하여 술을 아니 먹고 색을 가까이 하니하고 밤낮에 생각하고 일하는 것이 군대 교련이었다.

다음이 E씨. 키가 크고 말이 적고, 한 번 약속한 것이면 말없이 지키는 이.

다음이 F씨. 이는 어느 시골 부자의 아들. 카가 크고 뚱뚱하고 점잖기가 양반과 같고, 그러면서 백령백리해서 '전라도 아전'이라는 별명을 듣는 이. 그는 배일파(그때에는 이러한 지사파가 있었다. A씨 등은 다 이 파에 속하였다.)에 가서는 배일파의 동지가 되고, 친일파(그때에는 이런 파도 있었다. 요로 대관이며 양반 계급의 대부분이 이 파에 속하였다)에 가서는 친일파와 지기상적하였다. 그리고 군사령부에 가면 또

군사령관 이하로 일본 사관들에게도 환심을 샀다. 무겁기 천근과 같고 둔하기 물소와 같을 듯하면서도 그의 맑은 눈정기 값을 하노라고 이렇게 백령백리한 까닭에 동지간에도 추호의 불신임을 받음도 없었다.

이중에서 A씨로 말하면, 키가 작고, 몸이 강강하고 눈이 가늘고, 빛나고 목소리는 평소에 부드러우나 한번 노하면 쇳소리와 같고, 비록 연설은 못하나 좌담에 능하고, 무슨 일을 계획하매 물 부어 샐 틈이 없고, 한번 한다고 작정하매, 하늘이 무너져도 변함이 없고, 비록 몸이 작으나 만근의 무게가 있어서 요로의 대관들과 합석하더라도 조금도 눌리는 바가 없고, 나라를 사랑하매 몸과 집이 없고, 동지를 사귀이매 재물을 아끼지 아니하고, 친구를 한 번 믿으매 다시 의심함이 없고, 만일 한 가지 흠이 있다 하면, 그는 당시 세계 사조이던 마키아벨리식 사상에 물들어서 목적을 위하여서는 수단을 가리지 아니하는 것이라고나 할까.

이러한 연소 기예한 신진 무관들은 전부가 시골사람이었다. 그중에 오직 하나 시위 2대대장 D씨가 서울 태생이나 서울에도 중인이었다.

대원군의 서원 철폐와, 갑오경장 후로 조선의 계급이 타파되었다고 하지마는 그것은 말뿐이요, 나라의 모든 기관은 여전히 노론이니 소론이니, 남인이니 북인이니 하는 양반들의 손에 잡혀 있었다. 오직 한국의 마지막 내각(일부 삭제 —— 편집자 주, 이하 같음).

그때 군대에도 참장이니 부장이니 하는 것이 민 무슨 호, 민 영 무엇이던 것은 말할 것도 없거니와, 정령, 부령 중에도 실권 있는 자리는 아무 판서의 손자요, 아무 대신의 사위였다.

영국이 어디 붙었느지도 모르는 조약국장, 우로 나란히도 모르는 육군 부장, 교육이라는 교자도 모르는 학부의 무슨 국장, 무슨 과장, 재정학, 경제학이란 이름도 모르는 학지부의 무슨 국장, 무슨 과장, 이러한 벼슬들은 나라 일을 하기 위해서 있다는 것보다는 노론이니 소론이니 하는 양반님네의 밥벌이, 호강 자리로 있는가 싶었다.

명치 30년대의 한창 불일 듯 일어나는 새 일본을 보고 온 이 젊은 사관들의 눈에 이러한 한국의 정계가 어떻게나 비치었을까 하는 것은 물어볼 필요도 없을 것이다. (일부 삭제)하고 K 진위대장 C씨는 울툭불툭한 상놈스러운 주먹으로 술상을 탕탕 쳐서 안주 그릇이 부서질 지경이었다.

"그, 저, 썩어진 대구리놈들(대신들이란 말)부텀 모조리 집둥우리에 담아다가 똥물에다 튀겨야 해!"

하고 제일 선배인 B씨도 급진적 혁명을 역설하였다.

8

A, B, C, D, E, F 등 젊은 사관들의 목표가 어디 있었던 것은 이상에 그들의 성격을 말한 데서 대강 짐작하였을 것이다.

그들은 한국의 군대를 자기네의 세력 안에 넣고, 즉 자기네의 손에 쥐이고, 이것은 오늘날의 유명무실한 군대에서 참으로 힘있는 군대로 만들어 가지고 썩어진 양반 계급에 대해서 한 혁명을 일으켜서 한국의 국권을 신진 평민 계급의 손에 넣자는 생각을 가졌다. 아직 구체적 계획은 서지 아니하였으나 이 계획은 결코 전혀 실현성이 없는 공상이라고 할 수는 없었다. 왜 그런고 하면 A, B, C──이들은 원수부, 시위대, 진위대, 무관학교 같은 군부의 각 기관에 들어갔고 또 그들의 실력은 나날이 조금씩이라도 실권을 장중에 넣게 되었기 때문이다.

이러한 젊은 무관들의 단체인 효충회는 일종의 비밀결사였다. 가장 선배가 되는 B씨가 회장격이요, 가장 모략과 신망이 있는 A가 참모격이요, 근엄한 시위대장 D씨와 열렬한 진위대장 C씨는 평시에는 동지 권유의 임무를 맡고, 거사할 때에는 각기 군대를 거느리고 혁명군의 앞장을 서게 될 것이요, 돈 많고 교제 잘하는 F씨는 한국 정부와 일본 군사령부의 주요 인물과 사귀어 알아볼 것은 알아보고, 인연을 맺어둘 사람은 맺어두기로 하고 또 F 자신은 그러한 생각을 하고 있는지 모르지마는 A 이하로 일반동지가 생각하기에는 필요한 때가 오면 군자금도 내리라고 믿고, 또한 진위대장인 E씨는 C, D 양씨와 아울러 장차 거사할 때에 한몫을 보기로 작정한 것이었다.

이렇게 짜놓고 시기가 돌아오기를 기다리며 A는 또 한편으로 군인 외의 동지를 구하여 한 정당을 조직할 야심을 가졌다.

9

A씨가 정치적 포부를 가지고 ㅇㅇ회라는 정치적 결사(그것은 독립협회를 제하고는 아마 조선에서 처음인 애국적 정치결사였다)를 지은 사실을 자세히 말할 이유는 없다. 다음 어느 기회에 ㅇㅇ회의 주요 인물과 그 회에 관한 대강 사실을 말할 때도 있을 것이다. 이 정치적 결사에 대하여서는 독자는 그때까지 기다리실 수밖에 없다.

10

껑충 뛰어서 이야기는 광무 ㅇㅇ년 여름에 옮아간다.

효충회 동지들이 모이어 비밀히 시사문제에 관한 토론을 하는 자리에 어떤 편지 한 장이 왔다. 그것은 무론 우편으로 온 것은 아니다. 어떤 병정 하나가 갖다가 A씨에게 주고 달아났다.

그 편지를 떼어본 A씨의 낯빛은 해쓱해지고 눈초리는 오르락내리락하고 숨소리는 높아지었다. 좌중이 다 A씨의 태도를 보고는 마치 일시에 숨이 끊어지고 몸이 굳어진 듯이 말이 없다.

"군대를 해산하기로 오늘 내각 회의에 내정이 되었다오!"
하고 A씨는 그 편지를 좌중에 내어던지었다.

그 편지는 궁중에서 나온 것이었다. 내각 회의를 엿들은 사람의 편지

인 모양이어서 궁녀체로 순 한글로, 내각 회의시에 총리대신 R, 내부대
신 S, 탁지대신 K, 농상공부대신 C, 군부대신 R 등등 제 대신이 토의
하던 말 중에서 중요한 구절을 매우 요령 있게 적은 것이었다.

그것에 의하건댄 R 총리대신이 모처의 의사라 하여 도저히 군대를
해산하지 아니하면 아니 될 것을 역설하고 만일 자진하여 한국이 군대
를 해산하지 아니하면 일본과 전쟁을 하게 될 터이라는 말까지도 하였
다.

이에 대해서 찬성 반대파가 나뉘어 S 내부대신, C 농상공부대신, K
탁지대신 같은 이는 사직을 안보하고 인민을 도탄 어육에서 건지기 위
하여 저편의 요구대로 군대를 해산하자고 하고, 기타 R 군부대신, R
학부대신, P 궁내부대신, K 원로 등은 군대 없는 나라가 어디 있으며
또 남이 해산하란다고 제 군대를 해산하는 못난이가 어디 있느냐고 반
대하였으나 필경 하나씩 둘씩 총리대신의 말과 위협(반대하는 자도 개
인의 지위는 물론이어니와 생명에까지 위험이 있으리라는!)에 자라 모
가지 모양으로 움츠러지고 끝끝내 뻗댄 이는 두어 사람 밖에 없었다고
한다.

그래서 내일 아침에는 정식으로 어전 회의를 열어서 군대 해산의 조
서에 각 대신이 서명하기로 하고, H 내각 서기관장이 해산 조서를 기
초할 것을 맡고, S 내부대신이 전국 관민에게 공문할 것을 맡고, R 총
리대신과 C 농상공부대신이 상감의 뜻을 움직일 것을 맡고, R 군부대
신이 일본 군사령관에 말하여 일변 일본군대로 시내의 각 요지를 수비
케 하고 일변 한국의 군대의 무장을 해제하여 병영을 일본 군대에 내어
주는 실행 임무를 맡기로 하였다고 하였다. 이말은 즉 R 군부대신이
각대의 간부를 불러 해산 명령을 전달하고 아울러 해산 사무를 맡아보
게 되었다는 것이다.

이 편지를 본 효충회 출석자——B, C, D, E, F 등 모든 장령들은
청천벽력에 얼빠진 것 같았다.

어떤 이는(C씨 같은 이),

"한테 해보자!"

하고 팔을 뽐내고 어떤 이는,

"이놈들을——이 나라 잡아먹는 도적'들을."

하고 이를 갈고 또 어떤 이는 실성 통곡하였다.

마침내 의논은,

"있는 힘을 다해서 군대 해산에 반항하자."

하는 것으로 결정이 되었다.

그러나 효충회 6, 7인 중에 실지로 군대를 지휘하는 지위에 있는 이는 시위 2대대장인 D씨와 서울서 얼마 멀지 아니한 지방 진위대 대장인 C씨뿐이었다. 군부대신 부관인 A씨나, 무관학교 교장인 B씨나 있지도 아니한 치중대장인 E씨 같은 이는 손에 한 소대 병정도 없는 사람들이다.

"옳다, 어디 겨루어보자!"

하고 C씨는 즉시로 자리에서 일어나며,

"나는 가오. 다들 웬걸 생전에야 만나겠소? 이판에 살아나는 놈도 개아들놈이오."

하고 인사도 다 아니하고 뛰어나가버렸다. 그는 군대 해산령이 내리기 전에 자기가 맡은 수비대로 가려던 것이다.

B씨는 각대 통솔자를 찾아, F씨는 S 내부대신(이는 부총리격이었다)과 C 농상공부대신을 찾아 군대 해산이 불가한 것을 말하기로 하고, A씨는 R 총리대신과 R 군부대신을 찾아서 군대 해산을 못하게 하도록 힘쓸 것을 약속하고 헤어졌다.

'군대를 이상적 군대로 만들어보자' 하여 주소로 애를 쓰던 이 사람들의 실망과 분개는 형용해 말할 도리가 없었다.

11

A씨는 곧 R 총리대신 집을 찾았으나 예궐하였다 하여 만나지 못하고 그 길로 R 군부대신 집을 찾았더니 그 역시 예궐하였다 하나, A씨는 군부대신 부관인 관계로 R 군부대신 집 사랑에 들어가서 군부대신이 돌아오기를 기다리기로 하였다.

얼마 아니하여 뚱뚱한 군부대신은 술이 반취나 하여서 인력거를 타고 집으로 돌아왔다. A씨는 예사롭게 부관답게 R씨를 맞았다.

"어, 자네 왔나?"

하고 군부대신은 육군 대례복의 금줄이 찬란한 군모를 벗어서 곁에 선 상노에게 주는 것을 A씨가 그 군모를 받아서 마당에다가 탁 집어 동댕이를 쳤다.

"이 사람 이게 웬일인가?"

하고 R씨는 술이 번쩍 깨는 듯하였다.

"군대가 다 없어지는데 군모는 해서 무엇해요?"

하고 A씨는 주먹으로 눈물을 쥐어뿌리며,

"이 모자가 군대를 해산하려는 군부대신의 머리 위에 올라앉은 것이 죄지요!"

하고 구둣발로 그 찬란한 군모를 지르밟고 비벼버렸다. 모자는 찌그러지고 흙탕구리가 되어서 해산 당하는 군대와 같이 참혹하게 화계 밑에 굴러가 자빠졌다. 군부대신은 아무 말이 없이 고개를 숙였다.

"자네 어디서 무슨 말 들었나?"

하고 양실 응접실 교의에 걸터앉아서 주먹으로 이마의 땀을 씻으면서 R씨는 A씨에게 물었다. 그 음성은 마치 죄를 지은 사람이 용서함을 청할 때의 음성과 같이 힘이 없었다.

"대감!"

하고 A씨는 상관에게 대한 예절도 버리고 군부대신의 팔을 꽉 붙들었다.

"대감! 대감은 군인이외다. 내각 대신들이 다 썩고 물렀기로 대감마저 그러실 수는 없습니다. 대감 못 한다고 반대하시오!"

"낸들 왜 반대를 아니해보았겠나."

하고 R 군부대신은 숙였던 고개를 기운없이 들었다.

"그렇지만 다들 아니할 수는 없다고 하니, 내가 혼자 어떻게 한단 말인가."

"다들이라니? 대감은 반대신데 다른 대신들이 해산을 주장한단 말씀이지요?"

하고 A 참령의 다짐에 R씨는 다만 고개를 두어 번 끄덕거릴 뿐.

"대감은 분명 반대십니까?"

"암 반대지. 내야 설마 찬성하겠나. 하지마는 수상의 뜻이 기울어진걸 어찌한단 말인가. 애초에 발론을 수상이 했거든. 그야 수상도 자기 뜻이야 아니겠지. 뒤에 내려누르는 데가 있어서 그러겠지마는 수상의 뜻이 정했으니까, 내가 어떻게 하나. 안 그런가."

하고 R씨는 연해 이마에서 땀을 씻는다. 그는 회의가 끝난 뒤에 궁중에서 축하(?)의 뜻으로 한잔 먹은 것과, A씨가 대드는 바람에 어색해진 것과 이것이 합하여 이마와 등골에서는 몸에 있는 물이 다 나오려는 듯이 땀이 흘렀다.

"인제는 또 수상의 뜻이 해산으로 기울어졌으니까, 대감의 뜻은 아니지마는 내일은 대감이 앞장을 서서, 대감의 손으로 군대를 해산해버릴 직분을 맡으시었단 말씀야요? 그래 대감의 모가지는 이런 때에는 좀 내어대어 보지 못하고 그렇게 아끼면 천년이나 만년 갈 듯 싶습니까."

R 군부대신은 대답이 없다.

"설사 대감이 모가지를 내어대고, 못 한다고 크게 다투지는 못할망정, 내일이면 없어질 군부대신 자리를 발길로 차고 물러나올 기운도 없

350

습니까. 그리고는 무엇을 먹겠다고 제 손으로 제 군대를 해산하고, 제
손으로 제가 있는 군부대신의 자리를 팔아먹을 염치가 어디 난단 말씀
입니까."

"……."

"대감……아직도 늦지 아니합니다. 단연히 군대 해산에 반대하노라
는 성명서를 이 자리에서 쓰시오!"

"글쎄 나 혼자만 뻗대면 일이 되나. 총리대신이 한다는 것을 어찌 한
단 말인가."

"그러면 총리대신만 대감 모양으로 맘을 돌린다면, 대감은 끝끝내
반대하시렵니까?"

"암 그렇지."

하는 대답을 R 군부대신은 아니할 수 없게 되었다.

"그러면 대감께서 군대 해산 불가라는 편지 한 장을 써줍시오. 소인
이 가지고 가서 총리대신의 맘을 돌려보겠습니다."

"그거 안 될걸."

"되고 안 되는 것은 소인께 맡기시고, 대감은 편지 한 장만 써줍시
오."

A씨의 비분한 태도와 정정당당한 이론에 눌리어 R 군부대신은 더
모피할 핑계를 얻지 못하여,

"R 수상 각하!

제국의 군대를 해산함은 도저히 차마 못할 일이옵기, 소인은 죽기로
써 반대하려 하오니 각하께옵서도 돌려 생각하시기를 복원하나이다.

자세한 말씀은 부관 A에게 하문하시옵소서.

　　　　　　　　　ㅇ월 ㅇ일 석 R 재배"

R이 이 편지를 쓴 것은 반은 A의 열성에 감동됨이요, 반은 A의 위
엄에 눌림이었다. R은 A가 자기를 죽이기라도 할 듯하게 살기가 등등
하게 생각하였다.

"소인 곧 다녀오겠습니다."

하고 A는 R 군부대신의 집을 나서서 바로 R 수상의 집으로 가려다가
총리대신을 방문하는데 합당할 만한 예복을 갈아입을 필요가 있다고
생각하고 잠깐 집에 들렀다.

12

집에서 옷을 갈아입고 인력거를 타고 나서려다가 한 번 전화로 물어
보고 가는 것이 편하리라 하여 R 수상 집에 전화를 걸었다.

전화는 이야기하는 중이었다.

세 번째 전화를 걸려 할 때에 A씨의 귀에 댄 수화기에서는 R 군부
대신의 음성이 들렸다. A씨는 깜짝 놀라서 가만히 들어보니, 그것은
전화가 혼선이 된 것이었다.

"지금 A가 소인의 편지를 가지고 댁으로 찾아갈 테니, 안 계시다고
만나시지 마시지요."

이러한 소리가 들렸다. 그것은 분명히 R 군부대신이 R 수상에게 거
는 전화였다.

"그러면 헌병대에 전화해서 A란 자를 잡아 가두라지요."

하는 것은 분명 R 수상이었다.

"그럴 것까지는 없고요. 제가 놔두기로니, 무엇을 하겠습니까. 대감
께서 안 만나시면 그만이지요."

하는 것은 군부대신이었다.

A는 당장,

"이 개 같은 놈들아!"

하고 소리를 지르고 싶은 것을 꽉 참고 들을 것을 다 들은 뒤에 수화기
를 걸었다.

"아, 다 틀렸구나!"

하고 A는 바로 방바닥을 굴렀다.

A는 '우후후후' 하고 한참이나 소리를 내어 울더니, 벌떡 일어나서 벽장에서 육혈포를 꺼내어 십이연발에 탄환을 재어 기계를 점검해보고 나서, 군복 바지 뒷주머니에 넣고 육군 참령의 정복을 정연하게 입고 인력거를 타고 나섰다.

A씨가 인력거를 타고 바로 대문을 나서려 할 때에 마주 들어오는 우비 씌운 인력거 하나가 있었다. A는 그 인력거가 누구의 인력거인 줄도 알았으나, 짐짓 모른 체하고 그 인력거를 비켜서 인력거를 몰았다.

"영감!"

하는 여자의 목소리가 우비 씌운 인력거 속에서 나오며 머리 쪽진 젊은 여자 하나가 내려서서 지나가는 A의 인력거를 따랐다.

그러나 A의 인력거는 뒤도 돌아보지 아니하고 어두운 ×동 병문으로 들어가고 말았다.

이 여자는 추금(秋琴)이라는 기생이다. 그때에는 오늘과 달라서 명기라고 하면 돈 있는 놈보다도 지사를 따르는 기풍이 있었다. 추금이도 그러한 기생 중의 하나로서, A씨의 사랑을 받고 A씨를 사랑하는 기생이었다. 그래서 가끔 추금은 밤이면 A씨 집을 찾아와서 이튿날 아침에 돌아가는 일이 있었다. 오늘도 추금은 A씨를 위로 할 양으로 찾아왔던 것이다.

추금이는 A씨가 자기를 본체 만체, 자기가 부르는 소리도 들은 체만 체하고, 가버린 것이 불쾌하고 분해서 눈물을 참고 입술을 물었다. 그러나 추금이는 얼른 다시 생각하였다. 근래에 A씨가 도무지 자기를 돌아보지 아니하고 혹시 만난대야 전과 같이 유쾌한 빛이 없을 뿐더러, 용모가 초췌하는 것이며 오늘 저녁에 이처럼 A씨가 자기의 부르는 소리에도 대답할 새가 없는 것이 필시 무슨 곡절이 있으리라고 생각하였다. 있다 하면 무슨 곡절? 그것은 크나큰 국사일 것이다.

이렇게 생각하면 A에게 대한 섭섭하고 분한 맘은 풀리고 도리어 크나큰 국사로 해서 노심초사하는 A가 한없이 동정이 되었다.

"가!"

하고 추금은 인력거에 올라앉아서 인력거꾼을 재촉하였다. 비록 그렇더라도 인력거꾼이 부끄러운 생각이 없지 아니하였다.

"어디로 모시랍쇼?"

하고 인력거꾼은 인력거 채를 들어 무릎 위에 놓으면서 고개를 뒤로 돌려서 물었다.

"집으로 가."

하고 추금은 기운이 다 빠지는 듯함을 깨달았다.

13

그날 밤에 추금은 R 수상이 부르는 것도 물리치고 A씨를 찾아왔던 것이다. A씨를 향하여 R 수상의 부름을 물리쳤다고 한대야 큰 자랑될 것도 없었다. 왜 그런고 하면 이것이 한두 번 일이 아닌 까닭이었다.

각료 중에 추금을 사랑하는 사람이 R 수상 외에도 있었다. S 내대(내부대신), C 농대(농상공부대신) 같은 이는 그중에도 심한 편이요, 정력이 절륜하다는 R군대(군부대신)도 이 미인을 지나쳐보았을 리는 없지마는 그가 자기의 부관인 A 참령의 애기인 줄을 안 때에는 손을 대이려고 하지 아니하였다. 이렇게 여러 대신들이 추금의 재색에 침을 흘리는 중에도 R 수상은 자기의 지위가 한국에서 가장 높은 모양으로 추금을 손에 넣는 데도 자기에게 우선권이 있을 것을 확신하고 있었다.

"×동 대감께서 아씨 부르시오."

하고 인력거가 오면 추금은 그 부르는 곳이 어딘가를 물어서 만일 백수(白水)라든지, 화월(花月)이라든지 하는 일본 요릿집이면 가고 ×동 ○○정 댁이라고 하면 무슨 핑계든지 내어서 거절하였다. 그러할 때마다 그 어미가 발을 구르고,

"이년아 나 죽는 것을 보아라."

하고 발악을 하는 것은 말할 것도 없다. 이날에 R 수상은 추금을 ○ 동 ○○정 댁으로 불렀다. 그러는 것을 어디 가고 없다고 해서 돌려보내었다.

한성 정계에 풍운이 자못 급한 것은 추금이도 모를 리가 없었다. 해아(海牙) 평화회의에 밀사가 나타났다는 둥, 그 밀사가 만국회의석상에서 연설을 하다가 비분한 나머지 배를 갈라 죽었다는 둥, 이 때문에 황제가 양위를 한다는 둥, 벌써 했다는 둥, 일본 군대가 남산 꼭대기와 남대문 누상에와 대한문까지 대포를 설치했다는 둥, 인천에는 일본 군함이 수만 명 군대를 싣고 들어온다는 둥, 인제 큰 난리가 난다는 둥, 이러한 밑 있는 소리, 밑도 없는 소리가 병문 지게꾼이며 행랑어멈, 아범들 사이에까지도 이야깃거리가 되었던 때다. 이러한 때에 지사와만 추축하는 명기 추금이가 정계 풍운이 급박한 낌새를 몰랐을 리가 없다.

이러한 때에 추금이가 A에게 대하여 가지는 생각은 두 갈래였다. 하나는 A씨와 그의 동지되는 여러 지사들이 아마 시국을 바로 잡아서 난리를 평정하리라 하는 희미한 희망과 또 하나는 이렇게 풍운이 급박하면 손에 넉넉한 실력이 없는 A씨 기타와 지사들의 운수가 불길하리라는 근심과였다.

A씨가 여러 날을 두고 자기를 돌아보지 아니할 때에 추금은 여자가 의례히 가지는 맘으로 혹시 A씨가 다른 여자를 사랑하여 자기를 잊어버림이 아닌가 하는 질투를 느끼지 아니함도 아니지마는, 한번 돌려 생각할 때에 A씨는 오늘날 시국에 집이나 아녀자에게 견권하는 정을 가질 사람이 아니라고 단정하였다. 그러고는 전장에 내보낸 남편을 생각하는 아내의 가슴을 안고 있었다.

14

옷도 끄르지 아니하고 머리가 아프다고 일컫고 자리에 누워 있을 때에 추금의 주정뱅이 오라비 M이 집을 헐며 들어왔다.

"추금아, 추금이 있니?"

하고 M은 누이의 방에 늘인 발을 들고 머리를 쑥 데밀었다. 갈라 붙였던 머리카락은 앞으로 뒤로 옆으로 갈기갈기 늘어지고 입에서는 튀튀 하고 거품이 일었다.

본래는 그리 적지도 아니한 눈은 졸려서 못 견디어하는 어린애 눈으로 가느스름하게 반작거리고 모시 두루마기 고름은 한쪽이 뜯어져서 고맺은 것이 겨드랑이에서 디룽거렸다.

추금은 못 들은 체 자는 체하고 돌아누웠다.

"얘 추금아, 이를테면 내가 이렇게 술이나 먹고 망나니라 하더라도 그래도 네 오라비거든……그렇지마는 취한 것은 아니야. 내가 그것 먹고 취해? 안 될 말이지, 하하하하. 얘 누이야, 동생아 이 오라비놈 술 좀 먹여주려마."

하고 잘 말 듣지 아니하는 손가락으로 추금의 목을 간지른다.

"글쎄 왜 이래요?"

하고 추금은 귀찮은 듯이 팔을 들어서 M의 손을 뿌리쳤다.

"오빠도 사내로 태어났거든, 좀 사내답게 사내다운 일을 해보시구려. 나이 삼십이 내일 모렌데도 밤낮 술만 잡숫고——내가 버는 돈이 어떤 돈이라고 그것으로 술을 잡숫고 다니신단 말요? 동생이 부끄럽지 않아요?"

하고 날카로운 눈으로 주정뱅이 M을 흘겨보았다.

"네 말이 옳다. 백번 옳고, 천번 옳다. 내가 죽일 놈이다. 죽일 놈이고 말고."

하고 M은 척추골이 부러진 듯이 앞으로 푹 허리를 구부려버리고 만다.

"병정 노릇이라도 좀 댕겨보시구려. 그것도 못 하겠거든 순검 노릇이라도 좀 댕겨보시구려!"

하고 추금은 엄숙한 낯으로,

"남과 같이 영웅 열사는 못 될망정 순검, 병정도 못 된단 말이오?"
하고 추금은 속으로 A 같은 사람과 M과를 비교하면서 이렇게 M을
책망하다가, 그 주정뱅이가 죽여줍소사 하는 듯이 가만히 앉았는 것을
보고는 불쌍한 생각이 나서 말을 끊고 말았다.

"추금아, 내 영웅이야 바라겠느냐마는 열사는 되마."
하고 M은 이윽고 고개를 들고 몸을 똑바로 얼굴을 엄숙히 하였다. 그
의 낯에는 조금 전에 있던 취한 빛이 다 없어지고 해쓱한 그 얼굴, 여
무진 눈에서는 찬바람이 나는 듯하였다.

이때에 대문에 찾는 소리가 났다. 그것은 R 수상에게서 두 번째 온
인력거였다.

무슨 생각이 났는지 추금은 이번에는 아니간다고 거절을 아니하고
성큼 일어나서 그 인력거를 탔다.

—— 1931년 3~6월 《東光》 소재

어떤 아침

종소리에 잠을 깨니, 아직도 어저께 팔십여 리나 걸은 다리가 쑥쑥 쑤신다. 그는 벌떡 일어났다. 같이 자는 학생들은 아직도 피곤하게 잔다. 그네의 단잠을 깨우지 아니할 양으로 가만히 일어나 밖으로 나갔다. 벌써 법당에서는 늙은 중의 아침 예참하는 소리가 들린다.

아직도 하늘에는 별들이 반짝반짝하고, 늦은 가을 새벽 바람이 자다가 나온 몸에는 꽤 춥다. 법당 앞마당 돌 수채에 밤새도록 괴이고 넘치는 물에 세수를 하고, 법당으로 가만히 들어가 한편 구석에 섰다.

노승은 연해 제불보살의 이름을 하나씩 부르고는, 목탁을 딱딱 치며 공순히 금부처 앞에 절을 한다. 그물그물하는 촛불에 비친 천년 묵은 금부처는 그 가느단 입을 벌릴 듯 벌릴 듯이 앉았다. 노승은 모든 물욕을 버리고, 오직 삼계 중생을 구제하겠다는 끝없는 대원을 꿈꾸는 듯하는 눈으로 그 금부처를 바라보며, 제불보살의 이름을 부르고는, 또 목탁을 딱딱 치며 길게 느리게 절을 한다. 절할 때마다 그 회색 장삼자락이 때묻은 마루 위에 약간 소리를 내며 미끄러진다.

꽤 넓은 법당 안에는 이 노승 혼자뿐이다. 그리고 한편 구석에 가만히 읍하고 섰는 그가 있을 뿐이다. 노승은 사람이 들어오거나 말거나 곁에 서서 보거나 말거나 그 졸리는 듯하고도 힘있는 목소리로 그저 예참을 하고 있다. 그는 육십 평생에 사십여 년을 이런 생활을 하여 왔다. 아직 세상 사람들이 단꿈에 취한 이른 새벽에 일어나, 지금 모양으로 검소한 장삼을 입고, 목탁을 두드리고 몇백 번인지 수없는 절을 하면서

358

제불보살의 이름을 부르고, 수없는 동안에 나고 살고 죽은 수없는 삼계 중생을 지옥의 불구덩이에서 건져지라고 발원을 하였다. 아마 이제부터 십년이 될는지 이십년이 될는지 모르거니와, 그가 이 세상을 떠나기까지 이 생활을 계속할 것이다. 그러하는 동안에 그의 입으로 부른 제불보살의 이름이 몇천만이나 될까, 그가 삼계 중생을 건져지라고 발원하는 절이 몇천만 번이나 될까. 이 외따른 산속 쓸쓸하고 외로운 낡은 절에서 그 늙은 눈앞에 속절없이 괴로워하는 중생을 보면서 '건져지라 건져지라' 하고 끝없는 발원을 하는 이 노승을 볼 때에, 그는 눈물이 흘렀다. 아아, 그 거룩한 모양!

노승은 예참이 거의 끝난 모양인지, 목탁을 자주 치며 절도 아니하고, '나무아미타불'만 빨리 부른다. 그는 자기 신세와 마음을 이 노승에게 비기면서 가만히 법당에서 나와, 아직 길도 잘 보이지 않은 산비탈 바위틈을 기어올라 산마루로 올라갔다. 발자취에 놀라 깬 새들이 황망하게 나뭇가지를 차고 날아가는 소리가 들린다.

산마루에 올라서니, 거기는 벌써 새벽빛이 왔다. 먼 동편에는 자줏빛 섞인 불그레한 빛이 있고, 동북으로 보이는 백운대의 모양이 분명히 별 드문 하늘에 드러난다.

그는 산마루 길로 서쪽을 향하고 갔다. 하얀 산국화가 발길에 채일 적마다 맑은 향기를 토하고 백만 년 풍상에 썩은 돌들이 약간 소리를 내며 부서진다.

얼마를 가서 우뚝 솟은 큰 바위에 다다라 길이 막혔다. 이것이 산머리다. 민틋하게 서쪽으로 흘러오던 산이 번쩍 고개를 들어 서해 바다를 바라보는 것이 이 바위다. 그는 천제단에나 오르는 듯한 경건한 마음으로 밑에다 신을 벗어놓고 발 붙이기 어려운 바위를 조심조심히 기어올랐다. 맨 꼭대기에 올라서니, 거기는 신라 진흥대왕의 경계비가 선 곳이다.

하늘은 파랗고 맑았건마는, 산밑은 가을 안개의 바다이다. 안개라기

보다 구름의 바다이다. 북악과 남산이 조그마한 섬같이 이 구름 바다에
떴다. 평평하게 가는 물결도 일지 아니하는 이 구름 바다는 동으로 남
한강까지, 남으로 관악산까지, 서로는 끝없는 하늘 끝까지 연하였다.
백운대 끝에 넘치도록 비친 새벽빛은 저 구름 바다 밑에 한줄기도 들어
가지 못하는 것이다. 만호 장안이라는 큰 서울이 저 바다 밑 어두운 그
늘 속에 묻혀 잔다. 아니, 이천만이나 산다는 조선 전체가 저 구름 바
다의 천길 깊이 속에 잠겨 있다.

　'건져내야겠다!'

하고, 그는 합장한 손을 높이 들고 푸른 하늘을 우러러보며,

　"아아, 하늘이여. 저 구름 바다의 천만 길이나 깊은 어두운 그늘 속
에서 무서운 꿈에 괴로워하는 이천만 불쌍한 무리를 건져주옵소서. 제
작은 몸이 해와 달은 못 되더라도, 그것에 하늘의 불을 붙여 조그마한
촛불이 되게 하셔서라도, 그것도 안 되거든, 조그마한 솔깡불이 되게
하셔서라도, 저 어두움의 그늘을 비치게 하여주옵소서. 하늘에 찬 저
무궁한 빛을 삼천리 강산에 흘려내려주시옵소서. 만일 저 이천만 무리
가 천지의 주재 되시는 당신의 계명을 어기어 무거운 죄를 지었다 하더
라도, 그 죄를 받는 벌이 오늘까지에 끝이 나고 내일 아침부터는 새로
당신의 사랑과 은혜를 받는 귀여운 백성이 되게 하시옵소서. 온 천하
수없는 당신 백성 중에 저 무리처럼 불쌍한 자가 다시는 없나이다. 하
늘이시여, 저 먹을 것도 없고 마음에 즐거움도 없어 나날이 기운이 줄
어가는 백성을 안 돌아보시나이까. 아주 내어버려 영원히 이 땅 위에서
스러지게 하려려나이까.

　저는 이 자리에서 당신께 맹세하나이다. 만일 이로부터 십년 안에 당
신께서 저 백성에게 먹을 땅과 즐길 하늘 나라를 주시지 아니할진대,
십년 되는 오늘 이 자리에 올라와, 당신 앞에서 제 머리를 깨뜨려 이
바위에 피를 발라, 이 땅이 녹아 없어지는 날까지 당신께서 이 백성을
버리신 표를 삼기를 맹세하나이다. 그때에 당신께서 비를 내려 저의 피

를 씻으려 하시더라도, 그 빗물이 모두 피가 되어 온 땅을 적실 것이
요, 벼락을 내려 이 바위를 깨뜨리시더라도, 그 바위 조각조각이 피를
뿜은 제 혼령이 되어, 온 땅에 소리를 지를 것이로소이다.

아아 하느님! 이 백성을 건져주시옵소서. 만일 합당하거든 이 몸으
로 이 백성의 죄를 대속하는 제물이 되게 하시고, 이 몸으로 이 백성에
게 하늘의 빛을 전하는 횃불이 되게 하여주시옵소서."

이렇게 기도한 그의 두 눈에서는 뜨거운 눈물이 흘렀다. 그는 하늘을
향하여 치어들었던 손을 내려, 온 땅을 축복하는 모양으로 서남을 향하
여 들고 목이 메인 소리로,

"아아 조선 사람아, 네가 지금 가장 낮은 곳에서 슬피 울거니와, 장
차 가장 높은 곳에 들리워, 온 천하의 우러러보는 백성이 되리라. 만민
을 구원하는 하늘 나라이 네게로부터 시작되리라!"
하고 진흥왕의 비에 몸을 기대어 무엇을 생각하는 듯이 반쯤 감은 눈으
로 여전히 구름 바다에 머리를 내어놓은 남산을 바라보고 있다.

남한산성으로 불그레한 햇빛이 올려 쏘자, 천지가 갑자기 환하여지
며, 끝없는 구름 바다의 회색빛이 수은빛으로, 변하고, 뚝섬 근방인 듯
한 곳에 구름 뭉치가 소용돌이를 치는 듯하더니, 그것이 차차 높아지고
굵어져서 커다란 구름 기둥이 되어 피어오른다. 다른 데도 여기저기 조
그마한 소용돌이가 생기며 혹은 동으로 혹은 남으로 흘러가는 모양이
보인다. 마치 천만년 깊은 잠에 깨지 못하였던 구름 바다가 새 빛을 받
아 움직이기를 시작하는 것 같다.

북한의 모든 봉들은 점점 올려 쏘는 아침 빛에 금빛으로 물이 든다.
고요하던 천지에는 문득 끝없는 움직임과 흐름이 생긴다. 부드럽고 전
전한 천지의 움직임, 무한한 힘의 무한한 움직임에서 나는 무한한 빛과
소리가 돌비에 기대어진 그의 영혼과 육체의 모든 분자를 알알이 울리
는 것 같다. 그는 견딜 수 없는 아픔을 참는 듯이 몇 번이나 얼굴을 찡
그리고 고개를 숙였다 들었다. 하더니, 두 주먹을 불끈 쥐며,

"가자, 나서자."

하고 한참 눈을 감고 있다가 번쩍 뜨며,

"모든 것을 버리고 가자."

그는 비석 앞에 다리를 뻗고 앉아서 생각한다.

'모든 것은 오늘 아침에 다 작정이 되었다. 지금까지 머뭇거리던 것은 다 버려야 한다. 재산도 명예도 내 몸의 안락도 다 버려야 한다. 발가벗은 몸으로 불덩어리와 같은 정성 하나만 들고 동포들 속에 뛰어들어가야 한다. 그래서 그네와 같이 굶고 헐벗고 채이고 얻어맞고 울어야 한다. 그래서 사랑의 불로 이천만 조선 사람에게 세례를 주고, 다시 천국의 법률로 그네를 묶어 한덩어리를 만들어야 한다. 지금까지는 그네와 따로 떨어져서 한층 높은 곳에서 입으로만 부르짖었다. 마치 물에 빠져 죽어가는 무리를 보고 땅 위에 편안히 앉아서 나오라고 소리만 치는 셈이었다. 물을 먹어 정신을 못 차리고, 팔다리에 맥이 돌지도 아니하는 무리더러 나오라고 소리치는 것이 그 얼마나 어리석은 일이랴. 내가 훨훨 벗어버리고 그네와 같이 물에 뛰어들어야 한다. 들어가서 한 사람씩이라도 건지어내자. 있는 힘을 다 써서 건지다가 건지어지면 좋고, 만일 안 되거든 그네들과 함께 껴안고 죽자. 그렇다. 건지다가 안 되거든 그네들과 함께 껴안고 죽자.'

해가 올랐다.

그의 얼굴에도 아침해에 야릇하게도 붉은 볕이 비치고, 그가 앉은 홍물스러운 큰 바위에도 볕이 비치어서, 진흥왕의 기념비가 서북을 향하여 길다란 그림자를 뉘었다.

잔잔한 구름들이 끓어오르기를 시작한다. 뭉게뭉게 떼를 지어서는 수르르 공중으로 기어오르다가, 스러지는 놈도 있고, 남한산 모퉁이 관악산 모퉁이로 슬며시 돌아가 숨는 놈도 있다. 이윽고 서쪽의 구름이 툭 터지며, 은빛같이 굳세게도 빛나는 한강 물의 휘움한 한 굽이가 정열에 타는 그의 눈에 번쩍 들어올 때에, 그는 꿈에서 깬 듯이 벌떡 일어나

두 팔을 들고 한 번 큰소리를 질렀다.

　학생들이 그를 찾아 '선생님!' 하고 부르며, 지껄이고 올라오는 소리
가 들린다.

—— 1924년 12월 《朝鮮文壇》 제3호 소재

李光洙의 문학세계
—무명과 육장기—

주 요 한

춘원(春園)의 문학작품에서 신간에 연재된 장편소설에 비겨서, 그의
단편들——자서적(自敍的)인 것, 신변기록, 수필적인 것, 기행, 서간,
수시 즉흥작이라고 볼 수 있는 시와 시조 등이 문학적으로 더 높이 평가
된다는 것은 의심없다. 흩어진 구슬 같은 이 소품들은 고려청자의 색깔
과도 같이 그윽한 기품을 지니고 있다.

〈무명〉과 〈육장기〉는 이러한 범위에 속하는 단편들이다. 춘원전에 의
하면 그는 〈무명〉을 쓰고 나서 '나는 비로소 소설다운 소설을 썼다'고
모씨에게 말하였다 하며, 이를 발표할 때에 '나로서는 오늘까지 쓴 작품
중에서 가장 자신 있는 작품이오'하였다 한다.

오늘 와서 보면 〈무명〉은 춘원의 작품 중에서 가장 무게 나가는 것의
하나라고 인정될 뿐 아니라, 또한 다른 단편에서 볼 수 없는 독특한 성격
을 지녔다고 생각한다. 춘원의 나이가 이미 만 47세(1938년), 옥고를 치
르고 보석 출감하여 대학병원에 입원 중, 박정호 청년에게 구술하여 탈
고하고, 익년 〈文章〉지 창간호에 발표된 〈무명〉은 감옥의 병감생활의 일
부를 사출(寫出)한 것이다. 나오는 인물들을 열기(列記)하면,

윤—인장 위조죄로 투옥된 폐병 3기 환자, 전라도 사투리를 쓴다. 설

사만 하면서도 먹는 욕심은 무한.

민―껍질과 뼈만 남은 노인. 방화혐의로 수감되었는데, 19세의 젊은 아내가 있다는 것.

정―사기혐의로 들어온 미결수. 평안도 사투리를 쓰나, 떠돌아 살던 지방의 사람을 보면 그곳이 자기 고향이라고 한다. 멸치 말림 한 그릇을 혼자 다 먹고 물이 없어서 고생한다. 옥중에서 불경을 큰소리로 읽는다.

강―전문학교 출신. 공갈취재 혐의로 2년 징역을 받고 공소하지 않고 복역한다.

두 간병부―키 큰 자와 키 작은 자. 서로 으르렁거리기도 한다.

옆방의 장질부사환자―죽어서 나간다. 예수교인인 모양으로 늘 하느님을 찾는다.

이들 중에서 특히 '윤·민·정'의 세 사람은 미결수요, 병자라는 외부 조건으로서만 비참한 처지에 있는 것이 아니라, 성격적으로 사람다운 것을 배우지 못했다는 데서 암담한 환경을 서로 만들어낸다. 먹을 것에 대한 욕심·암투·시기·아첨·이기심·하잘 데 없는 자만심과 그것을 만족시켜보려는 거짓말 등, 인간성격의 암흑면만을 발산시키는 감방의 생활을 빌어 사바세계의 축도로 삼은 것이 〈무명〉이다.

작자는 이 조그만 사회를 평하여 작품 중에서 이렇게 썼다.

―― 인생이 괴로움의 바다요, 불붙는 집이라면, 감옥은 그 중에도 가장 괴로운 데다. 게다가 옥중에서 병까지 들어서 병감에 한정없이 뒹구는 것은 이 괴로움의 세 겹 괴로움이다. 이 괴로운 중생들이 서로서로 괴로워함을 볼 때에 중생의 업보는 '헤어 알기 어려워라'한 말씀을 다시금 생각하지 아니할 수 없었다.

즉, 춘원은 좁다란 병감생활의 세계에서 고해화택(苦海火宅)인 인생 전체의 모습을 본 것이다.

밑바닥의 생활을 그대로 그렸다는 점에서 후기 사실주의의 필법이라고 할 것이나, 〈무명〉이 독특하다고 볼 것은, 하나는 밑창 사회의 인간 상을 그리면서 그 추악함이 감각적으로 심핵(深劾)하지 아니한 것이니, 이는 병감이라는 장면의 탓도 있겠거니와 역시 춘원의 인품의 소산이라 고 할 것이다. 또 한 가지는, 이 작품에 있어서 이른바 진흙에서 옥을 구 한다는 억지가 없다는 것이다. 신랑만파(新浪漫派)의 작품 태도는 악의 나락 속에서도 어떤 격정의 발로, 냉소적 자존심, 또는 이지러지고도 강 력한 의지력 같은 것으로서 지옥 속의 광명을 제시하려는 것이나, 〈무 명〉에는 그것이 없다. 춘원의 다른 소품들을 보면, 어두운 환경에서라도 인생의 향기를 찾아보려는 낙관론이 지배하고 있거니와 이 작품에서만 은 무명세계를 겸손하게 받아들이고 있으니 이것이 춘원의 작품 중에서 이색을 띠고 있는 점이다.

감방에서 옳게 읽지도 못하는 무량수경을 큰소리로 외우는 '정'이나, 거의 죽게 되면서 '나무아미타불을 부르면 죽어서 분명히 지옥으로 안 가고 극락 세계로 가능기오?' 하고 묻는 '윤'에게서 구원의 실마리를 암시하는 듯도 하나, 작자는 그것을 종교적인 오성(悟性)의 발현으로 그 리지 아니하였고, 단순한 이기심의 계속으로 표현한 것으로 보아 〈무명〉 은 절대적인 염세론으로 끝막는 것이라 하겠다.

다시 일년을 지나 춘원이 만 50세에 쓴 〈육장기〉에서 비로소 체념(諦念)을 거친 법열(法悅)의 세계가 나타난다.

육장기의 '육'은 판다는 자요, '장'은 집이란 뜻이다. 춘원이 산거(山居)를 목적으로 자하문 밖에 손수 지었던 조그만 산장을 팔아치우는 사 건을 중심으로 하여 그때의 신변 경황을 만주에 있는 친구(박정호 씨로 추정됨)에게 부치는 편지의 형식으로 된 작품이요, 역시 〈문장〉지에 발 표된 것이다.

절기는 바로 오월 단오, 따뜻한 봄볕을 배경으로 하여 청개구리, 엿장 수 가윗소리, 뻐꾹새와 꾀꼬리, 감나무 밭에 오르내리는 반딧불, 까치

떼, 뱀 부부, 하늘 높이 뜬 솔개, 앞개천의 빨래 소리, 술집 여자에게 장가 밑천을 몽땅 잃는 노총각, 공장에 다니는 동네 처녀, '삼철이' 앵두를 가지고 온 개천가집 영감, 짐을 져다준 '환'이네 삼형제, 식절을 맡아준 '점숙'이네 식구, 따르던 동네 어린이들, 이름도 모르나 인사를 건네던 젊은이들──이러한 풍경과 인정이 담담하고, 온화하고, 거침새 없는 필치로 흐르고 있다.

집을 지은 지 6년이라고 하였다. 그 6년은 파란 잦은 6년이었다. 1934년(43세)에 아들 봉근이 죽고 난 후, 신문사에서도 나오게 되어 '어떤 생각에서 아주 세상을 떠나버릴 생각'으로 금강산에 들어갔다가 나와서 이 집을 지었고, 출옥한 안도산(安島山)을 따라 평양 부근 송태산장에도 갔었고, 투옥, 보석출감, 입원, 일인들의 강박(强迫) 등으로 심신이 아울러 시련의 연속 기간이었다.

평생을 마칠 결의로 지은 산장을 팔게 된 이유는 빚을 감당할 수 없었음이요, 그 대신 3년 후에는 사룽에 농실(農室)을 짓고 종전 될 때까지 영농으로 소일한 것이다.

〈육장기〉는 일생을 살려고 지었다가 부득이 팔게 된 사실을 가지고 인생의 집착을 상징한 것이다. 산장생활에 무슨 극적 사건이 있을 것도 아니요, 앞서 열기(列記)한 바와 같이 꽃포기, 새소리며, 동네 사람들과의 평범하고도 따뜻한 왕래들이다. 여기서 이미 체념의 세계──체념 속에서 자연과 인정의 평범을 즐기는 법열의 세계──를 말하고 있다.

그러나 다시 보면, '아무리 하여서라도 뜰에 서 있는 나무 포기는 파 가지고 가야 하겠소…… 한 포기는 자형화(紫荊花)라는 것인데 이것은 봉선사 운허대사가 지난 청명날 철쭉, 진달래, 정향, 무궁화와 함께 위해 보내어 주신 것이요, 또 한 포기는 사철나무인데 이것은 앞집 영감(그는 벌써 4년 전에 돌아가셨소)이 갖다가 심어주신 것이요, 또 하나는 월계와 해당인데 이것은 뒷집 숙희 할아버지가 갖다 심어주신 것이오'

하였고, '또 가지고 가야 할 것이 돌옷 입은 돌멩이 몇 갠데' 운운한 것
은 아직도 집착의 멍에가 채 벗겨지지 않은 심경이라고 할 것인가.

　불법에 관한 이야기가 자주 나오고 따라서 제행무상(諸行無常)을 체념
하는 희열로써 끝막을 것으로 상상되던 이 작품이 결말에 가서 비약하여
'지구상의 모든 중생들이 온통 사랑으로 변할 날이 올 것을 믿소…… 이
사바세계와 이 온 우주를(온 우주는 사바세계 따위를 수억만 헤아릴 수
없이 가지고 있었고, 있고, 있을 것이오) 사랑의 것으로 만드는 일이야
말로 그대나 내가 할 일이 아니오?' 하는 외침을 던지게 된다.

　'사랑'이라는 말은 불교보다도 기독교에서 쓰는 말이거니와, 한 페이
지 더 나가면 작자는 유태교의 경전인 시편 제백편(第百篇)을 인용하고
나서 '인생을 이렇게 볼 때에 기쁨과 노래밖에 또 무엇이 있겠소?……
나는 기쁨으로 이삿짐을 싸려 하오' 하고 끝막는다. 이는 곧 춘원의 범
종교적인 사상의 편모(片貌)라고 할 것인 바 체관(諦觀)의 세계에 대한
사랑의 세계, 희열의 노래에 대한 세계개조로의 의지, 비관에 대한 낙관
의 합치 —— 이런 과제가 어떻게 조화될 수 있을 것인가. 여기서 독자는
자기 자신의 심혼(心魂)을 흔들어보지 않고는 책장을 덮을 수 없는 것
이다.

李光洙의 문학세계
—단편에 대하여—

박 계 주

혼히 춘원을 가리켜 단편작가라기보다 장편작가라고들 한다. 장편의
수에 비하여 단편이 적기 때문이기도 하겠지만, 그의 단편들보다 장편이
월등하게 우위에 놓여 있기 때문일 것이다.

사실 초기의 단편들을 보면, 소설이라기보다 설화에 지나지 않는——
이를테면 '신소설'의 테두리를 벗어나지 못한 작품들이다. 평론가 백철
씨는 초기의 단편들을 '습작'에 지나지 않는다 했고, 춘원 자신도 단편
〈무정〉 끝에, '작가 왈, 차편(此篇)은 사실을 부연한 것이니 마땅히 장편
이 될 재료로되 학보에 게재키 위하여 경개(梗槪)만 서(書)한 것이니 독
자 제씨는 양찰(諒察)하시압'이라는 주를 달았다.

'고주(孤舟—이광수 선생의 초기의 아호)왈, 이는 사실이오. 다만 인명
은 변칭(變稱). 이것은 한 장편을 만들만한 재료인데, 없는 재조로 꼴 못
된 단편을 만들었으니 주인공의 인격이 아주 불완전하게 나타났을 것은
무론이오. 이 죄를 용사(容赦)하시오'라고 하여 미숙한 작품인 것을 자
인했다. 이렇게 춘원 자신이 고백했듯이 초기의 단편들은 '경개'적인 것
에 지나지 않는다는 것이 타당할 것 같다. 문장도 그 뒤의 춘원의 문장에
비하여 말이 아니다.

그러나 우리가 유의할 것은 당시의 춘원 선생의 문장이 가장 선구적이요, 혁명적이요, 가장 현대화한 참신한 문장이었다는 것을 잊어서는 안될 것이다. 문주언종(文主言從), 즉 한문만으로 행세하던 때에 육당 등과 더불어 어문일치인 언주문종의 문장을 들고 나왔다는 업적에 대하여 우리는 경하하고 찬양하기에 인색할 수는 없다. 육당보다는 춘원의 문장이 더 유려(流麗)한 구어체였다는 것은 자타가 공인하는 바일 것이다.

비록 초기의 춘원 선생의 단편소설들이 습작에 불과하고 '경개'적인 것에 불과했다 하더라도 그 당시에는 우리나라에 단편소설이라는 것이 별로 있지 않았으니 그만한 소설 형식을 취했다는 것만 해도 선구자적 공적을 부인할 수는 없다. 더구나 당시의 춘원은 이십 전후의 소년임에랴.

1910년을 전후한 춘원의 단편에 비하여 1920년대의 그의 단편들은 일보 전진한 작품들이라 하겠다. 비록 성격묘사나 심리묘사가 별로 없다하더라도 구성에 있어서나 형식에 있어서 서구적인 단편의 방향(芳香)을 다분히 풍기고 있다.

예를들면──단편 〈가실〉에 있어서 일년을 기약하고 싸움터로 출정한 신라 군인인 가실이 고구려에 포로로 끌려가 6년간을 지내다가 석방되어 조국을 향해 출발하는 데서 소설은 끝난다. 그 동안 약혼녀가 가실이 전사한 줄로 알고 타인에게 시집간다는 풍문 정도로 가실에게 알려졌을 뿐더러 독자도 그 정도밖에 모르게 했다. 대동강을 나룻배로 넘어 신라를 향해 수천 리 길을 걸어가는 가실이 시집간 애인을 만나게 될 것인지, 그렇잖으면 그때까지도 시집 안 가고 수절하고 가실을 기다리고 있을 애인을 만나게 될 것인지, 안타깝고 감미롭고 애절한 미지수적인 영원한 여운을 독자의 가슴에 남겨놓고 있다. '만나서 아들 낳고 잘 살았더라'식의 또는 이미 시집간 애인을 보고 울고불고 탄식하는 식의 '신소설'류의 구취(舊臭)를 완전히 불식(拂拭)한 산뜻한 수법이었다.

단편 〈H군을 생각하고〉에서도 마찬가지다. H군은 동경에 유학 간 애인 C양을 위해 객혈을 하면서도 시골 학교에서의 봉급을 매월 거의 몽땅 보낸다. 그러나 동경의 C양은 H군의 돈을 매월 받으면서도 다른 사람과 좋아지내며 동거생활까지 한다는 소문이 들려올 뿐더러 회답조차 없다. H군은 격분해 하고 C양을 저주하면서도 ,끊을 수 없는 연련한 마음에서 그냥 돈을 보내고 편지를 보낸다. 그러다가 H군이 건강의 막다른 골목에 들어섰을 때, C양이 표연히 나타난다. H군은 C양의 소문을 묻는 일 없이 C양과의 열렬한 사랑 속에서 며칠을 지내다가 C양의 무릎에서 운명하고 만다. 그 뒤 C양은 H군의 무덤을 지키며 H군의 노모를 모시고 처참한 시골생활을 시작한다.

여기서도 춘원 선생은 역시 독자의 가슴에 미지수적인 아름답고도 영원한 여운을 남겨놓고 있다. C양의 추행을 확인하고는 용서해주었느니, 하는 따위의 유치한 수법을 쓰지 않았다. 진정한 사랑은 내 생명까지를 아낌없이 주는 것이요, 결코 특사령을 내림으로써 상대를 동정의 대상이나 구제의 대상을 삼는 그러한 모욕적인 것은 아니다. 사랑 앞에는 남의 허물이 보이지 않으며, 무조건 상대가 미화되어 있을 뿐이다. 남의 눈에는 그 아기가 못생겨 보이지만, 그 어머니에게 있어서는 자기 자식이 이 세상에서 가장 아름다워 보일 뿐더러 그 허물이 보이지 않는 것과 마찬가지다. 따라서 그 어머니가 그 아들을 사랑하는 데는 어떤 대가를 전제하지 않는, 즉 아낌없이 주기만 하려는 '무조건'의 애정일 따름이다. 연애에 있어서도 이 사랑의 원리는 다를 수가 없다. 춘원의 사랑의 철리(哲理)는 여기에 있는 것 같다.

1920년대에 비하여 1930년대의 춘원 선생의 단편은 완벽을 이룬 작품들이 배출되었다. 그 대표적인 것이 1938년에 집필하여 1939년 1월, 월간 〈문장〉 창간호에 발표된 〈무명〉이다.

이 〈무명〉의 원명은 〈박복한 무리들〉로서, 춘원 선생이 수양동우회(흥사단) 사건으로 투옥되어 신음하다가 보석으로 경의전병원(현 수도육군병원)에 입원하였을 때 병상에서 순전히 구술한 것을 그의 서생(書生) 박정호 씨가 받아 필기한 것이다. 입으로 부르기만 하고, 그것을 박씨가 받아쓰기만 한 것에, 한 곳도 가필한 데가 없었건만 이 〈무명〉은 당시 일대 센세이션을 일으켰던 걸작으로, 일본어로 번역되어 일본 동경에서 제정된 '조선예술상'까지 타게 되었다.

이에 우리가 주목할 것은 춘원은 후퇴하거나 답보(踏步)하는 작가가 아니요, 날이 갈수록 진진하고 비약하는 작가라는 것이다. 여기 쓰여질 글은 어디까지나 작품평이 아니고 해설이어야 하겠기에 작품분석이나 비평을 피하여 해설에만 그치려고 한다. 그리고 지면 관계로 26편 중에서 얼마를 추려 해설하고자 한다.

〈소년의 비애〉 — 일명 젊은이의 설움. 이 단편은 1917년 육당이 주재하던 《靑春》 8호에 발표된 것으로 여주인공 '난수'는 춘원 선생이 8·15 해방 뒤, 전작소설로 쓴 장편 〈나〉의 '넷째 이야기' 속에 나오는 '실단'의 이야기와 똑같다. 장편 〈나〉가 자서전 소설인 것이 틀림없을진대, 〈소년의 비애〉에 나오는 주인공인 '문호'는 춘원 자신임에 틀림없으며, 소년시절에 그의 종매들과의 사이에서 일어난 사실을 소설화한 것이 분명하다. 만일 춘원이 말년에 이 제재를 독립한 장편으로 만들었더면 앙드레 지드의 〈좁은 문〉의 아리사와 흡사한 작품이 되었을지도 모른다.

〈어린 벗에게〉 — 일명 젊은 꿈. 이 작품 역시 상기한 같은 해에 같은 《청춘》지 9호~11호에 실린 것인데, 작중의 김일연이라는 여성은 신성모 씨를 여성화한 것임을 춘원은 그 뒤 어느 신변기에서 밝혔다. 춘원 선생이 오산을 떠나 세계여행의 중도에서 상해로 들러 당시의 망명 청년들과 동류하게 되었을 때 신성모 씨가 병석의 춘원을 남달리 간호하고 돌보던 지극한 우정을 잊을 수 없어 소설화한 것이다.

〈윤광호〉 — 일명 실연. 춘원 작품 중에서 동성연애를 취급한 소설은

이 한편 뿐이다. 춘원 선생의 영부인 허영숙 여사의 설에 의하면, 왕년의 경제학자요, 언론인이었던 고 서춘 씨를 모델로 한 것이라 하는데, 주인공이요, 추남인 윤광호가 동성(同姓)에게마저 버린 바 되어 자살하고 말았으나 서춘 씨는 자살하지 않고 일제 말기에 병사했었다. 단지 동경 유학 당시의 서춘 씨의 일면에서 힌트를 잡아 춘원 자신의 가상(假想)을 가미시킨 것일 뿐이다. 사족과 같지만, 서춘 씨와 춘원은 말년까지 기극히 가까운 사이요, 춘원의 오산학교 교원시절에는 서춘 씨는 시인 김억 씨와 함께 일년간 춘원에게서 가르침을 받은 학생이었다 한다. 그러나 상급생이었던 서춘 씨는 익년 동경으로 유학 떠났기 때문에 그냥 오산에서 교원 일을 보다가 몇 해 뒤에 재차 도일하여 대학에 들어간 춘원에 비하면 서춘 씨는 비록 학교가 다르고 전문과목이 다르다 하지만 춘원보다 상급생이 된 셈이다.

〈가실〉— **일명 천리 밖의 애인.** 춘원이 망명지 상해에서 귀국하여 사회의 냉대를 받으며 일년간 두문불출하였는데, 당시 김성수 씨와 송진우 씨가 춘원을 끌어내어 〈동아일보〉에 실리게 한 귀국 후의 첫 소설이었다. 1923년 2월 12월부터 동월 23일까지 12회에 걸쳐 〈동아일보〉에 연재했던 것이다. 그러나 신문사의 요청이었는지, 또는 자신이 원하여 그리했는지는 알 수 없으나, 이 소설을 본명으로 발표하지 못하고 'Y생(生)'이란 필명으로 발표했었다. 사회의 비난과 규탄을 꺼려한 것은 틀림없다.

〈H군을 생각하고〉— **일명 사랑은 아니 죽는다.** 1924년 11월 《조선문단》 2호에 발표한 이 소설은 춘원의 오산학교 교원시절의 제자 이희철 씨를 모델하여 쓴 것이다. 제자라 하지만 춘원보다 3, 4세 이하였으며, 당시 누구보다도 춘원은 이희철 씨에게 많은 희망을 걸고 남달리 두터운 애정 속에서 지냈다 하며 장차 사회에 나가면 '뜨거운 일꾼'이 되라 하여 영어의 '히터'라는 말을 별명처럼 달아주었다 한다. H군이라 한 것은 희철의 '희', 즉 영어로 쓰면 첫자가 H자이기 때문에 거기에서 떼어낸 것이기도 하려니와 별명 '히터'에서 첫자를 떼어낸 것이기도 하다.

〈거룩한 이의 죽음〉. 일년 앞서 1923년 3월호의 종합지 〈개벽〉에 발표한 이 소설은 천도교의 교조(敎祖)요, 동학의 두령인 수운재(水雲齋) 최제우 씨의 순교적 최후를 그린 것이다. 〈개벽〉지가 천도교의 기관지인데다가 춘원 자신이 소년시절에 고향에 있을 때 동학의 지하운동의 연락병으로 활약한 일이 있다. 또 동경으로 첫 유학을 떠날 때 최린 씨 등 천도교의 간부들의 재정적 뒷받침으로 가게 되었다. 그러나 그의 허다한 소설 중에서 동학을 제재로 한 것은 이 단편 하나뿐이다. 더구나 천도교의 교리를 소설에서는 무론, 그의 방대한 논문에서도 내세우거나 풀이한 일이 없다. 춘원 선생은 천도교를 종교로서 인정할 수는 없었던 것 같다.

〈사랑에 주렸던 이들〉. 1925년 1월 〈조선문단〉 4호에 발표한 작품이다.

지금부터 20여 년 전인 1939년에 춘원 선생은 필자에게 다음과 같은 이야기를 들려준 것을 필자는 《춘원 이광수》라는 전기 속에 써넣은 일이 있다.

상해 임시정부 구내에서 있은 일이었는데, 하루 새벽에 모씨가 일어나 산보나갔다가 동지 한 사람이 어느 여자 방에서 나오는 것을 보게 되었다고 한다. 그 당시 여자 망명객도 몇 명 있었다 하니까. 그런데 목격자는 그 목도한 사실을 아무에게도 누설하지 않았건만, 여자 방에서 나온 사람은 도둑개가 제 발이 저려 먼저 짖는다는 격으로 목격자를 가리켜 여자방에서 나오는 것을 보았노라고 자기 죄를 목격자에게 홀딱 뒤집어씌웠다 한다. 그러나 목격자는 그 뒤에도 일언반구의 변명이 없이 침묵만 지켜옴으로써 나중 그 중상자(中傷者)가 참회하며 사실을 사실대로 밝힌 일이 있다 한다.

실제 있은 이 일을 표제로 춘원 선생이 공상을 더 가미시켜 소설화한 것이 〈사랑에 주렸던 이들〉이 아닌가 생각된다.

그런데 어쩐 일인지 상반밖에 발표되지 않았다. 남자의 고백까지만 발표되고 창녀의 고백은 중단되어 미완성 작품이 되고 말았다. 춘원의 〈문장독본(文章讀本)〉에도 미완인 채 활자화되어 있다.

〈무명씨전〉은 추정 이갑 선생의 이야기를 사실 그대로 소설화한 것이다. 시베리아로 망명하였다가 북만주에서 별세한 이갑 선생은 구한국시대에 일본 사관학교를 졸업한 분이다. 이 소설 역시 토막토막 연재될 것이었으나 중단되고 말았다.

〈모르는 여인〉 〈황해의 여인〉 〈드문 사람들〉 이상의 단편들은 《인생의 향기》라는 제목으로 1936년 월간 《四海公論》에 연재되었던 작품들이다. 〈모르는 여인〉은 몰락하여 비참한 지경에 이른 고독한 조부(춘원의)를 도와주던 노파의 이야기며, 〈황해의 여인〉은 상해에서의 귀국선에서 만난 여인을 돕는 이야기다.

그런데 여기 부기할 것은, 1939년 《박문문고(博文文庫)》로 출판된 《이광수 단편집》에 〈떡덩이 영감〉이라는 단편이 있으나 이 단편은 일찍이 〈동아일보〉에 연재하였던 〈천면기(千眠記)-일명 파리〉에서 발췌한 것이다.

그리고 〈영당 할머니〉는 춘원 선생이 8·15해방 직후 쓰신 수필집 《돌베개》에 단편이라고 밝히지 않고 삽입시켰으나 춘원 단편 중에서는 일품이기에, 게다가 《돌베개》에서 춘원 선생은 논문도 논문이라 밝히지 않고 모두 수필집으로 간행케 하였기에 이번 단편으로 분류시켜 놓았다.

▨ 이광수(李光洙) 연보 ▨

1892년 평안북도 정주군 길산면에서 이종원(42세)과 3취 부인 충주 김씨
(23세)를 부모로 하여 전주 이씨 문중의 5대 장손으로 태어나다.

1902년 8월, 부모 모두 콜레라로 사망하여 일시에 3남매가 고아가 되다.

1903년 동학에 입도하여 박찬명 대령집에 기숙하며, 동경과 서울로부터
오는 문서를 베껴 배포하는 심부름을 하다.

1905년 일진회(천도교)의 유학생 9명 중에 선발되어 도일하다.

1908년 명치학원 급우 山岐俊父의 권유로 톨스토이에 심취. 홍명희의 소
개로 육당 최남선(19세)을 알게 되다.

1910년 향리의 오산학교 교주 남강 이승훈의 초청으로 동교의 교원이 되
다. 7월 백혜순과 결혼.

1913년 한·만 국경을 넘다. 상해에서 홍명희·문일평·조용은·송상순
등과 동거하다.

1914년 최남선 주제로 창간된 〈청춘〉에 참여.

1916년 와세다 대학 문학부 철학과에 입학하다. 〈매일신보〉로부터 신년
소설 청탁을 받고 구고(舊稿) 중의 박영채에 관한 것을 정리하여 《무정》
이라 함.

1917년 〈학지광〉 편집위원. 두 번째 장편 《개척자》를 〈매일신보〉에 연재.

1919년 〈조선청년독립단 선언서〉 기초. 조동우·주요한의 협력으로 〈독립
신문〉의 사장 겸 편집국장에 취임.

1921년 허영숙과 정식으로 결혼.

1924년 〈동아일보〉 연재 사설 〈민족적 경륜〉이 물의를 일으켜 일시 퇴사하
다. 김동인·김소월·김안서·전영택·주요한 등과 함께 영대(靈臺) 동
인이 되다.

1926년 양주동과 문학관에 관하여 처음으로 지상 논쟁을 하다. 동아일보
사 편집국장에 취임함.

1928년 〈동아일보〉에 《단종애사》 연재.

1929년 《3인 시가집》(춘원·주요한·김동환)을 삼천리사에서 간행..

1931년 이갑을 모델로 《무명씨전》을 〈동광〉에 연재함.

1932년 계몽문학의 대표작 《흙》을 〈동아일보〉에 연재하다.

1933년 조선일보사 부사장에 취임. 장편 《유정》을 〈조선일보〉에 연재하다.

1937년 동우회 사건으로 김윤경·박현환·신윤국 등과 함께 종로서에 유치되다.

1938년 단편 《무명》과 전작 장편 《사랑》의 집필에 착수함.

1939년 《세종대왕》 집필에 착수. 김동인·박영희·임학수의 소위 '북지황군위문'에 협력함으로써 친일의 제일보를 내딛다. 친일 문학단체인 조선문인협회 회장이 되다.

1940년 香山光郞으로 창씨개명.

1942년 장편 《원효대사》를 〈매일신보〉에 연재. 제1회 대동아문학자대회(동경)에 유진오·박영희와 함께 참가함.

1943년 이성근·최남선과 함께 조선인 학생의 학병 권유차 동경을 다녀오다.

1946년 돌베개를 베어온 탓으로 안면신경마비와 고혈압으로 고생하다. 광동 중학교에서 영어와 작문을 가르치다.

1947년 흥사단의 청함을 받아 사릉으로 돌아와 전기 《도산 안창호》 집필에 착수.

1949년 반민법에 걸려 육당과 함께 서대문 형무소에 수감되다. 이상협의 청탁으로 《사랑의 동명왕》 집필을 시작.

1950년 유작 《운명》을 집필. 공산군에게 납북되어 사망.

東洋 古典 百選

*계속 간행합니다.

일신서적출판사

121-110 서울시 마포구 신수동 177-3
영업부 : 703-3001~6   FAX : 703-3009

판형 / 4·6판 ✽ 면수 / 평균 256면

세계명작학술문고   일신 그랜드 북스

⑩⑤ 혈의 누	⑮⑩ 한중록
⑩⑥ 자유종 · 추월색	⑮① 구운몽
⑩⑦ 벙어리 삼룡이	⑮② 양치는 언덕
⑩⑧ 동백꽃	⑮③ 아들과 연인
⑩⑨ 메밀꽃 필 무렵	⑮④⑮⑤ 에밀(ⅠⅡ)
⑩⑩ 상록수	⑮⑥⑮⑦ 팡세(ⅠⅡ)
⑪⑪⑫ 아들들(ⅠⅡ)	⑮⑧⑮⑨ 짜라투스트라는 이렇게 말했다(ⅠⅡ)
⑪⑬ 감자 · 배따라기	⑯⑩ 광란자
⑪⑭ B사감과 러브레터	⑯① 행복한 죽음
⑪⑤ 레디 메이드 인생	⑯② 김소월 시선
⑪⑥ 좁은문	⑯③ 윤동주 시선
⑪⑦ 운현궁의 봄	⑯④ 한용운 시선
⑪⑧ 카르멘	⑯⑤ 英 · 美명 시선
⑪⑨ 군주론	⑯⑥⑯⑦ 쇼펜하워 인생론
⑫⑩⑫① 제인 에어(ⅠⅡ)	⑯⑧⑯⑨ 수상록
⑫② 논어 이야기	⑰⑩⑰① 철학이야기
⑫③⑫④ 탁류(ⅠⅡ)	⑰②⑰③ 백경
⑫⑤ 에반젤린 이녹 아든	⑰④⑰⑤ 개선문
⑫⑥⑫⑦ 폭풍의 언덕(ⅠⅡ)	⑰⑥ 전원교향곡 · 배덕자
⑫⑧ 내훈	⑰⑦ 소나기(外)
⑫⑨ 명심보감과 동몽선습	⑰⑧ 무녀도(外)
⑬⑩ 난중일기	⑰⑨ 표본실의 청개구리(外)
⑬① 대위의 딸	⑱⑩ 사랑방 손님과 어머니(外)
⑬② 아버지와 아들	⑱① 순애보(上)
⑬③ 나의 라임오렌지나무	⑱② 순애보(下)
⑬④ 갈매기의 꿈	⑱③ 유리동물원(外)
⑬⑤⑬⑥ 젊은 그들(ⅠⅡ)	⑱④⑱⑤ 무영탑
⑬⑦ 한국의 영혼	⑱⑥⑱⑦ 대도전
⑬⑧ 명상록	⑱⑧ 태평천하
⑬⑨ 마지막 수업	
⑭⑩ 잠 못 이루는 밤을 위하여	
⑭① 페스트	
⑭② 크눌프	
⑭③⑭④ 빙점(ⅠⅡ)	
⑭⑤ 페이터의 산문	
⑭⑥ 적극적 사고방식	
⑭⑦ 신념의 마력	
⑭⑧ 행복의 길	
⑭⑨ 카네기 처세술	

당신을 영원한 감동의 세계로 안내할

完訳版 世界 名作100選

일신서적출판사

121-110 서울·마포구 신수동 177-3호
공급처 : ☎ 703-3001~6, FAX. 703-3009

당신을 영원한 감동의 세계로 안내할

完訳版 世界 名作100選

일신서적출판사

121-110 서울 · 마포구 신수동 177-3호
공급처 : ☎ 703-3001~6, FAX. 703-3009

무 명

발행 1996년 9월 20일   ⓑ 값 10,000원

■ 저 자 / 이 광 수
■ 발행자 / 남   용
■ 발행소 / 一信書籍出版社

주 소 : 121-110 서울 마포구 신수동 177-3
등 록 : 1969. 9. 12. No. 10-70
전 화 : 703-3001~6
FAX : 703-3009
대체구좌 / 012245-31-2133577

ISBN 89-366-1650-1